候然一周

郭新民◎著

中国文史出版社

图书在版编目（CIP）数据

倏然一周 / 郭新民著．—北京：中国文史出版社，
2014.5

ISBN 978-7-5034-5027-3

Ⅰ.①倏…　Ⅱ.①郭…　Ⅲ.①杂文集—中国—当代
Ⅳ.①I267.1

中国版本图书馆 CIP 数据核字（2014）第 109065 号

责任编辑：李晓薇

出版发行：中国文史出版社

网　　址：www. chinawenshi. net

社　　址：北京市西城区太平桥大街 23 号　　邮编：100811

电　　话：010 - 66173572　66168268　66192736（发行部）

传　　真：010 - 66192703

印　　装：北京天正元印务有限公司

经　　销：全国新华书店

开　　本：170mm×240mm　1/16

印　　张：19

字　　数：340 千字

版　　次：2014 年 7 月北京第 1 版

印　　次：2014 年 7 月第 1 次印刷

定　　价：45.00 元

目 录
CONTENTS

· 书边杂写 · ·························· **161**

· 夜读偶拾 · **273**

后 记 **289**

01

|·倏然一周·|

去谁家过年

哈姆雷特经常发愁，"生存，还是死亡"——丹麦王子总拿不定主意。其实，生活中拿不定主意的人多了。春节临近，许多70后、80后小夫妻又面临着痛苦的抉择——到底过年去男方家，还是去女方家？套用莎士比亚的话说："这是个问题！"

对50后、60后夫妻而言，这根本不在话下。按中原的老规矩，大年三十和初一在公婆家团圆，大年初二回岳父母家拜年。约定俗成，习惯成了自然。可随着70后、80后的成家立业，独生子女一代成为家庭的主力军。许多习俗和观念遭遇到前所未有的挑战。同一个家庭，同样的父母，大年初一为啥就应该去男方家过年？这问题提得并非毫无道理。面对即将到来的春节，年轻夫妇应该如何解决回谁家过年的问题，媒体请专家给小夫妻们出了不少好主意。

其实，按老规矩办也好，按专家建议一轮一年也罢，关键在于双方父母的开通与否。长辈的观念变了，孩子们就不作难了。换个思路，大年初一完全可以把双方父母接到小两口家里热闹一下，这未尝不可。

山里猪肉香

去年春节前，有邻居约着亲友结伴去市郊买猪肉。据说，那是附近村民自己养的猪，一是便宜，二是纯天然，不含添加剂。我随口问："那肉检疫了吗？"邻居白了我一眼，仿佛我是外星人一样。

今年春节前夕，许多城里人蜂拥至鲁山山区农户家抢购猪肉，估计原因跟上面差不多。晚报报道说，山区猪肉味道好。为啥好？报道语焉不详。猜想可能是猪饲料环保或者是山区的猪平时游山玩水，肌强体健，所以烹饪出来味道不凡。

不管是何种原因，有一点值得肯定，那就是市民在饮食的要求上更趋环保，更崇尚天然。农村或山区的食品成为城里人的首选，这其实是对近年来食品安全问题频出的一种正常反应。想想真是万幸，现在城里人还把农村和山区视为"世外桃源"；假如有一天，"世外桃源"也被污染了，那可怎么办？

"萝莉"家在哪?

在北京地下通道里卖唱的"西单女孩"靠网络一炮走红,已铁定亮相兔年央视春晚。这也成了近年来网络炒作的一个惯例,先出奇作秀,再借助网络走红,然后一举成名。芙蓉、凤姐等走的都是这条路子。但"西单女孩"好像属于特例,从电视采访看,她质朴且单纯,全然没有网络达人的矫揉造作。于是就想起了"乞丐萝莉"。

网络上疯传的最纯美"乞丐萝莉"韩碧瑶也在北京的地下通道里弹吉他卖唱,她引起鹰城人关注,是姑娘身旁的收钱盒上写着"河南平顶山女孩"几个字。"萝莉"卖唱缘于家庭遭遇变故,生活艰辛。我们宁愿相信"萝莉"姑娘的话,晚报编辑部甚至想组织一次募捐活动来让"乞丐萝莉"走出困境。但接下来事情的发展令人心存疑窦:先是传出她要"出卖初恋",后来网上又出现了疑似富二代的她驾车的照片,再接着晚报记者在公安部门人口信息管理系统查询"韩碧瑶"时,平顶山地区根本不存在这个人。

"乞丐萝莉"或者韩碧瑶到底是不是平顶山人已经不重要,我们困惑的是网络炒作除了引人围观外,是不是应该有所规范——不违背起码的社会道德准则和价值判断!

草根未必成热点

如果要评选三十年来中国新习俗,大年三十夜观看央视春节联欢晚会肯定会高票当选。随着文化娱乐方式的多元化,春晚不再像从前那样引得万人空巷。春节前夕,甚至传出好几家卫视欲挑战央视春晚,年三十晚上要另搭戏台,向央视叫板。当然这是媒体在瞎嚷嚷,今年三十晚上,还没有听说哪家电视台不转播央视春晚——这不仅需要勇气,更需要实力。

今年春晚最抢眼的不再是歌星笑星,而是"西单女孩""旭日阳刚"等草根艺人的出现。有评论者称赞道:春晚的初衷就是全民大联欢,后来搞成了歌唱家、舞蹈家、曲艺家形象展示,已经误入歧途。此次有意识引入来自生活底层的草根艺人参与,当然引得一片叫好之声。

但凡事都有两面。网上疯传的在地下通道里演唱的"西单女孩"和在工棚里高歌的"旭日阳刚",那种投入,那种真情,那种浓得化不开的生活气息,在央视春晚上却大打折扣。在春晚导演的调教下,在舞台灯光的闪烁下,西单地下通道的歌声气短了,农民工的《春天里》也少了工棚里的热情洋溢。

看来,草根的东西并非一下子就能融入主流之中。

市区为啥不堵车

作为三线城市,鹰城市区近年来交通堵塞日趋严重。私家车的增多成为人们议论的焦点。堵车曾被专家当作一个城市经济是否繁荣的标志——城市道路上车辆稀稀拉拉,这座城市的经济指定不景气;若城市道路经常堵车,则说明经济发展蒸蒸日上。依这个标准来看,鹰城交通虽然经常堵塞,骨子里却是经济提速的表现。当然,若从城市管理这个角度来看,交通堵塞直观地暴露出了管理的落后。这是另一个话题,暂且不表。

春节期间有个现象令人反思。市区平时拥堵的交通突然缓解下来,交通要道很少出现堵车。平时,不少专家习惯将城市道路拥堵的原因归结于私家车的增多——也许不无道理。但春节期间交通拥堵大为缓解的现实告诉我们,造成城市交通拥堵肯定还有别的原因。比方说,节日期间,有关部门要求公车入库封存,大量公车停驶给城市交通腾出了空间,交通压力大为减轻。这是否为私家车饱受谴责恢复了点名誉?

玫瑰绽放情人节

跟圣诞节一样,情人节这些年在年轻人中日渐风行。晚报头版刊登了一幅情人节当天两位姑娘在市区中兴路旁满面春风卖玫瑰的照片,很有情调。

有人很不以为然,觉得应该用中国农历七月初七的"七夕节"来替代2月14

日的"情人节"。也有人认为,"七夕"的主旨是彰显牛郎与织女的分离,悲剧色彩太浓,用"七夕"来代替情人节并不合适。其实,西方情人节的来源也是个悲剧故事,结局还有点血腥呢。看来,节日只是个形式,跟当初的主题早已渐行渐远。

这些年节日越来越多,正说明新时代中国人物质文化生活的丰富多彩。舶来的节日只要不诲淫诲盗,引进过来也未尝不可。以情人节为例,这一天给心爱的人送上一束玫瑰、一盒巧克力,温馨浪漫,没啥不好。就跟鲁山辛集每年一届的"七夕赛歌会"一样,同样迷人。

又闻马街弦板响

中国艺术研究院70岁的研究员乔建中和他的学生风尘仆仆赶赴马街,书会的盛况令其叹为观止。作为民间音乐研究专家,他把马街书会作为"汉族地区仪式性、群众性的大型音乐活动"来考察,这种大规模的书会在全国已称得上是"绝无仅有"。

鹰城在全国有影响且带有文化韵味的民俗首推"马街书会"。我曾数次躬逢其盛,绿油油的麦田旁,丝竹管弦交响,男女声腔高亢,那种浓郁的民间风味真是醉人啊。文化,哪怕是源自民俗的文化,自有其顽强的生命力。马街书会源于元代,至今已有近七百年历史,说它是全国曲艺界的一块圣地,一点也不过分。

作为被国务院首批命名的国家级非物质文化遗产,马街书会已经成为熠熠生辉的鹰城名片。然而,如何让马街的文化生态延续下去,如何吸引年轻艺人和听众的参与,这是迫在眉睫的问题——政府尤其是文化部门该做的事情还很多。

谁给爱情上保险

让爱情保持永恒,是不少人心向往之的事情。偏偏感情这东西有时候忽左忽右,漂浮不定,稍有闪失,立马就跟泰坦尼克号一样撞上冰山。《非诚勿扰2》中,葛优是个实在人,一心一意要跟舒淇比翼双飞,而舒姑娘对他欲迎还拒,拿不定主意。葛优绞尽脑汁想把事情搞定,甚至将一份300万元保险的受益人填上了舒姑娘的名字,以此想给爱情镶个金箍。可两人的爱情能否长久,恐怕《非诚勿扰3》也定不下来。

"爱情保险"表达了恋爱中的男女对于持久爱情的企盼。而在现实生活的理财实践中,哪家保险公司也不敢轻易开设"爱情险"——这项业务风险太大。所谓保险,其受益人只能局限在配偶、子女、父母范围内,也就是说,情侣之间的爱情不但没人敢保,也不符合业内规定。据说,前些年太平洋人寿曾推出过"金婚银婚保险",时间不长就悄然退市。原因不得而知,媒体分析说跟离婚率高大有关联。我倒觉得,让两个相爱的人去投什么"金婚保险"本身就不靠谱,也不吉利啊。

这并不是说,爱情就像断线的风筝一样没有方向。只要心心相印,只要情投意合,爱情保险这道堡垒可以在心里营造。

礼品回收去哪儿了

春节过后,街头礼品回收店生意兴隆。报道说,回收的礼品以高档烟酒居多,回收价位在礼品原价的30%至50%之间。

平心而论,过节期间礼尚往来,有些礼品像整箱的牛奶之类无法及时消费,若有礼品回收店及时回收,也算是帮了点忙。老百姓对礼品回收这一社会现象不满的原因是这些回收店的重点生意在名烟名酒。市价逾千元的53度飞天茅台,700元就送到了回收店。难道这位茅台酒的主人傻了?当然不是。羊毛没出在羊身上罢了!

就名酒而言,"喝者不买,买者不喝",这是市场上一种畸形现象。正是这个原因,名烟名酒虽没长腿却源源不断地跑进了礼品回收店。如今,市区名烟名酒店越开越多,跟回收烟酒生意火爆有没有关系?我看排除不了!这种现象的滋生,至少有三大弊端:其一,对个别礼品回收店的常客来讲,涉嫌洗钱;其二,烟草属国家专卖,私下交易属于违法;其三,这些礼品的质量无人监管,流入市场后遗患无穷。

礼品回收行业谁来管,恐怕没人说得清。

递款槽添堵

一直弄不明白银行或其他收费柜台处为啥要设置递款凹槽。总的感觉是,无论收款还是递款,都不方便。令市民感觉不方便的事实在不少,很多人也就得过且过了,但这种不方便一旦上升为让人心里添堵,事情就起了变化。

市民张先生上周三去自来水公司缴水费,估计对缴款处的凹槽起啥作用不大明白,就将水费款置于凹槽之中——这应该是凹槽使命所在。收费员小姐不干了,非要张先生把钱递到她手中不可。将钱款放入凹槽不复杂,可将钱款通过凹槽准确地递入收费员小姐手中,就需要点功夫了。很明显,张先生经过努力仍做不到;很执着,收费员小姐非争这口气。一场纠纷就此产生。

我也曾去缴费大厅缴过水费,收费员坐着工作,顾客排着长队站着缴费已属不妥。在缴费窗口处给顾客放一把椅子有啥难?而要求顾客将钱款隔着奇怪的凹槽递到收费员手里更是过分之举。这里有一个问题要搞清楚,到底谁给谁服务?自来水用户是自来水公司的衣食父母,如果收费员小姐明白这点起码的常识,她就不会跟顾客争执了。赶紧给张先生道歉吧!

男士请止步

男士大都不喜欢逛商场,即使陪着夫人进了商场,也是一脸的不情愿甚至不耐烦。当然,恋爱中的小伙子会乐颠颠地陪着女友大逛特逛,但一旦结婚成了家,该小伙子对商场的抵触情绪就会与日俱增了。这里讨论的是男士不愿逛商场的另一个原因,晚报报道说,市区中兴路一家大型商场把男厕统统改成了女厕,如果有男士逛商场期间内急,哈哈,你就蹦吧。

商场将男厕改为女厕自然有其考虑。女性顾客占了压倒多数,服务员几乎是清一色的小姑娘,从人性化的角度,这样改造也无可厚非。我担心的是此风不可长,如若鹰城的大商场纷纷效尤,将男厕打入冷宫,那会是个什么局面?男士们当然心中暗喜,从此不陪老婆逛商场又添了个理由,而商场的效益恐怕也会受影响。

要知道,别看那个陪着女士逛商场的男人漫不经心甚至其貌不扬,可真正拍板并买单的正是该同志啊。

建议这家商场赶紧把男厕恢复了,否则你就看着近几个月商场的营业收入慢慢下滑吧!

火了幸运投注站

说实在话,许多人都有一夜变身富翁的奢望——我年轻时也做过类似的梦,连钱咋花都想好了。博彩业的出现,令一些人梦想成真。其实,体彩也好,福彩也罢,聚点滴之爱,添生活之彩,持这种态度的彩民才会轻松自在。整天宅在家里研究盘口、赔率,也没见谁中了大奖。玩彩票要有平常心,赌徒心态最要不得。我最近留心了一下报纸,买彩票中大奖的大都是商场收银员、退休老夫妇,去年底有个美国厨子偶然买了张彩票,获奖金额竟超过了 7000 万美元!

市区园林路上一家福彩店两次开出逾百万的大奖,省里有关部门上周二给它挂上了"幸运投注站"的匾牌,许多彩民趋之若鹜。其实,彩票中奖的概率极低,中奖极具偶然性。要不然,人家研究"概率论"、"博弈论"、"优选法"的大学教授还辛辛苦苦地教啥书,早买彩票去了!

我说话不中听,彩民要想在这家投注站再撞个彩头,恐怕不容易。

网友的爱心

网络的风行,方便了人际关系的互联互通和实时信息的快捷传递。网民素质当然参差不齐,这跟我们周围的人有胖有瘦一样,没啥奇怪的。以我接触网络的有限体验,所谓的网络暴民毕竟是极少数,总体上来说,网友大多秉持的依旧是主流价值观。这从"砸水泥块男孩"受鹰城网友关注略见一斑。

年仅五岁的小男孩赵帅与年近七旬的奶奶靠砸水泥块取里面的铁丝卖钱来维持生活,网友拍摄于市郊的几幅照片引起了网络围观。换个人家,一个五岁的孩子正是生活在蜜罐里的时候,而赵帅却像男子汉一样在寒风中带伤抢起了大锤——这幅定格的画面令人心里发热,鼻子发酸! 热心的网友感动了,纷纷自发来到小赵帅家中,给他送来了衣物、食品和救助金。晚报跟进报道后,连日来,更多的网友来到了小赵帅身旁,市慈善总会还专门为赵帅设立了救助基金。

网络不仅有流言蜚语,更有拳拳爱心。

疯狂的食盐

"从众心理"通俗了说就是一种"随大流"的心态,人家干啥我干啥,没有主见,缺乏思考,一哄就上。上周市区的抢购食盐现象就是从众心理的典型例证。

谁也想不到,日本地震会震火了中国的食盐产业,上周最火爆的市场动态就是食盐几近脱销。什么碘盐防辐射呀,什么海盐不敢吃啊,于是不少市民加入到购盐者的行列。鹰城是全国重要的盐产地,盐产地的市民竟然糊涂到去抢购食盐,可见有些人"病"得不轻。先不说日本核泄漏目前跟咱关系不大,即使要预防也不能靠吃盐啊。专家说得很明白,一片碘片含碘 100 毫克,可起到 24 小时的人体保护作用;而一斤(500 克)盐只含 10 至 25 毫克碘。看明白了吧,你要想防辐射,一天一个人至少得吃 4 斤盐! 如此看来,抢购食盐者真是疯了!

心理学专家分析说,从众心理对以下人群影响较大:自信心不足者、性格软弱者、学历较低者。学者的话当然不能全信,可看看排队卖盐的都是啥人?

不用手机会咋样?

手机这东西很有意思,对有些人来讲是沟通外界的纽带;对严守一之流而言则是随时可能爆炸的"手雷";对沾染上"手机依赖症"的人,它就是病原体了。实际上,环顾周围包括我们自己,多多少少都有点"手机依赖"。如若不信,让你一天不带手机试试,保证你坐卧不宁。

手机的普及还有一个负面作用,那就是给手机持有者提供了说谎的机会和可能。从前约好 7 点钟见面,你若迟到,不管什么原因都是不礼貌的表现。现在不同了,眼看时间到了还不见人,一打手机,对方要么声称堵车了;要么是信誓旦旦

"快到平声了"——其实他老兄还没出门呢!

宝丰有一位小姑娘患了"手机依赖症",在心理医生指导下实施了"人机分离"治疗。5 天过后,小姑娘基本脱离了手机的困扰。她洒脱地说:"手机很重要,但并非离开它就不能生活。"话说得不错,可若让读者你5 天不带手机试试?恐怕没人愿意。

我为祖国喝茅台

前些天有关方面在解释汽柴油涨价的原因时,特意提到中石化等油企一直亏损严重,说得大家不好意思再对油价上涨发牢骚了。近日天涯论坛的一个帖子,引起全国媒体包括新华社的关注:中石化广东分公司花费逾百万元购买茅台和洋酒。其中"50 年茅台"一下子就买了 30 瓶。

一个经营石油的企业突然对高档酒产生了兴趣,这究竟是好事还是坏事?"50 年茅台"的市场价格是每瓶 21999 元。网友报料的发票上还有 12 瓶"拉菲 1996",每瓶 1.18 万元。"拉菲"是个啥东西?同事告诉我,是一种法国红酒。看来中石化广东分公司高档白酒、红酒要掺着喝了,也不怕头晕?

这种网上报料的东西我似信非信。可中石化广东分公司新闻发言人坦然承认:这是俺公司买的酒。为啥?俺公司加油站的小卖部搞多种经营,俺不但卖油,还卖酒!

这话谁信?眼下假酒横行,谁会去加油站花一两万块钱买茅台?真有人买,肯定是中石化的人!这些天网上有段视频点击率很高,有位男高音激情演绎了经典歌曲《我为祖国献石油》,不过歌名改作《我为祖国喝茅台》。看得我心疼!

春游的纠结

在我的记忆中,中小学时期的春游是件欢天喜地的事,拥抱大自然或被大自然拥抱,怎么想都十分惬意。但这样一件好事近年来许多中小学不想办、不敢办、不愿办,主管部门也不让办,原因很简单,主要是出于安全考虑。

这些年,缘于交通安全和群体活动的事故频发,安全至上,这是谁也无话可说的原则问题,正所谓一朝被蛇咬,十年怕井绳。可仔细想想,只要安全措施到位,春游计划周密,中小学生春游怎么也不应该陷阱密布、危机重重啊!这就像企业发生了安全事故,管理部门应该查找安全隐患,出台安全措施,不能图省事,把企业一关了之!

眼下,中小学生的课业压力很大,春游这类课外活动不仅能缓解学生紧张情绪,还可以增强集体观念、和谐师生关系,何乐而不为?晚报报道说,市区一些学校在春游前都购买了校方责任险和意外伤害险,有的学校还邀请家长参与。如此多策并举,春游这件事真没必要弄得战战兢兢的。

停车的尴尬

市区车辆骤增带来的直接问题是停车位紧张。大城市有经验,办理车辆入户手续时车主须出示停车位证明——你买车前首先要解决好停车的问题。鹰城作为三线城市还没有考虑那么多,只要买车就给你入户。随着车管所轧制车牌的机器咔嚓咔嚓响个不停,市区各个交通要道越来越堵。

买了车,停在哪儿?许多有车一族为此发了愁。市区规划的停车位有限,车主只好挖空心思,各显神通。小区停不下了,就停在人行道上;人行道上停满了,就停在慢车道上。鹰城交通秩序混乱的一个重要原因就是停车位规划不合理或者说严重滞后。

停车无序光责怪车主也欠公正。市区街头划了不少看似停车位的白线,可哪些是正规停车位,哪些是私设停车位,车主根本弄不明白,其结果是频频被贴罚单,有苦说不出。晚报报道说,郑州市来平的马先生规规矩矩把车停在了"停车位"上,结果还是被贴了罚单——交警说那是假停车位。

交警贴罚单很容易,但也应该为车主们想想,他应该把车停在哪儿?

相亲的快乐

上个周末,鹰城广场又上演了万人相亲的热闹场面。"绅士区"、"淑女区"……相亲的人宛如过节一般。

不少人想当然地以为,随着社会人际交往的多元化和网络等交际工具的普及,相亲这种形式已被人们抛弃。实际情况并非如此。社会分工的日益细化和工作的日趋繁忙,人们交往的圈子并非越来越大,有时候反而越来越小。如此一来,遇到合适伴侣的机会也随之减少。网恋看似新潮,也曾引起过不少年轻人的兴趣,但总体来看,成功的概率并不高。所以,面对面地相亲仍然为人们所青睐。在人家韩国、日本,相亲仍是选择对象的重要方式。

别小瞧了相亲大会,它比父母之命、媒妁之言进步多了。这毕竟是自己选择对象而且选择范围很广。偌大的鹰城广场,那么多人供自己选择,那么多人也有可能选择自己,参加这样的相亲大会咋能不快乐啊!

餐馆网吧烟朦胧

以我个人的感觉,现在公共场所禁烟搞得比较好的一是大商场,二是医院,三是电影院。倒不是说去这些地方的人素质就一定高,而是这些场所有管理人员在监管,遇人吸烟马上有人劝阻。

作为一个文明人,谁都知道在公共场所吸烟有违公共道德,但偏偏总有人按捺不住非吸不可。这其中,个人修养是一个原因,还有一个原因就是监管不力。网吧、餐馆等场所吸烟者较多的主要原因就是无人劝阻。其实,寄希望于市民文明素质提高和监管人员劝阻还远远不够,假如对方不听劝阻怎么办?卫生部新修订的《公共场所卫生管理条例实施细则》没有说。如果不解决这个问题,《条例》中公共场所禁烟的条款在网吧、小餐馆这类地方就难以实施。这就像"禁塑令"一样,初衷是好的,可效果咋样?除了让商家理直气壮地把购物袋由免费改为收费之外,好像效果并不理想。

故宫安保成摆设

能盗窃故宫宝物，我脑海里马上显现的是欧美大片中那些盗宝的高科技场面。很失望，此次故宫盗宝者只是位身高不足一米六的小个子，当天他只是作为游客在故宫参观时突生歹意，套用有些法律专家的话来说，是"激情盗窃"，而且时间不长就被北京警方抓获。

很多人质疑故宫的安保系统，一个小毛贼就能把故宫弄得鸡飞狗跳墙，可见故宫的安全保卫是多么不堪一击。事后，故宫有关人士向公众鞠躬致歉也是心中有愧的表现。虽然此次失窃的并非真正的国宝，但为啥展厅报警系统失灵？为啥值班人员盘问窃贼时竟让他跑了……好多"为什么"等着故宫博物院反思呢。

一波未平，一波又起。5 月 14 日，故宫博物院领导给北京市公安局送锦旗，对警方快速破案表示感谢。细心网友一看锦旗，捂着嘴笑了。锦旗上写道："撼祖国强盛　卫京都泰安"。"撼"是啥意思？以故宫博物院这样的文化单位，竟然能在错别字上出丑，真让人不好意思啊。以此想来，故宫的安保系统被小毛贼调戏，也就不奇怪了。

国际乒联是好心

第 51 届世乒赛在荷兰鹿特丹打得如火如荼，中国乒乓球队大包大揽的气势依旧如虹。一种体育运动的奖牌总是被一个国家的运动员瓜分殆尽，这种运动作为国际体育项目其实就走到了尽头。乒乓球作为国球，我们当然为之骄傲，但当国际乒联三番五次地修改竞赛规则时，我们切不可只顾牢骚满腹而不体谅国际乒联的良苦用心。

近年来，国际乒联相继推出了"小球改大球"、"11 分制"、"无机胶水""缩减奥运会单打名额"这些"改革"之后，吸引了更多的国家和地区关注乒乓球运动。从前，国际乒联还遮遮掩掩，近日国际乒联主席沙拉拉坦承：这些改革的目的除了让比赛更好看之外，就是针对中国队的一强独大。接下来，国际乒联还要推出"环保乒乓球"并借鉴网球赛制"减少局分,增加局数"。其实这些新规则的推出,不只中国乒乓球运动员会受影响,大家遵守的是同样的规则。

国际乒联把规则改来改去,也没能撼动中国乒乓球运动的强势。我们不能单方面地埋怨国际乒联的改革,对乒乓球运动来说,没准国际乒联是好心。

法庭外的鞭炮

5 月 20 日,陕西省高院对被告人药家鑫故意杀人案进行了二审宣判,依法驳回药家鑫上诉,维持一审死刑原判。据说判决后,法院外等待消息的群众放起了鞭炮。

药家鑫罪不可赦自不待言,围绕药家鑫案引发的一系列争议却值得思考。先是西安音乐学院个别学生对药家鑫的同情引起众怒,让人们对大学教育的效果产生怀疑。当时还没遭遇醉驾风波的高晓松义正词严地宣称"鉴于西安音乐学院学生集体支持药家鑫,今后音乐界将不接受他们"。接着,犯罪心理学专家李玫瑾教授的"弹钢琴理论"和被告律师"激情杀人"的辩护词又引得舆论大哗。说实在话,李玫瑾教授只是在做犯罪心理分析并无为罪犯开脱之意,律师为当事人辩护也是他的职责所在。只是药家鑫的所作所为实在令人发指,社会舆论已不容许任何其他观点存在。我相信,李玫瑾教授恐怕再也不会对社会事件轻易表态了。

可想而知,药家鑫案对当事法院的压力有多大。在鞭炮的炸响中,依法判决还是依舆论判决,这是摆在我们面前的一个新问题。

高晓松的道歉

药家鑫案曾引起高晓松的激烈反应,他放出狠话:"即便药家鑫活着出来,也会被当街撞死……"令高晓松始料未及的是,药家鑫案还未终审,在《中国达人秀》风光无限的他却因醉驾被戴上了手铐,正应了那句老话——出来混,总是要还的!

"高晓松醉驾"是社会新闻还是娱乐新闻,令不少媒体编辑左右为难。大部分编辑还是依职业习惯把这则新闻放在了娱乐版上。《同桌的你》让老狼名声大噪，其实这首歌的词曲作者都是高晓松。作为从清华退学的音乐天才，高晓松这些年在媒体上频频曝光且绯闻不断，此次醉驾被判拘役 6 个月，用他自己的话说："这不是一个简单的意外，是自己长期以来浮躁、自负的结果。"

高晓松自诩是"好时代的坏孩子"。醉驾后他真诚道歉，拒绝轻判且不上诉，说明了他内心的愧疚。看来，人在大红大紫的时候尤其不能头脑发热，连就学于清华大学雷达专业的高晓松酒后仍会迷失方向，我等平民百姓在酒驾问题上更不能麻痹大意啊。

老卡恩的七宗罪

国际货币基金组织（IMF）是玩钱的，所以说 IMF 的头儿一般没人敢惹。从前 IMF 的一把手叫"总干事"，听着像是个打工的；现在翻译成了"总裁"，果然很有派。上周国际货币基金组织总裁、知名经济学家、法国人卡恩成为世界舆论关注的焦点，连卡扎菲都给晾一边了。

有人分析说这是卡恩被政敌暗算——明年法国总统大选，卡恩的呼声远在萨科齐之上。有人说这是美国人给卡恩下的套——卡恩总是力挺欧元，山姆大叔早看不顺眼了。其实，我觉得事情未必有那么复杂。香蕉皮扔在地上，别人都没事，偏偏你老人家踩了上去，说你不长眼有点过了，那就算你倒霉吧！关键是美国人这一次下了狠手，"性侵"一桩案，检方一下子定了"七宗罪"：两项一级刑事性行为、一项一级强奸未遂、一项一级性虐待、一项二级非法监禁、一项三级性虐待和一项强行接触。而且让欧洲人最受不了的是，美国新闻媒体很少出现犯罪嫌疑人戴手铐的形象，顶多画幅漫画还原一下庭审现场；可怜卡恩，在 CNN 的直播节目中，不但手铐，连脚镣都戴着——这还没被判罪呢！

也许美国人憋着一口气，前些年大导演波兰斯基强奸案候审期间，竟从洛杉矶逃往法国，法国政府放任波兰斯基自由在欧洲来往，至今仍未归案。这一回，我让你跑！

寻找"波音737"

一辆牌号为 BY737 的丰田越野车冲上马路道牙伤了人,司机弃车扬长而去,至今事故仍未处理。晚报跟踪报道了此事,引起网友热议。有网友调侃道:"波音737,飞得有点低。"更有网友把该车半年来 21 次违章记录贴到了网上。看来这车是有点牛,真把自己当成了"汽车中的战斗机",21 次违章记录就是明证。

自从有了机动车,交通事故就如影随形。出了事故,如果是自己的责任,道歉赔偿受罚,心甘情愿,这才是应有的态度。如若相反,自己肇了事,竟扬长而去,连车也不要了。这算啥本事?偏偏交警部门也是大脾气,事故发生一周了,肇事司机仍未露面,交警采取的策略是"守株待兔"——几十万的车在这放着,肯定有人来认账。问题是,如果车主一直不露面咋办?如果碰上"李刚"咋办?受害人还眼巴巴地等着给个说法呢?

老有所乐谁买单

晚报不时能接到市民对街头老年秧歌队、锣鼓队噪声扰民的投诉。对这类投诉我保留个人想法——老年人有点娱乐不容易,连这点高兴事都给人家禁了,实在于心不忍。每天早晚,我常到鹰城广场散步,树影婆娑中,好多树下都挂着人——不明底细的还以为是谁想不开了。其实,这不过是老大爷老大妈们利用树枝在做些引体向上之类的健身运动。你可以批评这些可爱的老年人不爱护树木,但广场上仅有的几个健身器材人满为患,一没场地,二没设施,你让这些老头老太太去哪儿锻炼?

按照国际通用标准,一个地区 65 岁以上人口超过 7%,就标志着进入了老龄化社会。2000 年第五次全国人口普查时,鹰城 65 岁以上人口占 7.9%,已经迈进了这个门槛。今年第六次全国人口普查,鹰城 65 岁及以上人口为43.2 万人,占全市人口的 8.8%,社会老龄化进程加快。

人们平均寿命的延长本来是桩好事,但福兮祸所伏,随着人口老龄化,个人和社会的养老负担会日趋加重,社会劳动力结构的变化以及老年人社会文化福利的配套迫在眉睫。"老有所养"是一方面,"老有所乐"同样也要给予关注,不能让大爷大妈们整天在树上挂着呀!

作文题为难考生

高考当天,有网友制作了一幅电影海报贴在了网上——史诗级悲情鸿篇巨制《高考》/六月七日上午九时全国同步上映。海报画面取自电影《唐山大地震》。看来,高考在该网友的心中阴影未散。

把高中弄成了"炼狱",把高考弄成了"黑色的六月",当然不能怨考生。学习感觉不到快乐,学校成了"魔鬼训练营",这种学习模式若能培养出创新型人才,鬼都不信。但大家也只是发发牢骚而已,谁也改变不了什么。每年许多人仍会跟考生和家长一样关注高考,比方说高考作文。

盘点今年的高考作文,很能显示出题者素质的高低。山东卷:这世界需要你/天津卷:镜子/四川卷:总有一种期待/广东卷:回到原点/湖北卷:旧书/安徽卷:时间在流逝/北京卷:对世乒赛的看法……这些作文题都让考生有东西可写。对湖南卷作文题:谢谢大家,你们来了!网上一片冷嘲热讽,其实这个题目配有背景材料,写起来并不难。倒是河南卷《中国崛起的特点》和陕西卷《中国的发展》这两个题目大得吓人,像是社科院的研究报告,真难为了考生!

男子汉为啥宣言

记得是 1980 年吧,北京举办了一场"新星音乐会",歌唱家吴国松演唱了一首日本歌曲《男子汉宣言》(词曲由谷建芬译配)。这首歌一时间红遍大江南北,到现在我还会哼几句"在你嫁给我之前/我有话要对你说……"

晚报报道说,近日,卫东区矿工路小学面向全校男生征集"小小男子汉宣言"。小男生们好好学习就行了,还发表啥宣言?该校少先大队辅导员一番话发人深省:小男生不敢当班干部,小男生好玩小女生的游戏,小男生没事喜欢哭鼻子……

小男生现在出问题了。

应该为矿工路小学鼓鼓掌。时下,"阴盛阳衰"已经成了中国的普遍问题,体育比赛就甭提了,提了生气。你若关注一下各地卫视的选秀节目,那些大男生的娘娘腔能恶心死你!大男生热衷于扮伪娘并非一蹴而就,他是从小男生的哼哼唧唧发展而来。从小若不注重男子汉气概的培养,将来保家卫国上战场,枪声一响,小男生非撒丫子跑光不行!

"我是小小男子汉,男儿有泪不轻弹。我是小小男子汉,男儿责任勇承担。"听听,矿工路小学小男生的男子汉宣言写得多好!

"禁止令"谁来执行

两少年抢劫5元钱用来上网,新华区法院在向两被告宣布缓刑判决的同时,签发了鹰城首张"禁止令":三年缓刑期内禁止两少年进入网吧。从前看外国电影,法院会签发"禁止令":判令离婚后骚扰前妻的前夫不得出现在前妻周围五十米内。现在,鹰城也有了类似的法律判决,这应该是个进步。

很多读者关心的是谁来执行这个"网吧禁入令"。按法律规定,"禁止令"由社区矫正机构负责执行,但目前我市还没有类似机构,只好先由当地派出所执行。问题是派出所是否有人力、有精力整天对两个小毛孩儿的行踪进行监控?我觉得,这个"禁止令"应该先发给市区所有的网吧经营者,责令其执行。

一项举措的出台,需要许多跟进措施。从这件事可以看出,随着社会职能的丰富和延伸,社区在今后的社会管理中将发挥越来越重要的作用。

找零的烦恼

小时候算术训练的重要规则之一就是"四舍五入",但现实生活中遇到"四舍五入"往往就不那么简单。菜市场上一斤辣椒1元4角钱,你要"四舍五入"给菜贩一元钱,人家肯定不愿意。如果辣椒1元5角一斤,菜贩要依据"四舍五入"原则收你2元钱,你也会蹦起来。据说超市就很好地利用了"四舍五入"原则,只不过"四舍"的少,"五入"的多。这是听说,没有验证,不足为凭。于是想起了出租车调价。

市区出租车自 8 月 1 日起,5 元起步价不变,之后每公里由 1 元调整为 1.5 元。对出租车涨点价,因为经过了听证等一系列程序,我没啥意见。我感到不解的是管理部门有没有想到涨这五角钱将给出租车司机和乘客造成多大麻烦。我说的是调价后的车费找零问题。如果司乘双方都照单付费,平安无事。如果遇上双方都没零钱,就会出现问题。比方说车费11.5 元,乘客好说话,可能会给 12 元,这对乘客不公平;若司机没零钱,要么是司机吃点亏少收这 5 角钱,要么是乘客吃点亏,多付 5 角钱。如果遇上较真的司机或乘客,非在这 5 角钱上认真起来,以后关于出租车找零的争执就会多如牛毛。

找零问题看似小事,但也是此次出租车调价考虑不周之处。大事很重要,但大事往往会在细节不周上出问题。

醉驾免刑令人忧

"醉驾入刑"刚一出台,最高法院就有人表态:情节轻微的醉驾可免于刑罚。当时引得舆论大哗,连法律专家也表态:法律不能有弹性,不能乱开口子,否则会造成司法不公。我当时曾举例说:某人醉酒后深夜驾车在新城区转悠被警察查获,由于没撞着人,"情节轻微",所以可以免于刑事处罚;同是这个人,醉酒后大中午在中兴路上驾车通过,如果警察逮着他,不管他撞人与否,在刑事处罚上这位老兄肯定凶多吉少。

同一类违法行为,只是发生在不同的时间和地点,处罚结果会截然两样,这是人们争议的焦点。当时大家都是以虚拟事例来讨论,如今,"醉驾免刑"终于有了现实版。晚报报道说,新疆克拉玛依市民王某因醉驾被起诉,法院判其"免于刑事处罚",理由如下:当时"夜深人静、道路行人较少、社会危害较小且醉驾者认罪态度较好"。看来,醉驾只要选对了时间、地点,被捉后认罪态度好一点,刑罚这一关估计就闯过去了。

对法律而言,这样的判例真让人心焦啊!

锋芝婚变像电影

张柏芝、谢霆锋婚变波诡云谲,时而阴云密布,时而峰回路转,旁观者宛如看情节曲折的大片一样,有时候还真得屏住呼吸呢。近日,两位当事人终于现身说法,张柏芝直指老公沉迷网游,不是好父亲;谢霆锋也公开表示,将尽快处理家事。

想当年,这对金童玉女喜结良缘迷倒了多少影迷歌迷。尤其是张柏芝在演艺生涯如日中天之时,抽身而去,相夫教子,让人佩服得五体投地。如果陈冠希学的是计算机专业,如果他自己会维修电脑,这世界对锋芝两人一如平时般美丽。"艳照门"是锋芝关系的转折,尽管谢霆锋尽显男子气概,力挺柏芝,让世上的男人女人感叹不已,但一切已不复从前。那段时间,锋芝二人不停地在媒体上大秀恩爱。这让我心里发毛——大凡娱乐圈中频秀恩爱者,鲜有不鸡飞蛋打的。即使张柏芝飞机合照之事是媒体无中生有,锋芝二人的感情仍会产生其他变数,终归得有最后一根稻草压垮这对苦苦支撑的夫妻。

锋芝恋面临崩溃,让人们如何看待爱情纠结万分。两人由相恋到分手,由分手到结缘,由艳照门霆锋挺身护妻,到机场合照引发终极婚变大战,各位观众的爱情观随之不停地转换。爱或不爱,真成了问题。

追星乡官倒了霉

大凡娱乐晚会之类,都有一个必备环节——与台下观众搞个"真情互动",主办方或安排观众给演员献花,或与歌手同台演唱,有的时候,唱到情深意浓处,演员与观众来一个大大方方的拥抱也司空见惯。但有时候、有些情况下,观众的追星热情还是小心为妙。

6月21日,濮阳市一场"红歌会"上,著名歌星宋祖英在演唱中被当地一位追星村官"强行互动",从照片上看,小宋手持话筒正引吭高歌,旁边一位男士满面笑容左手高扬作胜利状,右手搭在了小宋的肩膀上。

小宋一生气,后果很严重。据报道,宋祖英本该唱三首歌曲,但唱了两首就不唱了；台下的领导对这位村官的举止也"很不满意"。接下来的结果就成了各都市媒体的新闻热点：该村官先被行政拘留后被免去职务。

说心里话，这位村官素质不高，举止也欠文明，被当地有关部门以"擅自离开工作岗位"为由罢了官也属活该，行政拘留好像过了些。

追星很快乐，但也有风险啊！

冠军李娜不差钱

7月4日，湖北省隆重表彰法网女单冠军李娜并颁发奖金60万元。这还不算，武汉市也准备锦上添花，再奖励李娜100万元。消息传来，引得议论纷纷。

也不由得人不议论。当地政府有点糊涂，这糊涂缘于他们没有弄清李娜与举国体制培养出的运动员不同。她"单飞"之后，身份已经转换为自由职业选手，一切走市场运作之路，自己聘教练，自己租场地，自掏腰包买机票，自己养活身边团队……温网1138.5万元人民币的奖金除了交给国家体育总局8％之外，全是李娜自己所得。李娜靠双手养活自己和团队，尽管开销很大，但真不差钱。比赛奖金只是小数目，娜姐可观的收入来自为耐克、劳力士、哈根达斯、奔驰等国际品牌代言，今年仅此一项收入就可达1.87亿元人民币！

跟李娜相似的还有"台球神童"丁俊晖，这位"自由职业者"获斯诺克英国锦标赛桂冠后，也没听说家乡无锡市给他奖房子、发票子，当地政府恰如其分地授予他"无锡青年标兵"称号并聘为无锡城市形象代言人。湖北省和武汉市授予李娜"青年五四奖章"、"湖北跨越先锋"实至名归，如果还显不够，尽可以再加上"五一劳动奖章"、"三八红旗手"、"巾帼英模"……这些才是政府权限内的事。弄不清李娜的身份，乱用纳税人的钱"锦上添花"，不引起争议才怪呢。

还有一则消息证实了李娜的不差钱。据报道，李娜决定将60万元奖金捐给武汉市孤残养老院，并表示这笔捐款将不通过红十字会，"自己亲自去落实这件事"。这事又让红十字会尴尬得不轻。

火车提速俺不干

一说火车提速,不但铁路部门一脸自豪,平头百姓也欣喜若狂。但有人不干了,当然这是个外国人,这个意大利人叫乌奥拉。

上班族乌奥拉住在意大利佛罗伦萨,他的父母住在300多公里外的锡恩。前不久,佛罗伦萨至小城锡恩的铁路要提速,由每小时70公里提高到150公里,铁路部门启动了走过场的听证会。平时沉默寡言的乌奥拉一反常态,成为听证会上唯一一位反对火车提速的乘客代表。听听乌奥拉反对火车提速的理由吧:

"每当我乘火车回锡恩看望父母,旅途都充满欢乐。我和妻子悠闲地翻开书,孩子们在车厢里玩耍。若累了,还可以欣赏窗外的自然风光。"

"每当我通知父母我要回家的时候,两位老人就会充满期待,一早就用小火慢慢炖上一锅羊肉汤。父母期待儿子回家的那种过程真是非常美妙。"

"如果火车提速,跑得疯快,我们哪有心思在车厢里看书?窗外的景色一闪而过,怎么欣赏?刚给父母打电话说要回家,一两个钟头就到了。父母再也享受不到炖羊肉过程中那种美妙的期待。所以,我们不赶时间,也不答应'被提速',我和我的家人拥有享受旅途快乐的权利。我反对火车提速。"

乌奥拉一席话说得情真意切,说得义正词严,得到了听证会上其他乘客代表的赞同,在最后的表决中,三分之二的乘客代表反对提速。

如今,佛罗伦萨至锡恩的火车仍然在慢吞吞地跑着,乌奥拉和乘客们依旧很快乐。

想想铁路提速后我们的生活吧。

造假殃及达·芬奇

名贵意大利双人床、真皮意大利沙发……当你花费几十万元将这些东西搬回家后才发现,这些所谓的进口家具不过产自东莞时,你的心情肯定糟透了。达·芬奇家居产品涉嫌产地造假经央视曝光后,把进口家具市场弄得声名狼藉。所谓进口家具,不过把国产货以出口名义运到海关仓库待几天,然后再以进口名义从仓库里拉出来就成了！

贝多芬钢琴就一定产自德国？达·芬奇家具就铁定出生在意大利？看似简单的问题让造假者弄得越来越复杂。市区优越路和开源路上有不少名字花里胡哨的进口品牌服饰店，价钱高得离谱。这些东西真的是舶来品？我不相信。如果工商部门拨冗去店里查查这些产品的原产地，估计检查人员也会直摇头。

达·芬奇家居作为一家在北京、上海、杭州等地颇有影响的连锁机构，驰骋高档家具市场12年，竟然一朝败在新闻媒体的脚下，不知相关管理部门作何感想？达·芬奇家居产地造假经媒体曝光后，你看看管理部门如何表现吧——这部门说达·芬奇家居产品质量有问题，那部门说达·芬奇家居涉及虚假宣传，杭州更有意思，干脆命令当地的达·芬奇家居关门歇业，理由是消防不达标。

唉，早干啥去了！让俺心仪的文艺复兴大师达·芬奇的名声受损。

伏尔加河好船长

伏尔加河之于俄罗斯就像黄河长江之于中国，只不过伏尔加河的水流量要大得多。7月11日央视播出了俄罗斯一艘游轮在伏尔加河沉没后的救援画面，伏尔加河波涛汹涌，河面宽得像大海一样。报道说，该河最宽处可达30公里，真是一条大河波浪宽。

让我们向一位船长致敬，他就是此次失事的布尔加号游轮船长亚历山大·奥斯洛夫斯基。当救援潜水员进入沉船的驾驶舱时，发现亚历山大船长双手紧紧地抓着船舵，竟然连救生衣都没穿。轮船遇险，最先知道消息的肯定是船长，在大部分乘客都穿上救生衣的情况下，船长拒穿救生衣的举动只能说明一个问题，那就是他压根没有打算弃船而逃，他要与轮船共存亡！这就是令人敬仰的职业精神，像泰坦尼克号船长与失事邮轮不弃不离一样。

当然，此次沉船事故也有令人遗憾的一面：有两艘经过事发现场的船只见死不救，有关方面正在追查处理；失事游轮建于1955年，56岁高龄仍在"带病"服役。连俄总统梅德韦杰夫也承认，俄罗斯最近20年来没有生产一艘河运船只。

看来，光有好船长没好船，也不中啊。

邓文迪飞身护夫

新闻集团打造的媒体帝国顷刻间险遭分崩离析,这令默多克始料不及。《世界新闻报》窃听丑闻已经引发了政界、警界及传媒界连锁地震。本来西方媒体对公众人物的监督已成传统,哪怕手段出格,也不会引发如此反响,但此次《世界新闻报》把窃听的对象对准了普通公民,才令人们不寒而栗,社会舆论反应之强烈也在情理之中。默多克的小兄弟们这回越过了道德底线。

7月19日,默多克偕儿子詹姆斯、妻子邓文迪出席英国议院听证会,其间一位叫马尔布斯的英国人突然近身试图攻击默多克,排球队员出身的邓文迪从默多克身后一个鱼跃飞身而起,扬手掌击马尔布斯。动作之迅速,连保镖都望尘莫及。邓文迪的举动引得网友一片赞扬之声,连长期对默多克持批评态度的英国议员汤姆·沃森也佩服地说:"默多克先生,你妻子的左勾拳非常漂亮。"听证会后,新闻集团的股票闻声反弹。

外媒评论称,邓文迪飞身护夫对默多克形象的提升程度,可能远远高于默多克连日来公关投入所带来的效果。

小巨人微笑退役

作家阿城曾撰文称自己从不看NBA——按标准的说法是"美国男子职业篮球联赛"。阿城说,看着一群千万乃至亿万富翁在球场上毫无斯文地赤膊上阵挥汗如雨,他实在不忍心。这当然是一家之言,NBA打得如火如荼之时,球迷们才不管谁是百万富翁千万富翁呢。

上周姚明退役闹出的动静不小,央视好几套节目一窝蜂地直播姚明退役新闻发布会。这跟追星无关,这是职业的敏感所系。姚明已经不单是一个退役篮球运动员,以他收购上海男篮的气魄,姚之队的经济实力对中国体育的影响不可小视。

姚明的成功绝不仅仅与球技相关,他之所以被美国人接受还缘于他诚实的性格、幽默的语言及谦逊的表现。姚明刚到NBA之时并不被人看好,要不巴克利也不会因跟人打赌失败在大庭广众之下去亲了驴屁股。从姚明身上我们可以深切地体会到,一个运动员的成功光靠球技远远不够,这其中必定有他的人格魅力,像姚明,像李娜,都是这样。

"高铁体"应运而生

上周,铁道部新闻发言人王勇平在"7·23"事故新闻发布会上谈及为何要掩埋车头时,面对记者质疑,高调表态说:"至于你信不信,我反正信了。"一时间,网友议论纷纷,"凡客体"、"知音体"、"梨花体"、"咆哮体"之后,"高铁体"应运而生。

据说,王勇平是我国培养的第一批行业新闻发言人,受过正规的培训。但此次他在新闻发布会上的表现实在乏善可陈。事故原因尚未弄清,他就"对高铁充满信心"——当然这不耽误他次日不坐高铁而坐飞机回了北京。对小女孩项炜伊在官方宣布"车体已无生命迹象"十余个小时后被救出,王勇平的解释是:"这只能说是生命的奇迹。"这好像是在纳闷:该死的人怎么会活过来了?

新闻发言人如何对待媒体和记者,是把他们当作工作伙伴和职业朋友,还是把他们当作对手、对头或不得不应付的对象?态度决定表现。王勇平在新闻发布会上尽管鞠了躬,但之后过于自信和强势,一直"居高临下",好像台下的记者在求着他买火车票一样。你既然抱着"信不信拉倒"的态度来见记者,这个新闻发布会的初衷就令人生疑。

温总理在事故现场答记者问时说得好:"关键在于让群众得到真相。"这才是各行各业对待新闻媒体的正确态度。

烧烤摊烤的啥

夏夜,烧烤摊成为鹰城街头一景。尽管整治街头露天烧烤呼声不断,但烧烤的势头依旧不减。烧烤摊上都烤的啥肉?无外乎羊肉、鸡肉、鱼肉……但读了上周晚报一则报道,估计会让好多喜爱烧烤的食客胃口大减。

汝州警方近日抓获一个奇怪的窃贼,专偷猫、狗,捎带着逮些老鼠、黄鼠狼之类的动物。你若问这些猫啊狗啊老鼠啊黄鼠狼啊送到哪里去?说出来令人吃惊,竟然送到了夜市烧烤摊上。也就是说,你每晚在夜市烧烤摊上吃的这肉那肉,不见得货真价实,弄不好就是猫肉或者老鼠肉也说不定。

真让人气得不能行。这些坏家伙一旦在吃的东西上打主意,老百姓就防不胜防了。油是地沟油,面是漂白面,瓜是催熟瓜……好不容易下了班想在夜市上放松一下,结果吃的又是老鼠肉,你说还让不让人活了?

都说民以食为天,监管部门再不作为,早晚天会塌了。

谁是中产阶级

在国外,所谓中等收入阶层的另一种称呼是"中产阶级",尽管这部分人跟大富豪不能相提并论,但他们喝着红酒,坐着小车,住着郊外别墅,收入不错、住房不错、社会保障也不错。这部分人被当作稳定社会的基石,富人和穷人再闹腾,社会也许波澜不惊;中产阶级一发力,社会非乱套不可。

8月3日,中国社会科学院发布《2011中国城市发展报告》披露,我国城市中等收入阶层人数已达2.3亿,占城市人口的37%。近四成城市人口成为"中产阶级",网友纷纷质疑自己"被中产"。如果城市人口中不到三个人就有一个人是中产阶级,那中国离理想的"中间大,两头小"的"橄榄形"社会结构就不远了。事实当然不是这样。你问问你周围,有几个人是有房有车不为社会保障而忧心的"中产人士"?真的不多啊。至少没有达到37%。我们不知道社科院的专家是如何测算"中等收入阶层"的,若按个税起征点3500元作为"中等收入阶层"的标准,是不是也太低了些。各地的经济社会发展条件不同,中小城市月收入3500元也许算得上是中等收入,但在北京、上海等大城市,这个收入恐怕离"中产"还远着呢。

舆论质疑社科院的研究报告,主要是看不出判定"中等收入阶层"的具体依据,笼统地说中国城市人口37%已经成为中等收入阶层有点操之过急。一方面,喜呵呵地宣布近四成城里人成为"中产阶级",一方面又说城市中低收入阶层比重依然偏大。让人有点越看越乐不起来,越看越不明白。

小县流行日语

　　当年,东三省最先落入日寇之手,东北人最先品尝亡国之恨。从这一点来看,尽管中日友好是大势所趋,但以我的愚笨脑袋,总以为东北人更应该难忘国耻。

　　其实不然。黑龙江有个方正县,当年日本"开拓团"作为侵华日军殖民战略的一部分,在方正县这块沃土上从事农业生产并为关东军站岗放哨,很多人在当地病亡。六七十年过去了,方正县的领导突然想起要利用日本"开拓团"这个资源搞招商引资,不但耗资 70 万元为日寇"开拓团"立碑,而且明令县城街头商铺的牌匾都要写成日文! 此事引起舆论强烈不满甚至有人义愤填膺前去砸碑一点都不奇怪!

　　方正县有关人士堂而皇之地说,立碑是为了让后人了解历史,体现中华民族胸怀,倡导中日和平。真是不要脸啊。抗日战争期间,日本人掳掠大量中国劳工至日本从事苦役,死者无数,可曾见日本人给这些冤死的中国人立过碑? 这还不算,至今日本人连个真心的道歉话都不愿说。人家侵略你、奴役你,到现在一点悔意都没有,你还厚着脸皮去跟人家谈和平、论胸怀? 8 月 2 日,日本的最新《防卫白皮书》出台,大肆渲染"中国威胁论",其言辞咄咄逼人,锋芒毕露。在这种情形下,又是给人家立碑,又是提倡讲日文,真是丢中国人的脸啊!

家务事惹争议

　　分手仍是朋友。这是小说家做梦时说的话。宋丹丹本是个性情中人,看似大大咧咧的她从不回避婚姻的失败,有时候还在镜头前祝福前夫英达婚姻幸福。但春去秋来,丹丹心中对英达的怨怼好像越积越深,前些时终于爆发,一条大骂英达"不是人"的微博,引得网友议论纷纷,一边倒地指责英达无情无义。

　　据说宋丹丹跟英达离婚时曾有约定:不互揭隐私。英达离婚后为啥不再见儿子巴图? 其中的原委局外人自然不明就里。但近段丹丹一反常态,频频向前夫发难,反倒让人对丹丹现在的婚姻状况产生了些许怀疑。自己过得风调雨顺,就会常怀宽容之心；自己诸事不遂，不免会埋怨别人，首当其冲的当然就是那个挨千刀的英达。偏偏这个王八蛋现在过得如鱼得水、滋滋润润，不骂他骂谁？

英达近日做客深圳卫视时对宋丹丹指责自己做出回应："分开就是分开了，不然对谁都没有好处，也会对新家庭造成伤害。我深知，要开始新的生活，就要把原来的一页彻底翻过去，包括不见孩子。"尽管网友对英达此番言论颇有不满，但仔细品味，英达的一番话对再婚者而言，并非毫无借鉴。

帮你算道数学题

普法宣传是一门学问，有时候就是一道简单的数学题。市区轻工路派出所在辖区设置公示栏，将"打架成本"广而告之，引得赞声一片。

"打架前，请算一算成本！轻微伤成本 = 5 至 15 日拘留 +500 元至 1000 元罚款 +医药费 +误工费等赔偿 +拘留少挣的工资……家庭成本 = 家人担惊受怕 + 亲人怨恨 + 朋友担心 + 自身不良记录 + 本人名誉受损……"公示栏上的治安宣传不再是"严禁打架斗殴"的空洞口号，而是一清二楚的生活语言。这样一道数学题算下来，很多冲动的市民也许会冷静下来。实际上，许多治安纠纷的参与双方都没有算明白这笔账，换句话说，警方没有把这笔账给当事双方算清楚。甲乙两人发生了摩擦，甲为显示吃了亏往往会住进医院，乙不甘落后也会住院检查。听说甲做了 CT，乙也 CT 奉陪……本来没啥毛病，双方各住院一周，一套检查下来，上万元就花出去了。警方经调查，处理的结果是责任各负一半，这一万元就算是白花了！如果警方提前把这道算术题给当事双方说清楚，相信好多纠纷处理起来就容易多了。

看来，跟轻工路派出所公示"打架成本"一样，其他工作若换个思路，也会事半功倍。

选郎选房细思量

男要入对行，女莫嫁错郎。这是老话，有点过时。啥算入对行？现在年轻人跳槽比刘翔跨栏都快，只要有个高薪就算入对行了。为啥要嫁对郎？从前女同胞婚后的衣食住行都要靠男人维持，所以要嫁个有衣食保障的男人才行。现在时代早变了，许多女同胞比男人的工资还高，婚后到底是谁养活谁还说不定呢。

最新出台的《婚姻法》解释引得网友议论纷纷。不少女同胞对相关解释颇为不满。焦点有两个，一是婚前贷款买房，谁买归谁；二是婚后父母为子女买房，另一方无权分割。本来最高法这个司法解释主要是为了保护个人的婚前财产，是一种进步的司法理念，但不少人都片面地将之理解为是"重男轻女"。21世纪了，为啥现在还有那么多女同胞依旧缺乏独立意识，总想依附在男人的肩膀上？嫁给你了，你的就是我的——这是传统观念。现代婚姻观念应该是，嫁给你了，希望白头偕老；如果出现不测，那么你的是你的，我的是我的。

说实在话，眼下婚姻双方在成家前关于感情之外的算计太多，房子问题、车子问题、财产问题……弄得不像与相爱的人结婚，倒像是在买股票，看业绩、看年报、看基本面，有的甚至考虑做短线还是做长线，跟做生意差不多。

仔细品味最高法的解释，其实保护的是双方的财产利益，并非只保护男方。

教授有话直说

海军少将张召忠教授近日又成了网友热议的话题——挺谁谁死。当年美军兵临巴格达，张召忠预言萨达姆已布下天罗地网，美军将在巴格达的巷战中陷入人民战争的汪洋大海。后来形势的发展令人大跌眼镜。此次北约联军开始狂轰利比亚，张教授对卡扎菲充满信心，举了很多事实，证明利比亚不是伊拉克，卡扎菲更不是萨达姆。可惜张教授言犹在耳，卡扎菲的根据地阿齐亚兵营已被反对派武装攻占，卡扎菲他老人家曝尸街头。

CCTV-4《时事聚焦》栏目的收视率颇高，这与特邀嘉宾张召忠教授关系很大。平心而论，尽管有时候说到兴头满嘴跑火车，但张召忠对国际军事形势的分析说对的多，说错的少。我本人倒是挺喜欢张教授，喜欢他观点鲜明，不顾左右而言他。央视上有些专家也经常分析国内外大势，但云里雾里，吞吞吐吐，永远也不会说错话，永远也弄不清楚他在说什么。相比而言，张召忠在节目中不隐瞒自家观点，有一说一，自成体系，想说的话该说的话一览无余。这样的专家应该力挺才对。

本山财大气粗

本山大叔发财之后,不仅办公司、买飞机,物质生活获得了极大的丰富,精神生活也相当过瘾——大叔所到之处,高接远送,呼风唤雨。前些时,本山大叔的商务专机途中遭遇恶劣天气,迫降常德机场,本来稍事等候就可继续飞行。好家伙,一听本山大叔来了,常德市长大人亲临机场并登上专机慰问压惊,还亲切地与本山大叔合影留念。在这种待遇下生活、演出,本山大叔是个啥心情可想而知。所以说,当本山大叔在《乡村爱情故事》研讨会上听到中国传媒大学曾庆瑞教授说了几句批评意见时,当场就翻了脸。草根出身的赵本山,也挡不住捧杀的结局。

北京东城区有个晋冀会馆,是个文物单位。有钱能使鬼推磨,本山集团硬是有本事将这个四合院改造成了"刘老根会馆",据说专营东北菜,里面还建了个六七十平方米的游泳池。多亏网友爆料,文物管理部门才像模像样地开始调查处理——你想想,如果不是文物管理部门默许,谁敢在文物场所盖游泳池? 本山大叔真不瓢!

要想让一个孩子学坏,很简单,他想干啥干啥,全家人都宠着他;要让一个名人变臭,也不复杂,全社会都宠着他,让他充分膨胀,用不了多长时间,这人就到头了。

餐桌谁来过问

安徽一位菜农向新华社记者透露,自己种的豆角从下地到上市,要喷洒 11 种农药,这期间打啥药、打多少全由他自己说了算,没有任何部门监管。这消息登在上周三的晚报上,直到今天我都没敢吃豆角。

这些年,不敢吃或不敢放心吃的东西太多了。看着超市各色杂粮馒头不敢买,怕它是"染色"的;看着市场上肉太瘦了不敢买,怕它是"瘦肉精"培育的;看着超市里月饼包装华丽,却想着它可能是去年的馅料炮制的;酱油和醋是勾兑的,草莓是激素催红的,葡萄酒是糖精加酒精加水配出来的,豆芽是用增长素、无根素培养的……在这种危机四伏的食品环境下,大家依旧谈笑风生,可见中国消费者的心理状态是最淡定的。

当然,这种淡定充满了无奈。一根豆角也许微不足道,但它从生长到出现在老百姓的餐桌上,管理部门的这费那费可没少收。俗话说:收人钱财,帮人消灾。收这费那费的部门总得鉴定一下这豆角敢吃不敢吃吧?

郭美美余威犹在

郭美美小姐无论如何也想不到,她几则小小的微博竟然搅动得大江南北、长城内外风波骤起,至今不息。一个小姑娘真假难辨的几句话和几幅图片能令中国蒸蒸日上的慈善事业遭遇危机,虽然匪夷所思,但也暴露出中国式慈善的软肋——善款分配不透明、相关人员缺乏职业素养、经不起公众和媒体质疑等等。

郭美美的影响远未结束。由于公众对红十字会的信任出现了危机,竟然在慈善行业之外引发连锁反应,我市曾经风生水起的无偿献血热潮大幅降温,市区医院用血出现了“血荒”。市中心血站负责人无奈只好通过晚报向市民解释:血站隶属于市卫生局,跟红十字会毫无关系。令人哭笑不得。当一个人或单位竭力向公众表明我与另一个人或单位是一家人时,这后一个人或单位的口碑和社会形象肯定得到了主流社会的认可;但当一个人或单位试图与另一个人或单位划清界限时,这后一个人或单位的社会评价可想而知。

红十字会如何重塑公众形象是人家自己的事,咱插不上话。实事求是地说,各地中心血站确实跟红十字会没多大关系。有的地方尽管也叫红十字会血站甚至有时会挂个红十字标志,但这是为了方便对外交流——国外的血液中心多由红十字会主办。我查了查《中华人民共和国献血法》,上面说得很明白:中国红十字会只参与无偿献血的宣传、动员和表彰,血液的采集、化验、保存和使用等工作都由卫生部门负责。

热心公益的无偿献血志愿者们,继续奉献你可贵的爱心吧。郭美美跟血站没关系。

老太太迷失山林

前些年,常在报纸上看到西方国家有独居老人死在家中数月甚至数年无人知晓,这类报道试图反映的是资本主义社会的冷酷本质。现在看来,恐怕事情没那么简单。进入老龄社会后,对老年人的关爱应该是一个普遍的社会问题,跟制度无关。晚报报道说,新华区一位古稀老太太 2009 年年底在市郊走失,家人几经寻找无果。这位老太太上周在市郊山林中被发现时已然化作白骨一堆。警方已经排除了刑事案件的可能,也就是说,这位老太太是在迷路后无法与家人联系而离开了人世。

据最新的统计显示,我国 60 岁以上老人所占总人口比例已经突破 13%,到 2015 年将超过 2 亿人。老龄社会不仅需要全社会提升关爱老年人的道德素质和人文环境,关键还要有与之相配套的硬件建设如老年活动中心及托老所和老年公寓等。如今独生子女成家立业之后,大都奔赴四面八方,依赖子女养老终将成为历史。如果把子女虽在本地但不住在父母家中也称作空巢家庭,这类家庭所占的比例将越来越大。父母年纪大了怎么办? 警方的建议是出门时要在胸前挂个联系卡,上面写清楚家庭住址、联系电话等。这当然很重要,但更关键的是,怎样提供足够的公共场所,不但让老人们老有所养,还要老有所乐。

谭咏麟说实话

央视中秋晚会演出阵容强大,虽说有关部门放风要限制港台艺人在内地荧屏露脸,但央视好像不在此限,看看央视秋晚节目单,几乎将港台一线二线三线歌手艺人一网打尽,真是群星璀璨。网友们有时候有点不太厚道,本来其乐融融,电视一关想赏月赏月,想睡觉睡觉,偏偏有人抓住这台晚会歌手对口型一事大做文章,攻击央视秋晚假唱。

其实,大型电视直播晚会为保证播出效果,要求歌手提前录音,演唱时对口型已经是业内常规,并不奇怪。鹰城的电视春节晚会歌手也同样对口型。问题是,本来实事求是地给观众解释一下就可以的事,央视官方微博却以技术故障为由顾左右而言他,不承认假唱,这未免太低估了网友的智商。网上好多事越闹越大的原因就是当事方总以为网友是乌合之众,几句话就可以打发了。其实,像秋晚这类公益演出为保证全球转播的质量而事先录音并无不妥。文化部《营业性演出管理条例实施细则》要求严禁假唱针对的是商业演出,对公益演出并无具体规定。央视大可不必死要面子活受罪,承认对口型并不丢人。

在央视秋晚靠一曲《爱在深秋》引得如潮掌声的谭咏麟对媒体坦承,他唱的这首歌确实是对口型,但年近六旬却依然看似"26 岁"的谭校长表示:对口型是晚会要求的,他本人更乐于真唱!

谭校长是个老实人,老实人坦然地说出了老实话。

店主使眼色

"秋波是秋天的菠菜"——赵本山一句台词将成语解构得笑声一片。据说,"暗送秋波"语出《三国演义》。当年,女间谍貂蝉对吕布"秋波送情",这秋波暗送不当紧,一下子就解除了吕布的思想武装。"暗送秋波"翻译成大白话就是私下里使眼色,表达点个人的小意思。

现实生活中的使眼色跟古书中的意思大不相同。晚报报道说,王女士与丈夫在饭店就餐时遭遇小偷,当时女店主频频向王女士以眼神示意预警,怎奈当王女士明白了这眼神里的意思时,小偷已经得手逃之夭夭。钱物被窃,王女士与女店主当然引发一番争执:一方埋怨店主为啥不出手制止;一方委屈地声称我已经给你使眼色了。双方纠缠不清,警方已经介入调查。

这件事告诉我们,作为消费者光会讨价还价已经落伍,外出消费还须眼观六路、耳听八方,要快速理解店方各种眼神所传递的暗号。在眼下复杂的治安形势下,那位女店主也算做到了仁至义尽,靠"使眼色"示警也是无奈之举。常坐公交车的市民都有经验,当售票员频繁地向你吆喝"往里走往里走"时,那不是在啰唆,而是向乘客发出警报:当心你身边有贼!

从店主使眼色到售票员频吆喝,其实都是好心之举。不过有点无奈罢了。

"四少"变"恶少"

前些时看到媒体上提到"京城四少",还以为是娱乐圈中的人物,没当回事。待读了晚报关于"京城四少"王烁因非法持枪被公诉的报道后才惊诧不已。所谓"京城四少",原来是真实存在,真的是四位富二代!

同列"京城四少",富二代王烁与王珂在王府井街头相遇,一人驾大众,一人驾奥迪,同属德国车系。"二少"相遇分外眼红,言语相讥之外,王烁竟持枪威胁王珂,那王珂岂是低调之人,遂驾车尾随。当然,王烁更不是省油的灯,竟在京城王府井闹市驾大众急速倒车撞击王珂之奥迪,结果导致奥迪着火烧毁,损失不菲。

皇城根下,竟有"少爷们"如此跋扈,可见钱这东西带来的远不止是物质上的丰足,如影随形般带来的是精神上的膨胀。"四少"与"恶少"也就一字之差,如果不煞煞少爷们的嚣张气焰,法治这个词恐怕只会印在纸上。

想想看,若不给"京城四少"泼一盆冷水,保不准"省城四少"、"鹰城四少"也会应运而生!

娜姐中网一日游

温网冠军李娜止步中网首轮,而且败在了资格赛选手罗马尼亚的尼库莱斯库之手,比赛第二盘竟吃了"鸭蛋"。这不仅让赛事主办方大失所望,也令赞助商频频摇头,更令喜欢李娜的球迷国庆期间块垒难消。

亲临赛场助兴的杨澜、赵薇、吴奇隆、葛优以及苍井空也弄不明白:曾经如日中天的李娜咋会在家乡父老面前输得一点脾气也没有?其实,这其中缘由李娜自己最清楚。温网夺冠之后,李娜满耳赞扬之声,一下子签了10家赞助商。别以为签了约,收了钱就可以回家睡大觉了,哪有这等好事!拍广告宣传片、出席商品推介活动……想想看,李娜用在训练上的时间还剩下多少?更让人不解的是,为李娜温网夺冠立下汗马功劳的丹麦教练莫腾森前不久突然被李娜解雇,理由是"找教练就像谈恋爱,不合适就分了呗!"把谈恋爱跟聘教练相提并论,实在有点不伦不类,这不,重开"夫妻店"的娜姐团队炒掉教练后马上就在中网场地上载了个大跟斗。

尼库莱斯库在大胜李娜后说了一句让人挺难受的话:"抱歉,让 13 亿中国人失望了。"球迷当然失望。但尼库莱斯库并不明白,关注李娜惨败的人恐怕没有 13 亿那么多,大多数中国人还在焦虑的是工资、房价、医药费之类的问题。

诺奖揭晓惹关注

黄金周期间,诺贝尔奖各奖项依次揭晓。今年诺贝尔医学奖成为新闻热点。

此前,向来有诺贝尔医学奖风向标之称的国际生物医学大奖"拉斯克奖"由中国女科学家屠呦呦获得,不少业内人士预测:屠呦呦将以其对青蒿素的研究获得诺奖。结果大失所望,今年的诺贝尔医学奖被美国科学家布鲁斯·巴特勒、卢森堡出生的科学家朱尔斯·霍夫曼和加拿大出生的科学家拉尔夫·斯坦曼分享。而且诺奖评委会今年大摆乌龙,竟一反不给死人颁奖的常规,将奖项颁给了已故加拿大科学家斯坦曼。诺奖评委会给出的理由是:不知道获奖者三天前病故。

很多人喜欢对诺奖说三道四,其实,诺贝尔奖除去和平奖、文学奖经常引起争议外,很少有人对自然科学类奖项说长论短。以斯坦曼为例,他获奖的贡献主要是研究如何开发新型疫苗治疗癌症。4 年前,斯坦曼患上了胰腺癌。他就用自己发明的基于树状细胞的免疫疗法给自己治病,使其生命得以延续。

至于屠呦呦没有获奖,目前学术界的共识是:诺贝尔医学奖一直重视基础理论研究,而屠呦呦的特长在于临床应用。青蒿素虽然在治疗疟疾方面有特效,但此前已有奎宁等药物出现,青蒿素并不具有排他性。而且青蒿素的国际市场已被国外大药品公司掌控,中国企业已沦为原料供应商或为外企打工,影响有限。

但无论如何,诺贝尔奖每年的颁奖仍然引起各国关注。

苹果依然甜蜜

乔布斯的离去并不突然,但他的离去引起的反响堪称空前。网友纷纷热议对人类作出巨大贡献的三个苹果:亚当和夏娃的苹果、牛顿的苹果、乔布斯的苹果。

一个仅上过6个月大学的人能把苹果公司做得风生水起,长期引领IT界风气之先,绝非偶然。乔布斯个人的创业史其实就是一部励志大片,甚至不用编剧,原版纪录就行。17岁时,乔布斯就信奉一句格言:把每一天当作最后一天。他身体力行直到一语成谶。身患癌症后,他仍然创新不止,iPhone、iPad……将电子产品由高端向大众普及。

乔布斯的成功之路绝非一帆风顺,他30岁时曾被苹果公司董事会解雇——自己会被自己创办的公司解雇?这是让我们中国人大为不解的事情。这也正是现代企业管理制度的妙处所在,乔布斯也承认这次解雇对他来说是一剂"苦口的良药"。

乔布斯在斯坦福大学毕业典礼发表过一次演讲,他殷殷寄语年轻人要"求知若渴,大智若愚"(Stay Hungry. Stay Foolish)。这也许是他一生的总结吧。

乔布斯告别了苹果,但苹果依然甜蜜。

一代枭雄云烟散

在中原地区烧秸秆的刺鼻烟味中,传来了卡扎菲被俘死亡的确切消息。手机拍摄的视频画面令人震惊,受伤后的卡扎菲在众人呐喊声中遭到群殴并被拖拉在地。随后利比亚执政当局宣布卡扎菲"被俘后伤重死亡"。一代枭雄就此告别了喧嚣舞台。

比萨达姆躲在洞穴中被俘受辱后判了绞刑,卡扎菲死得稍微有了点尊严。但与当年智利总统阿连德头戴钢盔、手持AK-47与政变部队决一死战的高大形象相比仍相去甚远。阿连德身中17枪后倒在了血泊中,至今智利人仍奉他为英雄。据报道,卡扎菲走出藏身的下水道时,竟向执政当局士兵大喊"不要开枪"——他是出于怕死而大叫,还是觉得自己仍然一言九鼎,一句话就可以让士兵们放下武器?如今已是死无对证。事实是卡扎菲错了,他已经成了一个生活在幻想中的老人,他不知道自己已经被时代所抛弃。你说"不要开枪"人家就不开枪了?结果啥样?卡扎菲的死因连利比亚执政当局也说不大清楚,一会儿是"腿部受伤",一会儿是"腹部中弹",一会儿又是"头部中枪"。反正是被俘后遭枪击,死得不明不白。

我们尊重利比亚人民的自主选择,但这种选择是来自人民抑或是西方列强,一句话说不明白。

0∶15 谁丢人

上周，一场孩子间的足球赛引起了国内媒体的关注。俄罗斯伊尔库茨克州少年足球队与北京地坛小学足球队举行了一场友谊赛。结果大跌眼镜，地坛小学队以0∶15的悬殊比分惨败于客队脚下。

要说是友谊赛，值不得媒体大惊小怪，但气人的是足协官员对这场比赛的态度。本以为足协得知了这个消息肯定会痛心疾首，大声疾呼"救救足球"。出人意料，中国足协青少年部主任孙哲东对此不以为然地说："0∶15不丢人。"从视频上看，俄罗斯这群孩子稚气未脱，像幼儿园大班刚毕业一样，个头仅到中方球员的腰部。40分钟内被人家连灌15个球，作为专业人士竟然表示"不丢人"。我真想不出还有啥称得上丢人！这之后，输越南不丢人，越老挝不丢人，输阿富汗也不丢人，中国足球就彻底放下架子了！也许是为了挽回点面子，次日，中方又派出北京小学足球赛冠军队跟俄方这支"00后"的球队较量，结果仍以3∶7败下阵来。

据报道，目前中国足球注册球员仅有8000人，还不及越南注册球员的两成——越南队可一直被中国足协视为"鱼腩"呀。这个数字很能说明中国足球目前面临的首要问题：足球基础薄弱。这个问题不解决，光靠聘洋教练只是治标不治本，长此以往，正式比赛中输给越南也只是个时间问题。

获奖电影谁看过

金鸡奖颁奖快一周了，但影迷仍在议论纷纷。议论的焦点是：荣获最佳故事片的《飞天》大家都说没看过。不光是《飞天》，摘取金鸡奖奖项的大部分影片在电影院里都看不到。观众没看过的电影能获电影大奖，确实有点说不过去。但电影节组委会主任康建民态度强硬地说："金鸡奖是专家奖，不会考虑这部电影是否进入市场、是否经过观众检验。"

这话说得有点掉板。说白了，电影跟绘画、书法、诗歌这类艺术形式不同，电影属于大众艺术，是以大众的认可作支撑的。毕加索的画老百姓不见得欣赏，但专家说好得不得了,这就决定了毕加索的作品可以买到天价;一部电影的优劣光专家说好,观众不认可,等于白搭。至于说"金鸡奖是专家奖"更是强词夺理,专家首先应该是观众,然后才是专家。如果专家不把自己当作普通人,说得难听点,不把自己当人,这种心态下评出的电影肯定会引起争议。人家"奥斯卡奖"算不算专家奖? 应该算吧。你看看,哪一届的奥斯卡最佳故事片不是叫好又叫座? 说到底,把电影这种大众艺术弄得脱离观众,以专家奖来自我陶醉自我满足自娱自乐,专家们真应该清醒清醒了。

孝子如何定量培养

在具有世界影响力的车展上,一些知名轿车厂家常会推出几款"概念车"。这些所谓的"概念车"或造型奇特,或马力超强,或低碳环保……这种类型的车有一个共同的特点:永远处于创意阶段,永远不会批量生产,因而永远是一种"概念"。

近日,中华伦理学会慈孝文化专业委员会启动了一项工程,信誓旦旦地说要用 5 年时间在全国培养 100 万中国孝子。这活动听起来很美,但仔细一琢磨,觉得颇有点"概念车"的意思。培养孝子的现实意义自不待言,但一个学术类团体如何在 5 年内把这 100 万孝子培养出来令人不敢相信。啥是孝子? 谁是孝子? 新时期的孝子有啥新内涵? 这些问题尚未弄明白,就大张旗鼓地启动"孝子工程",有点过于着急了。

这个活动的初衷是扭转"重知识、轻德育"的社会现状,但该协会的调研报告明确指出:孝心与学习好关系密切,96% 学习成绩好的学生都有孝心。这又让人糊涂了,所谓的培养孝子,阴差阳错地又跟重知识、培养学习成绩好的学生弄成一回事了。

学习成绩好与孝心到底有多大关系我说不清楚,但深圳那位打骂父母的公务员北大毕业,你能说他学习成绩不好? 说到底,孝心的培养是个系统工程,用时间来限定、用人数来量化有点糊弄人的感觉,不靠谱。

党报妙解楼市迷局

当今中国，最扑朔迷离的行业就是房地产，最令人眼花缭乱的广告词来自在建楼盘。11 月1 日，《人民日报》第16 版的内容引发读者和网友热议。一向正襟危坐、不苟言笑的主流大报一改往日风格，拿出一整版的篇幅用轻松调侃的语言来为读者解读楼市广告迷局，令人耳目一新。

买过房子的消费者都有切身感受，看楼盘推介广告，美轮美奂，令人陶醉，但一到楼盘现场，却感觉似是而非，宛若空中楼阁。且看《人民日报》如何为读者解读楼盘广告的云遮雾罩。如若这个楼盘地处偏僻，那就是"告别闹市喧嚣，独享静谧人生"；如果这个楼盘周边嘈杂不已，那就是"坐拥城市繁华，感受摩登时代"……以此类推，弄个圆顶，就是巴洛克风情；搞个楼尖，就是哥特式建筑；弄个喷水池，那就是英伦风尚，北欧享受；门口设个保安，就自吹自擂地说是"私人管家、尊贵生活"……《人民日报》的编辑很用心，把楼市广告的惯用伎俩分"地段篇"、"规划篇"、"配套篇"再配上漫画，生动形象地解读给读者。这也是新闻界"改文风"的一个实例。

虫子办理身份认证

各类虫子以后须办个身份证或护照之类的东西，以备不时之需。这不是在开玩笑，消费者王先生真是遇到问题了。

上周，中央人民广播电台报道说，青岛消费者王先生在一家专卖店为孩子选购了一桶荷兰原装进口奶粉，使用时竟在奶粉罐里发现了一条虫子。经销商也承认，按照虫子的排泄物来看，虫子应该是在开罐前就在奶粉里了。最初，经销商表示可以赔偿两小桶奶粉。遭到王先生拒绝后，经销商翻了脸，恶狠狠地说："我们原装进口的奶粉生产链都在荷兰，你怎么证明长在奶粉里的虫子就是荷兰的虫子！你能证明我就按要求给你赔！"

许多人看了这消息都气得肚子疼，我也为中国消费者的弱势地位而叹气。经销商如此欺负消费者,无非仗着自己经营的是外国品牌。一跟外国挂上钩,连卖东西的人说话都变了味。外国奶粉贵得离谱,消费者无非图的是它的质量。如今,外国奶粉质量出现了问题,竟然这样对待中国消费者,管理部门至今也没啥正式表态。这未免也太不负责任了吧?

这家荷兰奶粉中国总公司市场公关部的黄女士至今仍表示,必须鉴定虫子的产地,否则不能赔偿。

是否幸福

前些年,歌曲《幸福在哪里》非常流行,女歌手充满感情地唱道:幸福在哪里/朋友我告诉你/它不在柳荫下/也不在温室里/它在辛勤的工作中/它在艰苦的劳动里/幸福就在你晶莹的汗水里……唱得真好听,品味歌曲,幸福跟汗水的关系非常之大。

2011年,你幸福吗?11月4日,《求是》杂志所属的《小康》杂志发布了与清华大学联合开展的"2011中国人幸福感大调查"的结果。调查显示,60.2%的受访人表示"非常幸福"或"比较幸福",近四成人"没有幸福感"。以《求是》杂志的权威,我们应该相信此次调查的真实性。六成人整天唱着"拍手歌"感到很幸福,我们自然觉得欣喜;可四成人没有幸福感仍令人心中沉甸甸的。以中国13亿人口计,四成人就是5亿多。这么多人找不到幸福的感觉,可见我们的社会经济发展依然任重道远。

在此次公布的职业幸福感排名中,我们看到了一个不愿看到的顺序:最具幸福感的是单位领导,排在末位的是农民和农民工。领导当然很辛苦,但这个排序跟《幸福在哪里》唱的"幸福在晶莹的汗水里"就有点对不上了。啥时候领导感觉很累,幸福感排在靠后的位次,这四成人的幸福感就找到了。

与谁合影

明星与明星照个相,明星与粉丝合个影,这在娱乐圈司空见惯。可近日两幅合影照引得舆论大哗:一幅是宋祖英、杨澜与苍井空的合影,一幅是京剧大师梅葆玖与苍井空的合照。

娱乐圈炒作成风甚至不择手段为的是引人关注,扩大自身影响。但以宋祖英和梅葆玖的知名度,实在用不着再炒作啥话题新闻了。问题出在了苍井空身上。我绝不是歧视苍井空小姐,靠个人奋斗出人头地用不着别人说三道四。但苍井空与芙蓉姐姐合影时为啥没人指手画脚? 大概娱乐圈中也有格调高低之别。苍井空乃日本著名 AV 女优,啥是 AV? 说的文明点,叫"成人电影";说得直白点,就是"色情影片"。苍井空小姐以其 G 罩杯"童颜巨乳"的特色在亚洲甚至欧美都有粉丝追捧。这两年,苍井空在日本人气下滑,于是试水中国娱乐圈,开中文博客,造访新浪总部,出席各类商业活动……很是热闹。

不知道宋祖英和梅葆玖得知站在自己身边的苍井空的身份时该做何感想。反正,策划合影的日方公司已向宋祖英和杨澜"真诚道歉"。

身边的风景

起伏的山丘,绿茵茵的草地,蓝莹莹的天空,懒洋洋的白云——这幅 Windows XP 默认桌面背景陪伴过许多微软视窗用户。很多人以为这是电脑制作的画面,其实这是美国一位普通摄影师随手拍摄的风景照。

1996 年初的一天,摄影师奥里尔驾车去接女朋友,路过美国加州纳帕山谷附近,当时刚下过雨,车窗外青翠欲滴。出于职业习惯,奥里尔随手拿出相机拍下了眼前的美景。要知道,当时数码相机还没问世,创作这幅照片的是一部普通相机。后来这幅照片怎么传播出去,怎么被微软公司选中,奥里尔毫不知情。直到微软与他联系要买下照片版权时,他才知道自己"中了大奖"。如今,这幅照片的观众已超过十亿。不过,奥里尔很少看到自己的这幅佳作,他的苹果电脑使用的并非微软操作系统。

每天,我们身边都有类似的奇妙风景,只不过我们缺乏奥里尔那双敏锐的眼睛。

造假的金罐

总以为吃造假之亏的是普通百姓,不料想连奥运冠军也未能幸免。奥运会柔道冠军庄晓岩19年后才发现,1992年她和其他18位奥运冠军获颁的奖品健力宝金罐并非当初承诺的纯金,而是个只值50元的假货! 1988年奥运会跳水冠军高敏也发现,自己当年荣获的健力宝金罐"主要成分是铜,黄金含量几乎为零"。我的天,造假弄到奥运冠军头上,让我们老百姓真没啥说的了。

据报道,即使这些所谓的金罐真的是纯金制作,按当时的金价也就是1万元左右,与健力宝公司宣称的"每个金罐价值4万元"相去甚远。以健力宝公司当时那么雄厚的实力,那么响当当的品牌,竟做出这样下三烂的事情,真是匪夷所思啊。

奇怪的是,金罐造假事件只有几个奥运冠军在挺身维权,大部分冠军都选择了沉默,不但质监部门没有介入,连冠军们当初的娘家体育总局也不言不语。这事估计也就这样不了了之了。

冠军有时候也挺可怜。

广告莫插播

卫视节目"限娱令"引起了一些争议,不光是电视台有意见,一些专家学者也发表了不同看法。上周,广电总局又一项新规得到证实:明年1月1日起,所有电视台不得在电视剧播出时插播广告。与"限娱令"不同,这则消息传出后,引来一片叫好之声。

改革开放之初,电视台播出广告曾经是市场经济萌出的嫩绿新芽,但随着市场经济的日趋繁荣,电视台广告的播出时段越拉越长,有网友笑称:现在已经不是在电视剧中插播广告,而是在广告中插播电视剧了。广告作为一种信息传播方式,本无可厚非。但凡事总得有个度,所谓物极必反。新闻传播界有个说法,叫作"新闻立台"或"新闻立报",无论电视或报纸,新闻是主业,丢了主业只抓副业就会背离媒体宗旨。这也是管理部门出台"限娱令"和禁止电视剧中插播广告的初衷。

兵来将挡，水来土掩。有人担心，电视剧播出期间不让插播广告，电视剧的植入广告会不会增多？剧前剧后的广告时段会不会延长？看来，管理部门还闲不下来啊。

旺角燃大火

城市管理绝不是一味地追撵小商小贩，没了街头夜市和小商小贩，就不会造就当初和今日旺角的繁荣。"旺角"是香港的一个地名，类似鹰城的"大楼后"或"和平路"。我知道旺角缘自香港电影《旺角黑夜》《旺角卡门》《旺角监狱》……那个时候，看到旺角就想起古惑仔，想起黑社会；那个时候，导演王家卫还没戴上墨镜，他召集 27 岁的刘德华和张学友，24 岁的张曼玉，31 岁的万梓良，以《旺角卡门》勾画黑道人物的七情六欲。据说，旺角以每平方公里 13 万人的人口密度刷新了世界吉尼斯纪录。

11 月 30 日，旺角花园街突发大火，造成 9 死 34 人伤。目前虽然火灾原因不明，但有媒体报道说，疑与商户拒交"保护费"有关。"保护费"是"旺角"系列电影的常用词，如果真的如此，恐怕用不了多久，以本案为题材的旺角涉黑新片就会投拍了。不过拍摄者肯定不会是王家卫，他已经不是"普通"导演，他早已成为戴上墨镜的"文艺"导演了。

第三类规定

对有关部门而言，有些规定很"普通"，有些规定很"文艺"，有些规定就属于第三类，有点"二"了。铁道部近日修订了《铁路旅客运输服务质量标准》，规定"售票、退票时唱收唱付"，要求"候车室内温度冬季 18℃～20℃，夏季 26℃～28℃。"这些都还比较靠谱，也顺应民意。但有一条规定却引来议论纷纷——铁道部要求各车站"日常购票排队等候不超过 20 人"。大家谁也不相信这条规定能落到实处，"排队不超过 20 人"有点闭门瞎想，有点想入非非，标标准准是非普通非文艺的第三类规定。

若是一个四等火车小站出台这项规定还算有点现实基础,因为平时购票者就不多,出现 20 人排队的场面微乎其微。可中国是年年上演春运或黄金周客运大戏的神奇国度,对乘客而言,只要能排队买上票已属万幸,现在铁道部不在保证旅客能买到票上下功夫,反而在几个人排队上做文章,确有哗众取宠之嫌。

于是,网友就设想了保证不超过 20 人排队的假设画面:各车站为落实上级要求,将设置警戒线,一次只许 20 人排队。

实际上我也挺同情铁道部门。为啥好心总得不到乘客好报?铁道部门真应该自省一下了。

网购的春天

"商场选款,网店下单",这已经成为不少消费者尤其是年轻消费者的购物方式。晚报记者发现,一些服装店为应对消费者试穿后转身网购,不得已将商品标签上的货号等信息抹去。

抹去估计也没多大用处。同样的商品,如果实体店不打折或只打八九折,网店却打七五折,选择网购当然是一种省钱的途径。以图书为例,新华书店一分钱折扣都没有,当当网上却能打到五折甚至更多,还免费送货。消费者如何选择,可想而知。当然,新华书店以教辅书赚钱,根本不在乎网购的冲击,但一旦教辅书经销的垄断局面被打破,新华书店的结局会咋样?

但也不必过于担心。实体店目前的遭遇跟传媒业的发展有点相近。广播电视普及后,有人惊呼:报纸要消亡!互联网进入千家万户后,有人担心:广播、电视、报纸都会朝不保夕。目前的情况是:广播、电视、报纸都热热闹闹地活着,也没见谁关门歇业。

当然,实体店要重视网购冲击,适应市场变化,提升服务质量。这就要求商家的服务、设施、售后要更加贴心,更加人性化。毕竟大多数消费者还是喜欢商场购物的真实感觉。

婚姻的烦恼

有个段子。小伙子问父亲:"结婚要花多少钱?"父亲回答:"说不准,反正我现在还欠着款呢!"婚姻这笔债,能还得起的人不多。

央视前主持人方宏进近日头大,身涉诈骗案的事刚摆平,离婚案又开庭了。女儿方贞微博报料父亲方宏进丑闻:抛妻弃女、实施家暴并包养小三。这可让方宏进这位《焦点访谈》的前名嘴气毁了。"这是一个女儿应该站出来说爹的话吗?"方宏进说这话时气得嘴都青了。

也用不着生气。闺女是娘的贴身小棉袄,你要跟她娘离婚,她肯定会跟你翻脸啊。想想看,假若方宏进当年不离开央视会是个啥情况?当时,连敬一丹都敬他三分,更不用说白岩松这些新人了。这些年事业不顺,生意赔本,官司缠身,夫妻父女反目,够方宏进这个老男人喝一壶的了。

同一天的晚报上,津巴布韦总理茨万吉拉伊也遇到了婚姻难题,结婚 12 天的总理先生与新婚妻子"闪"离。总理先生说,他发现这桩婚姻是政治对手设计的一个圈套,"我的这次婚姻被劫持了"。看看,政治家的婚姻更复杂,顾虑更多,引起的麻烦更大。

婚姻有烦恼,但每天早上都能听见迎娶新娘的鞭炮声。

当宝马遭遇小拖

宝马、奔驰、保时捷……这类名车遇到车祸所引起的后续报道几乎毫无例外地集中在高档车主的无良无德上,这直观地反映出了社会普遍的仇富心理。在一般人看来,宝马之类的车主都是腰缠万贯之徒,既然腰缠万贯,这钱也许来得不明不白,对车主人品公德的质疑也就顺理成章。我倒相信坐宝马的人大都是白手起家,靠辛苦挣钱,家大业大后享受宝马名车也自然而然。偏偏宝马遭遇车祸后,车里的人大都不和气生财,往往口出狂言甚至大打出手,一副暴发户"老子有钱我怕谁"的无赖嘴脸。于是,坐宝马的人有钱、有钱人无德的印象就这样形成了。

也有例外。上周四,一辆拖拉机,说准确点,是一辆现在不多见的手扶拖拉机因刹车失灵,在市区建设路附近与一辆宝马车相撞,宝马车保险杠受损。按常规,宝马车主肯定会大发雷霆,不仅怒目圆睁,还会动手打人,一场加重社会仇富心理的闹剧随即上演。但实际情况是,在"小拖"司机惊慌失措顿足痛哭之际,宝马车主看到拖拉机上拉的只是一车红薯时,主动放弃了赔偿要求,自行驾车离去。

宝马车主也会动恻隐之心?宝马车主也是苦出身?这是晚报上周的一则新闻。

当终点回到起点

"这样飘荡多少天/这样孤独多少年/终点又回到起点/到现在我才发觉……"姜育恒这首《驿动的心》唱出了中国股民的无奈和彷徨。上周四,沪市股指两度跌破 2200 点,引来嘘声一片。不少股民幡然醒悟,所谓"价值投资"原来是大机构打出的幌子,十年辛苦竟又回到了起点。

中国股市是世界上最诡谲的股市,中国股民是世界上最天真的股民。看外国电影,常有这样的桥段:白发苍苍的老父亲弥留之际,将一叠股票交到儿子手中。哇——其价值早已超过了几十倍乃至上百倍!可在中国不行。别说等到你临终了,你十年前买的股票只要现在没退市或没有赔就算你有本事!著名股评人叶檀女士愤愤不平地说:"十年前,A 股是赌场;现在,A 股仍然是赌场,而且是最可怕的老千遍地的赌场!"业内人士竟把中国股市称为赌场,不知证监会诸君做何感想?

股市本是股民投资生财的渠道,可十年间逾七成上市公司从没有现金分红。有股民质疑证监会:你们跟中国足协有啥两样?

当国羽教练发飙

国家羽毛球队总教练李永波是个业余歌手,每次国羽选手参加央视组织的活动他都要喊上几嗓子。上周李永波从韩国比赛归来接受记者采访时厉声斥责:"韩国羽毛球裁判是全世界最赖的!"

呵呵。李永波生气了。其实原因不复杂,此次中国羽毛球队去韩国打比赛主要是为了拿积分,主力陈金如果夺得冠军就能直接进军奥运会,可惜陈金输给了韩国选手,用李永波的话说是"白打了"。我倒觉得没必要太生气。乒乓球、羽毛球历来是中国队的强项,中国乒乓球项目现在强得咱都不好意思看了,羽毛球如果也弄成乒乓球那样,对这项运动在全世界的发展和普及没啥好处。韩国裁判在体育界口碑确实不大好,但如果中国选手实力远在对方之上,错判一两个球也左右不了大局。既然输给人家了就承认自己没打好,别总埋怨裁判。职业运动员成熟的标志之一就是在比赛中尊重裁判。对裁判的判罚,运动员可以有点小情绪,作为教练,李永波就不要火上浇油了。

体育比赛其实就是一场锻炼身体的游戏,动辄把一场比赛的输赢上纲上线,这是老观念了!

PM 是个啥

据说今年鹰城拥有优良空气质量的天气已经超过了 300 天。这就跟有些机构说现在人均收入已达到了多少元一样,好多人将信将疑。本月初,北京大雾。北京市环保局公布的空气污染指数为 150—170(轻度污染),首要污染物为可吸入颗粒物(PM10)。12 月 4 日晚,美国人开始捣乱,美驻华使馆发布的北京 PM2.5 监测数据超过了最高污染指数 500(重度污染),用美国人的话说是"Beyond Index(超出监测范围)",用中国人的话说是"爆表"。

美国人这一捣乱也促使普通百姓开始关注 PM 到底是个啥东西。媒体在关注的同时也作了一下科普。所谓 PM,是环保部门监测空气质量的一个指标,也就是

"可吸入颗粒物",说得直白点,就是空气中的飘尘。我国目前只监测PM10(颗粒直径在10微米以下)在空气中的情况,而欧美早就对PM2.5(颗粒直径在2.5微米以下)进行了强制性限制。

这样一来,我们多多少少对环境部门公布的数据与市民的感觉不大一样有了点认识。目前,环保部门对空气质量的监测,只管大颗粒(PM10),不管小颗粒(PM2.5)。

尽管美国人在联合国德班气候大会期间突然对北京的空气质量发难有点居心叵测,不过上周三环保部部长周生贤宣布,从明年起,在直辖市和省会城市开始监测PM2.5。看来,还是大城市的人生活质量高啊。根据环保部的计划,像鹰城这类三线城市,监测PM2.5还得再等两年。

威龙凶猛

新年伊始,最郁闷的人应该是邮票设计师陈绍华了。龙年生肖票上周四发行,壬辰龙的造型引发热议,不少人都觉得这条龙有点"凶神恶煞",缺乏喜庆色彩。而中国邮政总公司相关负责人却声称,这是专家和评委认定的结果,言外之意是平民百姓少说三道四。这枚邮票的设计师陈绍华则认为,这条龙象征着中华民族的自信和崛起。

我仔细端详了这枚龙票。壬辰龙确实有点嚣张,张牙舞爪,一脸凶相,家有小孩的话,会吓他一跳。虽然龙只是个传说,谁也没有亲眼见过,但龙的雍容华贵与凶神恶煞的选择权毕竟在设计师手里。在西方人眼中,龙这东西一直是邪恶的象征。早就有外交关系专家建议,中国在对外宣传时,尽量少用或不用龙作为中国形象的代言。而眼前这条壬辰龙算是彻底把龙的凶相展现无遗。其实,即使出于春节喜庆考虑,也应该把这条龙设计得更温馨点,更和谐点。当然不是为了应付外国人,我们自己看着也舒服,至少别吓着孩子。

设计师陈绍华很纠结,他曾经设计过虎年生肖票,画面上一只虎妈呵护着一只虎崽,甜甜美美。结果,不少人讽刺说,这哪里是威风凛凛的老虎,明明是一对猫咪!这一回,陈绍华吸取教训把龙给弄得"动物凶猛",没想到又受非议。看来,设计师也不好当啊。

左右为难

举凡老百姓对哪个部门或行业意见大,这个部门或行业若不下决心从根子上解决问题而只想拆东墙补西墙,出台些应景之策,其结果仍会成为众矢之的。

火车票难买,春运期间更是一票难求,这是困扰了中国百姓几十年的难题。一劳永逸地解决购票难问题,只有加快铁路基础设施建设才行。这几年高铁大干快上,钱没少花,但解决的只是一部分人乘车难的问题,春运的主力乘客仍旧买不到票。你说没票吧,票贩子手里有票。于是就打击票贩子,于是就实名制购票,于是就开通电话购票、网上购票……看似方法多多,但还是有人不满意。比方说,网上购票手续烦琐,最终你还得去车站排队取票。在温州务工的农民工黄庆红近日给铁道部写信表达不满:以前我们可以凭苦力在车站排队购票,现在电话、网络购票开通后,我们就算排死都买不到票。这样对我们不公平!据媒体调查,不少农民工不知道还可以利用电话或网络购票。

瞧瞧,这就是铁道部目前面临的两难处境。在票少人多的形势下,不想法多建几条铁路线,调配好运力,你就是把网络售票的带宽提高一万倍也没用。有网友出了个歪主意:学印度人坐火车算了,车头车顶都放开!

剩男剩女

城市大龄男女多多少少都患有"恐婚症"。这其中有大环境的原因。晚报报道说,2011年鹰城市区有11039对情侣登记结婚,3039对夫妻黯然分手,离婚率近三成。这个数字确实令人对婚姻心存疑虑。除此之外,"房子"、"票子"之类的身外之物也起着主导作用。

民政部相关部门发布的《2011中国人婚恋状况调查报告》披露的信息显示,男性在婚恋中的压力愈发沉重。近七成的女性要求"男性要有房才能结婚";这还不算,80%的单身女性认为男性月收入4000元才配谈恋爱。

有点吓人。大城市的收入咱说不清楚,也许 4000 元是个最基本的数目。但像鹰城这种三线城市,男同胞月入 4000 元才允许谈恋爱,恐怕行不通。工资这东西是随着事业的打拼一步步增长的,达不到 4000 元就不跟你谈恋爱,这是标准的"剩女心态",也是她们之所以成为"剩女"的重要原因。

霍金的有趣

英国著名物理学家史蒂芬·霍金 70 岁了。这位轮椅上的巨人近日接受媒体采访时预言:地球将在一千年内毁灭,其原因或为核战争或为温室效应。

面对未来,人类并非束手无策。霍金提出的办法是人类必须移居火星或其他星球,对此他充满信心,但也坦承人类搬家这件事"100 年内还不会发生",也就是说我们这辈子别想体验外星球的生活了。

去寻找外星栖居地,还是等待外星人来访?这是地球人面临的选择。近年来,关于外星人的影视作品层出不穷。霍金对人类与外星人交流持悲观态度。"如果外星人来拜访我们,其结果可能跟欧洲人到达美洲时一样,美洲原住民不会得到什么好处。"想想看也是,一个外星物种能来到地球并与人类进行交往,这个物种的科技水平肯定远远超过人类。人类别指望占人家什么便宜。

霍金是个有趣的人。记者问 70 岁的霍金:"你每天想得最多的是什么?"霍金回答:"想得最多的是女人,她们对我来说完全是一个谜。"呵呵,老顽童啊!

温岭的新闻

浙江温岭这个地方总出新闻。一张名为"温岭大小领导骑自行车体察民情 9 辆警车鸣笛开道"的照片近日在网上疯传。有人澄清说,这是当地"公共自行车启动仪式"的一个画面,市领导骑自行车绕公园一周,正在宣传公共自行车服务。

无论如何,市领导带头骑自行车是件好事,但动用警用摩托护驾就有点夸张了。温岭是个县级市。从画面上看,市领导周围连个群众的人影都没有,还弄啥警车呀?网友对此说些难听话也在所难免。相信温岭市再搞啥活动时,领导轻易不会再动用警车了。

突然想起报纸上登的一条新闻。iPhone 手机刚上市时,美国费城市长约翰·斯特里特凌晨 3 点就在专卖店外排队,排了 15 个小时后终于买到了新品手机。费城市长排队买手机时我估计周围肯定没有配备警力。要说这位市长够低调了,但市民仍然不买账,当时就有人质问这位可怜的市长大人:"你不去忙着干正经事,咋有闲工夫在这儿排队?"

一台晚会

最让央视春晚导演哈文没面子的事不是赵本山的缺席,而是春晚直播现场那位超级淡定的"睡觉姐"——台上热火朝天,台下这位姐酣入梦乡。这活生生地为央视春晚做了一个负面广告。我要是央视负责人,人肉确认之后,非封杀这位姐不可——永不得进入春晚直播现场。

吊足了观众胃口的春晚一路演下来,引起观众关注的尽是舞美有没有创新、演员有没有跑调、植入广告是否取消、主持人念没念新春贺词……这台晚会花这么多钱基本等于打水漂了。令人不理解的是,次日的央视新闻硬是面不改色心不跳地称,观众大赞春晚节目创新云云。尽管这台晚会我既非主创又非导演,但我看着这条新闻都有点不好意思。央视这种自娱自乐的心态不改,别指望明年的春晚会有啥大起色。赵本山近日在贵州卫视《论道》节目中与龙永图对话时,直言央视春晚审查节目的人一直"青着脸,不快乐"。审节目的人不快乐,能指望节目给观众带来快乐?

好在春晚出现了来自鹰城的萨顶顶,尽管她唱歌那个风格我有点服不住,但这对鹰城来说是个突破。

一段相声

东方卫视春节期间有个节目叫《80后说相声》,引来叫好声一片,也捧红了一个叫王自健的年轻人。上网一搜,呵呵,这"小王子"去年就火了。

有人把王自健誉为"相声界的韩寒"。这赞誉不低。其实说"谁"是"谁",总让前一个谁心里不得劲。王自健就特别不满意别人说自己像谁,尽管他力挺郭德纲,但并不认同有人把他称为"未来的郭德纲"。大凡一个演员出名,总有自己独特的东西。在讲究师承的相声界要想出名更是难上加难,何况王自健这种体制外的演员。但一个艺人有实力、有运气,出名时想拦都拦不住。

听王自健的相声,我觉得有两个特点:一是脱口秀风格;二是时事评论特色。萨达姆、卡扎菲、奥巴马、萨科齐、药家鑫、林志玲……连汽油涨价、野蛮拆迁都能融入王自健的相声之中,王自健的相声为啥能火就可想而知了。我突然想到,网络普及条件下,体制外的相声演员评点时事时天马行空,其实不亚于媒体的功效啊!

方韩辨伪

方舟子与韩寒在网上掐架,引得网友狂欢。这场嘴官司从年前闹到年尾,终于要走法律途径决个输赢。

韩寒的作品我没看过,不好评价,但据说粉丝众多,谁若惹了韩寒,韩寒不用吭声,光粉丝就能骂死你。方舟子是位生物学家、科普作者,在学术打假领域屡战屡胜。有方舟子存在,那些学术造假者心里就发怵,就不敢肆无忌惮。关于韩作真伪之争,方舟子本是个打酱油的,只不过叫了一声好,就被韩寒逼上了擂台。有网友攻击方舟子多管闲事,我觉得有点不太厚道。据我所知,方舟子打假还没有落空过。韩寒若胸怀坦荡,大可以对方舟子的质疑不予理睬或举证驳斥。偏偏韩寒及其团队想借势炒作,又是2000万元悬赏,又是诉诸法庭索赔。把一个作品是否自创的学术话题，弄得跟诽谤和侵权挂上了钩。有网友说得好："这就好比你在大街上看到一个女孩背个 LV 包，你对别人说她背的是假包吧？结果这女孩就告你诽谤！"

学术性的争论动辄就闹上法庭不是啥好事。有人在《文汇报》上批评画家范曾，范曾大怒，以侵害名誉权为由将作者起诉至法院。尽管范曾赢了官司，但书画界和学术界嘘声一片。韩寒跟方舟子这场官司，无论输赢都得不到啥好处。这官司不打也罢。

碰车须谨慎

温州市民朱小姐近日成了新闻人物，她驾驶的本田雅阁与一辆劳斯莱斯在街头发生轻微剐蹭。本以为不是什么大事，双方商议维修费用时，朱小姐傻了眼，尽管是小磕碰，这辆劳斯莱斯的维修费初步估计得 200 万元。

据我所知，所谓两车的轻微剐蹭，也就是剐掉点漆、蹭破点皮，修修补补用不了多少钱。偏偏朱小姐剐上了价值 1200 万的劳斯莱斯，偏偏蹭上了人家的轮毂。而按劳斯莱斯的惯例，光换个轮毂就需要 100 万元。中国市场上顶配的雅阁也就 30 万元左右。如果劳斯莱斯的维修费真的需要 200 万元，可以买一个雅阁车队了。

雅阁轿车对工薪族来说已经是好车，但在豪车劳斯莱斯面前差距就大了。车标为两个大写 R 的劳斯莱斯之所以卖得上天价，据说好多零部件包括发动机都是手工生产。这跟瑞士名表价格令人咋舌一样，关键在于手工制作！道路有风险，碰车须谨慎。家有爱车的市民街头遇到豪车千万敬而远之，无论是它碰你还是你碰它，结果都会吓你一跳。

晚报报道的最新消息是：劳斯莱斯厂家已确认这次事故的维修费用为 39 万元。比 200 万少了许多，但这个维修价已远远超过了朱小姐雅阁轿车的新车价格。

食言索赠款

药家鑫案余波未了。上周三,药案被害人张某的家属登门索要药家鑫父亲许诺的 20 万元赠款遭拒,双方引起肢体冲突,警方已介入处理。这件事引起了网友几乎一边倒的对张家的非议声。

确实有点说不过去。当初药家鑫父亲将 20 万元赠款送至受害人张家时意图很明显,一是表示歉疚,二是希望求得张家谅解进而影响法庭判决。但这些捐款意愿和轻判想法都明确遭到张家拒绝。杀人偿命是受害人的正当诉求也是社会舆论的共同呼声。在当时情形下,张家拒绝药家赠款于情于理都义正词严。但眼下的情况跟当时大不相同,与张家失去亲人一样,药家也遭受着丧子之痛,现在再去药家索要从前拒绝的"赠款"就有点不近情理,跟在人家伤口上撒盐没啥两样。

如果法庭判决药家必须进行民事赔偿,那药家责无旁贷,但这笔赠款我想张家无论如何也拿不到了。

歌后玉殒

惠特妮·休斯顿的突然离世令歌迷感慨万端。连 CCTV 也一反常态,播放了电影《保镖》的主题曲《我会永远爱你》。从获奖次数和唱片发行量上,当代世界流行歌坛有两座高山至今无人逾越:一是男歌手杰克逊,一是女歌手惠特妮·休斯顿。根据吉尼斯大全,惠特妮是世界上获奖最多的女歌手(获奖 415 次),这还不算提名奖。

惠特妮·休斯顿的艺术之路本该是康庄大道,但她如日中天时遇人不淑,一场婚姻令她陷入泥淖。前夫引诱她染上了毒瘾,从此,她宛若高台坠落,再也寻不到往日的辉煌。艺术圈里钩心斗角本是常态,但歌坛明星对惠特妮唯有钦佩。麦当娜曾说过:"那天,当我走进声乐老师的房间时,她竟然在哼唱惠特妮的新歌!我深受打击!这是我梦想的啊!"美国著名歌星玛丽亚凯莉也发自内心地承认:当今所有梦想唱歌的女孩,都一定受到了惠特妮的影响。这是一件任何人也不能否认的事实。

惠特妮在生前接受记者专访时透露：她最喜欢的国家是中国，她最满意的一次演唱会是 2004 年 7 月 25 日的北京演唱会。

惠特妮·休斯顿的死因上周公布：阿普唑仑与酒精混用而导致中毒。阿普唑仑就是我们常说的安眠药。

文凭做假

钱钟书的《围城》让"克莱登大学"名扬中国。所谓"克莱登大学"其实就是国外以卖文凭为业的"野鸡大学"！上周美国狄克森州立大学一份审计报告引起轩然大波：该校 2003 年以来向 410 位留学生授予了本科学位，其中只有 10 位学生完成了学分。一些入该校学习的留学生甚至不会英语。这其中，95% 是中国留学生。

美国一直以教育理念先进、教学质量优质为中国人推崇。如果狄克森州立大学是一所"克莱登"也就算了，偏偏它是一所正儿八经的公立大学，而且经过了中国教育部的资质认定。也就是说，留学生在这所大学拿了文凭国家是认可的。

教育部认定的正规大学却卖文凭赚钱，不但让与这所大学合作的十几所国内大学没了面子，也令教育部脸上发烧。当然，这也许是狄克森州立大学个别人的个人行为，当事人或辞职或自杀，事情正在处理中。但这件事最吃亏的是那些没有做假的中国学生，辛辛苦苦交了学费，本以为出国留学却不料落入陷阱。

方舟子曾论证"打工皇帝"唐骏毕业的美国西太平洋大学就是典型的"克莱登大学"。看来，美国的东西也不能全信。文凭有风险，留学须谨慎。

雷人考题

2012 年大学自主招生考试陆续上演，总体的感觉是，这些考试除了考题难度提高之外，跟高考已经没啥大区别了。有些考题有点意思，还真能显示出题者和考生的水平。

上海复旦大学一道面试题问考生："玉皇大帝与如来佛祖谁大？"看似题出得有点"无厘头"，其实是对考生文学知识、历史知识和宗教知识的综合测试。若让我来答，我得先问清楚这个题目中的"大"是指"本领大"还是"年龄大"。题义弄清楚了，这题答起来就不复杂了。山东大学有一道面试题也挺有意思。主考老师问："蚂蚁从10层楼上摔下来会不会摔死？"题虽小，但需要考生运用物理学原理来解释，考生的知识差异就显示出来了。

考题生动，别出心裁。这才是自主招生考题应走的路子。如果都弄成比高考难度大几倍的考题，那还叫啥自主招生？

痛与谁说

俗话说：吃啥补啥。于是动物身上从上到下，没有人不敢吃的。据说，熊胆粉具有解热镇痛、清肝利目、抗菌消炎等疗效。狗熊从此遭了殃，甚至有企业专门饲养熊然后抽取胆汁。这还不算，名为"归真堂"的这家企业还堂而皇之地要上市了。

不想对中药说三道四，但福建"归真堂"活熊取胆的过程听起来确实步步惊心。当今社会越来越进步，动物保护深入人心，连生猪屠宰都开始放音乐了。偏偏这时候"归真堂"用残酷的手段对待动物，激起的当然是众怒。雷人者必属专家。专家站出来安慰动物保护主义者说：取胆汁时"熊很舒服"，宛如母亲哺乳一样。但在活熊取胆现场，专家的话根本不能服众。当记者质疑时，归真堂负责人竟反问："你怎么知道熊会痛呢？"问题是，你怎么知道熊会舒服呢？

其实，即使不站在动物保护主义的立场，活熊取胆作为一种野蛮的制药方式也应该叫停。难道中医没有熊胆就治不成病了？缺了熊胆病人就危在旦夕了？不是这回事啊！

看不懂的是，舆论吵得这么厉害，管理部门没有一点动静。既然虎骨能禁止入药，禁了熊胆也在情理之中！

看起来心疼

前些年我在北京看了场电影《天下无贼》，一张电影票生生花掉了我 70 元人民币，现在想想都心疼。但那是首映，还是在首都，这是我在首都看的唯一一场电影。痛并快乐着。

电影票价贵是许多影迷的共同心声。像咱这种三线城市，所谓的大片一般票价在二三十元，至于 3D 电影，票价就更高。电影票能打打折，能团购一下，这是影迷的期望。但国家电影局近日出台了个奇怪的电影票限折令——票价最低只能打七折！

这个规定真让人看不懂。你说它是为了保护行业利益吧，限制打折只能让观众远离影院，倒霉的还是电影业；你说它是为了保护观众权益吧，观众都嫌票价高得离谱，这等于硬从观众口袋里掏钱。这种猪八戒照镜子——里外不是人的事也不知是电影局哪位大仙喝多了想出来的。

电影是文化产业链中最市场化的产业。用非市场化的手段管理市场化的产业，这种观念真不敢恭维。目前，国家发改委反垄断局正在对此事进行调查。估计调查人员也正一头雾水呢。

跳起来骂娘

"法租界比萨店盛大开业"，看着这则广告你一定会以为背景是 20 世纪二三十年代的中国某地。你错了。这事就发生在 21 世纪的中国上海！

稍有点历史常识的人都知道，租界是西方列强"治外法权"的标志，租界的存在是中华民族的耻辱。改革开放后，中国人的自信心与日俱增，但崇洋媚外的风气也日盛。用"法租界"当作张扬的幌子这种事，也只有上海人能做得出来。有些人洋奴当惯了，不以为耻反以为荣，这种人真有啊！

3 月 1 日，上海市工商部门依法对马上诺餐饮（上海）有限公司作出了行政处罚，责令其停止发布此广告并公开更正，同时处以人民币 47500 元的罚款（是这则广告费用的 5 倍)。罚得不亏,罚得也不多! 事后,这家比萨店的负责人推诿说:这是因为英籍管理人员不懂中国国情所致。骗鬼呀,英国人能自拟中文广告词。英国人咋知道这个店位于从前的"法租界"? 作为公司的华人雇员在事涉民族尊严时装聋作哑还好意思!

"三八"重命名?

"三八妇女节"刚过,但关于"三八节"的话题余音袅袅。有网友琢磨来琢磨去,觉得"妇女"这个词不好听,不如改为"女人节"、"女生节"、"女性节"或"美女节"。还有网友看香港影视作品看多了,越品味"三八"这俩字,越觉得不舒服,于是强烈要求把"三八"二字删除……

生活水平提高了,过去司空见惯的东西现在却能看出不对劲来,应该是好事。但有些东西是时代留下的烙印,用现在的观念去理解历史的产物往往会想入非非。"三八妇女节"不过是一个节日的名称。就像"情人节",好多人也觉得不好听,其实应该叫作"爱人节",但也没听说谁要把"情人节"改个名。"三八节"的全称是"三八国际劳动妇女节",现在的小姑娘要听见谁说自己是"劳动妇女",非跟你急不行。

但你还别不信,"三八节"就是为了维护劳动妇女的权益才设立的。

工资不须多

工资涨多少算够? 奖金发多少算多? 央视著名主持人、全国政协委员崔永元近日坦承,自己每月工资加上奖金虽已过万,但仍感到钱不够花。并非崔永元整日挥金如土,小崔举了个例子很能说明问题:1986 年刚参加工作时,他每月 80 元工资,每天乐得颠颠的,跟朋友出去吃饭,总是抢着买单。可现在,以小崔中产阶级的收入水平,却常常感到捉襟见肘,咋也找不到月薪 80 元时的幸福感和安全感。

月入逾万元还说找不到幸福感看似有点矫情,我们周围许多人月入两三千也照样养家糊口,但养家糊口能跟幸福感和安全感画等号吗?在北京这地方,月入万元的人照样得为孩子就学就业发愁,照样得为房贷疲于奔命,照样对看病养老忧心忡忡。一句话,小崔说的钱不够花跟咱月薪两三千所感受的"焦虑"和"心里没谱"是一样一样的呀!

中国目前的收入分配格局是"金字塔形",低收入群体大,高收入群体小,而一个稳定的社会形态应该是"橄榄形"即中等收入阶层占主体。如果中等收入阶层如小崔这些人都成了"房奴"、"车奴"、"孩奴",那就说明住房、教育、医疗、养老这类社会保障领域出现了问题。

如果社会保障问题解决了,钱不须多,这就是小崔怀念月薪 80 元的原因。

油价飙升

电价涨或水价涨,引起的反应要比油价上涨强烈得多。也许老百姓都有同样的心理,油价上涨,倒霉的是有车一族,与己无关。这种心理错觉要不得。先不说私家车主大多数亦是普通工薪族,关键是油价一涨会悄然带动物流成本的提高,蔬菜等靠车轮子来运输的商品价格会应声上浮。所以说,油价上涨可不能光看有车一族的笑话,它跟普通百姓的生活息息相关啊。

市场经济条件下价格的浮动本属正常,但面对油价上涨的质疑声,发改委回应的底气也有点不足。"两桶油"一会儿说自己是赢利大户,一会儿又说自己亏损得不轻。有专家早揭开了真相,"石油双雄"在销售上的利润远远超过了在炼油上的亏损。此次汽柴油涨价的理由仍是"国际油价上涨",颇具讽刺意味的是,3 月20 日发改委宣布汽柴油涨价,3 月21 日国际油价应声大跌。但私家车主想听到汽油降价的喜讯,恐怕得在梦中。

于是就有网友在网上发帖说:开着全世界零售价最高的车,用着全世界最贵的油,行驶在全世界最不守交规的人群中,奔驰在全世界收费站最多的公路上——这就是中国有车一族的现状,有啥值得骄傲的!

难躲监控

近日看法制新闻,发现几乎所有城市案件的侦破,街头或室内监控摄像头立下了汗马功劳。现在走在街上或在超市转悠,我真有点不自在,总觉得有人在盯着我的一举一动。尽管我是守法公民,但想着整日身处摄像头之中,不由你心里不发毛。

心里感觉不舒服的还有在宝丰县城文峰路小区做保姆的夏阿姨。有7年做家政经验的夏阿姨每天为雇主打扫卫生做做饭,相安无事,直到前些时偶然发现雇主客厅的墙上安装有监控探头。夏阿姨觉得自尊心受到了伤害,于是萌生了辞工的想法。

夏阿姨的感受我能理解,但雇主在自己家里安装摄像头也没啥不可。据说,现在许多幼儿园都特意安装摄像头供孩子家长在网上了解孩子在幼儿园的情况。在目前社会大环境之下,夏阿姨的思想观念也得转变。我估计夏阿姨还不知道,她上街买菜时,没准儿头顶上也有个东西在瞄着她呢。

豪车凶猛

宝马、奔驰的车标估计很多人不陌生,但若是玛莎拉蒂、兰博基尼、劳斯莱斯等豪车标志呢?认不准了吧。平民百姓认不准不影响吃不影响穿,但经常在市区道路上来回奔波的公交车司机若认不准,万一哪天与上述豪车亲密接触,天价赔偿可就担当不起了。

上周一,浙江金华市公交公司一车队贴出一幅"豪车标志识别图",要求所属公交司机像当初熟记交警手势一样铭记在心。一句话:遇到豪车躲着走!这又是一则让人啼笑皆非的当今社会怪现状。众所周知,在城区道路上,公交车拥有优先路权,许多大城市还为公交车设置了专用车道。一般而言,除救护车这类特殊车辆,其他机动车应该礼让公交。但实际情况是,城市道路的交通混乱状况令公交车每天置身车海之中,稍有不慎,就会出现擦蹭现象。随着豪车上路越来越多,若不小心发生磕磕碰碰，一辆公交新车才二十多万，还不够豪车喷漆的费用。

平时，我对市区公交车横冲直撞一肚子牢骚。想想时下的交通乱象，突然对公交司机挺同情的。

霍老师的学校

霍老师叫霍建芳，霍老师的学校在鲁山县尧山镇一座海拔 1500 多米的高山上，被媒体称作"鹰城海拔最高的学校"、"鹰城最偏远的学校"。27 年前，当时还是小姑娘的霍建芳来到这所小学当代课老师，一晃 27 年过去了，霍建芳先后把 300 多名学生送出高山，自己仍默默无闻地坚守在寂静的校园里。

其实，这所学校小得可怜，教师只有霍建芳一人，学生目前只有 17 位。霍建芳身兼语文、数学、美术……是全能教师。这并不值得霍建芳骄傲，这是无奈之举。

当我们在灯红酒绿中埋怨房价高、为职务升迁牢骚满腹之时，很少有人知道，在大山深处，一位可敬的乡村女教师刚下了课，正忙着给自己的学生做午饭呢！

北京人的归宿

"清明时节雨纷纷，一问墓价欲断魂"。看了报道才知道，北京人跟咱一样为房子、孩子、车子这类事发愁，活得跟咱一样不容易。不仅如此，北京人不但活着大不易，死也死不起了。清明期间，"活在北京，葬在河北"的话题引发各界关注。

"房价上涨是让我们好好工作，油价上涨是让我们好好节约，肉价上涨是让我们好好减肥，墓地上涨是让我们好好活着……"一位北京网友如此解读墓地价格飞涨，言语中满是辛酸。既然北京墓地买不起，不少北京人开始把归宿之地转向了河北。别看两地相邻，但墓地价格却是天壤之别。北京东部有一条潮白河，两岸各有一座陵园，分属河北省和北京市管理。河北一侧墓穴价格为 9000 元，而北京一侧墓穴价格则为 3.6 万元。死不起的北京人为啥跑到河北买墓地，答案就在其中。

这还不算完。这些所谓的公益性墓地大多是"小产权",万一哪天这块土地被征用,当地村民还能得到补偿,但墓穴主人就没那么幸运了。看来,北京人想死在河北也不那么简单!

骆家辉的小气

中国人特别重视仪式和排场,事涉国际形象就愈发讲究。上周,美国驻华大使骆家辉赴海南参加博鳌论坛,婉拒会议为他安排的五星酒店套房,改住一家四星酒店。这让不少中国网友议论纷纷。

别以为骆家辉傻,谁都知道五星酒店比四星酒店气派。精明的骆家辉是盘算了五星酒店的价格后才做出决定的。据报道,博鳌论坛为贵宾安排的索菲特五星酒店的房价是美国政府差旅规定的 3 倍。骆大使自己清楚:这套房不能住——住了没人报销且属于违规行为。

按中国官职比较,骆家辉的级别应该在副部级。部级干部出公差花的是公款,在住宿上跟会议主办方斤斤计较,实在有点小家子气! 同样是出差公干,参加博鳌论坛的中国大小官员,没有一个嫌自己入驻宾馆的档次太高,更没有一个人要求调到次一点的宾馆入驻。这并非骆家辉品德高尚,制度使然。美国政府差旅规定十分详细,详细到把美国公职人员在中国的住宿标准分为 29 类。如果在北京出差,住宿标准最高为 257 美元;如果在重庆出差,住宿标准就只有 99 美元。博鳌论坛为骆家辉安排的套房价格超出美国政府差旅规定的 3 倍,骆大使当然"住不起"——他绝不会自掏腰包打肿脸充胖子为国增光!

个性华莱士

央视《新闻调查》刚创办时,栏目组有个业务模本——美国 CBS 新闻访谈主持人华莱士的《60 分钟》。央视新闻评论部副主任耿志民说:"华莱士外表散淡,内里坚毅,不管你是多么牛的人,在他面前,撒谎都是一种压力。这就是他的气场,是调查记者所需要的。"

想想央视《新闻调查》节目几位主持人身体前倾、两眼直视对方的访谈风格，还真有点那么回事。上周，华莱士以 93 岁高龄停止了对世界的提问，告别了以他为楷模的新闻界。中国业界一片唏嘘，连美国新闻界也慨叹：华莱士身后，美国广播电视业那一代具有公民传统的主持人已经"自然终结"。

事业有成的人不必担心生命的终止。华莱士走了，他会永远活在大学新闻课的经典案例中。华莱士的成功并非偶然，60 分钟的采访，他至少要提前做够 50 个小时的"功课"。他一生采访名人无数，有人曾质疑他"rude（粗鲁）"，他自认是"rude but fair（粗鲁但公正）"。这其实是新闻记者最重要的职业态度：不卑不亢。

华莱士出身平民，他的专业风格有时候连他儿子也接受不了。小儿子克里斯回忆说，每年大学新学期开始前，父亲都会用新闻采访的口气直接地问："你需要多少钱？"

把职业跟生活弄混，华莱士真有个性。

烦恼的音乐人

上周演艺圈里闹腾得最厉害的是以原创为特色的音乐人。高晓松厉声质问："音乐为何低人一等？"有的音乐人干脆套用网络流行语回应："可以说脏话吗？"

事情源于《著作权法修改草案》第 46 条的有关规定："录音制品首次出版 3 个月后，其他录音制作者可以不经著作权人许可，使用其音乐作品制作录音制品。"我试图翻译一下这句话的意思：高晓松作词并作曲的《同桌的你》出了光盘后，在头三个月内不经高晓松同意，谁也不准乱唱乱录乱用。三个月后，根据相关条款，不管你高晓松同意与否，谁都可以唱录这首歌曲。

这听起来不是件坏事啊。管理部门自有其堂皇理由——这是为了活跃音乐传播。如若不然，歌迷们只能听汪峰的《春天里》，旭日阳刚的《春天里》就永远只能在工棚里哼唱。其实，让音乐人炸窝的不是翻唱不翻唱、翻录不翻录的问题，说到底是个利益之争。

音乐人借助媒体之力炒作新草案第 46 条，却有意不提"第 48 条"。该草案第 48 条规定，《同桌的你》3 个月保护期解禁后，大家都可以录制它，但须署上高晓松大名并缴纳费用，不过这费用得交给音乐著作权管理部门然后转付作者。

看明白了没？音乐人急眼的是为啥不把钱直接交给我？管理部门这回有理

由——这是国际惯例,美国也是这样做的。

其实对普通歌迷而言,新草案的确是有利于歌曲传播。音乐人乱哄哄地打嘴官司,是为了自家利益,跟歌迷真没啥关系。

节油的怪招

成品油价破 8 之后,有车一族真是有苦说不出。于是,私家车主开始打听油改气的途径。

街头油改气门店顿时火起来,有私家车这个庞大市场作依托,油改气行业大有可为。本来汽车烧油是正事,现在为了省几个油钱,无奈的车主只好咬着牙掏几千块钱把烧油车改为烧气车。这还不算完,为了省油,车主们开动脑筋,怪招迭出。怪招之一就是把加油时间改在半夜。

晚报报道说,半夜加油的原因据说是密度高的成品油比密度低的成品油耐用。按照物理学热胀冷缩的原理,气温低时成品油的密度相对较大,所以趁深夜温度低时加油比较划算。呵呵,真难为车主兄弟,为省钱能把物理学定理都用上了。这想法当然有一定道理,但中石化相关人员解释说,半夜加油意义不大,加油站油库都在地下,温度跟地面没多大差别。

出于心理安慰,有些车主还是养成了半夜加油的习惯。如果油价再继续涨下去,节油的招数还多着呢。我们拭目以待。

难题的破解

上周末一则报道令人忍俊不禁。斯里兰卡一只母鸡用实际行动破解了"先有鸡还是先有蛋"的古老难题。这位鸡妈妈没用孵蛋的笨办法养育子女,而是化繁为简,三下五除二,直接生出一只小鸡。先有鸡,后有蛋,从此成为这则古老难题的标准答案。

据英国媒体 4 月 19 日报道说,一般情况下,母鸡生小鸡都是将鸡卵排出,在体外孵化,但是这只鸡卵却留在母鸡体内待了 21 天,最后在体内孵化后排出。

"疯狂的小鸡"诞生了,鸡妈妈却牺牲了。报道说,验尸结果发现,母鸡死于内伤。看来,不按常规工作,对自己伤害也很大。

先有鸡还是先有蛋的难题破解了,但我心里总觉得堵得慌。这则新闻似乎在警示人类,大鸡可以直接生小鸡,这世界是不是出了啥问题?

逃票攻略

进景区掏门票理所应当。但当门票高得离谱且无法承受时,景区逃票攻略就应运而生了。从前出去旅游,考虑的主要是车票、食宿等费用,现在景点门票成了重要支出。每逢节假日,景点门票涨价之风就蠢蠢欲动。看看如今知名景点的门票价格,真令人倒吸一口凉气——张家界245元,黄山230元,九寨沟220元,黄果树180元、曲阜"三孔"景区185元……这还没加上索道费之类的衍生费用。凭啥涨价? 有些景点的工作人员说得理直气壮:"别的景区都涨了,咱票价低了丢不起人。"高票价再遇上景区的服务不尽如人意,不少游客只能是高高兴兴旅游去,满腹郁闷回家来。这应该是逃票攻略出笼的背景。

逃票这种行为当然不值得提倡,但景区票价越涨越高实在没啥理由。有网友发帖对比了中外知名景点的门票价格,让人看了只有无语。美国纽约自由女神像门票约合人民币63元/人;法国卢浮宫门票约合人民币80元/人;美国黄石公园门票约合人民币80元/人;日本富士山免门票;印度泰姬陵对印度人仅收约合人民币2.5元/人的门票……

国内景点收着这么高的门票费,若再发生服务态度低劣甚至殴打游客事件,真是坏良心啊!

拒载背后

上周四晚报一则报道引发争议。市民郭先生投诉说,他晚间乘出租车去姚电公司,司机中途拒载并令其下车。把乘客半路赶下出租车,的确令人窝火,换谁都会投诉。但记者接下来的采访令事情发生了转折。当事出租车司机李师傅称,当晚约10点郭先生在西苑小区北门夜市酒后上车,先说去建东,后又说去姚孟,他担心自身安全不得已才拒载。

郭先生是否酒后乘车,咱也说不清楚。这里想探讨一下出租车司机是否有权拒载醉酒乘客。人喝高了,不但方向感迷失,说不清目的地,思维也会混乱,极易诱发事端。从这个原因来说,出租车对醉酒乘客敬而远之也在情理之中。但人醉酒后最需要的就是赶紧乘车返回家中以求得到照顾。这时候拒载酒后乘客就显得太不人性化。载还是拒载,真成了个两难的问题。

《广州市出租汽车客运管理条例》规定,醉酒者乘车影响安全驾驶的,出租汽车驾驶员可以拒绝载客或者中途终止载客。我不知道鹰城出租车管理是否有相关规定,若有,李师傅拒载就有了底气。杭州市和西安市的出租车管理条例作了改进,醉酒者乘车若无人陪同,司机可以拒载。也就是说,醉酒者乘出租车须有清醒者陪伴才行。

治理酒驾已经深入人心,酒迷瞪们喝醉了酒咋办?我看只好打110坐警车吧。

沙里淘金

市区一建筑工地的沙堆近日出了名,不少市民不怕日晒,争先恐后在沙堆里寻寻觅觅,左看右看,忙啥呢?原来,传闻说这沙堆里可以淘到黄灿灿的金子!看着晚报图片上一大群男女老少坐在沙堆上仔细端详手中沙子的认真劲,笑得我心中有点苦涩。

经济学家用"羊群效应"来描述经营过程中的从众跟风心理。羊群在大草原上散散漫漫地自得其乐,这时如果有一只羊领头跑动起来,其他的羊就会不假思索地一哄而上。所谓"羊群效应"说的就是从众导致盲从,而盲从往往会使人失去理性进而陷入骗局。从前的喝红茶菌、打鸡血,现在的搞传销,都是从众心理在作祟。沙里淘金是个成语,比喻做事费力大而收效少。现实生活中的沙里淘金都是冒险家的投机赌博行为,看看美国的西部片,好多人最后血本无归。现在,街头有人专门给你运来一堆沙子,让你在家门口边晒太阳边拣金子,这等便宜事咋就有人会信呢?

我愿做"章鱼"

高招临近,有关高校的形象宣传渐渐多了起来。上周五,晚报一条新闻算是免费为深圳大学做了个形象广告。

这则新闻源自一条微博。深圳一家银行招聘员工,非211院校毕业生不录取。深圳大学建校晚,自然在211之外。参加招聘吃了闭门羹的学生把委屈反映给深大校长章必功,章校长听后二话不说,马上吩咐校财务处把深大在该银行的存款全部撤回,并放出狠话:如若不改,就号召学生及家长取出存款。这一招真是击中了银行的软肋,这家银行马上服软,修改了招聘条件。

据说章校长的邮箱很受学生追捧,学生们连给亲戚孩子起名字或恋爱受挫也求教于章校长,而校长有问有答乐此不疲。于是,章校长的粉丝越来越多,自称"章鱼"。呵呵,咱的孩子将来有机会,也要鼓励他报考深大,就冲着深大有位章校长。

这则新闻的标题是"不许歧视我的学生",护犊之情跃然纸上!

你不来我不往

俄罗斯新任总统普京"登基"伊始,为之骄然四顾,为之踌躇满志,恰逢八国集团(G8)峰会5月18日在美国戴维营举行,普京对美国总统奥巴马一肚子的牢骚终于有了报复之机,于是通知美国:我忙,去不成贵地! 让总理梅德韦杰夫替我赴会。

忙也得有个忙的理由,思来想去,普京说:刚上任,我忙着组阁呢。看似理由充分,但经不起推敲。组阁是总理的事,总理不在,你总统组哪门子阁呀!

奥巴马也不是省油的灯。得知普京拒赴G8峰会,白宫马上宣布:今年9月份在俄罗斯举行的亚太经合组织(APEC)峰会,奥巴马届时也很忙,去不成了! 呵呵,奥巴马日程够紧的,9月份的事儿,5月份就排满了。

两国交往,其实就是斗智斗勇。中国宣布5月16日南海休渔,黄岩岛海域的渔船都给我消失! 一记耳光扇过去,菲律宾脸上火辣辣的,口中喃喃地说:"我也休渔。"

你我他　拖后腿

有时候,专家们的研究成果不由人不说粗话。上周,西南财经大学和中国人民银行共同发布了《中国家庭金融调查报告》,列举的一大堆数字,看得我晕头转向,但有一条我看明白了,专家认定:"中国城市家庭平均资产为247.6万元。"

我在事业单位工作,工资水平虽说不高,也不算低,中等偏上吧。我左算右算,把存车棚里七八年不骑的自行车算上,把阳台上的花花草草算上,咋也凑不够247.6这个平均数。我问了周围的同事、朋友,大家都不好意思地说:"凑不够这个数,拖国家的后腿了!"

搞学术研究的人如果不深入老百姓的实际生活,光关在研究所里闭门造车,这种人真不如俺单位的保洁员让人敬重。

入股市　防套牢

当然,这个《中国家庭金融调查报告》也不是一点看点没有。报告披露,在参与炒股的家庭中,盈利的不足三成,亏损的近八成。这个数字还算靠谱,跟股市上风行的"二八法则"比较接近。

八成这个词在河南话里比较难听,但近八成的炒股家庭赔了钱,可见"股市有风险"不是说着玩的。5月16日,中国证监会的LOGO正式亮相。所谓LOGO,说白了就是一个单位、部门或企业的徽标。证监会的徽标一公布,股民不愿意了。这徽标的样子特别像中国联通那个类似"中国结"的LOGO。一说"中国结",大家脑海里就有了个印象——七缠八绕,环环相扣,纠缠不清。股民说,你中国证监会应该弄个牛之类的吉祥标志当LOGO,现在弄了个类似"中国结"的东西,那不明显意味着要"套牢"吗!

我估计证监会这个LOGO肯定是哪个学院派的书呆子创作的,一准儿没进过股市,没跟股民兄弟交流过炒股的辛酸感受啊!

机场取名"五粮液"

　　城市街道以企业命名,过街天桥以企业命名,这都不稀罕,但当空姐娇滴滴地告诉你飞机降落在"五粮液机场"时,你是不是有点喝高的感觉?

　　你没有喝高。5 月 23 日,四川省宜宾市副市长在新闻发布会上高调宣布:宜宾机场正式更名为"五粮液机场"。消息传来,一片哗然。伴随着"五粮液机场"的命名,权威部门证实,贵州省"茅台机场"项目年内即将开工。呵呵,有点酒香四溢啊。网友有才,马上为全国机场更名准备了预选方案:西安机场可更名为"西凤机场",太原机场可更名为"杏花村机场",北京机场可更名为"二锅头机场"……

　　路桥或机场命名总得有一套像模像样的程序,总得有几分文化内涵。网友之所以对"五粮液机场"冷嘲热讽,嘘声一片,主要缘于两种原因:一是批评当地政府为机场更名既没征询民意,又没进行公示;二是觉得"五粮液机场"商业味过于浓郁,太没品位。《舌尖上的中国》正在热播,它让中国乃至世界感受到的是美食文化的魅力,如若企业冠名机场这股风气蔓延开来,非闹国际笑话不可。想想看,既然五粮液机场、茅台机场能堂而皇之打印在机票上,过不了多久,"同仁堂机场"、"东来顺机场"甚至"洁尔阴机场"的出笼也就见怪不怪了。

快餐速食方便面

　　1910 年,在中国台湾嘉义,一个小男孩降生了,他的中文名字叫吴百富,很有乡土气息。其实他是个日本家庭的孩子,他的日本名字叫安藤百福。安藤后来回到了日本,摸爬滚打好多年一事无成,直到 1958 年,他推出了世界上第一包方便面——"鸡肉拉面"。这一下不得了,方便面不但风靡亚洲,而且走向了世界。

　　方便面又叫速食面,简便易携,帮助许多人解决了快餐问题。但也有人把方便面跟麦当劳并列,称为"垃圾食品",大概是指责方便面配料或营养上存在的问题。无论如何,方便面解决了平民百姓快餐之急,仍然大受欢迎。据说,安藤百福每天坚持吃一碗方便面,用自己 97 岁的长寿,不遗余力地为方便面辩护。

上周在天津召开的第八届世界方便面峰会透露信息说,中国内地 2011 年每天消费方便面一亿包,平均每秒钟有 1300 人在吃方便面。闭上眼睛设想一下这幅狂吃方便面的画面,真是壮观啊。

2011 年全球方便面销量是 982 亿包,世界方便面峰会今年提出的目标是实现销量 1000 亿包。这里面应该有你我的贡献啊!

苍蝇的编制

能把苍蝇按一只、两只的编制规规矩矩地写在文件上估计也只有在中国。近日,《北京市主要行业公厕管理服务工作标准》出台,其中规定当地公厕中的"苍蝇不得多于 2 只"。网友都笑了。

哈哈大笑之余,细心的网友发现,各地公厕都规定有"苍蝇编制"。南昌的苍蝇比北京幸运些,编制为"3 只";南京的苍蝇估计基数较大,编制为"5 只"。鹰城公厕的苍蝇编制是几只?晚报记者真该去有关部门问问。不问也罢,因为用文件来管理苍蝇本来就是无稽之谈。若真想管,就该像海南省三亚市那样,要求所有公厕必须做到苍蝇为"零"。

做不到的事情偏偏弄成像模像样的"数字游戏",这就是目前个别单位或部门常用的应付上级、糊弄百姓的手法。北京的"两只苍蝇"一出笼,英国 BBC、美国 CNN、澳大利亚 ABC 等媒体纷纷跟进报道,估计老外根本看不明白是咋回事!美国 CCN 采访此事的可能是位战地记者,新闻标题是《北京要设苍蝇禁飞区》。呵呵!

通缉也"淘宝"

以"亲"开头,以"包邮"结尾的"淘宝体"风行网络。很有贴近性,很有亲近感。南京理工大学去年夏天给高招新生发的录取短信首用"淘宝"格式:"亲,祝贺你哦！你被南京理工大学录取了哦！不错的哦！211 院校哦！……"相信看到这则短信的考生肯定笑得十分开心。

"淘宝体"的运用似有泛滥趋势。"亲，被通缉的逃犯们，'清网行动'大优惠开始了！""亲，现在起至 12 月 31 日止，您拨打 24 小时免费客服热线 110，包吃住！""各位在逃的兄弟姐妹们，亲！立冬了，天冷了，回家吧！"别以为这是网友在恶搞，上述三则"淘宝体"微博分别是上海警方、福州警方和烟台警方发布的通缉令。

也许你看着好玩，我实在有点服不住。跟通缉嫌犯们攀亲且称兄道弟好像不该是警方所为！

"淘宝体"应该有它的使用范畴。"亲，菲律宾的渔民们，台风起了，离开黄岩岛赶紧回家吧！不送了！"这合适吗?!

足球比基尼

娱乐新闻八卦化，体育新闻娱乐化，这是目前传媒业普遍风行的做法。欧洲杯踢得如火如荼，一早进办公室谁要不聊几句欧洲杯，都不好意思在职场混。借欧洲杯提升收视率当然成为各路媒体当仁不让的手段。广东电视台体育频道一骑绝尘，领全国电视台风气之先，在转播欧洲杯间隙，推出了"比基尼女郎播报赛场天气"环节。短短一分钟的节目果然吸引了观众眼球，随之成为网友议论的焦点。

比基尼说白了就是三点式泳装，这个装束在海边、在泳池、在沙滩排球场属于正常。可花枝招展的小姑娘身着比基尼在大众传媒上面对观众说东道西，比基尼之意不在戏水，在乎挑战传媒道德底线也。所有的电视节目，无论编导的初衷如何，都有格调高下之分。身穿比基尼播报天气，电视台是想让观众看天气还是看比基尼？答案应该很清楚。这种做法说轻了是格调不高，说重了是有违媒体操守。广东网友戏言："你是让我看波呢？还是看'波'呢？"

广东电视台到底想让观众看啥咱先不管，在舆论的压力下，该台马上让播报天气的小姑娘穿上了半截袖。这说明，编导心里也发虚啊！

小崔爆粗口

赵本山嘲讽小崔"笑起来像哭似的",小崔一点也不恼,反而笑着说:"你们村这么夸人啊!"上周,温文尔雅的小崔突然变脸且大爆粗口,斥责湖南省教育厅"不努力、不作为、不要脸!"

原因很简单。崔永元募集资金准备在今年8月份免费培训100名湖南乡村教师,湖南教育厅为此回复说:"不反对、不支持、不参与"。此前,崔永元公益基金已经免费培训了5期约700名乡村教师。本是好心做好事,却遭遇湖南教育厅"三不"回应,估计小崔这一阵子的睡眠状况够呛。湖南省教育部门对民间公益事业为何会采取拒而远之的态度,令人百思不得其解。文静的小崔爆粗口我既觉得意外,亦觉得事出有因。体谅民间公益事业的举步维艰,许多人站在了小崔一边。

以我的想法,民间公益事业原本就是弥补官方公益事业的不足,若一味地依赖官方反而失去了民间公益存在的价值。想到这儿,小崔的火气应该消消了。

茅台赝品多

饭局上,喝茅台已经成为一种档次,一种极致。白酒喝到茅台这个层次就算到顶了。茅台好在哪儿了?我是品不出来,周围的朋友大都说服不住。服不住归服不住,一些重要的场合,茅台酒仍然挑起大梁。

当然,喝到嗓子眼里的茅台究竟是真是假,估计弄明白的人不多。近日,茅台酒厂犹豫再三终于公布了茅台酒的年产量。2012年度,53度茅台酒的市场投放量为9500吨,43度茅台为1300吨,总计也就一万吨出点头。这是个啥概念?专家说,这个数字证实,目前市场上90%的茅台酒是赝品!也就是说,假如我们有幸喝上十次茅台,其实只有一次喝上了真酒,其余九次都是在傻乎乎地自欺欺人!

知道了茅台酒的年产量,我们喝茅台时就会多一分自省。产自茅台镇的白酒不见得都是茅台。前些年"赖茅酒"在鹰城热乎了一段,号称是"茅台他爹"!据说茅台酒的前身就是赖茅酒。这家酒厂身在茅台镇,敢自称长辈,估计来头不小!

人间女娲

旅游景点配上点历史故事或神话传说会增加些人文色彩。有时候,导游牵强附会,游客大可一笑了之。但如果把子虚乌有的事当了真,甚至拉出专家作幌子,其结果肯定是贻笑大方。

山西吉县有座人祖山,山下有座祭祀女娲的人祖庙,庙里挖掘出了两块人骨。当地马上组织国家及省市县的专家举行鉴定会,鉴定会发布的新闻通稿称:专家认定,这就是"女娲遗骨"! 我的天,绝对是重大考古发现! 可转念一想,不对啊。女娲虽然因造人、因补天在中华文明中声名显赫,但毕竟是一个神话人物。如果女娲遗骨能被发现,开天地的盘古、舞干戚的刑天、掌天庭的玉皇、闹天宫的悟空……这类虚构人物的遗骨被发现也就指日可待了。

为了开发旅游资源,西门庆故里、潘金莲故里曾被人争得头破血流,现在连神话中的人物也被请回人间,可见凡事一牵涉到"文化",还真招人喜欢。只是如此无中生有、以假当真未免显得太没文化。好在参加鉴定的专家明确表态,他们只是认定吉县发现的人骨"距今已有6200年",无法鉴定性别,其余更无从谈起。

审批阳光

网友的议论有时失于偏颇但并非全无道理。《黑龙江省气候资源探测和保护条例》出台后,引发广泛争议。焦点在于许多人头一次知道,风能、太阳能这类东西原来归国家所有,有网友问:空气是不是也归国家所有啊?

说得认真点,这个还真归国家所有。《宪法》第九条规定:"自然资源属国家所有",而"自然资源"除去煤炭、石油、天然气,还包括气候资源。啥是气候资源? 风能、太阳能、降水和大气成分等都属此类。有网友开玩笑说:那是不是以后晒太阳也要缴税? 当然不是。该呼吸就呼吸,该晒就晒,一点不受影响。黑龙江出台这个《条例》针对的是开发气候资源的企业,眼下各地开发太阳能、风能过于混乱,规范一下是应该的。出台这样的东西会不会增加企业负担进而抬高太阳能产品的价格? 有关方面确认:《条例》不涉及任何收费项目。

这样一来,《条例》只对企业不对个人;网友们才略微松了口气。其实,立法不易,释法更难。风能归国家,大风把家里房子刮塌了,谁来赔? 这又得让专家解释半天。

醉驾之后

相声演员刘惠近年来经常来鹰城演出,胖乎乎的身材、笑眯眯的眼睛,挺有人缘。估计这几天刘惠笑不出来了,上周他因醉驾酿成追尾事故被北京警方刑事拘留。央视记者在看守所采访愁眉苦脸的刘惠时,他一个劲地致歉,一脸真诚,后悔得不得了。

查酒驾风声这么紧,还有人铤而走险,看来处罚仍欠力度。其实警方和司法部门对演艺界人士一点都不客气,演员吴京酒驾被拘、音乐人高晓松酒驾被判刑……倒是这些娱乐圈中人事后表现坦然,愿赌服输。但酒驾者若是个官员,哪怕是个芝麻大点的官员,情况就会发生些变化。

深圳市龙岗区坪地街道办官员莫王松醉驾后,被检方起诉至法院,法院以"驾驶距离不远"为由,免究刑责。媒体要求法院公布判决书,法院方面竟以"涉密"为由一口拒绝。当事人醉驾一公里竟被认定为"驾驶距离不远",难道非得撞死人了才算"距离足够"? 为啥人家高晓松醉驾就被以危险驾驶罪判处拘役六个月,而这个街道办官员就能被法官以"涉密"为由不声不响放了?

算了,不说了!

一片笑声

举凡一件与减轻百姓负担相关的措施出台,总会响起一片掌声。这次很奇怪,听到的大都是笑声。你也笑了,你知道我说的是有关方面近日出台的一项新政:免除1元以下应纳税额和滞纳金。

我在网上看到这个消息时,第一感觉是网友在恶搞,开玩笑而已。后来权威部门出面证实,我才确认这是真事。要说免税不管多少,总是好事,但免除 1 元以下的税真让人哭笑不得,尤其是有关方面给出的免税理由冠冕堂皇——有利于减轻纳税人负担。

前些年废除农业税时,说的最响的也是减轻农民负担。现在有关方面坦承,取消农业税的另一个重要原因是征收成本太重。在废除农业税前,北京市每年能收缴 8000 万元农业税,但征税直接成本就达 6000 万元。再加上杂七杂八的其他征收费用,这农业税早就没有什么征收的价值。

若是免除 100 元以下应缴税额,收获的肯定是掌声,而免除 1 元以下应纳税额,你说是为纳税人着想,可老百姓不糊涂,他们明白免收这 1 元钱到底是在减轻谁的负担?

向谁弄风骚

时代在发展,观念在更新,那种看见异性胳膊或大腿就想入非非进而蠢蠢欲动者,应该去医院看看心理医生。但观念再变化,女同胞在公共场所的着装也应该说得过去,不能有伤大雅。T 型台上模特穿得再少,那时在展示服装,引领时尚;明星电影节上走红毯,尽管波涛汹涌,那是艺人争艳的特殊场合。既非模特,又非明星,你在家里穿得再清凉也无人过问,可你若穿着清凉装跑到大街上去展示身材就有点不合适。

上海地铁官方微博发布了一幅图片,地铁站台上,一位身着黑色透视装的姑娘,内衣清晰可见。微博提醒:"乘坐地铁,穿成这样,不被骚扰才怪……姑娘,请自重啊!"应该说,地铁方面提醒女乘客注意着装,谨防色狼,没啥不妥。不料却捅了马蜂窝,《女声报》官方微博"女权之声"马上做出反应:为抗议@上海地铁二运:女性穿得少"不被性骚扰才怪"的不当言论,上海的一些女志愿者在地铁二号线进行行为艺术。标语为"要清凉不要色狼""我可以骚,你不能扰"。

我特别尊重女权主义者,"我可以骚,你不能扰",这口号绝对掷地有声,令人肃然起敬。不管你如何骚,我肯定不会扰。问题是地铁这地方鱼龙混杂,难免色狼出没,你穿成那样跟色狼宣示女权,我觉得,悬!

男生落伍了

时代不同了,男女都一样。这是一种进步。女子能顶半边天,这应该是全社会值得高兴的事。但如果女子强势推进,不仅顶了半边天,还要顶大半边天,是不是也有点不对头?

上海社会科学院的学者近日作了调查,上海市的中小学生从小学三年级到初中三年级,女生每一科的平均分都遥遥领先于男生。你会说上海这个城市比较特殊,男生一直都处于弱势。那再举个数字,从2007年开始,每年普通高校录取的女生数量持续压倒男生。今年高招中,江苏、广东、福建、云南、辽宁、吉林、天津、新疆、广西等省区市的文理科状元全被女生斩获。鹰城也不例外,今年高考的文理科第一名双双落入女生之手。

女生成绩好当然是好事,但如果男生从小学到中学到大学一直在女生强势的阴影下唯唯诺诺,对男孩子的健康成长肯定不利。男孩子生性好动,我们的中小学倡导的却是一种"静文化"。专家分析说,目前学校的教学内容和评价标准与男生特殊的个性相违背,小男孩们在学校里都很郁闷,这是造成"男孩危机"根本的原因。

看来,阴盛阳衰不仅出现在中国体育界,已经成了一个社会问题。

数学也疯狂

数学家与现实生活几乎产生不了太直接的联系,闭上眼睛想想,这些人肯定都是些戴着深度近视镜埋头数理运算且不食人间烟火的人。咱都错了。澳大利亚19位数学家组团利用所学知识精确计算中奖概率,扫荡世界各国赌场,不足3年,竟获利24亿澳元! 按现行汇率,折成人民币可达157亿元。

俗话说:流氓不可怕,就怕流氓有文化。在博彩业,庄家仰仗着中奖概率稳赚不赔。别看个别赌客赢点小钱就瞎嚷嚷,大部分赌客的钱扔进赌场,连声响也听不见。如今赌场面对的是一群职业数学天才,把运算和概率玩得跟喝凉水一样轻松自如,赌场老板倒了血霉了。

博彩这种事,当不得真,指望赌场下注来发家致富无异于白日做梦。古往今来,多少人毁在了赌字上。澳洲这些数学家手中的钱还没暖热,税务部门已经以逃税9亿澳元展开了调查。数学家不在书斋里搞研究,非要在险恶的江湖上混,玩大了吧!

彩民像演员

我国的体彩和福彩具有社会公益性质,跟国外博彩业大不一样。所以,我国彩票业的运作和开奖过程就应该更加公开透明。这些年,体彩和福彩为社会公益事业投入不小,但如何促进与彩民的沟通,回应彩民的质疑,相关部门切不可掉以轻心。

上周,7月1日至10日体彩开奖视频的截图被网友发到了网上。从图片上看,参加这几期开奖仪式的彩民代表几乎是同一批人,而且老年人居多。让彩民代表出现在开奖现场,主要目的应该是监督和见证开奖程序的公开公平公正。如果连续数期都是同一拨人像拉拉队一样在开奖现场打酱油走过场,自然会引起彩民质疑声一片。我个人相信体彩开奖不会有啥猫腻,中国体彩中心的一位工作人员私下里对记者解释说这是因为开奖现场有奖品,所以附近的市民会经常参与。但面对彩民对开奖截图潮水般的吐槽,体彩中心至今没有公开回应。我昨天登录彩体官网,网站依然毫无回应,好像这件事关体彩声誉的事情根本不存在似的。

用不屑一顾来应对网络舆情,这种观念好像落伍了吧?

可怜剩女

第六版《现代汉语词典》近日由商务印书馆出版发行,像我这类做文字工作的人,自然十分关注,急颠颠找领导汇报,承蒙恩准,过不了几天,就能用上新版词典了!

据报道,“汉6”收了许多新词,像“限行”“摇号”“团购”“微博”“北漂”“潜规则”“山寨”“闪婚”“粉丝”等一应尽有,连“给力”“雷人”“宅男”这些网络用语也堂而皇之地步入词典。这是可喜的一面。但"汉6"编纂者在介绍选词标准时说的一些话引发不少争议。比方说,"裸奔"不文明,不收;"剩女"有歧视意味,也不收……

词典编纂的要义是通用性和长久性,也就是说,一个词是否收入词典要看它使用范围广不广,生命力长不长。如果以道德判断作为选词标准,词典编纂就会失去客观性而变成了道德审判。"裸奔"这种行为不文明,作为一个词就拒入词典,这种"道德标准"选词法真是匪夷所思。"剩女"是一种社会现象,略带些嘲讽意味,但许多情况下也是大龄女青年的自嘲,并非歧视。随手翻开一本商务版的《现代汉语词典》,第817页有"聋子"词条,解释为"耳聋的人";第690页有"绝户"词条,解释为"没有后代的人"。"聋子"和"绝户"都含歧视意味,为啥你就收了?

想想看,剩女本来就郁闷,现在连词典也不让人家进,这不更是一种歧视?

魅力短裙

西方经济学有一个著名的"裙摆理论",说是经济低迷之时,女士倾向于穿着长裙;经济繁荣期,女士们喜欢着短裙。再说得直白一点,经济形势越差,女士的裙子就越长;经济形势越好,女士的裙子就越短。这一理论在西方屡试不爽,但在中国却是另一番景象。

在全球经济停滞的大背景下,广西桂林一家主题公园推出了门票半价方案,条件是女士须穿着超短裙入园。啥算是超短裙?公园方面制定了标准——裙长38厘米。这一下公园门口热闹了,网上视频显示,一群姑娘正围在公园门口,焦急地等着让工作人员拿着直尺验裙长呢。套用一句歌词就是:掀起你的裙子来,让我来量量短不短。

美女效应也好,大腿效应也罢,用超短裙来刺激游客入园,总不是件高雅的事。眼下的经济形势需要提振信心,但这种逆"裙摆理论"强行刺激市场的做法是否可行?我看危险。

这边"38厘米可半价入园"正在火热进行中,桂林另一家游乐园已经推出了"穿比基尼可优惠"的举措。接下来会是啥?真不敢想啊。

舌尖上的鹰城

突然之间,仿佛全国人民都对身边的饮食发生了兴趣,开始对饮食所承载的文化追根溯源。躬逢其盛,晚报近日推出了《舌尖上的鹰城》专栏,引来不少读者和网友纷纷评点,饸饹面、揽锅菜……这些鹰城人司空见惯的"粗茶淡饭"一经记者深入挖掘,其饮食渊源、演化轨迹、文化内涵立马一目了然。有网友发微博说:"现在就想去吃碗饸饹面!"

一碗饸饹面下肚,嘴一抹起身而去,似乎谈不上啥文化。但你若知道了饸饹面的前世今生,再端起碗来,说不上心生敬畏,至少也会细细品味,体会余香满腮之际蕴含的文化感觉。这话说得可能有点悬乎,但了解点饮食文化会提升自己的生活品位,这应该是不争的事实。

孔夫子对饮食非常讲究,平日里"食不厌精,脍不厌细"。我们当然不能对饮食搞烦琐哲学,但吃吃喝喝之余谈点文化,并非多余。上周末媒体报道说,年底前,我省将公布"胡辣汤"等地方食品标准。我相信,揽锅菜、饸饹面的官方标准也呼之欲出了。

童子尿的奇效

中医有些奇方令人匪夷所思。《本草纲目》是中药的"百科全书",其中好多偏方让人瞠目结舌。比方说:寡妇床头尘土可以入药。我的天,俺邻居刘老汉一辈子没成家,他床头上的尘土看来只能白搭了。至于头垢、耳屎、齿垢这类东西也能入药只能让现代人大倒胃口。这还不算,《本草纲目》中,连地浆水、屋漏水、车辙水、猪槽水……都能入药。好在眼下中医开方子与时俱进,比较讲究,病人不用担心这些东西了。

近日,湖北的中医药专家在李时珍的故乡湖北黄冈举行《新编本草纲目》评审会,基本否定了寡妇床头尘土可以入药这类迷信说法。但专家们认为,童子尿确有疗效。啥叫童子尿?我留心查了查,所谓童子尿,狭义指小男孩满月前每天清晨的第一泡尿；广义说是小男孩 12 岁前每天清晨的第一泡尿。由此可见，童子尿确实比较稀罕。我不懂中医，未敢妄言，但你说喝杯童子尿可治头疼，我总觉得不是那么回事。与其喝童子尿，真不如吃一粒头疼片见效。

前些年媒体报道说，西安市有个远近闻名的"尿疗村"，当地村民从 20 世纪 30 年代时兴尿疗。人家不喝童子尿，喝的是自己的尿！据说，一个个喝得身体倍儿棒，吃嘛嘛香。听得我心生敬意，但敬而远之。尿这玩意儿，拉倒吧！

电商大战谁最乐？

商品降价促销是商家惯用的短期营销手段，其结果是商家赢得市场份额，消费者得到实惠，皆大欢喜。上周二，京东商城高调宣称：旗下商品保证比国美、苏宁连锁店便宜 10% 以上；苏宁易购立即反击，称所有商品价格必然低于京东；国美网上商城也不示弱，许诺全线商品价格比京东低 5%。一时间，电商江湖风云突变，杀气弥漫，当当网、易购网也摇旗呐喊，推波助澜。

电商较劲毕竟是在网上，更多的消费者还是惦记着实体店里的商品是否同步降价。媒体报道说，无论是网上还是网下，从京东到苏宁到国美，所谓降价都是雷声大雨点小。有的商品是先升后降，有的是有价无货，关键是消费者还没有从网上购买大件家电的习惯，"网上比价，店内下单"时才发现，网上有的实体店没有，实体店有的网上缺货。总之，三大电商掐架，普通消费者除了看个热闹，好像也没占多大便宜。上周五，京东 CEO 刘强东接受采访时表示："如果这样下去，不出 3 个月三家都得死。"这也透露出一个讯号，这场江湖大战会无果而终。

管理部门的人此时坐不住了，说要调查是否有恶意降价行为。这就有点管得宽了，商家的脑袋瓜多精啊，亏本的买卖他绝不会干。管理部门的主要责任是管住恶意涨价。商家如此降价，自有市场来惩罚它，自有生产商来制约它。你着哪门子急啊！

裸体奥运谁参加

当年古希腊人举办奥运,运动员抹一身橄榄油裸体参与,著名的雕塑《掷铁饼者》充分体现了当时人体的健美与张力。时代不同了,人类文明总得适应不同时期的道德规范,伦敦奥运会就明确规定:严禁运动员在赛场上裸奔,违者重罚。

也有人不信这个邪。中山大学哲学系教授翟振明撰文倡议运动员在奥运会上裸体比赛引发热烈网议。前些时,翟教授发了篇短文为奥运助兴,大意是古希腊人当年裸体参加奥运,"今时今日,宗教原因或其他意识形态偏好不是维护某种国际性规则的正当理由,所以应该考虑允许在奥运会中裸体参赛。"

呵呵。有人说中国百姓的素质低,动辄质疑专家观点,但听了有些专家的奇谈怪论,不由人不说粗话。有专家说"炒高房价的是有钱百姓,并非开发商";有专家不同意药品降价,因为这是"打击了民族药业";有专家说,文史哲专业"贻害社会,应予取缔";有专家提议把中国所有城市的广场都建成菜地,重现田园风光;有专家说"一天吃三颗毒胶囊没问题,吃不安全食品不一定就不安全"……网友把个别专家称为"砖家",把教授唤作"叫兽",虽不中听,但你闲着不去研究正儿八经的学问,整天在书斋里胡说八道,网友们咋不口诛笔伐啊。

翟教授做着梦想看裸体奥运,但接受采访时却声称"我本人就很反感裸体,看到裸体就会吐,看到裸体就会马上掉头走!"我的天,你忽悠着人家办裸体奥运,现在又说恶心。谁信啊!

二十四孝谁能做到

"陪父母看一场老电影/教父母学会上网/定期带父母体检/为父母购买合适的保险……"——号称官方发布的新"24孝"行动标准上周一隆重出台,令人耳目一新。

社会道德规范终于不再是空洞抽象的纸上谈兵,而是有了眉清目秀、生动具体的行动标准,这是一项进步。但也正是由于新"24孝"的标准太具体了,反倒引来一片商榷之声。

"陪父母看一场老电影"——别说老电影,新电影俺父母也不看,老人家喜欢的是豫剧,咋办?

"教父母学会上网"——七八十岁的父母眼花好多年了,上网还是免了吧。

"带父母一起出席重要活动"——不好意思,父母亲年纪大,腿脚不利索,上楼下楼都不方便,早与社会活动无缘。

"带父母旅行或故地重游"——理由同上,不宜施行。

"带父母参观你工作的地方"——理由同上,不宜施行。

……

这24项标准我仔细对照了一下,惭愧,恐怕不及格,但谁若依此标准就判定我不孝顺,我非跟他急不可!

我总觉得这新"24孝"标准好像是为年轻人制定的,对年轻人的父母挺适用。无论如何,标准定得细了就像面镜子,容易对照实行。我今天就准备履行其中一条"孝顺"标准——"为父母拍照"。

当鱼翅跟文化联姻

看着街头燕翅鲍酒店霓虹闪烁,你且慢唠叨高消费、公款吃喝之类的话,按中国水产协会近日的说法,这其实是在上演一场饮食文化盛宴——"鱼翅消费是中国的传统文化,是对废弃资源的有效利用,是中国节俭美德的体现"。

我算是白活了几十年,心里一直把鱼翅宴视作高档消费且敬而远之,却原来人家是在废物利用,是在倡导节俭!我弄不明白的是,为啥普通百姓没人去燕翅鲍酒店废物利用一下,没人去海鲜城践行节俭美德?中国水产协会"鱼翅消费是传统文化"的表态引来网友一片骂声真不亏它!

据报道,目前全球已有126种鲨鱼沦为濒危物种。如果依中国水产协会的逻辑大家一路吃下去,用不了多久,鲨鱼就跟恐龙一样,人类的子孙只能在科幻电影中观赏它们。假使真存在这种所谓的传统文化,那定是糟粕无疑,跟生态保护的全球大趋势格格不入。水产协会对鱼翅消费的奇谈怪论语音未歇,浙江余姚市财政局就传出了在"鲍翅馆"消费5万余元天价餐的丑闻。这等于是扇了水产协会一记耳光——这就是你说的传统文化,这就是你说的节俭美德?

夜行客车

发生在陕西延安境内的"8·26"客车追尾事故酿成 36 人死亡的惨剧,这起车祸的几个关键词毫不陌生:"双层卧铺"、"凌晨 2 时"、"司机违规"……一时间,取缔公路卧铺客车的呼声又起。

双层卧铺客车多是跨省营运,常在夜间行车,若遇司机疲劳驾驶,极易发生事故。要说这种暗藏杀机的运输工具,乘客应该敬而远之才对,偏偏卧铺大巴的客源不减,生意兴隆。有人说,为啥不去坐火车啊? 问题是火车票容易买到吗? 而且相对于飞机、动车等,公路客运价格毕竟便宜。根据相关调查,卧铺客车的服务对象 60% 是农民工以及个体从业者等中低收入人群。如果这个人群都被逼到火车站,铁路客运非得学印度,车棚上都坐上人才行。

卧铺客车事故多发到底是"车祸"还是"人祸"? 专家的看法是:卧铺客车恶性事故跟车关系不大,90% 以上的事故是由人为因素引发的。如此看来,不去落实 GPS 定位监控措施,不去严查长途客车驾驶员配备情况,不去落实凌晨2—5 点卧铺客车停驶规定,只是简单地把卧铺客车取缔了之,未免失之简单粗暴。

如果头脑发热真把公路卧铺客车给禁了,最头疼的肯定是铁道部!

魂断"烂"桥

一座城区高架桥建成不到一年突然垮掉,造成车翻人亡。"8·24"哈尔滨三环路高架桥垮塌事件持续发酵,先是有人说找不到建设单位而无法追责;后有"专家"说桥本身没问题,是四辆车同时过桥把桥给压塌了……无论咋说,事故相关 A股公司"中国交建"及"中国铁建"的股票价格应声下跌。

在国家专家组事故鉴定报告未出来之前,当地有关部门就先入为主地声称这座钢筋水泥浇筑的新建大桥是被汽车压塌的,这恐怕不能服众。一座桥建在那儿,难道非得等这辆车过去,下一辆车才能上桥? 这种"桥脆脆"未免太娇贵了吧?

桥上如果同时出现4辆车,对不起,"乔老爷"就不伺候了! 这种桥的质量也太瓤了吧!

突然想起了一则逸事。78岁的老工程师万方曾参与南京长江大桥的设计施工,他回忆说,南京长江大桥建成准备验收时,时任南京军区司令员的许世友组织80多辆坦克与60多辆各型汽车成一路纵队,轰鸣着从大桥上通过。看着南京长江大桥岿然不动,许司令大笑:"行了!"

40多年过去了,南京长江大桥依然横跨在滚滚长江之上,而哈尔滨这座短命桥被4辆卡车给欺负了。

西文入典

语言这东西有个重要原则,叫作约定俗成。有个成语叫"每况愈下",很多人都会使用。其实这个成语的标准说法是"每下愈况",见文生义的人用得多了,"每况愈下"也就被认可了。外文词也是一样,生活中使用的频率高了,想回避都回避不了。以OK为例,现在还有几个人不知道它的意思?

语言是在不断发展变化的,纯洁民族语言当然绝对正确,但搞语言编词典的人如若不能与时俱进,而是一门心思地跟外来词对着干,恐怕也不是做学术的平静心态。这两年,有关部门不允许媒体使用"NBA"这个外来词,央视主持人只好别别扭扭地改成了"美职篮"。这样一来,喜欢NBA的平民百姓跟使用"美职篮"的权威媒体好像是两个语言系统的人,总感觉怪怪的。第6版《现代汉语词典》终于收录了NBA、GDP、CPI、WTO等239个西文词,这让央视主持人终于松了口气,但这口气还没完全吐出来,百余名专家学者就致信国家管理部门,以威胁汉语安全为名,举报第6版《现代汉语词典》违反相关法规,将外文收入词典。

这都哪儿跟哪儿啊。《现代汉语词典》收词近7万条,区区239个外文词就能威胁汉语安全? 我不知道这些学者去医院做CT或B超时咋跟大夫称呼这些东西。

克林顿真好玩儿

美国总统大选愈演愈烈,驴象双方都动用了看家本领。面对共和党总统候选人罗姆尼的咄咄逼人,试图连任的奥巴马大打亲民牌。白宫上周公布了奥巴马自酿啤酒的配方。别小看了这杯添加了蜂蜜、糖浆这类乱七八糟东西的啤酒,罗姆尼号称滴酒不沾,奥巴马恰好利用奥氏啤酒与选民套上了近乎。

希拉里这些天在亚太地区频繁穿梭且煽风点火,她老公克林顿也没闲着,上周四,原总统克林顿在民主党全国代表大会上发表演说,力挺奥巴马连任。让人吃惊的是,他竟然熟练运用了中国铁道部原新闻发言人王勇平的经典句式表达对奥巴马连任后重振美国经济的信心。他拍着胸脯说:"不管美国人民信不信,反正我是信了!"你别以为这是恶搞,我谷歌了克林顿的原话贴在下面为证:"Folks, whether the American people believe what I just said or not, I just want you to know that I believe it. With all my heart, I believe it!"

"杨表哥"浑身宝

《红灯记》中李铁梅唱道:"我家的表叔数不清……"台湾歌星孟庭苇痴痴追问:"你究竟有几个好妹妹……"其实生活中大家弄不清楚的事多了。在陕西"8·26"特大交通事故现场咧着嘴傻笑的省安监局杨局长获封"微笑哥"没几天,就被"表哥"这个亲昵称呼所替代——网友将杨局长在不同场合所戴高档手表的截图上网展示,第一块,第二块,第三块……乖乖,竟然展示到了第九块表!"表哥"之称实至名归,杨局长就别推辞了。

我猜想,杨局长在 K 歌时一不小心就会唱出一句"我家的手表数不清",因为杨局长只承认自己拥有 5 块手表。其他的手表是谁的? 这事不算完,网友继续报料,杨局长除了喜欢戴名表,还喜欢戴手镯。此外,"杨表哥"鼻梁上架的眼镜、腰里系的皮带统统价格不菲。杨局长这回算是栽了! 这也给公众人物提个醒:低调点,少张扬!

一块石头

明星李晨和张馨予通过微博频频示爱,两人恋情高调曝光,当时就有人预言:李张恋恐怕凶多吉少。果不其然,20多天后,两人的感情急剧降温并戛然而止,被网友称作"最短命爱情"。

事情出在石头上。张馨予在微博上晒出一块李晨送给她的心形石头,甜蜜蜜地配上了图片说明:"今天收到一颗心。"这一甜蜜不要紧,李晨的前女友迪丽娜尔马上发微博展示出一块心形石头并吐槽道:"你(李晨)是批发了一堆吗?"网友乐了,自发组建的"寻石小分队"先是在网上搜出演员刘芸的一块心形石头,刘芸特别附注"李晨捡的";接着,又发现李晨不仅用石头表达爱意,还表示孝心,曾一次送给母亲三颗心形石头……事情完全失控,以至于李晨的绯闻女友李小璐在微博上随意写了一句"胸口像堵了块大石头",网友马上追问:"是心形石头吗?"

一段恋情被一块石头压垮,微博这类新媒体的强大力量令人不可小觑。微博有风险,发帖须谨慎。

一个男人

驾战机,开坦克,玩柔道……俄罗斯总统普京一直以硬汉形象示人,上周媒体报道说,普京突发奇想,在西伯利亚地区驾驶滑翔机为迁徙的鹤群担任"领航员"。神人一样的普京!我估计过不了几天,他会亲驾潜艇为鲸鱼迁徙"带路"。

普京的业余爱好还有很多,他开着雷诺一级方程式赛车,时速超过了240公里;他一身黑衣,像模像样地驾驶哈雷摩托与发烧友竞速;他穿上冰球运动服和冰鞋,在冰球赛场上与年轻人一试高低……呵呵,这样一位总统咋会不惹人喜爱。尽管俄罗斯反对派指责普京是在作秀,在炒作,并嘲笑普京为鹤群领航时"并不是所有的鸟儿都跟着普京飞",但普京这种作秀和炒作看来甚得民心。

时下俄罗斯小姑娘的择偶标准是啥?一首流行歌曲就是答案,俄罗斯女歌手唱道:一个像普京强而有力的人/一个像普京不酗酒的人/一个像普京不使我伤心的人/一个像普京不会舍我而去的人⋯⋯歌曲的名字是"嫁人要嫁普京这样的人"。

一群乘客

不到一周时间,富起来的中国人在国际航班上打了两场架,真是丢人丢到天上去了。

打架并非因为"钓鱼岛归谁"这类原则问题。从苏黎世飞往北京的瑞士航班上,两位中国乘客因为靠背座椅的调整引发争执,进而大打出手直弄得头破血流,航班无奈返航后,当事人被处罚金;从塞班岛飞往上海的航班上,打群架的原因竟然是为了争饮料!我的天,飞机航班上的饮料也搁得住抢?文明素质不高出现在家里或单位无外乎个人修养太差,但由个人素质引发的行为发生在国际航班上就成了国民素质问题,上升为有损国格的大事。

看着这两起打架事件,真觉得丢中国的人。富起来的中国人,光富不中啊!

眼神火了

执法粗暴,稍不遂意就动手掀摊⋯⋯城管的形象不怎么好,这是地球人都知道的事。但城管自有其苦衷,一座城市的秩序和整洁,要想靠小商小贩们自己维护,好像还不到时候。有时候城管带情绪执法也算是逼上梁山。

如何重树城管形象,转变执法方式,进而提升执法效果?武汉市城管探索出了一条新路子,为鹰城城管做出了榜样。上周三,武昌民主路上一家电动车行占道经营,城管队员二十余人齐刷刷站在该店门前,向店家行注目礼。该店老板二话没说,马上清理物品,进店经营。这是武汉城管创新推出的"静默列队式"执法,网友形象地称之为"眼神执法"——遇到你违规经营,城管队员齐刷刷地站在你的小摊前,一声不吭地盯着你。众目睽睽之下,商贩们哪还有心思做生意,赶紧规规矩矩听招呼了。

眼神执法比掀摊执法不知要好多少倍。城管眼神之下,违规摊贩自知理亏;

队员列队之际,摊贩只好缴械投降。

咱本地的城管可以学一下啊!

"堵神"来了

在国庆长假高速路免费的诱惑下,蜂拥而至的自驾车流使中国的高速公路迅速完成了身份转换,立马变成了"停车场""垃圾场""运动场",从网友疯传的图片看,高速路上遛狗的、打网球的、做广播操的、翻下路栏露天方便的……不知美国国防部的卫星如何解读这些天中国高速路上发生的奇异现象!

自驾游的中国百姓自然心生怨气,埋怨高速路的拥堵,埋怨景区的人满为患,但这种埋怨毕竟含有几分欣喜,没有一个平民百姓指责高速免费。倒是专家又开始胡说八道了,清华大学经管学院教授李稻葵批评高速免费是"世界上最愚蠢的政策"。李教授甚至出主意说,长假期间高速路应涨价50%。

这种教授估计整天就知道在待在校园里背书。他根本不知道节日自驾游中的绝大部分是平民百姓。中国的高速路全世界收费里程最长且价格最高,李教授不去关注国计民生,却嚷嚷着要高速涨价50%,这种教授真该去收费站当一年收费员再说话!

缘分尽了

黄金周恰逢中秋,鹰城街头天天都回响着婚庆的礼炮。在新人喜盈盈步入婚礼殿堂之际,黎明和乐基儿夫妇共同发表声明,宣布正式分手!

娱乐圈中,分分离离本属司空见惯,除了粉丝们杞人忧天之外,谁也不会过于认真。但这一回黎明离婚好多网友都像松了口气一样,纷纷怀念起黎明与舒淇这对金童玉女当年的浪漫。有网友甚至语气肯定地说:黎明与外国人乐基儿结婚本就不该,跟舒淇才是真爱——人家舒淇还待嫁闺中呢!

婚姻这档子事本是世上最复杂的命题,眼下夫妻分手的原因大多是"感情不和"。这"感情不和"到底是个啥东西,轻而易举就能把一桩姻缘拆散?黎明与乐基儿在离婚声明中亦称分手是"由于双方在生活理念上产生了严重的分歧"。可见"感情不和"也好,"生活理念"出现分歧也罢,婚姻若触了礁,原因就跟乱麻一样说不清道不明。

黎明歌中唱道:纷飞小雨中/跟你再相逢/你哪会知我今天仍等候……粉丝热情为黎明与舒淇重牵红线,我倒觉得未必是最合适人选。早些年看电影《甜蜜蜜》,总觉得黎明跟张曼玉才是天生一对。张曼玉不是也没结婚吗?

莫言淡然获奖

上周五晚上,57岁的莫言跟家人一起正吃晚饭,电话打了进来,诺贝尔文学奖的消息终于得到了证实。莫言挂了电话,本打算继续吃饭,但这顿饭已经吃不成了,守在他家门口的一群记者敲响了家门。

中国作家头一次获得诺贝尔文学奖,这不仅是中国文学界的大事,也是21世纪中国的大事。鲁迅、林语堂、老舍、沈从文、巴金、王蒙、李敖……一次又一次,中国作家与诺奖擦肩而过。于是有人怨妇般唠叨"葡萄是酸的",有人质疑诺奖的价值取向,但谁也否认不了诺贝尔文学奖是当今世界影响力最大、作家水准最高、奖金额第一这个事实。

莫言也许不是中国当代最好的作家,但肯定是最优秀的作家之一。坚持用纸笔来写作的莫言非常低调,获奖前他对记者说:"我想这么一个大奖,落到我头上可能性太小了。"尽管如此低调,仍有人对莫言获奖说三道四甚至出言不逊,这种人的心理也太阴暗了吧!

引起诺奖评委浓厚兴趣的并非莫言的《红高粱》系列而是长篇小说《蛙》,估计好多读者没看过。我也没看过,呵呵。

称呼远离歧视

社会越发展,人类逾文明。称谓问题亦然。

瞎子现在称作失明,聋子称作失聪,瘸子称为跛足,傻子称为智障……为啥要这样？这体现了现代文明社会对残疾人群的人文关怀。别小看了这些称呼的小小转变，在正常人这不过是改一下口，但在残疾人心中却会荡起阵阵温暖的涟漪。卫生部上周三表示将为"老年痴呆症"更名，这也是基于对病人的人文情怀。人上了年纪，记忆力和语言能力有点减退，就被挂上个"老年痴呆"的称谓未免太伤人心。赵本山作品最差劲的就是这点，总拿剧中人物的各种缺陷来挖苦人。

"老年痴呆"这个叫法应该怎么改，那是医疗卫生部门的事，但一定要改得通俗上口，可别真改成了这种病的学名"阿尔茨海默病"。谁能叫上来这么拗口的名字啊。

最远的距离

老少三代吃顿团圆饭，当然其乐融融。可眼下这个电子时代，饭桌旁人是凑齐了，人心却散了，套用葛优在《天下无贼》中那句台词：队伍不好带了！青岛市民张先生兄妹带着孩子相约去老父亲家吃饭，饭桌上满心欢喜的老爷子发现，儿孙跟他交谈时都心不在焉，大家的心思都用在了各自的手机上——发微信的、更新微博的、玩游戏的……气得老人家菜盘一摔大吼一声"你们都跟手机过吧"，离席而去。

世上最遥远的距离莫过于我们坐在一起，你却在玩手机——这句网络名言真实地再现了目前人类交际的窘况。手机原本是促进人们交往的工具，现在却异化为控制人们交流的主宰。想想看，如果手机不在身旁，有几个人能坐得住？这种现象正常吗？

青岛这位老人的盘子摔得好，对我们也是一种警醒。

最悲的离去

西方社会最遭人诟病的就是世态炎凉，缺乏人情味，所谓老死不相往来。现代社会的发展，城市化进程的加快，中国城市的人际关系也面临着严峻考验。晚报上周报道说，市区五一路社区一位年逾八旬的独居老太太去世 9 天才被人发现,当时身边只有两只狗陪伴。

这则新闻带给我们的除了辛酸还是辛酸。指责老太太的四个子女不孝,埋怨街坊邻居缺乏互助,责备社区人员对独居老人关心不够……都已经迟了,老人家撒手人寰时的那分孤苦与无助可想而知。如果城市化的结局就是市民们都"躲进小楼成一统",不管他人冷与暖;如果儿女们成家后都各自逍遥,置老人于不顾;如果社区工作就是检查卫生、种花植草……像陈老太太这样的悲剧仍会发生。

五一路社区痛定思痛,决定今后对独居老人一周回访一次。这总算是进步,可一周毕竟是 7 天啊,7 天跟 9 天有多大区别?随着老龄社会的到来,独居老人越来越多,这是社区所面临的大问题!

硕士的纠结

今年国家公务员考试报名结束,尽管此前媒体报道说,不少岗位条件艰苦,被称为史上最苦金饭碗,但报名人数仍超过了 150 万,有些职位竟然"万里挑一"。

有人想当然地以为大学生毕业后完全可以凭本事吃饭,恐怕没那么简单。看看周围的现实,要想遇到个理想的职位,有时要拼爹,有时要拼娘。好不容易碰到有单位招聘,初试复试面试,到最后才发现人家是"萝卜招聘",不会打乒乓球者拒录! 相对而言,国考更加公平,面对一个工作相对稳定、收入比较理想、社会保障齐备的职位,大家追捧一下也用不着大惊小怪。别看报名的人挺多,不少是打酱油的,缺考弃考者不在少数。有人责备这些毕业生不去自主创业,只会一窝蜂地瞄着公务员想享受办公室生活。这些说风凉话的人根本不了解当下大学生毕业后的就业窘况。你家孩子毕业为啥不鼓励他自主创业? 自主创业是好玩的?

倒是哈尔滨招聘环卫工引来 29 位硕士报考的新闻,看了让人鼻子酸酸的。不是看不起环卫工人,而是觉得这 29 位硕士报考前要经过怎样的心理纠结啊!

受罚的专家

意大利首都罗马旁边有个拉奎拉市，人口才 7 万，还没咱一个镇人多。2009 年初，拉奎拉地震传言四起。地震专家和当地官员信誓旦旦地给居民打保票说："没事，不必担心！"当年 4 月 6 日凌晨，一场 6.3 级的地震重创拉奎拉，造成 308 人死亡，1500 多人受伤，数万人无家可归。

换个其他国家，地震专家和当地官员完全可以推卸责任，撇清关系。专家可以推辞说"地震无法预测"，官员可以借口出于维稳需要不能提前预报。但拉奎拉地方法院认为这事不算完，上周二以"过失杀人罪"判决 6 名地震专家和一位政府官员 6 年监禁。

消息传来，国际上许多地震专家表示强烈不满，纷纷要求取消此判决。理由就一条——地震无法预测。问题是既然无法预测，你为啥在震前给市民许诺"不必担心"？我觉得这些人判得不亏！

因为爱情

爱情就一定是花前月下，甜言蜜语？爱情的主角就非得是"高富帅"、"白富美"？当然不是。"爱情天梯"把两位老人送进了天国，这 6000 多级"天梯"感动了全国的网友们。

深山老林中长相厮守 50 年，丈夫为了心爱的妻子出入方便硬是用双手凿出了 6000 级台阶。重庆江津区刘国江和徐朝清老人用感人的婚姻，用平淡的生活，用幸福的微笑诠释出爱情的真谛。两位老人入选"感动重庆十大人物"，他们的经历被评为"中国十大经典爱情故事"。5 年前，凿出天梯的丈夫去世了；上周三，幸福的妻子也静静地离开了人世。这段默默无语的天梯会成为情侣们心中永远的"圣地"。

"因为爱情/怎么会有沧桑/所以我们还是年轻的模样……"王菲的歌真好听。

名楼与楼名

申报世界文化遗产令国内不少风景名胜区趋之若鹜。联合国教科文组织世界遗产委员会的初衷是想通过文化遗产命名,督促当地对自然景观和文物古迹加强保护。实际情况是,不少文化遗产的申报者更在意的是申报成功之后对景区名气的提升和旅游收入的增加。

随着申报标准越来越严格,世遗单项申报越来越难。申报者灵机一动,"捆绑式申报"成为灵丹妙药。"捆绑式"是啥意思? 一个景点你不批,我弄一堆相关景点集体申报。当年嵩山历史建筑群申遗被拒,次年经过重新包装,少林寺塔林等11项建筑以"天地之中"的名义一举申遗成功。眼下,号称"中国十大历史文化名楼"的黄鹤楼、滕王阁、岳阳楼等欲联合申报世界文化遗产,这又是一次"捆绑式申报"的尝试。

对"十大名楼"此举,网友大多认为"不靠谱",因为除了岳阳楼、天一阁等属于国家文保单位,有些楼其实就是"假古董"。名气不小的黄鹤楼和滕王阁都是20世纪八十年代仿建。黄鹤楼内部还安装了电梯呢。

虽然"十大名楼"申遗已宣布暂缓进行,仔细想想,"十大名楼"不过是"十大楼名"而已。

数学与头疼

有些人天生不喜欢写作文,有些人一看到物理公式就发蒙,有些人见到数学题就头疼……以往遇到上述说辞,我们肯定会嗤之以鼻,若是遇到自己孩子说这些话,早一巴掌拍过去了!

且慢。我们的有些观念在科学面前也许应该转变一下。上周,美国芝加哥大学的研究员在名为《数学伤害》的研究报告中证实:对数学的恐惧会激活大脑主管生理疼痛的区域。也就是说,不喜欢数学的人在解题时真会头疼! 所以,当你的孩子写作业时突然说头疼时,你可别只顾着挥巴掌,弄不好孩子是患了"数学性头疼"。

既然有了"数学性头疼",我估计用不了多久,"物理性头疼"、"化学性头疼"也会随之出笼。我倒是希望早点研究出"钢琴性头疼",身边有不少孩子本来没有任何音乐细胞,双休日却被父母逼着练琴,真为这些孩子发愁。

老年卡换个名

乘公交车刷卡渐成鹰城市民的时尚,尤其是面向特殊人群的公交卡还能提供价格优惠。公交车上,"学生卡"、"园丁卡"、"老年卡"……刷卡机的提示音此起彼伏,在我们这些普通乘客听来,这是公共服务对特殊群体的关爱,但我们却体会不到持卡人的别样感受。

市民王女士致电晚报表达了部分"老年卡"持卡人的郁闷——"老年卡"这名字听起来让人不舒服。大凡人到老年尤其是刚刚迈入老年门槛,最不愿意被人唤作"老年人"。特别是现在生活水平提高了,从外貌或体态看,一些老年人和中年人没啥差别。也不是大叔大妈们装嫩或卖萌,老人家意气风发、心情愉快地刚踏上公交车,一声"老年卡"就把人家打回到老年人的原生态,委实有点大煞风景!将心比心,公交公司真应该给"老年卡"换个称呼,"爱心卡"就不错,"敬老卡"也行,"夕阳卡"也中,王女士建议唤作"幸福卡",同样可以考虑。卡名是个小事,但映射出的是人文关怀。

大学生跑不动

去年市里在新城区举办迎新年沿白龟湖长跑活动,全程7000米。老汉我平时虽不大锻炼,仍跃跃欲试报名参赛,寒风刺骨中,一口气跑到终点,虽没拿到名次,但也没累瘫在地,不过是心跳加快、气喘不已罢了。

现在的年轻人是个啥体质?近日,位于武汉的华中科大举办运动会时宣布取消女子3000米和男子5000米长跑项目。啥原因?怕学生身体吃不消,若比赛中出现"猝死"之类的意外,学校宁肯不赛长跑,也不想惹麻烦。其实,大学运动会取消长跑项目并非华中科大首创,人家西安30多所高校的运动会早就取消了长跑项目,原因是现在大学生的体质太差,一跑就出问题。

取消长跑反映出的是中国教育目前存在的大问题。为了片面追求升学率,中小学的体育课被当作鸡肋,尤其是高中阶段,一切都围绕高考的指挥棒转。高中三年下来,眼近视了,背驼了,体质差了,别说长跑,连短跑也吃不消。

奥数可以取消,长跑不能取消。取消了长跑,大学生的体质就增强了?国民体质不是个小事,问题是谁来管呢?

丹麦人好胃口

丹麦位于北欧,人口比鹰城稍多点,是个高福利国家,在联合国首次发布"全球幸福指数"报告中,丹麦名列前茅。幸福指数高了,吃得好玩得好,丹麦人一个个心宽体胖,国民普遍超重,于是引起了政府的关注。

咋让老百姓的体重降下来,光号召肯定不灵,丹麦人的精细化管理引起了全球的兴趣——2011年,为敦促民众减少脂肪摄入量,丹麦政府隆重推出"脂肪税"。啥意思?很简单,像黄油、牛奶、比萨、肉类这些食品,谁要买就得多掏税。真有创意!一年下来,丹麦政府发现,好像国民体重并没减轻,而且"脂肪税"推升了食品价格,增加了企业成本,甚至危及到了丹麦人的就业,有些丹麦人为避税干脆跑到国外买食品。

好心没得好报。丹麦政府上周宣布,取消"脂肪税",既然老百姓不听劝,想吃啥就吃吧!

这样的好脾气政府,这样的好胃口国民,丹麦人咋不幸福!

"酒鬼"致歉

富于湘西文化底蕴,由知名画家黄永玉先生设计酒瓶,酒鬼酒这些年在白酒行业出尽了风头。前些时,酒鬼公司还昂首入选"2012中国上市公司最具投资价值100强"。酒鬼酒的另一个特点是价格不菲,用赵本山的话说就是"老贵了",用咱本地话来说是"死贵"。

风头正劲的酒鬼酒上周撞在了媒体的枪口上,报道称酒鬼酒含塑化剂超标。酒鬼酒公司还想狡辩,国家质监总局上周三发布公告确认:50度酒鬼酒含有塑化剂成分且超出国标247%。消息传来,不仅酒鬼酒在股市跌停,还殃及整个白酒板块的市值蒸发了三四百亿!

塑化剂这东西对人体的生殖系统、免疫系统、消化系统危害极大。白酒里添加塑化剂干啥?到现在也没个说法。有网友说是为了增加黏着度,让白酒容易挂杯,此说遭到酿酒业人士的坚决否认。但说塑化剂是由生产环节的塑胶软管引发,我是不信。接着有专家出来胡说八道了——按现在白酒塑化剂的含量,"一天喝一瓶于人体无害"。面对这等专家,除了想说粗话真没别的办法。

舆论压力之下,酒鬼酒公司在新浪官方微博上发了一则模棱两可的致歉声明:"对近日发生的所谓酒鬼酒'塑化剂'超标事件给大家造成的困惑与误解表示诚挚的歉意"。这算是道歉吗?这跟一个酒鬼喝多之后不知所云的自言自语有啥差别?

酒店不洁

看英剧《星级酒店》,其中有个情节让我吃了一惊,入住酒店的客人恰好跟酒店工作人员是熟人。晚上,两人在房间里闲聊,客人随手拿起酒店的水杯给对方倒水,这位酒店员工说啥也不喝。为啥?这位酒店员工最终说了实话:保洁人员进房间打扫卫生常常是一条毛巾用到底——擦完桌子擦马桶,擦完马桶擦水杯……

想着是个玩笑。上周二发布的《城市快捷酒店公共用纺织品安全状况调查报告》显示,国内快捷酒店六成床单、浴巾卫生不达标。被罩、床单、毛巾、擦脚巾都是一锅洗。酒店毛巾挺白,那是用了漂白剂;酒店浴巾怪软,那是用了柔软剂……看了这些,酒店的东西你还敢用吗?

快捷酒店是这样,星级酒店你也别指望能好到哪儿去。

进口鸡爪

西方人可以把牛排烤到三分熟滴着血就吞下肚去,但人家就是不吃动物的心、肺这些下水类的东西。对了,洋鬼子还不吃鸡爪子。继英国的猪耳朵、猪尾巴、猪舌头出口中国赚了大钱后,英国食品与农业部大臣欧文·派森特近日带领英企高管来华考察,在上海一家超市发现了商机——中国人喜欢吃鸡爪子!

像鸡心鸡肝鸡脖子鸡爪子这类东西,英国食品企业都将之作为废弃物花钱处理掉。现在鸡爪子不但有人帮忙处理,还能赚钱,遇到如此商机,欧文大臣真是高兴坏了,赶紧把出口鸡爪子这件事记在了自己的博客上。

想不到,鸡爪子能促进中英贸易;想不到,中国人不出家门就能吃上大不列颠的鸡爪子!

母女粗口

干露露母女这些年辗转于车展会、房展会,穿梭于电视台、网站访谈节目,真个是如鱼得水,名气大涨。不过名气有英名、美名与恶名、丑名之分,靠一脱闻名的干露露小姐估计到现在也没弄清楚自己所谓的成名收获的其实是丑名和骂名。

这母女俩陶醉于媒体采访与视频影像之中,有点头脑发昏,有点恶性膨胀。近日在参加江苏教育台一档节目时,母女二人如同泼妇骂街——没成家的小姑娘脏话不离口,涂脂抹粉的老女人"傻×""二×"喊个不停。这段视频直看得人目瞪口呆!

这家挂着"教育"二字的电视台想干什么?编导和主持人为啥放任干露露母女如此恶行?媒体和媒体人的职业操守何在?国家广电总局上周四责令江苏教育电视台停播整顿,完全是这家电视台咎由自取!

太阳照常升起

在冬至饺子洋溢出的温馨里,在雪后艳阳的照耀下,12 月 21 日波澜不惊地一晃而过,许多人多多少少地松了一口气。

美国电影《2012》让我们目睹了世界末日的恐惧,火山、地震、海啸……所有的自然灾害一股脑地扑向人类,避难的方舟成为人们唯一的寄托。科学告诉我们,尽管地球终会寿终正寝,但世界末日毕竟是个循序渐进的过程,不可能定格在玛雅人所预言的 12 月 21 日。炒作"世界末日"的除了一些迷信愚昧者,就是那些捂着嘴偷笑的商家。"末日船票""逃生工具"让网店老板忙得不亦乐乎;"末日来临前必须去的十大地方"、"世界末日最佳逃生地"让旅行社经理充满期待……

当然,12 月 21 日什么也没有发生。冬至的饺子个大皮薄,大葱馅、芹菜馅、韭菜馅……依然香气四溢。在这个工作生活压力越来越大的时代,人们不过多了个借口,可以从远方奔回故乡,与家人团聚。

搭车畅游中国

人的一生依靠什么,靠自己的努力,靠父母的庇护,靠朋友的帮助……我想起了《欲望号列车》编剧田纳西·威廉姆斯的一句名言:"我总是依靠陌生人的善意"。

中国的家长从小就教育孩子"不要跟陌生人说话"。23 岁的鹰城姑娘张泓洋却用自己搭车旅游的梦想之旅告诉我们:陌生人的善意完全可以助推我们走向成功。

一位小姑娘凭借站在公路旁挥手免费搭乘"顺风车",半年时间竟然游遍了大半个中国,这种有点离奇的经历让人感慨。私家车、大货车、拖拉机、警车……张泓洋经历了一次次"拒载"的失意之后,终于迎来了人生的美丽风景——"旅行中,越走越发现,看风景变得似乎不再那么重要,重要的是你遇到的人和事。"

感谢张泓洋开明宽容的父母。张泓洋依靠陌生人的善意完成的"梦想之旅"告诉我们:"有些事你现在不做,一辈子也不会去做了!"

呵护童真

同事的儿子直到上小学，仍相信圣诞早晨床头的礼物来自传说中的圣诞老人。孩子的这种童真缘自妈妈的爱心——每年平安夜孩子睡着后，她都会小心地把礼物放置在孩子床头。

儿童的本性是天真、好奇、对未来充满憧憬。是滋养这份童真，让孩子在成长过程中慢慢与童真告别，还是毫不留情地撕破童真，把现实直白的真相铺开了让他看？中国的家长好像并不把孩子的天真当作可爱，更多情况下把天真视作是"傻"的表现。

美国有个大型慈善活动，由国家邮政总局发起，名字叫作"写给圣诞老人的一封信"。这个活动每年圣诞期间举行，美国各地的孩子把心中的祈愿和希望写在信中，通过邮局寄给圣诞老人，慈善团体、热心企业和志愿者纷纷到邮局认领信件，以圣诞老人的名义帮孩子实现信中的愿望。

这个活动搞了100年且热度不减，不知满足了多少孩子童真的心愿。不少人说圣诞节就相当于外国人过年，其中的内涵恐怕不那么简单。

啥是旅游

这问题提得有点傻乎乎的。谁都知道，旅游就是外出到景区或"铁岭"这些大城市游玩一番。上周一，全国人大常委会听取了《旅游法》草案的汇报，看了报道我才知道，旅游还有个国家级的定义。

这次对《旅游法》的修改先拿"旅游"的定义开刀。原来的一审稿为旅游下的定义胡子眉毛一把抓，把休闲、娱乐、游览、休假、探亲访友、就医疗养、购物、参加会议及从事经济、文化、体育、宗教活动等行为都归结为旅游。看病、买东西、串亲戚……咋都成了旅游？尤其是参加会议和招商活动也跟旅游挂上了钩，这不是鼓励公款消费吗？

很简单的旅游让专家一掺和，弄得高深莫测，弄得似是而非。这次全国人大法律委员会二审稿终于又为旅游下了个定义——指我国境内的和在我国境内组织到境外的休闲、游览、度假等形式。

风起的日子

鹰城空气质量达标的天数一年中有三百多天,我对此点将信将疑。以个人的感受,本地的空气质量实在乏善可陈。后来才知道,环保部门判定达标的标准跟老百姓的感官标准不一样。你说空气不好? 没用。新年伊始,雾霾笼罩了大半个中国。1 月 12 日,全国 74 个监测城市中,超过一半城市的空气质量检测数据超过300,属于重度污染。1 月 10 日,鹰城名列环保部公布的全国十大空气污染城市之列,属于中度污染。

报道说,郑州外国语学校的学生这两天课间的《江南 Style》也不敢跳了。鹰城体育部门也提醒,尽量减少外出晨练。一般而言,空气污染的罪魁是 PM2.5,无外乎燃煤、交通、扬尘在作怪。空气质量下降的原因在那儿摆着,但专家却说空气质量不好的原因是天不刮风天不下雨天上雾太大。记者问如何才能解除污染? 有关方面大言不惭地回答:"一刮风就好了。"

我的天,管理部门不从根本上寻找解决问题的办法,原来在靠天吃饭。优良空气质量的天数难道是靠风刮出来的? 那咱就耐心等待"风起的日子"吧。

喝水的尴尬

办公室有纯净水,但我总是接自来水烧开喝,总觉得自来水中的营养元素比纯净水多。在我的眼中,所谓纯净水,就是过滤了所有杂质包括矿物质的水。

看到赵飞虹、李复兴夫妇 20 年来不喝自来水的报道,我心慌了。这两口子,一个是北京保护健康协会健康饮用水专业委员会负责人,一个曾供职国家发改委公众营养与发展中心饮用水产业委员会。喝啥水,咋喝水,这俩人绝对是权威。他们发现北京的自来水中硝酸盐的指标已达到每升 9 点多毫克(9.0mg/L),接近国家标准规定 10mg/L。所以,这个"北京最会喝水的家庭"已 20 年不喝自来水,连做饭也用纯净水。

这则报道完全颠覆了我对自来水和纯净水的看法。赵飞虹女士近日接受媒体采访时改口说:"自来水是符合国家标准的,大家可以喝";同时她又补充道:"自来水是一种安全水,但不是一种健康水。"

我已经糊涂了。这自来水,喝还是不喝?

站票半价

上周网友热议火车票半价问题,近九成网友赞成站票半价,但铁路部门的回应跟往常一样,顾左右而言他,有点漫不经心。

以火车卧铺为例,软卧、硬卧票价不一,上中下铺价钱不等。为啥偏偏座位票有座无座却一视同仁呢?从乘客角度来看,这种价格统一毫无道理。好像觉得买站票的人都是平民百姓,掀不起啥大浪,铁道部专家的回复很难听:"你若买了站票,人家有座乘客下了车,你坐到座位上咋办?"我的天,这也算答复?火车上能补卧铺票?为啥不能补座票?

铁道部说话常带点店大欺客的霸气,站票半价吵得急了,铁道部表态说:"降价别跟我说,想半价找发改委去!"这哪像服务单位的口气,跟训小孩儿一样!

标哥颁奖

假如有一天"陈光标新闻奖"成为一年一度的新闻界盛事,你也别不相信。

1月12日,慈善企业家陈光标向南京市环卫工人和贫困家庭捐赠5000辆自行车,发起"多骑车少开车"的环保倡议,并向参与活动者发放环保绿帽子。徐州沛县电视台编辑郭元鹏为此写了篇《雾霾天气"绿帽子"最该戴在谁的头上》的评论,发在了光明网上。文中大意是说这顶"绿帽子"最该戴在污染企业负责人、拥有豪车的巨富和公车众多的机关单位负责人头上。

这篇时评全文1066字,连作者自己都认为乏善可陈。但陈光标却觉得说出了他的心里话,当即决定奖励作者20万元现金及环保轿车一辆。有人算了算账,一个字的奖金直逼300元,大大地鼓舞了靠文字吃饭的人。

有人说陈光标纯属炒作,有人酸溜溜地说:陈光标1月14日下午发微博要求作者15日下午领奖,逾期作废。他本想着作者是北京人,24小时内根本来不及领奖。谁知这个作者竟住在距南京不远的徐州,一溜小跑就到了南京。哈哈。

不管怎么样。这种奖多多益善。

光盘

"有一种节约叫光盘,有一种公益叫光盘!"网友近日发起的"光盘行动"跟磁盘无关,跟光碟无干,它倡导的主题是:"吃光你盘中的食物"。

说起餐桌上的铺张浪费,人们自然会将矛头指向公款吃喝,从中央到地方,已经开始狠刹公务宴请上的奢侈风。公务宴请之外,咱平民百姓在餐桌上"死要面子活受罪"的风气也值得一议。请同事吃个饭,唯恐人家嫌菜少,不上条鱼不上盘虾就不算请客。如果餐桌上出现了"光盘",东道主就觉得面子上挂不住,不把餐桌弄成"剩宴"就好像坏了规矩。

平心而论,"剩宴"现象绝不是公务宴请的独家品牌,私人宴请也沾染上了公务宴请的坏毛病! 私人宴请值得称道之处是"打包",但吃完饭还有包可打,足以说明你这顿饭吃过头了,浪费了。

从今天起,外出吃饭咱都光盘吧,像在自己家里吃饭一样。

禁炮

逢年过节燃放烟花爆竹是中华民族的传统习俗。所谓传统习俗,那就是老辈人代代相传下来的东西。有些习俗洋溢着民俗文化,延续至今,像冬至饺子和腊八粥;有些习俗时过境迁,已经成为静止的黑白镜头,像见面作揖或叩头。

烟花爆竹确实能够渲染节日气氛,但在现代文明环境下,它污染大气,制造噪声,经常酿成安全事故……许多城市实施了中心城区禁炮令。一种习俗要想让它禁绝,当然并非易事,所以禁炮令时有反复,有的城市禁了,有的城市解禁了,有的城市解而复禁了。鹰城广场作为本市最大的公共休闲场所,每年春节都饱受烟花爆竹的伤害,周围居民苦不堪言。尽管市里不许在鹰城广场周围设立烟花爆竹售卖点,但燃放烟花爆竹者依然络绎不绝。

中心城区最大的公共休闲场所都任由烟花爆竹炸得鸡飞狗跳墙,你还夸口城市管理上了水平,我是不信。

郁闷的人

如果评选世界上最郁闷的人,他肯定会高票当选。在王位继承人的椅子上呆坐了 61 年,从 3 岁的小王子熬成了年逾花甲的老爷爷,英国查尔斯王子继承王位的日子仍然遥遥无期。查尔斯的母亲、身为曾祖母的伊丽莎白女王在庆祝登基 60 周年之后,依旧兴致勃勃地出席各种社交活动。

提及这个话题缘于 75 岁的荷兰女王贝娅特丽克丝上周一在登基 33 年后宣布退位,45 岁的王子威廉·亚历山大继承荷兰王位,荷兰 100 多年来出现首位男性国王。这件事自然在英国引起反响。英国《每日电讯报》的标题调侃道:"女王将传位于儿子。哦,对不起,查尔斯,不是英国的女王,是荷兰那个。"

当年,查尔斯王子与戴安娜王妃的婚姻全球瞩目,但接下来查尔斯离婚、再婚令女王颇感不快。最新的民意调查表明,英国民众普遍希望年轻的威廉王子能够越过其父查尔斯继承王位。如果真是这样一个结局,查尔斯恐怕还得继续郁闷下去。

困难的脸

上周晚报一则报道说,中专毕业生杨姑娘因长得不好看,找工作受阻。看来,就业遇到的问题不仅是学历、专业,连长相也成为重要条件。

我仔细看了报道,觉得这像是个伪问题。不可否认,许多职业对身高、相貌有特殊要求,像教师、像演员、像模特……长相总得说得过去。也有不少职业对相貌没啥讲究,像厨师、像洗碗工、像环卫工人,像报馆的编辑或校对。如果一家餐馆招个洗碗工也挑剔人家的长相,那是标准的吹毛求疵。但长相若确实有点对不起观众,那就不要硬往演艺圈里钻。以幼儿园为例,幼师的长相总不能吓着孩子。

其实,长相困难一点不怕,就怕没有真本事。你若是电脑编程高手,IT 公司的老板才不管你长得是否难看呢。所以说,只要真本事在身,长得再丑职场上也有你的一席之地。

鹰城元素

蛇年央视春晚波澜不惊,电视观众非常淡定,不再一蹦三尺高说三道四。大家看了,乐了;或者看了,没乐,转身忙别的去了。由此看来,央视春晚的导演大可不必把自己的节目弄得神神叨叨。本来是热热闹闹一台综艺晚会,却紧张得让本山大叔临阵逃之夭夭。

今年央视春晚的鹰城元素让人耳目一新,来自宝丰的魔术师丁德龙不仅秀了一把牌技,还撇了几句不大标准的普通话。郭德纲的相声许多人评价笑点不多,但对"河南平顶山"的免费推介却让鹰城人会心一乐。春晚过后,网友议论的热点围绕在刘谦调侃李云迪的那句"找力宏"上。央视春晚官方微博赶紧撇清:"刘谦的话跟节目组无关!"其实大可不必。无非是娱乐节目中的一句玩笑话,当不得真。央视春晚为啥这些年不受待见?受众的欣赏趣味早已发生了变化,你不能总端着个架子显摆自己高端。娱乐节目更不能脱离受众。

面对网友对自己春晚首秀的不满,郭德纲委屈地说:"春晚直播现场第一排有人坐在那儿举着个大表,我必须赶在那个分那个秒下来。我能不紧张吗?"

斯人已去

对于 50 后、60 后而言,庄则栋就如同今天的姚明、刘翔,绝对是偶像级人物。大年初一,中国乒乓球名宿庄则栋在与癌症做最后搏击之后,于当日下午 5 点 06 分在北京去世,享年 73 岁。

作为中国乒乓球运动最伟大的球星之一,庄则栋以直板快攻的打法与李富荣合作拿冠军,与徐寅生合作拿冠军,与梁戈亮合作拿冠军……是乒乓球世锦赛首个三连冠得主。1971 年 4 月,在日本世锦赛上,庄则栋主动向美国运动员科恩致意并赠送礼物,促成了美国乒乓球队访华,打开了中美交往的坚冰,被毛泽东和周恩来誉为"小球转动了大球"。在"文革"那个特殊的年代,庄则栋身不由己地卷入了政治旋涡,一度出任国家体委主任,成为翻云覆雨的人物。在政治上跌了个大跟头之后,庄则栋与钢琴家妻子鲍蕙荞离了婚,热心于青少年选手的培养。

对庄则栋的逝世,媒体大都表示了惋惜之情。国际乒联终身名誉主席徐寅生在微博上深情留言:"小庄,一路走好!"有人对庄则栋与佐佐木敦子的婚姻说三道四,这就有点不厚道了。一个年近半百的犯过政治错误的人能有人甘于托付终身,我们有何理由说风凉话? 更何况这桩婚姻是小平同志亲自批准的。

请君下水

请人吃饭已经不算时尚,现在讲究的是营养健康,喝个茶呀,捏个脚呀,打个球啊,游个泳啊……这样才能显品位。更吸引眼球的是悬赏式邀请——浙商金增敏发微博向温州瑞安市环保局局长喊话:你在瑞安河里游泳 20 分钟,我给你 20万! 呵呵,一分钟一万元,这买卖我干,别说在湛河里游,乌江河里我也干。

可惜我游了白游。人家是在借机向当地环保部门提意见:河流水质太差了,该治理了! 悬赏 20 万元游泳的声音未落,上周二有人又出价 30 万元请浙江温州市苍南县环保局局长下河游泳。看来温州人太有钱了,温州的河流污染也太严重了。重金之下,不见局长们跃身河中,以证河水清白,而是老老实实地承认河水污染得确实不轻。

千万不要把网友这种悬赏式投诉看作是一场闹剧,谁再有钱也不会无聊到拿出二三十万博大家一乐。作为经济发展中的衍生问题,环境污染如若不解决,不但影响居民的生存质量和幸福指数,长远看来必定影响当地经济的持久发展。

从前广州珠江污染得也是怨声载道,但广州市下大力气治理了珠江,近年来市领导包括市委书记都带头横渡珠江。咋没人出钱请广州市市长游珠江?

话说遥远

中国幅员辽阔,相关政策的执行还真受到了距离的影响。你别不相信。按国务院办公厅公布的放假通知,今年春节放假 7 天,但人家湖南省娄底市房产局硬是自行放假 10 天。节后上班第二天,记者拨打该局好几个办公电话均无人接听,好容易有一位周姓工作人员接了电话却表示:"今天只是报到,明天才正式上班。"当记者质疑他们不按国务院规定擅自延长放假时间时,这位工作人员竟失声笑道:"国务院?好遥远啊!"

俗话说,天高皇帝远,但这是封建社会的老皇历。现代社会信息快捷,沟通方便,更应该遵章守规,令行禁止。如果都像娄底市房产局这样自行一套,自得其乐,那咱身边这个社会非乱成一锅粥不可。

这还不算厉害的,甘肃省白银市白银区水川镇党委政府春节前后竟然连续放假 40 余天,只留值班人员看守。如果基层都以"遥远"来弱化或扭曲国家的规定,真该动真格刹一下这股歪风了。

国家旅游局副局长祝善忠说,我国公共假期为 115 天,达到了中等发达国家水平。要按娄底市房产局和水川镇主管领导的休假安排,恐怕早入围发达国家水平了。

免费

先为这家热干面小店做个广告——该店位于市区新华路与湛南路交叉口西侧 100 米路北。做广告的原因是店老板虽是小本经营却有着博大胸怀,该店大大方方贴出"公告":凡小学生春节放假考试,数学、语文单科成绩 100 分,免费就餐 10 次。

这小店老板当然比不了财大气粗的慈善标兵陈光标,但敢于奖励 10 碗热干面也属可敬之举。3 年来,来自东风路小学、雷锋小学、体育路小学、韦伦学校的百分学生都享受过"免费热干面"的奖励。想想看,一个只有十来张餐桌的小店能有多大利润？但在金钱与公益这个天平上，身为下岗职工的店老板没有迷失，他用力所能及的热干面鼓励着学生。尽管这些学生跟他没有任何血缘关系，他只是想让孩子们知道："学习好也是有价值的。"

店老板刘先生很实在也很可爱，听说要登报纸，他对晚报记者说："不要多宣传，怕人来多了顾不住本钱。"我觉得应该多宣传，让市民都花钱去这家小店吃上一碗热干面，也算是为刘先生的"免费行动"注入点本钱！

坑爹

从"富二代"到"官二代"到近日炒得热火朝天的"星二代"，眼下这个社会，大凡沾上"二代"，总让人侧目而看甚至嗤之以鼻。所谓"星二代"指的是演艺界名人的公子小姐，李双江之子李天一就是个典型。

李天一曾被称作"神童"，钢琴弹得好，书法写得好，冰球打得好……反正在爹妈眼里没有缺点，全是优点。这种众星捧月式的生长环境，只能造成李天一心理的膨胀。先是驾车打人后高喊"我爸是李双江"，但他到现在也没弄明白为啥"我爸"没能阻碍住他因寻衅滋事罪被收容教养一年。不但李天一不明白，李双江也很困惑——"我一直以为儿子是一个很正面、很阳光的少年。"看看，这当爹的真是一点也不了解儿子。

果不其然。解除收容教养不到半年，"星二代"李天一再次以身试法，以涉嫌轮奸被刑事拘留。3月1日，全国政协委员、中国音乐学院名誉院长金铁霖谈及对"李天一案"的看法时感慨地说："这件事上父母有责任。"

子不教，父之过。网友都说李天一坑爹，反过来一琢磨，没准儿李天一被爹坑了！

米粥不香

有时候看似鸡毛蒜皮的小事，背后牵涉的却是国计民生。"小时候喝的粥有一层粥皮，喝到嘴里香喷喷的，现在熬的粥怎么不香了？"这是全国人大代表秦光蔚在两会上提出的疑问。老百姓也有类似的迷惑,为啥西红柿越来越红、黄瓜越来越绿,但口味却跟小时候不一样了?是我们的嘴吃刁了,还是蔬菜的质量出现了问题?

秦光蔚代表是专门从事土壤肥料研究的专业人员,在给记者释疑解惑时,她忧心忡忡地说:"这些年,许多农民不注重养地,都在使用化肥,不愿意施用农家有机肥,日复一日,导致耕地出现养分失衡、生态调节功能减弱、基础地力后劲不足等。更令人担忧的是,一些农民过量施用化肥,甚至不明不白地施用伪劣化肥和农药,不仅影响收成,还破坏耕地质量。"

一般而言,作物的生长期越长,光合作用越充分,营养含量越高,同时口感也越好。现在化肥滥用,耕地质量出现了问题,蔬菜都进了大棚,你想让粥香菜美,恐怕只能做梦了。

有事我奔波

在王朔的小说《顽主》里,三位北京青年异想天开,办了一家"替人排忧、替人解难、替人受过"的三T公司,引出了不少有趣的故事。你也别把这当成玩笑,鹰城近日也出现了现实版的跑腿公司。

这家名为"梦想跑腿"的注册公司目前仅有7人,提供代购、代送、代缴、排队等个性服务。公司的广告词朗朗上口——"有事您张嘴,办事我跑腿"。你还别说,生活节奏越来越快,跑腿服务真能为市民解决点具体问题。送束鲜花、取张车票、挂个专家号……类似的需求还真不少。

都说创业难,难在能否摸透市场,选准个好点子。我看跑腿公司这行当就不错,没准真能火起来。媒体报道说,外地"三T公司"的服务项目拓展得更宽,为女朋友道歉50元、代挨骂一小时30元、庆典现场捧场鼓掌一小时20元……看看,市场需求很火爆吧?

莫看笑话

国民的看客心理依然存在。从买了奔驰、宝马发现质量问题到苹果手机店大欺客,总有个别人在那里哧哧发笑——谁让你买奔驰宝马呢? 你为啥不买国产手机? 全然忘了有钱人也是消费者,也有权维护自身权益。

市民陈先生和朋友去新城区一家会所唱歌,一个小时下来,竟然花了一千八百元! 如果说陈先生点了拉菲、芝华士之类的洋酒,那别说花一千八,花一万八也没话说。关键是陈先生只是点了啤酒和果盘,结账时一看账单晕了菜:公主费400元,纸巾每份20元,青岛啤酒一瓶46元而且喝不完不退……啥是公主费? 看了报道我才知道,原来是女服务员帮你点点歌,开开啤酒的费用。我觉得陈先生应该知足了,进了这种店,没收你两千八就便宜你了。照明费没收吧,话筒费没收吧,空调费没收吧,卫生费没收吧……

有人会说,谁让你去这种高消费场所呢? 活该。问题是高消费场所就该没规矩吗? 消费者的公平交易权和消费知情权,无论在哪儿都该得到尊重。在这件事上,谁也别想置身度外,高消费场所若不守规矩,低消费场所照样会依葫芦画瓢。

今夜好梦

为配合上周四的"世界睡眠日",中国首份国民睡眠调查报告新鲜出炉,省会郑州入围"好梦城市"。所谓"好梦城市",通俗点说就是当地人睡得好睡得香睡得时间长。

阅读这份睡眠报告确实能帮助人读懂社会,品味人生。比方说,男性总体上比女性睡眠好,这正应了民间的说法,男同胞大都"缺心少肺";已婚者睡得普遍不如未婚者香,这是经验之谈,单身男女"一人吃饱,全家不饥";结婚后,身上的担子越背越沉,觉也睡得不安稳了。

如何才能安然入梦? 专家说只要解决了以下问题即可:突发事件、家庭关系、低沉情绪、突发疾病、生活压力、工作压力、慢性疾病、伴侣关系等等。我的天,能把这些关系处理得圆圆满满,那是神,肯定不是人。由此看来,今夜无眠是个普遍问题。

看着"好梦城市"榜单,我琢磨了半天。睡得香是件好事,可睡得时间长是好事吗?那不是睡懒觉吗?那不恰恰说明这个城市有点散漫,有点四平八稳?

谨慎离婚

谁若有心写一篇探讨楼市与婚姻关系的论文,肯定素材不少。"国五条"出台后,为规避限购和税收,一些原本恩爱的夫妻"铤而走险",不惜以离婚为代价,来解决买房问题,以致民政机关门前离婚者排起了长队。

婚姻关系是指男女双方以永久共同生活为目的,以夫妻的权利义务为内容的合法结合。如果在房子面前,这种关系会轻而易举地土崩瓦解,足以说明这个社会的价值观念出现了严重问题。将经济利益置于婚姻关系之上,可以说是市场经济观念对主流价值观的致命一击。现实生活中,虚假离婚酿成的恶果不胜枚举,许多人却视而不见。在排队离婚的楼市狂潮中,上海市闵行区民政局无奈挂出了"楼市有风险离婚需谨慎"的公告。楼市跟离婚结成了欢喜冤家,这恐怕是管理部门咋也想不到的一幕。

假离婚早晚会酿就真分手,这是一出连续剧,不用导演,剧情就会自然发展。我估计用不了多久,管理部门就会出台细则,对离婚买房的闹剧喊"停"。

无奈换身段

鹰城餐饮业繁荣,每天华灯初上之时,车马最喧闹的场所就属酒楼饭店。而且特别邪性,开饭店的老板都说,要么就开高端酒店,清一色的燕翅鲍或所谓的豆捞;要么就走低端路线,火锅店或包子油条胡辣汤。你若开一家不高不低的中档饭店,就等着门前冷落车马稀吧。

近段时间鹰城高档酒楼摇身一变,突然步调一致地走起了亲民路线。建西润泽园档次不低,热闹时当天订不上房间,据说曾有人把某个房间包下,天天设宴。

而今的润泽园遭遇门可罗雀之后，摇身一变，包间拆了改大厅，连门头都改成了"私房菜"，领班小姑娘脆声脆语说："我们有 6 元一份的菜，还提供烩面！"呵呵，6元一份，回头也去尝尝私房菜是啥味道。

往西走"润泽国品"改得更彻底，干脆就叫"烤鸭店"；往东走"名家名宴"门头上曾特别标明是"餐饮会所"，平民百姓都不敢进门。现在咋样？老板悄悄地把"餐饮会所"几个字抹去，大牌子改成了"百姓餐饮"，也开始提供 10 元以下的菜。

别以为这是商家突然爱民心切，对老百姓温情一片。这是中央"八项规定"的东风吹得餐饮业头脑清醒。公款吃喝酿就了餐饮业的虚假繁荣，如今，放下身段让老百姓走进饭店，才是真正的拉动消费。

夕阳如何红

市四十四中退休老师郭女士今年 76 岁，老伴 77 岁，郭女士身体依然健康的母亲 103 岁，三位老人加起来总共 256 岁。这本是一幅其乐融融的画面，但也有苦恼之处。老人还得照顾老人，毕竟是件尴尬的事。郭女士不想麻烦子女，想跟老伴带着母亲入住养老院。

这本是个圆满的结局，但看了市区多家老年公寓后，郭女士很不满意。一句话，嫌这些老年公寓周围环境差，居住条件简陋，饭菜质量不高。

许多人包括一些老年公寓的主办者都以为，年纪大了就别挑剔，有个地方住，有碗饭吃就行了。以这种观念对待老年人未免太降低了"夕阳红"的标准。我国现已进入老龄社会，如今的老年人有知识有文化，想幸福地度过晚年，而不是凑合着有顿饭吃等着养老送终。说实在话，目前老年公寓的硬件和软件设施已经远远落后于郭女士这类新型老年人的期望值。

怎么办？郭女士自己勾画出了心目中老年公寓的模样：临近公园、生态园或森林公园，有健身娱乐场所，有暖气，服务员推着餐车让老年人自选饭菜……郭女士甚至画出了图样，卧室前要有数米宽的走廊供老年聊天或下雨时活动。

民政部门应该上门听听郭女士们的想法啊。

四大美男

俊男美女长得标致,自然人见人爱。前些时,旅法美女画家王俊英推出油画新作《新四大美女图》,宋祖英、陈数、范冰冰、柳岩欣然入画,观者称艳。王俊英近日再接再厉,又展示了她精心创作的《新四大美男图》,却引来嘘声四起。

谁也想不到,这位女画家心目中的美男竟是莫言、刘翔、李玉刚、陈光标!尽管画家自己解释说这四人分别代表了当代中国男子的智慧之美、运动之美、俊朗之美和心灵之美,但网友不买账,吐槽之声不绝于耳——"三观尽毁啊!""为啥没有郭德纲"。尤其是莫言和陈光标入选《新四大美男图》,网友觉得"实在是有些无辜和牵强"。

一般而言,画家的审美趣味应该高于普通人,但《新四大美男图》大大增强了平民百姓的审美自信。明明是在画"四大美男",却把"五讲四美"作为模特的选拔标准,实在匪夷所思。我从网上搜了一下女画家王俊英,呵呵,人家2013年首幅大型贺岁油画——《蛇图》就令人叹为观止。画中收入6位属蛇的女士,邓丽君、金喜善、蒋方舟等不伦不类的人物均化身"女菩萨"造型为世界和平"祈福"。看来,该画家之所以闹出这么大动静,无非是吸引世界各地的画廊收藏罢了。当不得真。

铁娘子

上周一,一位87岁的英国老太太去世了。她诞生于英国一个不出名的小镇上,谁也想不到这个名叫玛格丽特的小姑娘将来会呼风唤雨,成为影响英伦乃至世界的风云人物。她就是人称"铁娘子"的英国前首相玛格丽特·撒切尔夫人。

"铁娘子"是前苏联人给撒切尔夫人起的绰号,有点嘲讽,也有几分无奈。但撒切尔夫人欣然接受,她觉得这符合自己的性格。作为英国唯一的女首相而且蝉联三届,谁也不能否认她是一位伟大的政治家。振兴经济,收回马岛,结束冷战,加入欧盟但保持独立,这是撒切尔夫人显赫的政绩。留在中国人印象中的是她与小平同志的那次会谈,香港回归由此奠定了基础;当然还有会谈后她在人民大会堂台阶处险些摔的那一跤。

铁娘子功力不是一天造就的。玛格丽特的父亲从小就谆谆告诫她:无论做什么事情都要做在别人前面,即使是坐公共汽车,也要坐在第一排;父亲从来不允许她说"我不能"或"太难了"之类的话。

梅丽尔·斯特里普主演的《铁娘子》去年初斩获奥斯卡最佳女主角,演员表演自然非常用功,多少也沾了撒切尔夫人的光。本周三,撒切尔夫人的葬礼将在伦敦圣保罗大教堂举行,英国女王伊丽莎白二世将亲临。

偕夫人

冰岛位于北欧,对这个国家我们了解得真不多。若问冰岛的首都在哪儿?读者包括我自己肯定答不上来。上中学时,我地理考试总得满分,但今天才知道世界上还有个叫雷克雅未克的城市,它就是冰岛的首都。咱们国家喜欢搞长寿之乡之类的评比,你知道冰岛人的平均寿命吗?男子平均78.9岁,女子82.8岁。面对冰岛这个长寿之国,咱还评啥呀。

之所以说起冰岛,缘于冰岛女总理西于尔扎多蒂正对中国进行访问。这次访问引起网友关注自有原因。此前,冰岛总理办公室发表声明说:"冰岛总理西于尔扎多蒂将偕夫人莱兹多蒂访问中国。"冰岛于2010年6月27日正式承认同性婚姻合法,当时已出任总理的西于尔扎多蒂次日就与相恋多年的同性伴侣莱兹多蒂结婚,成为冰岛历史上第一对合法的同性伴侣。

在西方国家,同性恋早不再是私密话题,但中国对同性婚姻还存在许多禁忌。冰岛女总理偕夫人来访肯定会让礼宾司费上一番脑筋,但对日益开放且日趋宽容的中国来讲,应对这类问题应该不在话下。

西于尔扎多蒂出生于首都雷克雅未克,曾经是一名空姐。

大师兄

取经路上,大凡遇到妖魔鬼怪,孙大圣总会挺身而出救师父于水火。如今,网上疯传西安市为了"申遗",要将埋有唐玄奘灵骨的千年古刹兴教寺拆迁。兴教寺住持宽池法师向有关方面苦苦恳求:"俺不申遗了,中不中?"答案是"不中!"最后惹得电视剧《西游记》孙悟空的饰演者、著名演员六小龄童发微博求助国家宗教局"救救兴教寺",被网友戏称:"大师兄又出来救师父了!"

对此事,网上当然骂声一片,有人甚至怀疑这是有人借申遗在搞房地产连片开发。上周五,国家文物局新闻发言人解释说,此次申遗主体包括现兴教寺院落内的玄奘、窥基和圆测三塔,寺院内现存的山门等历史建筑将全部保留。西安方面只是对 1990 年以来新建的、对兴教寺文化遗产真实性和完整性造成负面影响的斋堂、僧舍等建筑进行整治。

这应该是权威的说法——拆迁兴教寺的事儿根本不存在。面对突发舆情和网友的人云亦云,有关部门不能遮掩封锁,行之有效的应对之策就是如实迅速地披露真实信息。

对跪

城管的形象终于有了改善,每次都是武汉城管领风气之先。"举牌执法""眼神执法"、"献花执法"……武汉城管以"柔情执法"为手段,高招迭出,引来一片喝彩。

有网友非议武汉城管作秀,作秀有什么不好?为打消群众对"禽流感"的风声鹤唳,近日有地方官员和卫生专家带头吃鸡,如果说这也算作秀,愿我们这块神奇的土地上类似的这秀那秀越多越好。上周,网上一幅武汉城管与小贩对跪的照片引发关注。一位推车卖菠萝的小贩被城管查处,为索要被暂扣的车子,无奈给城管跪了下来。现场负责处理此事的武汉市江汉区城管队员曹祥超见状忙跪下劝道:"有什么事你站起来,你跪着,我也只能陪你跪着。"这一跪,跪出了相互间的理解和体谅,拉近了双方的心理距离。我估计事情的解决应该有一个双方满意的结果。

眼下,许多事情的矛盾双方之所以弄得剑拔弩张,大多是管理方处理问题的方式方法有问题。如果管理一方摆正自己的位置,以热心服务的心态设身处地为对方着想,没有解决不了的问题。全国的城管真应该到武汉去开一次现场会,研讨一下如何重塑城管形象。

投毒

复旦大学投毒案成为舆论焦点。上周五,警方以涉嫌故意杀人罪向检察机关提请逮捕犯罪嫌疑人林某。

对室友痛下毒手,总得有点不共戴天的仇恨。此前媒体传出的"情敌说"、"嫉妒说"等都不准确。上海警方初步查明,林某仅因生活琐事就对室友黄洋暗起杀心。

我们的教育怎么了?从小学到中学到大学不都开设有塑造正确人生观价值观的系列课程吗?研究生应该属于知识分子了吧?为何一个知识分子的心灵会在生活琐事面前扭曲变形?网友们"感谢室友不杀之恩"的微博看似调侃,其实满是心酸。

中国疾控中心较早前一项调查统计显示:全国大学生中高达 25.4% 的人有焦虑不安、强迫症状和抑郁情绪等心理障碍;中国心理卫生协会大学生心理咨询专委会的调查也表明,50% 以上的毕业生都存在这样或那样的心理问题。嫌疑人林某此前正处于因写论文没署导师名字而被导师斥责的不良情绪之中,无法排解的林某也许会因小事迁怒室友。

"压力山大"当然不能成为蓄意杀人的理由。检讨数十年一贯制的道德教育模式,加大年轻人的心理疏导,才是当务之急。

应聘

中国的大学结构复杂,层次混乱,重点大学、二本院校、三本院校、职业学院、专科院校……这还不算完,211 院校之外,又增加了个 985 院校。要是让个老外报考中国的大学,光这些院校分类就能让他崩溃。单位招聘员工,也把学生分成三六九等,有的单位非211、985院校的毕业生不要。这一来就苦了非211、985院校的大学生们,要知道他们占了全国高校90%以上的毕业生啊!

河南的学生就更吃亏。一亿人口的大省,211院校就郑州大学一所,985连个边都沾不着。入学受歧视,就业也不受人待见。这样一来,河南学生要想走出去,要想应聘好公司、好单位、好职位,立马输在起跑线上。上周,教育部突发通知,严禁发布含有限定985、211院校的招聘信息。这种良心发现式的通知叫好声寡,起哄声众。

把大学分成三六九等,始作俑者恰恰是教育部,一部分大学享受最好的资源、最优厚的资金,吸引了最好的生源,另一部分大学只好惨淡经营,在教育产业化的歧路上越走越远。招聘单位当然会跟着教育部的风向标选择毕业生。

不把高校的体制机制理顺,不彻底取消这些三六九等的人为设置,光靠发通知应付舆论,起不到啥实际效果。

雕像风波

大凡给人立一尊雕像,这人肯定为社会作出过巨大贡献,值得敬仰。湖北省恩施市来凤县高中为一位考上清华大学的学生塑像一事引发轩然大波,媒体一边倒地指责这所中学滑天下之大稽,违背了教育的初衷。

我倒不这么看。一所山区贫困县的民办高中,破天荒地出了一位全市理科状元而且考入了清华,学校说他"开创了来凤教育的新篇章,谱写了平民教育的神话"并无过誉之处,用这位学生的事例来激励其他学生勤奋学习也是正常之举。每逢高招录取时节,你去鹰城的一中、一高看看,大红喜报贴满墙,LED屏闪烁的都是考入名校学生的大名。你说是应试教育的恶果也好,你说是违背了素质教育的本意也罢,山区中学出了一位清华学生,毕竟是件可喜可贺的事。有些网友说三道四,纯属"饱汉不知饿汉饥",山区学生背负的压力不仅仅是考上大学,这是他人生机遇的重大转变。不是个小事!

尽管塑像这事有点过火,但也没什么大不了的。舆论应该指责的应该是应试教育这个瘟神。雕像既然塑起来了,真没必要拆,多浪费啊!

院士之争

在中国,入选中国科学院或中国工程院院士,是学术生涯的顶级荣誉。谁要说不稀罕,那肯定是吃不着葡萄反说葡萄酸。2003 年,平煤集团总工程师张铁岗当选中国工程院院士,不仅是平煤这家企业的骄傲,更是鹰城人的自豪。

这些天,网上热议清华教授施一公当选美国国家科学院和美国人文与科学院院士一事。大家议论的焦点不在施教授当选美国两院院士,而在去年施一公落选中科院院士。许多网友为施一公鸣不平,其实这种墙里开花墙外香的事也没啥奇怪。两个国家的国情不同,评选标准不同,评出的结果自然不同。就像莫言获了诺贝尔文学奖,仍有评论家说他的作品不咋样。

据说,中国的院士是终身制,不单单是个荣誉,更是一种待遇。美国的院士要缴会费,参加会议要自掏腰包,而中国的院士出个门或开个会非高接远送不成。论资排辈且有点像敬老院,这正是中国院士制度遭人诟病之处。

施一公 40 岁辞去美国普林斯顿大学终身教职,受邀回国发展,近年来,在生物化学领域成果卓著。施一公本人对落选中科院院士倒没表示出太大委屈,但他当选美国两院院士总得让中科院反思点什么吧?

施一公是河南驻马店人。

吃昆虫

日子再难也得过下去。世界上还有许多人连温饱问题都没解决呢。按联合国粮农组织公布的数字,全球现有饥饿人口约 10 亿。联合国粮农组织总干事迪乌夫忧心忡忡说:每 6 秒钟就有一个孩子死于营养不良。

面对饥饿应该怎么办? 当然应该加大对贫困国家的粮食援助。但联合国的人有时候也有点匪夷所思,联合国粮农组织上周发布报告,对解决全球饥饿人口吃不饱饭问题提出了一个令人啼笑皆非的建议——鼓励大家吃昆虫!

这份报告字正腔圆地说,昆虫蛋白质含量高,食用昆虫不仅可以让全球饥饿的民众远离饥饿,还可以减缓气候变暖和环境污染。这个粮农组织不去做点扎扎实实的事解决饥饿人群的吃饭问题,却出了个让人吃虫子的馊主意!这很有点中国西晋时期那个晋惠帝的行事风格,大臣给他汇报说发生了灾荒,老百姓没粮食要饿死了,这个晋惠帝竟然混账地反问道:"他们没粮食吃,为啥不吃肉粥呢?"

《国际歌》唱得好:从来没有什么救世主,也不靠神仙皇帝。联合国粮农组织原来是这样救灾的!路透社评价此事说,西方社会对昆虫有厌恶心理,昆虫很难成为西方国家的菜肴。难道亚洲、非洲和拉美国家的人民天生就该吃昆虫!

莫言购房

很多人都以为作家莫言一直住在山东高密的高粱地旁,其实人家早就安居北京了。以莫言的名声和稿酬,在高密弄块宅基地,建个四合院,不成啥问题,若在伟大首都想住得舒舒服服还真不是件容易事。750万人民币的诺贝尔文学奖奖金拿到手后,有记者问莫言:奖金咋花?莫言老老实实地回答:想在北京买套大房子。记者当即告诉莫言,这点钱要想在三环内买房,还真买不着大房子。

上周京城传来消息,莫言买房了,不过没敢在三环内买,思量再三,莫言在五环外的昌平区买了一套200平方米的房子,1.8万元/平方米,花了莫言360万元。看着手头奖金不少,在郊区买套房花了一半奖金。不知莫言心疼不?

突然想起前些天北京房地产大亨任大炮"胸罩比房价贵"的谬论。任志强认为胸罩那么一点面积就能卖好几百,为啥房子不能卖得贵点?闹得现在好多网友要用胸罩跟任总换房。任总的朋友潘石屹在微博上转发漫画开老友的玩笑,可供大家一乐。

最倒霉局长

仕途有风险,躺着也中枪。这类事儿常伴局长大人左右,事故现场咧嘴笑了,不经意露出了手腕的名表,主席台上吸了支高档香烟……网友爆料,媒体报道,纪委跟进,局长大人就倒了血霉了。

近日郑州一家娱乐场所的LED显示屏上滚动播出了一行字幕——"热烈欢

迎项城市田局长来郑州做客,祝田局长身体健康,全家幸福"。田局长工作日不在项城处理公务,为啥跑到省城夜店消遣?这幅欢迎标语立马成为网上焦点。结果是田局长不但丢了官帽,还受到了行政处分。

　　面对媒体的追踪采访,郑州这家夜店并没否认"田局长"的身份,倒是项城市有关部门跳出来说瞎话了,先是说项城市有七八个田局长,并言之凿凿地表示这些田局长当时都不在郑州!话音未落,田局长就被免了职。不知项城市负责接待记者的这位宣传部官员现在是啥心情?

　　无独有偶。前些时,国家发改委副主任刘铁男被人举报,记者求证发改委时,发改委发言人字正腔圆回复说"纯属谣言"。现在刘铁男被中纪委双规,发改委这位发言人还有啥脸面跟记者朋友交流?

最普遍加分

　　常听人说北上广这些城市生活压力大,缺乏幸福感。我差一点就相信了,昨天读报,瞬间颠覆了这一想法。原来那些说北上广缺乏幸福感的都是外地人,说葡萄酸是因为吃不着葡萄!

　　北京今年高招考生总数为72736名,是河南的十分之一。北京考试院近日发布北京市2013年高招照顾对象名单,享受10到20分投档加分的考生达9700名,另有3600名考生已被提前录取。这样算下来,北京考生的总体照顾率达到18%,平均每5个考生就有一人享受加分或提前录取待遇。考生人数少,录取院校多,加分比率高……这样的城市你说人家幸福指数低,鬼才相信!

　　鹰城考生"裸考"能考上北大、清华,考生激动,家长流泪,学校挂横幅,这太让人理解了。唉,高考是个好制度,加分是个坏办法。真得改改了。

最漂亮骑警

　　大连是座海滨城市,环境优美,空气宜人,城市绿化尤其抢眼。当然,大连还有一道靓丽的风景——街头漂亮的女骑警。上周,人见人爱的女骑警突然被置于风口浪尖之上,有人质疑:女骑警是人造景观,警马养护费涉嫌浪费。

女警察骑着大马在大街上转悠对社会治安也许起不到多大作用,但对提升城市形象的确增色不少。网友说得好,苏格兰穿着裙子吹着风笛的士兵有啥作用?英国皇宫门口笔挺站立的那一排头戴熊皮高帽的士兵真能打仗?不过是一种特色礼仪,展示一下本土风情罢了。我想那一顶熊皮帽子肯定价格不菲,如果有人质疑这是花了纳税人的钱,非把礼仪兵的帽子给摘了,人家戴啥?

大连警方上周公布了女警编制、功能、警马养护费用等相关信息,比方说,一匹马每天日均花费 80 元。我觉得女骑警这个事不算啥,城市应该有点自身特色,弄得千篇一律、千城一面也没啥好处。从前鹰城女交警为城市形象加分不少,现在为啥撤了? 应该恢复啊。

邓文迪谢幕

排球女将邓文迪由"丑小鸭"变"白天鹅"的传奇故事上周风云突变,传媒大亨默多克与小邓离婚的消息成为各大网站关注的焦点。

若将邓文迪的"婚姻励志"故事拍一部电影绝对不失迷人的情节和细节,从社交场合"不小心"将红酒洒在默多克身上进而引发一场年龄悬殊达 37 岁的黄昏恋情,到伦敦听证会上挺身护夫的惊险桥段,这场起初并不被人们看好的婚姻竟然坚守了 14 年。"中国虎妻"、"默多克形象大使"……随着邓文迪身上光环的日渐淡化,14 年的婚姻如今烟消云散,令人扼腕。

也许跟爱情无关,也许不是为了金钱,也许事关新闻集团面临拆分的经营战略,无论如何,与富豪的婚姻变数太大,平民百姓玩不起。

奥巴马傻眼

在许多人看来,美国总统奥巴马磁性的声线韵味十足,拥有一副绝佳口才。在记者招待会上,在竞选演说时,在筹款晚宴中,奥巴马的脱口秀功夫引人入胜。

这也许是个假象。奥巴马近日在加州就医保改革发表演讲时,突然哑口无言,场面非常尴尬,原来总统先生讲台上的讲稿不见了。呵呵,奥巴马的口才不过来自演讲稿和提词器。人们开始关注美国总统背后那支精锐的写作班子,演讲中使用哪句名人名言,借用那些影视剧桥段,撰稿小组就像写电影分镜头剧本一样,考虑得面面俱到。别小看总统身前那个小小的讲台,麦克风下的"提词机"提携着总统先生口若悬河。

早在 2008 年美国总统竞选时,共和党副总统候选人佩林就看破了奥巴马脱口秀的奥秘。佩林说:"这个有魅力的家伙一旦离开了提词机就一事无成。"

看来,一位政治家若没有口才还想在场面上混,难啊。

狗血反腐剧

反腐的方式多种多样,最吸引眼球的是网上报料。曝光者自然是女主角,曝光的对象当然是该挨千刀的那个男人!女主角的身份没啥值得骄傲,无非是做了人家的二奶,男主角则非官员莫属。

前些时,女博士常燕网曝自传体情史,导致男主角、中央编译局局长衣俊卿职务被免;上周,北京一家电视台原主持人晒艳照自曝被高官包养,弄得国家档案局副司长范悦丢了官。

上述两位"女演员"其实都不算啥好人,自己本来心怀鬼胎,如果男主角百依百顺,这部狗血"爱情连续剧"还会一集一集演下去,现在女主角自家目的没达到,臭男人又想拍拍屁股走人,于是才河东狮吼,做出一副被骗的怨女模样。目的很明确,只要让那个冤家身败名裂,女主角不惜自家名誉受损。

这种报复式反腐百发百中。你想想,并非实权单位的国家档案局一位副司长动辄就送女友豪车,与女友相处四年,几乎每天为女友花钱一万元,这种官员要没有经济问题才怪呢。

只是这种报复式反腐尽管硕果累累,对社会主流价值观毕竟是一种损害。

烧荒酿烟霾

新加坡四面环海,空气质量没得说。上周,新加坡突遭烟霾袭击,空气污染指数高达 401 点。按照新加坡环境局的标准,空气污染指数超过 100 即为"不健康",超过 200 表示"非常不健康",污染指数达 400 以上,用赵本山的话说,"那是相当严重"。

污染的原因让中国人一听就笑了。原来是邻国印度尼西亚苏门答腊岛的农民采用传统的烧荒办法腾空芭蕉林以利耕作,跟鹰城农民烧秸秆是一个道理。新加坡本来就巴掌大一块地方,恰好处于下风头,隔海而来的"烧芭烟霾"让新加坡人真遭罪了,空气污染不仅影响当地人健康,还重创了旅游业。让新加坡人头疼的是,据印尼有关方面预测,这股"烧芭风"按以往的规律至少得延续数周,可能会烧到 9 月份。我的天啊!

新加坡人气得不能行,印尼人却很淡定。负责烟霾处理的印尼人民福利统筹部部长阿贡·拉克索诺说,新加坡"不应像个小孩一样吵个不停",多大个事啊!

秀才遇上兵了!

状元的伪快乐

高考结束,状元出炉。市一高与市一中分享今夏鹰城高考文理科总分第一名。文科女,理科男,状元分配得中规中矩。其实还有更牛的。今年高招,湖南师大附中高三 18 班全班 40 位考生,39 人考前已被保送至重点高校,其中 26 人保送至北大或清华,剩下唯一一位参加高考者,也以 628 分的高分被一本高校预录。所谓牛气冲天,该 18 班之谓也。

高考结束,新闻媒体总要有个例行程序,采访高考状元,探秘高分经验。埋头苦读,心无旁骛……这都是老生常谈。近年来,高考达人在接受采访时风头突变,集体转型,大都把紧张乃至痛苦的高中三年,描绘得生动活泼,趣味十足。我收集了一组今年各地高考状元的访谈标题,让读者开开眼——《重庆高考文科状元张毅:爱看韩剧爱卖萌》《今年湖北高考文理科状元是一对小情侣》《吉林 2013 文科状元:爱吃爱玩的微博萌主》《浙江状元:高考前一个月化学只考 64 分》《武汉高考状元逆袭成功:偶尔熬夜玩网游》《四川高考文科状元刘峻豪:爱打游戏爱玩音乐》……以这样一幅趣味十足的画面来理解高考学子的快乐生活,你信不信? 反正我是不信。

早恋、网游、电视剧……这些学校和家长一心想让学生远离的东西原来可以帮助考生得高分。家长若相信了,是个糊涂蛋;学生若相信了,总有哭鼻子的那一天!

苹果的转基因

网友一直在讨论转基因食品是否有害健康,当然是公说公有理,婆说婆有理。一般而言,转基因作物是通过内部基因变异来增加作物的产量、提升品质,但河北张家口市怀来县的苹果却由于外界作用而改变了苹果的前世今生。

苹果原本是个啥模样? 王洛宾先生改编的民歌《掀起你的盖头来》中有句经典歌词解释得很到位:"你的脸儿红又圆呀/好像那苹果到秋天。"怀来县的苹果却一反常态,是黑色的。村民说,当地苹果长出来表皮就是黑的,洗都洗不净。原来当地有个大型煤炭市场,号称全国十强。由于是露天经营,平常装卸或一遇刮风,周围常常是煤尘四起,苹果园里的红苹果就这样慢慢地"基因变异"成了黑苹果。苹果都变了颜色,当地人的健康能好到哪里去?

环境问题一直是工业发达和城市发展的衍生品。污染一旦形成,治理起来就事倍功半。想起前些年晚报报道过的一件事,有市民突然发现从新城区白龟湖岸边南望,一座青山掩映在虚无缥缈间,宛若海市蜃楼。晚报记者经过亲历走访,发现所谓海市蜃楼者,不过是白龟湖南岸的一座山而已。由于常年空气质量不好,这座山寻常看不见;风雨过后,能见度一高,对岸青山初现,偶尔才露了峥嵘,闹出一场误会。

微博的低学历

微博这些年异军突起,成为传递信息、发表见解、评论时事、社交沟通的重要平台。除了微博上的意见领袖引得八方追捧之外,许多官方机构也开通了微博,可见微博的影响力之大。

社科院近日发布了《中国新媒体发展报告(2013年)》,其中关于微博用户的统计结果引发网友吐槽。这份报告说,微博用户普遍学历低、收入低、年纪轻。言外之意是说,这部分人是乌合之众,其意见诉求无足轻重。事实是怎样?微博用户中当然学生占了相当部分,这部分人没有参加工作甚至没有毕业,学历自然不高,收入甚至为零。但如果据此就忽略了在微博上发挥主导作用的知名人士、意见领袖、政企官微这些人群显然有失客观。举个简单的例子,经常上网或上微博的人与不上网、不上微博的人,到底哪部分人的学历低、收入低,应该不难判断。

学术研究机构发布的数据有时候一股子学究气,让人无法信服。

情与法

"常回家看看"作为法律条文从7月1日正式实施,许多人对此一笑了之,认为纯属纸上谈兵。出乎预料,新修订的《老年人权益保障法》实施当日,江苏省无锡市北塘区法院就依据此法对一起赡养案作出判决:判令被告人每两个月须探望母亲一次,尤其在元旦、国庆、中秋、端午这类节日中至少要安排两个节日对母亲给予看望。

当儿女被法律强制探望父母之时,可见这种亲情关系已经冷漠到了何种地步。"探望"这个词原本温情脉脉,在法律的高压下,所谓的探望已经变了味道。不少人对"常回家看看"如何落实心存疑虑也属正常,即使儿女别别扭扭一脸不耐烦地回了家,除了惹父母生气之外,真看不出还有啥好处。

亲情关系本应由社会道德来调节,道德水平出现了大滑坡,法律想力挽狂澜恐怕也力有不逮。其实,《老年人权益保障法》中关于"常回家看看"也就是一句建议式的话——"与老年人分开居住的家庭成员,应当经常看望或者问候老年人。"

人与奶

这些年,富人圈里的风尚总在不停地变幻,先是高尔夫,接着玩游艇,随后买飞机,后来一窝蜂地爬喜马拉雅山……没见富人咋创业,只见比着咋花钱。近日,深圳富人圈里雇"奶妈"成为媒体热议的焦点。

据报道,为了所谓的营养,"人奶"成为深圳富人的"新宠",雇个"奶妈",只要签了协议,雇主甚至可以直接对着乳头喝奶。听说过深圳街头有"直饮水",现在竟然出现了"直饮奶",真不知道这是人类社会的进步还是退步!当年有个纪录片叫《收租院》,四川省大邑县地主刘文彩雇奶妈喝人奶曾引得群情激愤,但恶霸地主刘文彩也只是让奶妈把奶挤在瓷碗里而没有直饮人奶啊。至于现在有人为刘文彩翻案,那是后话。

依我的看法,"直饮人奶"已经触及了道德和法律的底线。人奶沦为商品,真是一大悲哀。

佛与缘

原以为佛教特别适合农耕社会,在慢节奏且周而复始的自然环境中,修身养性,领悟佛法,自是一种造化。但在快节奏且信息爆炸的眼下,仍有人一心向佛。浙江天台山慈恩寺近日推出"短期出家"活动,首批200个名额一报而空,可见社会需求之大。

想想也是,工作节奏快,生活压力大,在寺院中修行悟佛,远离俗世滋扰,也许是调节生理心理紊乱的有效办法。这些报名者中,有学生、有老板、有自由职业者,大都选择出家3个月。佛法无边,既高深莫测,又如影随形。寺院以普度众生为怀,若短期出家者恪守佛家清规戒律,潜心参悟佛法,然后精神面貌焕然一新地投入到工作和生活中,也算是一种机缘。

只是这 3 个月的出家费用如何出？寺院住持说，有条件就出一点，没有也不强求。但愿是这样，别弄成"赞助式出家"就好。

冯小刚出山

著名导演冯小刚确认担纲 2014 年央视春晚总导演，这是上周娱乐圈的重要新闻。说实话，对这个事起初我是打死也不相信。以冯小刚的聪明劲，他不该蹚这个浑水。但咱是瞎操心，央视春晚邀请冯导出山，冯导欣然应允。

冯小刚拍电影以喜剧见长，其作品植根现实生活，尽管嘻嘻哈哈却不失内涵。冯导是把生活琢磨得透透彻彻的那类人，得失进退，心里明镜似的。按常理，名利皆有的冯小刚没必要借春晚积攒人气，央视春晚导演本是个高危的工种，这一点冯导不会不明白。但人都有糊涂或失策的时候，也许冯小刚对春晚这些年的表现实在看不下去，所以挺身救急也说不准。

不是说春晚就像洪水猛兽不敢沾，而是说这台晚会太特殊了。既要考虑导向，又要兼顾娱乐；既要保持高雅品位，又要满足大众兴趣。入选节目要三堂会审，哪句台词不妥当，哪个道具不合适，都会直接导致节目的下马。冯小刚前些时在中国电影导演协会颁奖晚宴上对电影审查爆了粗口，他会不会一反常态在春晚节目中亦步亦趋委曲求全？我们且拭目以看。

慢生活受宠

工作生活节奏越来越快，人们的生理和心理都会感觉到压力，日积月累，问题就层出不穷了。于是，许多有识之士开始提倡"慢生活"，有意地把生活节奏降下来，借此放松人们紧张的神经，缓解生活和工作压力。

北欧挪威一家电视台曾经花了整整 12 个小时直播过一堆柴火从点燃到熄灭的全过程，你说它无聊也好，扯淡也罢，这节目在专家的讲解和配乐伴奏下硬是有人关注且收视率奇高。此外，像连续 5 天直播一艘邮轮的旅程，直播一列火车从出发到目的地的分分秒秒，这种慢节奏的节目都赢得了极高的收视率。"慢电视"

已经成为挪威人享受生活的一个重要方面。

　　看看我们身边的电视节目是个啥样子？你紧张工作一天回到家中，打开电视，谍战剧、潜伏剧、抗战剧、苦情剧、婆媳大战剧……好不容易换到一档娱乐节目，偏偏又是《中国好声音》，那场面紧张得关了电视也睡不着觉。为啥不能把生活慢下来呢？

　　人家挪威电视台又要播出新的直播节目了，带你去看咋花一晚上把一件毛衣织完。

专家雷语

　　一般而言，称得上教授者应该就是专家，法学院的教授自然是法律专家，清华大学法学院的教授可谓专家中的专家。不过，专家也会胡说八道。上周二，微博认证为"清华大学法学院证据法中心主任"的易延友教授发表"为李天一的辩护律师说几句"的微博，易教授关于"强奸陪酒女比强奸良家妇女危害要小"的言论引发众怒。24小时后，易教授宛若大醉初醒删除该条微博并"向各方致歉"。

　　专家及时介入社会事件值得鼓励，但近年来专家以雷人言论引人眼球愈演愈烈。李天一案辩护律师几经更选，新一任律师要为李案做无罪辩护虽然滑天下之大稽但毕竟是李家人自己的选择，这种权利谁也剥夺不了。问题是易教授罔顾"法律面前人人平等"这个基本道理，把"陪酒女与良家妇女"的权利分了个三六九等，好像陪酒女被性侵就理所应当。人民网官微斥责道："学者，不因哗众取宠而成'专家'，哪怕他是某某著名大学的。"看来，法律界人士照样应该普法。

　　李天一案本不复杂，就是因为掺杂了李双江夫妻的因素弄得丑闻迭出。该案新任律师不仅要做"无罪辩护"，而且堂而皇之地给媒体下达了"保护老一辈艺术家"的指令。看看身边的社会吧，不仅专家疯了，律师也疯了。

黄鸭驾到

大黄鸭来了。如今,这只憨态可掬的鸭子瞪着大眼睛静静地立在市区鹰城世贸广场门前,引得不少市民拍照留念。

虽然鹰城这只6米高的大黄鸭只是件仿品,但它跟今年5月份在香港维多利亚港湾展示的那只巨型黄色橡皮鸭一样,依旧给人们带来了快乐。36岁的荷兰艺术家霍夫曼凭借一只鸭子走红世界,让许多人弄不明白其中的奥妙。大黄鸭在香港展出时,几乎万人空巷,刘德华、彭浩翔、杜汶泽、余文乐……明星们纷纷偷闲跑到海边跟大黄鸭合影留念。大黄鸭勾起了许多人的童年回忆,想想看,小时候我们的水盆里不是也有一只颤颤悠悠的小黄鸭吗?

霍夫曼对大黄鸭自有独家解读,他说所有人在这个大家伙面前都会显得很渺小,它令人与人之间的关系变得平等了。这也许是大黄鸭引得社会各界前往一睹风采的原因吧。

天山论剑

如果眼下的中国真有一个武林,那么上周在新疆举办的天山武林大会自然引人瞩目。想想看,少林、武当、太极、峨眉、昆仑、崆峒等11大武术门派的掌门人齐聚一堂,金庸小说中华山论剑的精彩场面令人期待。

8月7日,这场武林大会进入天山论剑环节,结果令现场观摩者大失所望——所谓论剑不过是武术表演,"就像社区老人在晨练"。堂堂中华武术沦为"老人晨练",沦为套路表演,令人大摇其头。怪不得现场有不少民间武术爱好者跃跃欲试,要登台与各派掌门人一试高下,可惜的是被主办方婉拒。

武术是一种健身方式,是一种套路表演,还是一种技击绝艺?它好似曾经辉煌,现在是否无可奈何花落去?突然想起前些天腾讯网专访香港著名作家倪匡。倪匡曾经应金庸之邀代写过一段《天龙八部》,对武术亦属内行。倪匡说,李小龙不算武术家,只能算表演艺术家。倪匡的依据是,你查不到李小龙的任何武术搏击和打架的记录,武术家都是打架打出来的,如霍元甲,如泰森。

如果李小龙都不算武术家,哪还有谁称得上呢? 天山晨练的老人?

梦鸽出招

不能再提这个坑爹孩子的名字了,毕竟要保护未成年人。李某某涉嫌强奸案具备了社会新闻所有的要素:性、暴力、名人、权贵子弟,再加上一波三折的冲突和悬念,拍一部电影也极具卖点。

一桩案情并不复杂的刑事案,先是双方律师打嘴官司,主动给媒体爆料新闻素材;接着梦鸽出面了,又是要求公开审理,又是状告涉事酒家涉嫌黄色交易。每当此案风平浪静之际,梦鸽都会露面推波助澜。表面上看是母亲爱子心切,实际上梦鸽每一次出现,都会引起新一轮媒体关注,害子不浅。赶紧把梦鸽劝回家吧。谁劝? 估计李双江也管不了啦。

现在最尴尬的是法院,因为原被告双方的律师把自己掌握的几乎所有真真假假的材料全都公之于众,已经影响了社会舆论。现在法院判轻判重都会引起非议。

李家聘的那个兰律师是个操纵舆论的高手,但这一回可能适得其反。

心灵感应

据说双胞胎极易产生心灵感应:尽管不在一个地方,若一方患病,另一方也会感觉不舒服。科学家研究说,这种现象在单卵双胞胎中更具普遍性。双胞胎之外呢,情侣之间、母女之间、父子之间、兄弟之间会不会也存在心灵感应?

上周三,山西太原市公安局向社会通报一起刑事案件。8 月 9 日一早,曹某夫妻照例去上班,13 岁的女儿在屋里睡觉。曹某在工地上突然心慌异常,总惦念独自在家的女儿,这种心慌的感觉越来越强烈以致他无法工作。于是,他一溜小跑回到家中,推门一看,有一男子正欲对其女儿施暴。嫌疑人张某被制服后,交由警方带走。

一般情况下，心慌也许是发病的前兆。但在特殊情况下，这极有可能是心灵感应发出的信号。这件事真值得科学家们追踪研究一下。看来，人类的未解之谜还多着呢。

山寨动物

漯河市动物园上周出了大名，连国外各大媒体也刊出照片竞相报道。有外国朋友留言说："这是我见过的最让人心酸的动物园。"

咱看这则新闻感觉到的是好笑，外国人看到的是"心酸"。标注为"非洲狮"的笼子里，以一只长毛藏獒充数；标注为"狼"的展示馆中其实住着一条狗；标注为"金钱豹"的笼子中，扮演"金钱豹"的是几只狐狸……山寨动物园令人哭笑不得，但它的门票却毫不含糊：成人 15 元，儿童 10 元。

收费时板着面孔要钱，园中却弄了一堆乱七八糟冒牌货糊弄游客，这种动物园竟能堂而皇之地开下去，真不知管理部门咋管的。据说这家公立动物园早就承包给了个人经营。网上一炒这件事，动物园马上停了业。

啥时开业？开业时外出配种的狮子能否如期返园？回头真得去漯河动物园看看稀罕。

看起来很美

小学生的书包越来越厚，作业越留越多，戴眼镜者占的比例越来越高……与此同时，建议为孩子减轻学业负担的呼声此起彼伏。想减负？那还不容易。教育部上周出台了《小学生减负十条规定》，我粗看一下，感觉很美。

比方说，以后小学生不留家庭作业了；取消百分制了；一至三年级不考试了……如此这般，小学生放学回家后就可以轻轻松松地陪着爸妈看电视或拿着手机切西瓜打小鸟——真是一幅其乐融融的画面。问题是，中招和高考的应试教育大环境不做根本改变，一厢情愿地拿小学生做试点，是否可行？

小学可以不实行百分制，但人家初中、高中都实行百分制，你咋接轨？公立学校不留家庭作业,人家私立学校照留不误,公立学校学生的家长能放得下心? 今年市区初中新生刚报到,马上要参加全市的统一考试,而且要依据成绩平行分班。若小学生糊里糊涂地不按百分制上学、天天不留家庭作业,他能考出好成绩? 我是不信,家长也不会信,恐怕就教育部相信。

我们最不愿意看的情况是,学校减负,社会增负;教师减负,家长增负。据说市区一些小学老师把每天的作业直接留给了家长,改作业也交由家长代理。这到底是减轻老师负担,还是减轻学生负担?

为袋鼠遮羞

前些年贾平凹写《废都》时,在小说中时不时地弄上几行方框加括号"此处删去××字"。尽管贾平凹自得其乐,其实是标标准准的媚俗。

无独有偶。澳大利亚旅游局上周在官方网站上贴了一张袋鼠的照片:这只澳洲国宝懒洋洋地躺在草地上,四肢朝天。也许出于好心,网站工作人员在袋鼠的生殖器部位打上了马赛克。这一下网友不愿意了:"在动物的生殖器上打马赛克,还有比这更匪夷所思的吗?"

"看在上帝的份上,它是只袋鼠! 你想让它买条裤子吗?""为动物的生殖器官打马赛克,是我见过最愚蠢的事之一""我们现在连动物的自然生理构造都要打马赛克了吗?"

看来这家网站工作人员的思想有点过于复杂,结果弄得一片非议之声。澳大利亚旅游局闻过即改,马上在网页上重新贴上了这只袋鼠去掉马赛克的草地生活照。依旧四脚朝天的这位袋鼠先生好像知道了网上的热议,姿态和表情都有点不大自然了耶!

大 V 的形象

大 V 薛蛮子嫖娼被抓,央视新闻当作重点报道吸引了全国的观众,连惜时如金的《新闻联播》也耗时 3 分钟报道"老顽童"嫖娼案,箭在弦上的叙利亚局势都甘拜下风。微博上有网友发帖说,家中 3 岁的儿子追着爸爸问:啥是嫖娼啊? 弄得爸爸脸都红了。

常在微博上转悠的网友都知晓薛蛮子的知名度——1200 万的粉丝,一贯以公知自居,是微博打拐的发起人。嫖娼一事令一头白发的老顽童颜面尽失,他苦心营造的公知形象也大打折扣。不过,央视对一起嫖娼案这么关注令许多网友弄不懂。大众传播是个技术活,"善用媒体"更是一门学问,不是啥人都能玩转的。

本来是刹刹所谓公知或大 V 的威风,效果啥样呢?

读书无用?

闺女考上了大学,本应该欢天喜地,可成都这位做父亲的坚决不同意。理由倒也充分:大学 4 年,学费加生活费至少需要 8 万元;如果高中一毕业就打工,4 年至少能赚 8 万元;这加起来就是 16 万。拿着 16 万去做个小生意或缴套房子的首付比大学毕业找不到工作要强好多倍! 这位父亲由此总结道:上大学是"失败的投资","捡垃圾都比读书强"。

在大学毕业生就业形势严峻的条件下,这位父亲用市场经济的观点看待上大学看似有理,但仔细品味,又觉得大谬不然。上小学也好,读大学也罢,最重要的是开阔了人的视野,充实了人的内心世界,培养了人的价值观念,进而学到一门专业技能。学数学有啥用? 学美术有啥用? 关键是培养了人的逻辑思维和形象思维能力。简单地用投入产出比来考察上大学的经济回报,看似新潮,骨子里仍是"书中自有黄金屋""书中自有颜如玉"这种陈腐观念的翻版。

不上大学当然天也塌不了,但这位父亲对上大学的实用心理令人可叹。这两天,网上在议论安徽一所中学要求学生早晨诵读美国总统奥巴马一篇演讲稿的事。奥巴马在题为"我们为什么要上学"的演讲中说:"放弃学习,就是放弃自己,放弃国家。"这话说得多好。

总比"捡垃圾都比读书强"说得好!

爱情挽歌

上周五傍晚,微博上突然热闹起来。香港歌手王菲发微博称:"这一世夫妻缘尽至此,我还好,你也保重。"暗示与李亚鹏分手。这是不是谣言?若转发会不会被请去喝茶?网友将信将疑之际,李亚鹏发微博回应:"我要的是家庭,而你注定是传奇……放手——是我唯一所能为你做的。"

事先毫无征兆,娱乐圈一对"神仙眷属"就此缘尽。网友纷纷发帖"不再相信爱情"。其实大可不必动摇对爱情的信念,娱乐圈的爱情本来就扑朔迷离,圈外人如何看得懂?爱情还得信,只是如何保鲜是个难题。依我之见,像王李这对彼此财务独立的夫妻,分手概率较大。王菲的爱情"小鸟一去不回来",但爱情的林荫路上依然熙熙攘攘,天后的歌声在耳旁回响:"因为爱情/在那个地方/依然还有人在那里游荡/人来人往……"

最郁闷的是歌手汪峰。同一天,汪峰也在微博上宣布离婚。然而,网友一窝蜂地关注着王菲这档子事,几乎没人理睬他。人与人的差距,咋这么大呢?

生命无常

还有一个网络大 V 也出事了,创新工场董事长兼 CEO、原谷歌大中华区总裁李开复近日自曝患上了癌症。

李开复是一代青年导师,是偶像级的励志标兵。患病后的李开复在微博中感慨万端地写道:"我一直笃信付出总有回报的信念,所以给自己的负荷一直比较重,还曾天真地和人比赛'谁的睡眠更少''谁能在凌晨里及时回复邮件'……努力把'拼命'作为自己的一个标签。现在,冷静下来反思:这种以健康为代价的坚持,不一定是对的。"

岂止"不一定是对的",是"一定是不对的"。那种以健康做代价换取的所谓成功,最终都会化为云烟。"世事无常,生命有限。原来,在癌症面前,人人平等。"这是李开复发自内心的慨叹。

癌症并不可怕,可怕的是我们付出了青春、睡眠、健康以及生活的乐趣,最终却迷失了自己!

骂娘

既然吃饱了肚子就得老老实实听话,不许乱说乱动。这是有些政府官员一厢情愿的想法。生活富足之后,老百姓有精神上的追求,有自由表达的意愿,这是人之常情。眼看着填饱了肚子还不能堵住百姓的嘴,有些官员就愤愤不平,开始骂娘了。

河北省承德市兴隆县一群官员聚餐,席间一位镇党委书记边吃龙虾边破口大骂:"手里端着米饭,嘴里吃着猪肉,最后还得骂你娘。老百姓就是这副德行!不能给脸,给脸不要脸!"看看,这就是老百姓在个别官员眼里的形象,你指望这种当官的给老百事办实事,办好事,真是瞎了眼啦!

老百姓手里端的饭,吃的肉,是自己辛苦操劳得来的,难道是你镇党委书记施舍的?这种满脑袋瓜子"吃饱了饭就给我闭嘴"的基层干部说出话来竟然理直气壮,真不知咋受了党的教育这么多年!

这位"骂娘书记"已被撤职,一点也不亏!问题是我们周围还有多少只许他骂百姓的娘而不许百姓表达合理诉求的官员?查查看。

品蟹

中秋临近,大闸蟹的腥风吹遍了鹰城市区,而且市面上的大闸蟹言必称"阳澄湖"。"阳澄湖"对上些年纪的市民当然亲切,"朝霞映在阳澄湖上/芦花放/稻谷香/岸柳成行……"唱词里虽然没有提到大闸蟹,这意境也够享受的。

我不喜欢吃蟹。倒不是吃不着葡萄就说葡萄酸,我是嫌吃蟹费事,折腾半天弄了一手油,也没见吃到嘴里啥东西。但鹰城百姓能吃到阳澄湖大闸蟹我挺高兴,至少说明生活水平提高了,市场流通顺畅了。正当鹰城市面阳澄湖大闸蟹卖得如火如荼之时,新华社一则消息让人看得目瞪口呆:9 月 17 日,阳澄湖大闸蟹开始今秋第一批捕捞。也就是说,9 月 19 日中秋节之前,全国市面上供应的大闸蟹都不是来自阳澄湖!

要说也不是啥大事。我琢磨着,蟹这东西,阳澄湖产的跟白龟湖产的,味道应该差不多。

金色 KTV

通过央视,曾看过好些年的维也纳新年音乐会,对"金色大厅"自然无比膜拜,尤其是近年来中国演员频频在"金色大厅"举办各式演唱会或演出,对演员们肃然起敬。这地方在很多中国人的心目中是音乐殿堂啊!

上周新华网一则新闻让人幻象骤灭。据报道,今年 1 至 8 月,已有130 多个中国文艺团体和个人登上了维也纳金色大厅的舞台。到此时我才明白,金色大厅原来是个近似 KTV 的地方,你只要付得起两三万欧元的租金,欢迎光临! 两三万欧元是个啥概念? 以上周的汇率计算,也就是二十万左右的人民币。老汉我酷爱音乐,看罢心中蠢蠢欲动,准备省吃俭用几年,也去维也纳吼上几嗓子。

其实很伤我的心。这么高雅的场所,竟然谁有个闲钱都能去卡拉 OK 一下。看来,在金色大厅登台的有货真价实的音乐家,有音乐爱好者,也有卡拉 OK 的"麦霸"。

雾霾祸首

国庆长假除了再煮了一锅"黄金粥"之外,大气环境也不给力。京城本属首善之区,黄金周期间却霾遮雾绕,站在天安门上,南望看不清人民英雄纪念碑,北瞧故宫成了一幅朦胧画。如何解决雾霾压城问题? 气象专家悲观地说,只好期待即将到来的冷空气——大风降温立竿见影。北京市政府外事办主任赵会民则出语惊人:雾霾天气引发的 PM2.5 增高,跟中国人的烹饪方式有关。他希望市民改变生活方式,清洁京城空气。

赵主任将 PM2.5 归罪于北京市民的炒菜做饭,引得舆论大哗。有网友提出,为了落实赵主任指示精神,希望北京市效仿机动车单双号行驶的办法,市民须按身份证第二位实行单双号做饭。以我个人的感觉,炒菜做饭这个事中国人一代代传承下来,从柴火到烟煤到无烟煤再到煤气到天然气,越来越环保。北京的雾霾和 PM2.5 严重,政府官员不去跟企业排污、工业扬尘和汽车尾气较劲,偏偏引咎到老百姓做饭炒菜上,这算是哪门子事啊!

终于,北京环保局出面回应了赵主任的奇谈怪论:烹饪油烟并非主要的 PM2.5 来源,所占比例相对较小。原来,赵主任是信口开河,胡说八道。

统一烩面

烩面这东西是许多河南人的最爱。筋道的面,美味的汤……想着都好吃。民间颇具口碑的"中国五大面条"指的是武汉热干面、北京炸酱面、山西刀削面、兰州拉面、四川担担面,河南烩面尚未跻身其中。近日,由商务部、中国饭店协会首次评出的"中国十大名面条"出炉,依次为:武汉热干面、北京炸酱面、山西刀削面、河南萧记烩面、兰州拉面、杭州片儿川、昆山奥灶面、镇江锅盖面、四川担担面、吉林延吉冷面。

不说河南烩面,却称萧记烩面,这多少有点让人费解,但烩面总算榜上有名。于是,有人坐不住了,他们觉得,若想让河南烩面走出河南,享誉全国,得给河南烩面制定统一标准。

一种饮食吸引八方食客,既靠自身特色,还得入乡随俗。同样出自肯德基连锁店,中国食客吃到的香辣鸡腿堡与澳洲的味道不一样,跟美国本土的口味也不同。美国佬太知道因地制宜的经营之道了。为河南烩面制定所谓的统一标准,完全是计划经济时代的观念。以中国的幅员广阔,有的地方喜欢辣,有的地方喜欢酸,有的地方喜欢咸……你非得弄成个千人一面,这种烩面肯定不受待见。

芒罗获奖

不少中国人都以为此次诺贝尔文学奖会落入日本作家村上春树之手,结果瑞典文学院把本届诺奖授予了大家从未听说过的加拿大女作家艾丽斯·芒罗。

国内好多媒体以"史上最悲催诺奖候选者"报道村上春树,其实这都是一厢情愿。尽管村上春树的小说很热销,有些还拍成了电影,但这类以通俗、流行、小资见长的作品,并不为诺奖评委所青睐,严肃作品始终是诺奖的主流。

芒罗获奖当然是个不容错过的商机。颁奖当天,国内的译林出版社在其官方微博宣布,将一股脑出版7部芒罗的作品。82岁的芒罗接受记者采访时说:"知道自己有机会,但从未想过会得奖"。芒罗老奶奶还没想到的是,出版社借她获奖还能大赚一笔呢。

此奖非彼奖

仔细探究起来,世上好多事情似是而非,经不起推敲。10月份诺贝尔各奖项纷纷出炉,所谓的诺贝尔经济学奖落入美国人之手。其实,这个听着吓人的"诺贝尔经济学奖"跟诺贝尔奖五大奖项(物理学、化学、生理学与医学、文学及和平)无关,这是瑞典银行提供奖金的奖项,全称是"纪念诺贝尔瑞典银行经济学奖"。由于跟诺奖同期颁奖,所以大家都误以为它属诺贝尔奖。诺贝尔遗嘱中根本就没有这一项!

近日,孙俪凭借《甄嬛传》入围国际艾美奖最佳女主角提名,嬛嬛的粉丝欣喜若狂。真实情况是:此艾美非彼艾美。堪称美剧指南的"艾美奖"是电视界的奥斯卡,1948年由美国电视艺术学会创立,表彰的是在美国电视台黄金时段播出的电视节目。而"国际艾美奖"奖励的是在美国境外制作的电视节目,由国际电视艺术科学学院颁发。两个奖项名称相似,含金量却大不相同。获国际艾美奖提名的中国演员已有11人,2005年,中国演员何琳曾获过最佳女主角,但她主演的《为奴隶的母亲》谁看过?

停课为阳光

大凡学校停课,无外乎几种原因:雨雪天气,台风来袭,老师病了……当然更特殊的情况也有,比方说村主任娶儿媳妇要占用学校操场大摆宴席。无论何种原因,总归不是啥好事!

也有例外。麦克威廉姆斯是美国佐治亚州哥伦布市一所学校的校长,上周四,他做出决定:本周五全校停课一天。为啥?这位可爱的校长说:"天气太好了!不该让学生闷在教室里面。"

原来,今年当地气候一直反常,阴雨连绵,近日天气放晴,阳光灿烂,气温在26摄氏度左右。校长先生实在不忍让学生们错失这大好天气,于是,停课一天让孩子们快乐一下!

中国的教育工作者天天嚷嚷着要搞素质教育,教育理念不更新,素质何来?学学麦克威廉姆斯校长吧。

星巴克的无奈

耐克球鞋的质量就一定比双星好?真不见得,但耐克鞋的价格硬是高得离谱。前些时,"打假第一人"王海爆料,他在北京耐克专卖店购买了一双1299元的新款鞋,不仅价格比国外贵将近一倍,中国款较国际款还少了个气垫。

说这个事缘于央视上周曝光美国星巴克咖啡全球价格中国最贵。一杯"拿铁咖啡",北京店售价比纽约和伦敦都贵,比印度孟买贵了将近一倍。出人意料的是,此次央视埋怨星巴克咖啡太贵引来不少嘘声。经济学家说,这类竞争性行业,牵涉到品牌和服务,不能简单以成本和定价来说事。不少网友很傻很天真地问"拿铁啥味道"并建议央视多关注实实在在的民生问题,像电信行业暴利、像房价畸高不下、像啥时能取消路桥收费……值得关注的事太多了,跟一杯洋咖啡较劲,未免曲高和寡。

星巴克CEO舒尔茨委屈地回应此事说:售价高是缘于员工培训和物资采购

成本太高。此外,西方顾客通常买了咖啡带走,而中国消费者则长时间停留店中。

这话说得好像有点道理。

《新快报》的尴尬

广州《新快报》以头版"请放人"、"再请放人"的豪情引得媒体界满堂喝彩,那篇关于"穷骨头"的评论更是写得抑扬顿挫有情有理,本可以进入新闻教科书的。但80后记者陈永洲太不给东家争气,因为报道上市公司中联重科的负面新闻而被长沙警方跨境抓捕后,陈永洲全盘招供:自己收入钱财,十几篇相关报道全是胡说八道。

在经济利益与职业操守之间,从业5年的陈永洲做出了错误的选择,输得底裤全无。在接受央视采访时,他竟天真地说如果今后还有机会从事新闻工作,他将不受利益诱惑,公正、真实、客观、全面去报道新闻。做梦吧,哪家报社敢聘用一个有严重职业污点的人!

新快报编辑部昨天已就陈永洲涉假发表致歉声明。静下心思忖这件事,觉得还有些值得议论之处。跨境抓记者、先抓人后补证,总觉得有点程序失常。陈永洲说做假新闻"是为了显示自己有能耐"恐怕不能令人信服,他背后的人是谁? 我们且拭目以待。

善款捐给谁

晚报上经常刊登这类新闻:贫困家庭突遇意外,雪上加霜,患重病了,遇车祸了,遭火灾了……热心市民送温暖,捐点钱,助其早日走出困境。这既显示了鹰城市民的爱心,也彰显了社会正能量。

这类事若发生在安徽省宁国市就有点复杂了。热心网友了解到当地有3个困难户家有病人无钱医治,于是准备为其募捐。上周一,就在募捐准备启动时,组织者小张却被当地民政局约谈,募捐活动被叫停。民政部门负责人义正词严地说:"宁国有 2000 多个病患贫困户,如果只给 3 个人募捐,对其他人不公平。"哪咋办? 答复说:走正规渠道。

民间募捐要规范有序,透明公开,接受管理部门的监督,这是应该的。但宁国民政部门叫停此次募捐的理由剑走偏锋,让人无法接受,自然引来网友吐槽不断。

中国的慈善事业这些年不大顺当,那些管事的首先应该自省。

金秋赏落叶

诗仙李白吟诗道:春风桃李花开日,秋雨梧桐叶落时。说的是自然现象,花该开了谁也挡不住,叶要落了谁也阻不了。深秋时节,天高云淡,满阶黄叶堆积,真个是一番好景象。但有人偏要打扫。闹市要道落叶飘零不好看,及时清扫还可以理解,但公园、广场、街头游园,天天打扫得不见一点落叶,让人分不出春夏秋冬,这事做得真欠考虑。

据报道,苏州市为秋季落叶设定了 6 个落叶景观道路,西安也在征集落叶景观带。这才是一个国家级旅游城市该做的正事。

一说卫生,就不顾一切不分季节不分场合地洒水扫地,绝对是笨人笨办法。全国爱卫会有关人士明确表示,目前还没有关于清扫落叶的标准,所以在创卫验收过程中,不会对道路落叶进行考核。城市主次干道路面应该勤于打扫,但像公园、广场、街头游园这些地方,保留些秋天的景色,既养了市民的眼,也不会影响卫生城市的形象。

新华社上周六报道说,眼下莫斯科也正值深秋,面对环卫工人清扫各处落叶,莫斯科市民发起了一场"落叶保卫战"。因为莫斯科市政府 2002 年曾出台规定,森林公园、街心花园和林荫道上的落叶不得随意清理,违规者将罚款。

处在钢筋水泥的城市中,市民如何感受大自然的呼吸和脉动? 满地金黄的落叶就是一种寄托啊。

记者节

以职业来设置全国性的节日除了教师节和护士节,就是记者节了。11 月 8 日是第 14 个记者节,一个不放假的节日。大江南北 25 万名新闻工作者依旧奔波在采访的路上。

说记者是无冕之王,纯属人云亦云。只有从事这个行当的人才深深体会到社会对记者行业的不了解。表面的风光下是风里走、雨里走的辛勤汗水,是采访中遭人白眼、肆意阻挠的难言之隐,是采写后频遇撤稿的欲哭无泪。我在想,国家为教师和护士这两个行业专设节日,除了这两个职业受人尊敬,十分辛苦之外,与这两个行业当时不受人待见、不为人理解有关。记者节又何尝不是? 在国际公认的高危行业中,新闻记者位列其中。据国际记者联合会的统计,去年全球殉职的记者达 121 人。今年的数字依旧小不了。

著名报人普利策把记者定义为"船头的瞭望者",这是对新闻工作者的鞭策。今年的记者节,没有鲜花,没有奖金,只有新闻人对恪守职业道德的自省!

鸡生蛋

原以为居住在北上广的人整天生活得比蜜甜,现在看来远不是那么回事。以北京为例,买车要摇号,出行要看单双号;以上海为例,申领车牌要竞拍,车牌均价已在 7 万元以上,你要买新车,得多掏七八万块钱竞购车牌。眼下北京新的控车措施呼之欲出:谁要买车得先有停车位。

养鸡得先盖鸡窝,喂猪得先垒猪圈,农业社会的思维现代社会照用不误。北京这地方更费事,你若购买或租赁停车位得出示行车证。这一来就彻底乱了套。有停车位才能摇号购车,可买停车位得先办理行车证,网友不乐意了:这到底是先有鸡后下蛋,还是先有蛋后有鸡? 这是谁定的政策啊!

购物狂欢

"11·11"本是网友们自娱自乐,却被精明的商家顺水推舟打造成了购物狂欢,那是相当成功。今年"双11"开闸购物仅一个小时,天猫和淘宝仅文胸的销售如果叠放起来,相当于三个珠穆朗玛峰的高度;截至当天上午10时30分,纸尿裤的销量为6000万片,足够吸干6个西湖!

这样的结果着实令实体店目瞪口呆,这感觉就跟纸媒急着要跟互联网较劲却不知如何下手一样。有关方面总嚷嚷着要拉动内需,刺激消费,光喊口号有啥用?向电商学习,向马云请教,肯定受益多多。电子商务不仅节约成本,关键是能够激发起网络时代宅男宅女的购物热情。当然,大批以贪便宜为目的的假光棍们也在为"双11"推波助澜。

河南网民以13亿的购买力在"双11"购物大比拼中位居全国第十,这个位次不高不低。仔细思量,一天13亿的消费额如果都花在河南境内,对河南经济肯定是一针兴奋剂。

冬虫夏草

唐朝有个宰相叫元载,贪得无厌,皇帝派人查抄他家时,金银财宝之外,还有个意外收获,竟然查出了800石胡椒!800石是个啥概念?折算成今天的数字,相当于64吨!做官做到来者不拒甚至变态地占有,这种贪官砍头十次都活该!

上周一,广州市中院开庭审理汕头市委原书记黄志光贪腐案。黄书记不仅涉嫌受贿550余万元,非法持有枪支,办案人员还从其家中搜出了17斤冬虫夏草。冬虫夏草这东西是稀罕的大补之物,用量每次都是按几克算。黄书记收集一二十斤这玩意儿,难道他不怕吃多了上火?

突然想起晚报一则新闻,安徽宿州市委主要领导公开承诺拒收红包,亲笔签名的承诺书还登在了当地报纸上。这种花架子未免太高调了吧?拒腐这事要靠实际行动,不是让别人看的。汕头那位黄书记就任演讲时把"清清白白做官,干干净净做事"说了好几遍,他做到了吗?

伤心的笑

老太太不小心摔倒,三位小学生主动上前搀扶,老太太却死死抓住一位小朋友的手不放,恩将仇报地诬称被救人者撞倒。这两年,救人反被诬这类事并不罕见,四川达州事件引起众怒的原因就在于被诬的是一位9岁的小学生。

好心遭恶报自古就有,也用不着埋怨世风日下,人心不古,这是社会现实的另一面。你在街头遇到一位乞讨的残疾人,好心递给他点零钱,过两天却在电视上看到,这人是假冒残疾,恶意消费人们的爱心。成年人具有是非辨别能力,遇到这类事尚能自我排解,可小朋友的心是一张白纸啊。做好事会被人诬诈——小朋友若遭遇这种人生初体验,也许会毁了他一生的爱心!

四川达州这件事发生在今年6月15日,次日,老太太被儿子背到被诬小朋友的家里住下不走了。小朋友和家人蒙受了5个月的不白之冤,直到上周五,当地警方才确认:涉事老太太系自己摔倒。因涉嫌敲诈勒索,公安机关对老太太和儿子行政拘留并处罚款。

"现在我终于解脱了,真是太高兴了。"听着这位9岁小朋友笑着对记者说的话,我的心都要碎了。今后,他还会助人为乐吗?

问候的温暖

眼下,各种纪念日越来越多,生活也愈发丰富多彩。11月21日是"世界问候日",提倡通过一句温馨的话语,给周围的人带去一份好心情。

中国本是礼仪之邦,惺惺相惜、礼尚往来是人之常情。一个微笑,一句你好,带给对方的肯定是心灵的涟漪。本地乡村见面一句"吃了吗"、"喝了吗"也是另一种形式的"你好"。城市化本应该促进人与人之间的交流与沟通,出人意料的是,高楼大厦的鳞次栉比中,人与人之间的感情愈发淡漠。高层住宅中,对门邻居住了几年却老死不相往来,连彼此是做啥职业恐怕也不晓得。

问候一声很费事吗?当然不是。环顾周围,熟人之间还会点头微笑,打声招呼,陌生人之间恐怕很少能享受到问候的待遇。如今的小朋友,从小就被父母提醒:不要跟陌生人说话。

世界问候日唤醒了我们,365 天,应该把微笑挂在脸上,对邻居、同事甚至街头的偶遇者,道一声"你好"。

领导兴趣

国家领导人喜欢看什么影视剧?这是个有趣的话题。据国内权威媒体报道,习近平喜欢看《拯救大兵瑞恩》《教父》《碟中谍》,胡锦涛喜欢日本电影《追捕》而且对韩剧情有独钟,江泽民对《泰坦尼克号》评价很高,温家宝则对日本电影《入殓师》感触颇深⋯⋯

从前,媒体对国家领导人生活中温情的一面总是讳莫如深。其实拉近与人民群众的距离,除了走进群众中间,握握手,拉家常之外,领导人有趣的生活细节更能树立其温馨的形象,像披露喜欢什么样的影视剧就是例子。

光辉岁月

当人们在 KTV 狂吼 Beyond 的《光辉岁月》时,很少人知道,这首歌是黄家驹在向当时被拘禁在罗本岛监狱的曼德拉致敬。上周四,南非前总统曼德拉因肺部感染在约翰内斯堡住所去世,享年 95 岁。

"风雨中抱紧自由/一生经过彷徨的挣扎/自信可改变未来/问谁又能做到⋯⋯"非洲雄狮曼德拉在经历 27 年的牢狱生活之后,引领人民推翻白人种族主义统治,成为南非首位黑人总统,名副其实地成为新南非的国父。

曼德拉最令世人称道的是,他没有对白人统治以牙还牙,而是致力于民族和解。就职仪式上,他甚至邀请了罗本岛监狱的看守出席。

曼德拉就任总统前,与时任南非总统德克勒克分享了诺贝尔和平奖。尽管他对这位白人总统充满鄙夷，还是微笑着与德克勒克一同站在了领奖台上。

曼德拉有句名言："生命中最伟大的光辉并非永不坠落，而是坠落后总能再度升起。"据说，中国大使馆曾把《光辉岁月》放给曼德拉听，并翻译了歌词内容，"老人听完不禁动容"。曼德拉代表了一个时代，光辉岁月永不磨灭。

新闻反转

剧情反转是韩剧一大特色，本来人物情节按部就班，陡然间一个急刹车，剧情出现逆天突变。电视剧是这样，新闻事件也开始上演"反转剧情"。

上周二上午，内容为"老外扶摔倒大妈遭讹1800元"的一组图片在网络上疯传。网友摩拳擦掌，对"讹人大妈"口诛笔伐，对涉事老外深表同情。不料此事进展突然发生激变，北京警方当晚回应称，外籍男子因存在无证驾驶及交通肇事行为，将被处罚。记者现场调查也证明，大妈确实被撞。图片拍摄者次日通过微博向大妈致歉。

网上舆论场为啥总出现这种一哄而上的现象？值得深思。《新京报》调查显示，"老外街头扶摔倒大妈遭讹"的网络新闻一出现，有近60%的受访者完全相信。这其中当然有社会原因，但网友缺乏质疑态度也是事实。这一段新媒体网上惹祸，传统媒体事后救火的事屡见不鲜。看来，与新媒体的竞争中，传统媒体从业者也应该提振一下信心。

除夕不放假

明年的假期如何安排？有关部门挺费心，提供了三套方案供网友选择。上周三，2014年全国节假日放假办法出炉，引来一片吐槽声。

焦点集中在除夕不放假上。除夕对于中国人而言相当于西方的平安夜，太重要了。除夕之夜的团圆饭更具象征意味。为了把除夕这天纳入春节假期，老百姓没少提意见，刚享受了不到五年时间，政策制定者一拍脑袋，又把除夕从假期里一脚踢了出去。凭啥除夕不放假？全国假日办的理由也挺充分，三套备选方案中，仅这一套方案网友投票过了半数。瘸子里就这一个将军。假日办有点缺心眼,不从士兵里挑将军,偏偏满足于自己先天不足的预选方案。

新浪网的在线调查显示,网民中有近90%反对取消除夕放假。于是专家又跳出来抛"砖"了。专家跟网友套近乎说,傻呀,除夕虽然不放假,但许多单位这一天实际上都放羊了,这早成了一种"隐性"福利。别吭声了,占了便宜还卖乖?

问题是能享受这种隐性福利的人真不多啊。看来专家肯定享受着。

葬礼玩自拍

曼德拉"世纪葬礼"名流云集,八卦事件不断。先是那位装模作样的冒牌手语翻译吸引了全世界的眼球,接着是美国总统奥巴马、英国首相卡梅伦和丹麦美女首相施密特在葬礼上满面春风玩自拍成为媒体热点。

领导人能不能玩自拍?奥巴马一贯以一溜小跑的亲民姿态树立形象,自拍对他而言只是换个姿势而已;卡梅伦则辩称,丹麦首相施密特是英国工党前领袖基诺克的儿媳妇,这算是亲戚相聚,拍个照片很自然;美女首相施密特说得更直接:"领导人相聚时,我们也只是一群找乐子的普通人。"把自己的姿态降为普通人,也许能给我们身边的领导点启示。

只是,这三个人都没注意到,旁边奥巴马夫人米歇尔的脸一直铁青着。当着老婆的面跟美女套近乎,等着吧,葬礼结束之后,有奥巴马好看!

失物索回扣

市民孙先生的妻子在公交车上失窃丢了钱包,次日有警察来电话说,钱包找到了。失主当然又惊又喜,大凡丢过钱包的人都有感受,钱是小事,关键是里面的身份证、驾驶证及银行卡之类要补办起来特别麻烦。接下来,失主就开始郁闷了,那位警察说,若来认领钱包,得给捡包者"意思意思"。

东西丢了,有好心人捡到,认领时向拾金不昧者表示一下谢意甚至出点费用,恐怕也是人之常情。当然你可以唱高调说,做好事是传统美德,不能收失主的钱物。但毕竟得承认社会主义初级阶段这个现实,给捡到失物者一点报酬可以鼓励大家都来做好事。

不过,由警察出面谈报酬就有点不大合适,更何况这是桩窃案。晚报报道说,当事警察已被处理。我在想,认领失物时给捡到失物者些许报酬以资鼓励是不是也应该出台个办法?

灰太狼

我一直闹不明白国产动画片《喜羊羊与灰太狼》为啥引得小朋友们这么喜欢。画面粗制滥造,情节生搬硬套,这种动画别说跟《猫和老鼠》《哆啦A梦》没法比,跟《大闹天宫》《金刚葫芦娃》也相差甚远。也许是国产动画太稀缺了,小毛头们没别的选择,只好伴着喜羊羊与灰太狼欢度童年。意外的是,这种动画片竟然也会惹事。

上周三,备受媒体关注的两兄弟被玩伴模仿《喜羊羊与灰太狼》"绑架烤羊"情节烧伤一案,江苏省东海县人民法院作出一审判决,动画片制作方广东原创动力文化传播有限公司赔偿原告损失的15%。

不少网友为"灰太狼"方面抱屈。如果小孩子用棍子敲伤了小伙伴,就要告《大闹天宫》的制作方,说这是学了孙悟空玩金箍棒;如果小孩子玩火烧伤了小朋友,就要告《金刚葫芦娃》不该塑造火娃形象,谁还敢开动画公司?

换个角度一想,动画片公司也得有点"受众意识",你的观众是小毛孩儿,片中情节当然不能随心所欲。有人做过统计,《喜羊羊与灰太狼》总共170集,其中灰太狼被平底锅砸过9544次,被煮过839次,被电过1755次……这样看来,判制片公司赔偿,让它接受点教训也属正常。

流行语

年终将至,各种回顾与总结纷至沓来。由《咬文嚼字》杂志发布的2013年十大流行语上周三公布,"中国梦"、"光盘"、"倒逼"、"逆袭"、"微××"、"大V"、

"女汉子"、"土豪"、"奇葩"、"点赞"名列前十。

仔细品味,这"十大流行词"绝不单纯是语言现象,富含社会学意义。"中国梦"自不待言,"光盘"代表了一种勤俭的积极取向;"逆袭"则毫无"屌丝"的颓废气息,表达的是一种长江后浪推前浪的正能量;缘于 iPhone 款型的"土豪"则显示了汉语词汇的丰富内涵,既有对富而不贵的鄙夷,又有欲拒还迎的钦羡;而"女汉子"所表达的绝不只是"纯爷们"的强悍,更多的是女性独立、自主、昂扬向上的现代意识。

琢磨"十大流行语",可以真切地感悟 2013 年的中国现实。

中国式圣诞

感恩节、情人节、母亲节……舶来的节日越来越多,但无论这节那节,一落户神州大地,统统被商家打造成购物节。刚刚过去的圣诞节,最热闹的是商场、饭店……看着收银台前排着的长队,偷着乐的是老板们。

圣诞节本是个宗教节日,本应与大多数人无干。可你看看鹰城街头,大小商场前,又是圣诞树,又是圣诞老人,Merry Christmas(圣诞快乐)的彩幅到处飘扬。圣诞前的平安夜,大小饭店和 KTV 爆满,年轻人那个兴奋劲远在除夕之上。我咨询国外的朋友,圣诞节街头热闹吗? 曰:街上空无一人。为啥? 都在家与亲人团聚呢。

突然想起平安夜吃苹果这个事。我一直以为是西方习俗,一打听,纯粹的中国制造,不过谐音图个吉利而已。晚报报道说,平安夜当天,鹰城街头一个苹果索价一二十块钱。又是商家的噱头。

枪王谢幕

一种枪械能生产至 1.5 亿支,从海军陆战队员到索马里海盗都爱不释手,肯定有其迷人之处。这就是 AK – 47 突击步枪。

儿子小时迷恋 CS 游戏,最顺手的武器是 AK – 47,一说起 AK,眉飞色舞,滔滔不绝,饭都能不吃。于是我才知道 AK – 47 的发明人是苏联的卡拉什尼科夫,才知道在 20 世纪的重要发明中,AK-47 居然排名在阿司匹林和原子弹之前。

毫无疑问,武器是用于战争的,卡拉什尼科夫 1941 年设计 AK-47 是为了反击德国人的侵略。半个多世纪以来,这款步枪因其实用且价廉风行世界,受青睐程度甚至超过了美军的 M16,连美国海军陆战队也随身携带 AK-47 弹夹,以备不时之需。

俄军少将卡拉什尼科夫 12 月 23 日悄然离世,这位枪王生前除了拥有一大堆奖章,没因 AK-47 得到过一分钱报酬。有人指责他制造杀戮,他回应说:"罪孽不在 AK,而在于扣动扳机的人。"

标哥的收购

大凡收购行为,事涉双方,总得"郎有情,妾有意"才行。中国慈善企业家陈光标先生不信这个邪,1 月 3 日下午,标哥启程从上海直飞纽约,一厢情愿地开始了收购《纽约时报》的惊人之旅。

一方面是标哥豪言 10 亿美元买下《纽约时报》,一方面是《纽约时报》董事会主席明确表态"我们不卖"。这件事通过网络炒得沸沸扬扬。窃以为陈光标此次炒作相当成功,但这桩交易恐怕做不成。《纽约时报》不是《华盛顿邮报》,去年亚马逊老板贝索斯之所以能用 2.5 亿美元的萝卜价收购《华盛顿邮报》是因为该报陷入经营困境,没人接手就要关门停印。而在全球唱衰纸媒的形势下,《纽约时报》却一枝独秀,2013 年其电子版和纸媒版的订阅收入竟超过了广告总额! 这是个啥概念? 光靠卖报纸就能挣钱。作为美国一家风头正劲的主流媒体,不是标哥想收购就收购得了的。这不单单是钱的事。

这两天纽约雨雪交加,劝标哥转一圈赶紧回来,洗洗睡吧。

人逝楼还在

上周二邵逸夫先生以 107 岁高龄仙逝,引得全球华人关注。按常理,一位亿万富翁的离去跟老百姓关系不大,但邵逸夫则不然。你不关注"香港小姐"评选,可能会知道华语歌坛的"四大天王";你没看过经典港剧《上海滩》《射雕英雄传》,你总知道周润发、刘德华、梁朝伟、周星驰……这些都是邵逸夫旗下 TVB(无线电视)的杰作。

邵逸夫在华人圈享有的盛誉当然不只这些,老人家一生埋头慈善,无怨无悔。他投入近 50 亿港币捐助内地教育,不仅大学有"逸夫楼",中学和小学也有,仅鹰城学校的"逸夫楼"就有 13 座。有网友制作了"逸夫楼"的全国地图,星罗棋布,蔚为壮观。

邵逸夫说:"人们都说赚钱难,但懂得将钱用在最适当的地方更难。"如今邵先生人走了,但楼还在。

赌输谁脸红

看了新闻我才知道,美丽的杭州不但有西湖,还有南湖。上周网上盛传一段视频,新年第一天,杭州师范大学法学教授范忠信在杭州南湖岸边四肢匍匐,以爬行的方式行进了一公里。

范教授当然没疯,他是在履行承诺。一年前,这位法学界知名学者在个人微博上打赌,预言"2013 年,除了民族区域自治的地方外,其他所有省市会实现县乡级公务员财产公示",赌输的代价是"罚自己爬行一公里"。"把权力关进制度的笼子"当然是个好想法,但书斋里的范教授太自信了,他觉得"县乡级公务员财产公示"不是啥难事,但没想到遇到的阻力仍然像天一样大。

愿赌服输。爬行过程中范教授手掌渗血,膝盖生疼,但他面带微笑。范教授说,他既是践诺,更是"谏言",希望公务员财产公开制度早日成为现实。

这样的教授值得我们尊重。

春晚成独苗

明星艺人们今年春节清闲了许多,为响应中央倡导的节俭之风,各类春节晚会大幅缩水。最新的消息是,往年在央视荧屏走马灯一样轮番上演的公安部春节晚会、民政部和解放军总政治部联办的"双拥晚会"及文化部春晚今年春节将通通消失,只剩下央视春节联欢晚会一台节目。

这些年,各类晚会拼明星、比阔气、讲排场且同质化现象严重。以春晚为例,不但央视办,各省、市电视台办,企业和单位也依葫芦画瓢,花费不菲。晚会原本是为了满足观众需求,现在许多晚会成了编导和明星自娱自乐,成了劳民伤财的花架子。

央视春晚成独苗迎得一片赞许之声。央视停办其他三台晚会一点也不耽误百姓过年的好心情。导演和演员也踏踏实实回家过个年吧。

总统作了难

法国总统奥朗德这几天愁得不轻。他与女演员朱莉的私情被媒体曝光,"第一女友"瓦莱丽一气之下住进医院。

法国是个奇葩的国家,对公众人物的绯闻泰然处之。当年的总统密特朗和希拉克都有婚外女友甚至私生女,但毫不影响其执政形象。59岁的奥朗德总统是个钻石王老五,虽然未婚但与女友瓦莱丽同居多年,瓦莱丽在社交场合的身份就是"第一女友"。如果奥巴马骑着摩托车带着情人在华盛顿街头瞎转悠,第二天美国的公众舆论非活剥了他不可。但法国就是不一样,当地最新一项民意调查显示,奥朗德的支持率非但没因这起绯闻降低,反倒上升了两个百分点。

奥朗德有点发愁,过几天他就要出访,谁来做"第一女友"陪同?总统先生举棋不定。这件事有了最新进展,绯闻女友朱莉对相关媒体提起诉讼,控告其侵犯个人隐私。"第一女友"瓦莱丽也打破沉默说,奥朗德刚刚给她送来了鲜花和巧克力。

超级备胎

世上最淡定的王子非查尔斯莫属。这位英国王储3岁就被确认为王位继承人,如今半个多世纪过去了,66岁的查尔斯已经到了英国法定的退休年龄,但王冠依然悬在空中。

查尔斯的母亲英国女王伊丽莎白二世虽年近九旬,身体却硬朗得很。眼看着王储黑发变白,容颜渐老,女王从不提让位之事。查尔斯王子只好每天低声吟唱"长长的站台,漫长的等待……"

上周传来消息,英国女王和王储的新闻办公室将合并,由查尔斯方面的工作人员执掌。这个动态让英国人略微松了口气,伊丽莎白女王终于流露出交班的迹象。

在等候登基的站台上,查尔斯不动声色地等了63年且无怨无悔。对这位超级淡定的老男人,我们只能深表敬意。

悲壮当选

大凡出任一个部门的主管,自然会意气风发,踌躇满志。也有例外。上周二,国家体育总局副局长蔡振华当选中国足协主席,这位曾率领中国运动员横扫世界乒坛的风云人物却一反常态地向媒体表示:"这份工作很难,我没有回头路,我没有选择,只有义无反顾地走下去。"听起来很有几分"风萧萧兮易水寒"的味道。

蔡振华刚当选足协主席就悲观地希望"有人接过我的担子"自有其理由。说中国足协是个烂摊子并不过分,前几任足协专职副主席或英雄气短,或无所作力,或身陷囹圄,中国足球弄到今天这个尴尬的境地,足协难脱干系。蔡振华新官上任没有头脑发热地急功近利,而是扎扎实实提出"大力普及足球运动,稳步提高竞技水平",也算实事求是。不过这与米卢"快乐足球"的理念未免相去甚远。

难为蔡主席了。

断网惊魂

网络与我们的关系已经根深蒂固,难舍难分。上周二下午,全国三分之二的DNS服务器处于瘫痪状态,百度、新浪微博、QQ空间……都无法访问。不知缘由的网友们只好频繁地重启路由器或电脑,不停地刷新网页,正在网购火车票的网友急得出了一头汗。

网络安全问题再一次摆在我们面前。我们总是骄傲地显摆，电脑如何方便了我们的生活和工作。如今一旦断网，连网络专家也干瞪眼。据报道，此次网络故障是根服务器出现异常。全球13台根域名服务器全位于境外，其中10台位于美国。服务器不在咱手里，不出问题时没法防范，出了问题时无法修复，只能眼巴巴地受制于人。

网络是把双刃剑，稍有不慎，就会危及个人甚至是国家的信息安全。

春晚与吐槽

冯氏春晚引来一片吐槽之声完全在意料之中。冯小刚过于自信，错以为能导电影必能导晚会，春晚导演这个烫手山芋接手不久，肠子都悔青了。骑虎难下之际，只好赶鸭子上架勉为其难。眼下，冯导也许正在海南某地疗伤——跟网友骂架打了个平手，但自信心受挫不是一时半会儿就能恢复的。个人观点，冯小刚弄春晚跟张艺谋超生一样，都属于晚节不保。

至于有人质疑今年央视春晚办成了华谊公司年会，一曲《万泉河水清又清》是在为冯小刚投资海南旅游业做免费广告，未免过于牵强，不可当真。其实，马年春晚最大的冯氏特色是《春晚是什么》这部短片，片中有观众笑眯眯地揭示了春晚的意义——那就是"吐槽"！当然，冯氏春晚让男观众近距离欣赏苏菲·玛索，令女观众为李敏镐而尖叫，也算是亮点吧。

相见与怀念

"青春就是用来怀念的。"这句网络热词在春节期间的各色同学聚会中演绎得淋漓尽致。同学聚会的参与者深切地感受到，本应以怀念校园青春往事为主旨的同学聚会越来越像是炫富攀比的名利场。

从回首"同桌的你"的温馨团聚到土豪同学"吃喝我全包"的尴尬转型，以"叙往事"为主题的同学聚会终于演变成了"比现在"T型台。在土豪同学口水四溅的话语中,同学聚会渐渐有了主角、配角,同学情谊的共同话题转向了票子、房子、车子,最终演变为土豪同学的年度报告会。

"都来嫉妒你,看你炫出的家底;都来羡慕你,看你秀出的传奇。兴奋的相聚还有兴奋的一个你,个个都是表演的影帝。"这首《恐聚族之歌》近日在网络疯传。如果大家都心怀鬼胎戴着面具来参加同学聚会,这会不聚也罢。

永远的马街

生活在鹰城,如果没见识过马街书会的盛况,总归是一种遗憾。700年生生不息的书会,承载着千姿百态的民俗特色和耐人品味的文化内涵。

马街书会曾获"世界最大规模民间曲艺大会"世界纪录认证,入选"中国十大民俗",宝丰县也因此被国家有关部门命名为"曲艺之乡"和"中国民间艺术之乡",吸引来了姜昆、刘兰芳等曲艺名人。其实,早在2006年,马街书会就被列入首批国家级非物质文化遗产名录。既然成为文化遗产,说明其稀有,说明其亟待保护。今年的马街书会依旧热闹,又是曲艺展览馆开馆,又是摄影大赛,又是赛戏表演,说书唱曲倒显得冷清了些。如果弄得摄影记者比说书艺人还多,对马街书会而言,不见得是啥好事。

好在张满堂这样的书会捍卫者依然活跃。十几年为流浪艺人免费提供食宿服务,这样为民间文化无私奉献的人足以感动鹰城,感动河南乃至感动中国。

一位医生

临床医生为病人开具了手术单:病人需做下肢血管手术并安装心脏起搏器,手术前做个超声检查只是履行一下程序。但超声科主任兰越峰检查后认为,病人下肢没啥明显状况,心脏也属正常,因此建议病人不必做手术。

一次又一次,四川省绵阳市人民医院的"过度医疗"在这位超声科主任的狙击下,遇到了障碍。于是,医院免去了兰越峰科主任的职务,被公认为超声科能力最强、水平最高的兰医生不得已在门诊大楼的走廊里坐了681天的冷板凳。这还不算,在媒体报道引起关注后,兰医生的工作刚恢复,这家医院的100多位医务人员上周三竟然以败坏医院声誉为名举行罢工,要求开除兰医生。

"走廊医生"狙击"过度医疗"是为了患者,这家医院的医务人员罢工是为了谁? 仅仅把医患纠纷归结于患者素质低恐怕不能从根本上解决问题。

一堆证件

生意人都知道,街上做啥生意的多,这种生意肯定挣钱,至少说明市场需求特别大。为啥大街小巷到处都歪七扭八地写着"办证"? 因为需要办证的人太多,办证又特别麻烦而且非办不中!

当然不是为这类"办假证"者正名。提及办证是缘于广州市政协委员曹志伟展示了他的研究成果:中国人一生至少要办理103个证件。这绝非危言耸听,曹先生精心制作的长达3.8米的图表可以为证。

从准生证到死亡证明,103个证件不知要耗费掉人生多少时间。大家不是在问"时间去哪儿了"? 这是个现成的答案——不是在办证,就是在办证的路上。

许多人都有这种期盼:啥时候能实现"一证行天下"?

一部美剧

美剧迷们近期从悬疑、科幻、警匪、僵尸剧突然整齐划一地转向了以往只有白领精英人群才会问津的政治阴谋剧。《纸牌屋》由搜狐视频独家推出,大量的中国元素更是吸引观众一睹为快。

这部美剧以美国政坛生态为视角,政客们波诡云谲的博弈厮杀中,中美贸易争端、中日领土纠纷在剧中都有反映,时效性挺强。

无论剧中的美国政坛如何阴暗和无情,政治家如何翻手为云覆手为雨,亿万富豪如何对政治施加影响,都有一个法律界限,触犯法律则愿赌服输;钻了法律的空子则满盘皆赢。

史派西饰演的男主角入情入景,奥巴马上周度假时也狂看《纸牌屋》并感慨,如今的美国政府真像剧中如此"残酷地高效"就好了。

不仅如此,上周五奥巴马在白宫会见达赖,人民日报海外版头版发表评论引用新典称:美方和达赖搭建起来的"纸牌屋"早晚会轰然倒塌。

两组漫画

深蓝色西服,浅蓝色领带,一副眼镜,嘴角微扬……上周三晚上 10 点多,中国政府网发布一组国务院常务会议的图解新闻,李克强总理颇具喜感的漫画形象引来网友一片喝彩。

政治人物漫画化是西方传媒的传统,但中国除了文革时大批判式的负面形象,正面展示领导人的卡通形象尚属罕见。领导人以卡通化形象出现在媒体,既能打破神秘感,贴近与百姓的关系,更能体现中国社会尤其是领导层的自信与开放姿态。前些时,官方背景的千龙网发表了一组题为"习主席的时间都去哪儿去了"的图表漫画,习近平以亲民的卡通形象出现,也引来网友一片点赞。

社会的进步与开放绝不只是吃好穿好,领导人漫画带给我们的是温和亲切的别样感受。

爱情的力量

乌克兰上周政局激变,原本强势的亚努科维奇总统远走他乡,39 岁的亚采纽克在街头示威者的呐喊声中出任新总理。俄罗斯在这场政坛角力中左右为难,克里米亚是否成为火药桶真让人捏了把汗。

以政治口号的喧嚣声和街头暴力的血色黄昏为背景,乌克兰首都基辅的一对青年男女却收获了爱情。24 岁的示威者莉迪亚·帕尼基夫面对防暴警察的盾牌毫不畏惧,出乎她意料的是,她非但没被逮捕,一位戴着头盔举着盾牌的英俊警察钦佩她的勇敢,竟然爱上了她。街头示威结束后,两位情侣开始了第一次浪漫的约会。

政治的冷酷在爱情的鲜花面前,显示出了弱势的一面。

神医脑梗

神医张悟本这两天躺在病床上仍心怀怨意。医院确诊他为脑梗,《新京报》的记者有点"不厚道",专程到病房去采访神医并提问:"为什么不喝点绿豆汤?"

在张悟本的养生理论中,绿豆汤可以治疗心脑血管系统的十余种疑难杂症。记者这一问,问得神医气不打一处来,张大师气哼哼地回答:"脑梗是被报道气的,喝绿豆汤治不了!"这记者太大胆了,如果采访中把神医气出个好歹,肯定会引发一场官司。

神医脑梗同样值得同情,记者先生不要得理不饶人。这也告诉我们,现在市面上乱七八糟的养生理论和秘方真不能太当真。你若依着微信上转发的所谓健康知识过日子,非饿死不可。

耐心

公务员是眼下的热门职业,若当个不大不小的官更是底气十足。其实这不过是咱老百姓在想当然。官员自有官员的苦恼,有时候只好锦衣夜行。

本届两会上,全国政协委员、环保部刘炳江司长在小组讨论中没说几句就遭遇其他委员的提问,主题是雾霾问题,刘司长想结束发言也不成。他红着脸说:出门在外,都不敢说自己是环保部的。一次打车上班,出租车司机看他"像是个当官的",硬生生数落他一路——"你看看你们把这个天搞成什么样了!"

北京出租车司机的政治素质真高,能把司长训得张口结舌。刘司长当然也委屈,产生雾霾的罪魁并非环保部。但你没把雾霾治理好,老百姓当然有理由数落你。

我觉得全国的百姓若都有点"北京的哥"这股精神,官员们也许会更敬业些。问题是雾霾围城现象何时消除?不但刘司长心里没谱,环保部部长周生贤在两会上也坦言:"希望大家有足够的耐心。"

睿智

新闻发言人的睿智不仅体现在如何波澜不惊地绕过敏感话题,更表现在如何巧妙地回应敏感话题。全国政协首场新闻发布会上,发言人吕新华在回答记者关于"打虎传闻"的提问时,一句"你懂的"成为本届两会首个热词。

"你懂的"本是网络用语,有些暧昧,亦有些直白;我既没有否认,但也不能细说。近期中央反腐力度加大,省部级落马官员接二连三被媒体曝光,打虎效果初显。老百姓自然会对反腐有更高的期盼。国家行政学院教授汪玉凯说:对高官的处置,如果没有大量的事实让老百姓通过潜移默化的形式知道,可能会感到很突然。如果把一件件的事情摆出来,水到渠成,即使不提这个人的名字,这种反腐也能获得百姓的正面支持。

我们且把"你懂的"当作是一种反腐策略吧。

袁三嘿

网友最恶心的聊天用词是"呵呵"——用心不在焉践踏了对方的满腔热情。面对媒体提问,官员们最令人反感的用词是啥?上周一,全国人大代表、东莞市长袁宝成面对众多记者提问,一律以"嘿嘿"作答,人称"袁三嘿"。

东莞前些时负面新闻不少,当地政府做了很多事情来重树东莞形象。面对全国媒体采访,正是为东莞发声的绝佳时机,袁市长却采取了回避现实的"鸵鸟战略"。记者问东莞扫黄问题,他"嘿嘿";记者问东莞经济转型,他"嘿嘿";记者问东莞GDP增速,他依旧"嘿嘿"……三嘿之下,袁市长的形象毁了是小事,东莞的形象更糟了。

作为官员,不能光善管媒体,还要善待媒体,更重要的是要善用媒体。人民日报官方微博发声说:"代表沉默,就是人民失语。"你市长只知道"嘿嘿",等于把东莞人民说话的权利给放弃了。

02

·书边杂写·

解聘的滋味

我是通过《万历十五年》认识黄仁宇的。我印象中的黄仁宇是位学识渊博的学者；后来，又读了他的"中国大历史"系列，包括《放宽历史的视野》、《地北天南叙古今》、《关系千万重》等等……我心目中的黄仁宇不仅学贯中西，而且潇洒倜傥。当看到书店里摆上了黄仁宇的回忆录《黄河青山》时，我自然满怀期待。

这本厚厚的回忆录足有 500 余页。初读就使人感受到了一种时而淡淡时而浓郁的愤懑与压抑。这就是那个对万历年间了如指掌、如数家珍的黄仁宇吗？这就是那个曾经驰骋沙场、视死如归的黄上尉吗？

就从这件事说起吧。这便是黄仁宇一腔愤懑与压抑的根源。

1979 年春，61 岁的黄仁宇已经在纽约州立大学连续担任了 10 年的教授。这时，恰逢《万历十五年》写成之后在出版上遇到了问题。为了共担风险，英国的出版商想与美国的出版商共同出版此书，而美国的出版商却对此书心存犹豫——商业性质的出版社认为该书应由大学出版社出版，而大学出版社则认为此书体例特殊（不是一般的论文模式），应由商业性质的出版社出版。僵持之下，黄仁宇只好托人将书稿带回大陆，打算先出中文版。

当时，中国大陆百废待举，书稿由黄苗子转送中华书局后，一直没有回音。在这种尴尬的情形下，1979 年的 3 月 27 日，黄仁宇意外地收到了纽约州立大学校长考夫曼博士的通知——由于裁减经费，他被学校解聘了。按理说，美国大学解聘教授也不稀罕，问题是黄仁宇认为校方解聘他毫无理由。他在该校讲授中国和日本历史，无论是授课，还是学术研究，他都在水准之上。细一打听，原来此次与他一起被校方解聘的还有讲授拉美历史、俄罗斯历史和中东历史的教师，而留下来的都是讲授欧美历史的教师。面对这种文化歧视，黄仁宇自然牢骚满腹。这也从另一个角度提升了我们对美国的了解——如今那些痴谈东方文明将同化西方文明的一厢情愿是多么的可悲。人家根本对你就持一种排斥的态度，你怎么去同化它？

晚年被解聘，成为黄仁宇这部回忆录中充满怨怼情绪的主要原因。黄仁宇写道："这是侮辱，也是羞耻。这个事实会永远削弱我的尊严，有人主张我应该忘掉这件事,全心投入创作。说这话的人不曾站在我的立场,我无法忘记这件事,因为别人也不可能忘记。"

想想看,一个年逾花甲的学者不得不奔波于社会福利局申领失业津贴,此情此景,连我们读者也会觉得心有戚戚焉。

看《万历十五年》,我时常感受到黄仁宇别具一格的小说笔法,像开篇营造出的因皇帝要举行午朝大典的传闻而引得众百官趋之若鹜的电影画面;而看《黄河青山》时,我却能字里行间体会到黄仁宇老人身在他乡遭人遗弃后的怨怼愤懑。就自传体文章而言,心平气和地叙述当然能带给人们一种阅读的享受,而情绪化的内心吐露又何尝不能使阅读者心有所动,心有所感?

晚年遭解聘之于黄仁宇就好像心中一种永远的的痛。《黄河青山》这本书当然说的不仅仅是黄仁宇遭解聘,但了解了这次解聘对他内心深处的影响之后再去通读全书,也许能给人以更深的启示。

爱不是痛苦

有人说演艺明星的情感世界令人难以捉摸,原因是他(她)们的绯闻太多,变化太快。

其实,爱情原本是天底下最珍贵、最纯洁、最令人如醉如痴的东西。当然,它也最不可捉摸、最令人困惑。别说演艺圈了,看看我们周围,每天围绕着爱情上演的悲喜剧还少吗?从理论上讲,情侣之间初始的想法大都是不图一朝拥有,但愿天长地久,可现实生活有时候却不通情理甚至有些残酷。前些时,报纸上披露说,一位美国社会学家通过大量实例调查,运用社会学、心理学、生理学等多学科研究方法得出结论:人类的爱情只有 30 个月的寿命。这说法有点耸人听闻,但这位专家自有他的理由——爱情是一种精神状态,令恋人相见时怦然心动乃至手心出汗的原因在于人脑松果体分泌出的一种液体。这种液体的活跃期为 30 个月,30 个月内,恋人要么相爱进而结婚,从此开始平淡如水的家庭生活;要么坦然分手或成为一般朋友。专家的这种研究成果也许会令爱情至上主义者大失所望。除此之外,我们似乎还可以从中得到些许启示。

总体上来讲,所谓永恒的爱情之类都属于恋爱中的青年男女或文学影视作品中的虚构。只要这种所谓的爱情继续往下发展,既没有走向"柏拉图式",也没有堕落为"一杯水式",那么都要踏上婚姻这艘客船。婚姻要求两个萍水相逢的男女必须年复一年、日复一日地相守在一起。这其中也许有天生的一对,水乳交融,像酒窖藏酒,日久弥香。但更多的则是从不大适应到两相磨合到长相厮守。进入婚姻阶段,爱情的份额究竟占多大,只有老夫老妻们自己知道。人到中年之后,大家都有一个深刻的感受,婚姻成功的秘诀其实就是夫妻两人的互相妥协。如果夫妻两人都想充分展示自己的个性,在夫妻关系中展示出一个真我,那么这种婚姻注定会以失败告终。中国人都有一种错觉,好像西方人都是爱情至上,其实这只是中了西方电影的毒而已。有一则西谚说得好:After marriage, husband and wife become two side of a coin; they just can't face each other, but they stay together. 翻译成中国话是在说:成了家之后,夫妻二人就好像一枚硬币的两面,丈夫在那一面,妻子在这一面,谁也看不到对方的真实面目,但两人却牢牢地贴在一起。波涛汹涌的爱情过后,婚姻最需要的是平淡如水的长相厮守。

看来,婚姻包含了爱情,而爱情却不见得能涵盖婚姻。有的人将爱情敬若神灵,稍遇挫折就不惜寻死觅活;有的人却视爱情如游戏,朝三暮四、朝秦暮楚。这都是爱情的门外汉。说起对待爱情的态度,我倒以为台湾作家李敖有几句打油诗可资借鉴:

爱不是痛苦/爱是纯快乐/当你有了痛苦/那是出了差错。

爱是不可捉摸/爱是很难测/但是会爱的人/丝毫没有失落。

爱是变动不居/爱是东风恶/但是会爱的人/照样找到收获。

爱是乍暖还寒/爱是云烟过/但是会爱的人/一点也不维特。

爱不是痛苦/爱是纯快乐/不论它来、去、有、无/都是甜蜜,

没有苦涩。

品位

　　足球巨星贝克汉姆与娇妻辣妹维多利亚永远都是媒体关注的焦点。一个是著名球星,一个是歌坛辣妹,自然引人注目。两人 1999 年 7 月举行盛大婚礼时,英国一家杂志竟不惜花费 100 万英镑购得独家报道权,可见其明星效应。依小贝本来的秉性,踢球敬业,待人和气,颇有几分绅士风度。可偏偏维多利亚为人张狂,举止另类,整日将小贝打扮得稀奇古怪,推陈出新。不说别的,仅近年来贝克汉姆的发型就令媒体应接不暇。实际上,英国主流社会对辣妹的服饰品位颇为不屑,这种不屑当然也殃及小贝。英国人觉得,贝克汉姆的几次转会,辣妹从中起到的策反作用不容低估。在辣妹眼中,阴冷潮湿的曼彻斯特怎么也比不上马德里和洛杉矶灿烂的阳光和缤纷的时装店。

　　说起品位,有人常常将之与财富挂钩。这观点看似有理。衣不蔽体,食不饱腹,哪有心思去追求品位?可仔细思量,品位怎么也与财富构不成正比。辣妹与小贝夫妻的财富不可谓不多,其年收入高达数千万英镑。可无论是辣妹的服饰,还是小贝的发型,实在跟高品位背道而驰。两人的打扮依伦敦主流社会的标准衡量,那是标准的"低品位",西方人称之为 poor taste 或 bad taste。

　　个人生活品位的高低极易通过服饰及外在打扮诸如发型、饰品等表现出来,想遮掩都不可能。以女士服饰为例,按一般主流观点,社交场合衣着较多者要比衣着较少者品位高。奥斯卡颁奖仪式上,袒胸露背者多为演艺界人士,职业女性着装依然中规中矩。超短裙毕竟称不上是高品位。更何况,依西方人的传统观念,女士穿着较多,换装越勤,意味着她家的衣橱多,暗示着她家的房间大,自然标志着她家的富有。当然,品位还会受到年龄的影响。比方说,前些时候街头姑娘们都喜欢将手机悬挂在胸前,显露出万般风情;可若一位老太太也亦步亦趋,如此这般,岂不让人笑掉大牙?

　　由此看来,金钱决定不了一个人的品位,盲目地追随时尚也不会使自己的品位得以提升。品位其实是一种优雅的生活趣味,其特点是和谐、适度、匹配。从这点看,知识与品位恰成正比。瞧瞧我们周围的人,也许能得到印证。

　　经济学家讲到消费现象时会提到"炫耀性消费"。比如有些人购买多功能手机并非为了实用,而只是显示其富有或紧跟时尚;在服饰美学中,亦有"炫耀性穿着"。前些年一些人穿西装喜欢保留袖口的商标,现如今一些姑娘热衷穿黑色紧身皮裙等都属这类。殊不知,当年纽约贫民区的黑人才会炫耀西服袖口的商标,黑色紧身衣是欧美红灯区街头女郎的标志。

说到品位,自然要联系到服饰;说到服饰当然离不开女性。从某种意义上说,女性永远是服饰的"奴隶"。为了潮流和时尚,她们有时候也顾不上品位了。这也是天下女人最容易抱怨两件事的原因——她们总是抱怨衣橱里的衣服太少,同时又抱怨衣橱太小。

为什么读书

眼看着书架上的书越来越挤,你挨我我扛你,已经顾不上美观了。粗略算了一下,大概有五六千册吧。正在书房写作业的儿子看我望着书发呆,笑嘻嘻地问:"爸爸,这些书你都看过吗?"

"看过的大概有三分之一。"我如实地回答,并无愧色。

儿子又问:"这些书都有用吗?"

我卡壳了。这问题还真不好回答,于是就想起了读书的话题。

实话实说,书架上的书我只看了三分之一左右。倒不是我懒,而是总觉得自己的书啥时看都可以,所以每日里看的都是单位图书室和市图书馆借来的书。这样一本本看下来,自然冷落了自家的书。恐怕喜欢读书的人都有类似的感受。

至于读书是否有用,那真是世事沧桑,说来话长了。古人说:书中自有黄金屋,书中自有颜如玉。这是在说读书于人生大有用途。科举制度之下,一个人要想有所作为,不读书则寸步难行。到了 20 世纪 60 年代末、70 年代中期,市面上流行的观念是"读书无用"。想想也是,无论是高中、初中,毕了业都给轰到了乡下去接受再教育,读书作甚?后来恢复了高考,读书又有用了,若是不埋头读书,考大学这座独木桥你就甭想过去。加之社会看重学历、文凭,电大热、自考热、成考热,于是全民读书的风气日盛。可随着市场经济渗透到了社会生活的方方面面,人们突然发现,闹了半天,"搞原子弹的不如卖茶鸡蛋的","拿手术刀的不如拿剃头刀的"。不少人对读书是否有用又产生了怀疑。20 世纪中后期的"全民经商热"可以说是对"全民读书热"的矫枉过正。时下的情形是,相信读书有用的人依旧在埋头读书;而认为读书无用或用处不大的人正奔波于生意场上。

　　事实上,读书有用与否全在你如何看待。关于读书的名人名言不少。大多数人的看法是读书有用但不必读"无用之书"。但何为"无用之书"?《红楼梦》算不算无用之书? 如果说它无用,它可是中国人赖以骄傲的文化瑰宝;如果说它有用,读了它除去知道贾宝玉喜欢吃人家女孩子嘴上的胭脂,林黛玉整日皱着眉头垂泪之外,还不如去读一本《烹饪大全》哩。因此,无用与有用,须因人而异,因时而异,因事而异。对华罗庚、陈景润而言,《红楼梦》就可以归入无用之书;而对中文系的大学生来说,《红楼梦》就大有用途,读不好它,毕业考试就遇到麻烦了。实际上,依我的感觉,世上本无无用之书,用途大小而已,顶不济也可当个反面教材,让人知道书绝不能那么写。

　　上中学时,我们所学的物理、化学,包括生物、地理、历史等等,好多课程对我们将来的工作和生活用途并不大,但它毕竟开阔了我们的视野。王小波在大学读书时,一位数学老师在课堂上语重心长地说:"我现在所教的数学,你们也许一生都用不到。但我还要教,因为这些知识是好的,好的东西就应该让你们知道。"听听,这就是名副其实的知识分子,淡淡的话语里洋溢着一股热诚。

　　好的东西我们都应该知道,好的书我们都应该读,不管将来能否派上用场。

旅行的意义

　　走吧,收拾起行囊,抛开身旁的琐碎,旅行去。

　　当然不是呼朋唤友般狼一窝狗一群,不是这样,而是一个人,静悄悄地走进车站,买上一张通向远方的车票,在人群熙攘中,挤上卧铺车厢,一个人若有所思地望着窗外变换的景色。眼下红遍英伦的才子作家阿兰·德波顿就深谙此道——"旅行能催人思索。很少地方比在行进中的飞机、轮船和火车上更容易让人倾听到内心的声音。"

　　真的是这样。在车轮铿锵的陪伴下,除了沉入梦乡,你肯定要与自己来一次细致入微的内心交流。一个个人物来到你面前,可意的人当然就多聊一会儿;话不投机则挥之即去。谈得累了,你可以浏览窗外的景色,绿树、小河、田畴,很快地都会厌倦的,因为一种景物周而复始地开始出现的时候,很少人会兴致勃勃。这时候,你会收回目光,重新开始与朋友的内心交谈。

　　车站到宾馆这段路程是你对这座新城留下的初次印象,就像初次约会,这第一印象真是太重要了。前些时我去俄罗斯,第一站是远东城市哈巴罗夫斯克,这座城市当年曾关押过苏联红军追击日本关东军时俘获的伪满洲国"皇帝"溥仪。下了飞机,时逢阴雨,在去宾馆的路上,冷风阵阵,一路泥泞。心情一下子陷入低潮,尽管这座城市自有它的美丽,但我的心境却一直没有恢复过来。而抵达莫斯科机场后,去宾馆的路上,沿途两侧除了绿地就是漂亮的白桦林,让你怎么能不油然而生一种亲切感?

　　旅行的诱惑不外乎两种:友人的推荐或被游记吸引。丽江的美丽很多朋友都向我介绍过,但我至今没有成行,一个原因是没有机会,另一个原因也是最重要的原因是不想因去了丽江而破坏了她在我心目中形成了的梦幻般的景色。"看景不如听景。"这是颠扑不破的真理。读游记也是同样,通过游记来感知一个景点或认识一座城市,更多靠的是想象力。这就如同艺术品虽来源于生活但高于生活一样。但现实的景色除了抽象的美之外,拥有更多的细节,这些细节既可丰富它的景色,增加它的美,亦可成为景点的瑕疵。比方说,照片上的北戴河海滨浴场天蓝水碧,煞是美丽;可你若到了现场,会不经意间发现,沙滩的拐角处却有着几块被游人丢弃的西瓜皮,一阵海风吹起,竟然会飘起几只用过的塑料袋。这就是现场观景大煞风景的地方。

　　这种现象当然会使一些手拿旅游图旅行的人大失所望。一些持悲观生活态度的人不再喜欢旅行,而满足于听景;但生活态度乐观的旅行者能从中体会到更多的旅行乐趣,他们越旅行就越明白,美丽的景色背后总会有些不尽如人意的地方,越是这样,这些地方反倒越真实,越可爱。

　　一位美国人曾说过这样的话:"旅游这玩意儿,美国人到欧洲无非是看建筑,大街上逛逛,胡同里走走,累了在街头咖啡馆里坐坐,不经意地收尽路过的女子那异国情调的秀丽春色。至于说凭吊古迹,在伦敦桥上发一阵子呆,攀上希腊古堡的石基随口念出几位国王的名字,对着卢浮宫里每一件珍藏大点其头,这类人少之又少。"

　　这也许是实话。实际上,人们喜欢旅游还有一个原因,心理分析专家解释得很明白:这是一种少年情结,想满足脱离父母、离家出走的冥想。少年时代这愿望没能实现,只好在成人之后借旅游来付诸实施了。

女巫的答案

　　欧洲人对圆桌骑士的故事大都耳熟能详,关于亚瑟王的传说更是被人们津津乐道。这里,也讲一个不大为人所知的故事,主角当然还是亚瑟王。

　　话说年轻的骑士亚瑟有一次被邻国的国王设下圈套囚禁起来。这国王本可以当时就取了他的性命,可看到了亚瑟那洋溢着青春光彩的英俊模样,国王起了恻隐之心。他下令让亚瑟重获自由,不过提了个条件:亚瑟必须回答他一个问题。如果一年之内亚瑟找不到正确答案,那么等待他的只有死亡。

　　这问题看似简单:女人究竟想要什么(What do Women really want)?但若想寻找出准确的答案,却令天下博学之士颇感为难。实际上,这简直是一个无法圆满回答的问题。

　　在死神面前,亚瑟接受了国王提出的条件,保证在年底前做出回答。

　　亚瑟回到自己的国家,他开始四处寻求答案。无论是公主还是妓女,不管是牧师还是哲人,哪怕是遇到了宫廷里的小丑,亚瑟也不耻下问,虚心请教。一年间,亚瑟几乎问遍了他所遇到的所有的人,但没有一个人能够给他一个满意的答案。无奈之际,有人提醒他去找那个全国闻名的女巫,据说只有这个女巫才知道正确的答案。

　　眼看最后期限就要到了。亚瑟别无选择,只好去找女巫请教,女巫却开出了一个令他吃惊的条件:若要让她说出准确的答案,她须与亚瑟最好的朋友、圆桌骑士格温结婚。

　　亚瑟惊呆了:这个女巫又丑又驼,举止粗鲁且满身恶臭。亚瑟绝不能忍受女巫与自己最亲密的朋友结婚,于是,他拒绝了女巫,坦然面对将要到来的命运的惩罚。

　　当骑士格温听说了女巫的条件和亚瑟的决定之后,马上找到亚瑟说:圆桌骑士这个整体不能没有亚瑟,世上没有能比亚瑟的生命更重要的东西。格温答应与女巫订婚,女巫守诺回答了亚瑟的问题。

　　我们现在就来宣布女巫的答案:女人真正想要的东西是能够掌握自己的命运(What a woman really wants is to be able to be in charge of her own life.)。

　　女巫的答案马上传遍了各地,人人皆知。邻国的那位国王果然赦免了亚瑟。

我们可以设想一下格温和女巫的婚礼将是何等的尴尬：格温在婚礼上是那样的温文尔雅，而女巫在婚礼上可谓是丑态百出。婚礼上，亚瑟的心都快碎了。

新婚之夜来临了。格温走进洞房，像铁一样的镇静。天哪！一个他所见过的最美丽的女人站在自己面前。吃了一惊的格温忙问："这究竟是怎么回事？"这位美丽的女子回答说，她的身体由两部分组成：一半时间她是可怖丑陋的女巫；另一半时间，她是美丽纯情的少女。她让格温作出选择：白天时他要哪一半，黑夜时他要哪一半。

多么残酷的问题！格温开始设想将要面临的困境：如果白天他展示给朋友们的是一个美丽的姑娘，那么到了晚上，他在家中面对的将是一个幽灵般的女巫。如果晚上他与一位漂亮温柔的姑娘共享快乐的时光，那么白天他就得伴着一个丑陋的女巫。他应该怎么办？

略作思索，心地善良的格温对新娘说，他想让她自己来选择。听了格温的回答，女巫微笑着说：从今天起，我将告别丑陋，永远美丽。原因只有一个，因为你尊重我，让我自己掌握自己的命运。

故事完了。看来，几千年来女性孜孜以求的不是别的东西，而是有朝一日能够掌握自己的命运。

"知道分子"沈昌文

知识分子香过也臭过，但总体上被称作知识分子的人自我感觉还是挺受用的。出版家沈昌文先生主编过中国知识界的著名刊物《读书》，还做过生活·读书·新知三联书店的总经理，按理说自称或被称作"知识分子"应该底气十足。可沈昌文颇有自知之明，他自谦没上过正规大学，起初以校对身份考入三联书店，所以不敢顶"知识分子"这个头衔。但他毕竟在中国文化知识界"混迹"多年，了解许多出版界的是是非非和台前幕后，所以他戏称自己是"知道分子"。

如今，"知道分子"沈昌文退休之后终于耐不住寂寞，出版口述自传，名字就叫作《知道》（花城出版社2008年4月出版）。

眼下，全国上下都在纪念改革开放30周年，中国知识界诸多值得纪念的事件中就应该有1979年4月《读书》杂志的创刊。《读书》创刊号上有一篇文章叫《读书无禁区》，这句话现在看来平淡无奇，可在当时，真可谓石破天惊啊！作者李洪林这篇文章的原题是《打破读书的禁区》,《读书》杂志的编辑嫌题目没劲,略加改动,不仅成了好标题,更彰显出思想解放的力度。

我是《读书》的老订户,有 20 多年了。当时,《读书》杂志每期都有一篇《阁楼人语》(类似于编者的话),写得提纲挈领,举重若轻,非常精彩。读了《知道》才明白,这些精致雅顺的文章原来出自沈昌文之手。对此,沈先生淡然自若说:"阁楼外有那么多眼睛望着自己,彼此相睇,心灵相通,由是,把自己这些鸡零狗碎统统叫作《阁楼人语》。"

实际上,常看《读书》杂志的人都有这种感觉,文章作者常常欲言又止,文中之意靠人"意会",而非直白"言传",也就是说,这本杂志的风格是让读者品味"言外之意",正所谓"悠然心会,妙处难与君说"。这种办刊风格自然要考验读者的智慧,同时也将不少读者拒之门外。我的感觉是,沈昌文时期(1980—1995)的《读书》多少还有点草根气息,有点生活之味;沈昌文退出《读书》之后,这本杂志就越来越不食人间烟火了,几乎成了精英论道,让人意会不得了。

沈先生对三联书店的感情之深常常溢于言表。他很怀念在三联的那段美好时光。他引进了台湾漫画家蔡志忠的漫画,他策划出版了房龙的系列作品……要知道,仅一部《宽容》,初版就印了 15 万册呀。

当然,沈先生也有不如意之处。离开三联书店对他来讲无疑是一种伤害。为此他意味深长地说了两句话。第一句话:"为了爱的不爱",意思是说他离别三联看似放弃,实际上是爱到深处;第二句话:"为了不爱的爱",这是指他离开三联受邀辽宁教育出版社创办《万象》杂志。《万象》能够与《读书》一试高低,真可谓"无心插柳柳成荫"啊。如今,《读书》与《万象》都是我心仪的刊物。

两个人的敦煌

敦煌对于我本是个遥远的去处,飞天也好,石窟也罢,都不是我喜欢的东西。前些年,余秋雨热得烫手,我随意翻了翻《文化苦旅》的头一篇《道士塔》,这篇写王道士发现藏经洞的文章当时真是吸引了我。我觉得,那篇文章是余秋雨迄今为止写得最好的一篇,是老余文章的巅峰之作。自此以后,余秋雨的文章就开始矫情甚至有点卖弄——不说他了。

关于高尔泰

后来在《读书》杂志上读到了高尔泰的文章，很惊喜。这惊喜缘于快三十年前我读大学时我曾迷上了高尔泰——不对，我先是迷上了美学，而后迷上了高尔泰。迷上美学离不开当时举国美学热那个大环境，朱光潜呀，李泽厚呀，包括曾身为右派的高尔泰、吕荧等。要知道，20纪50年代中期，全国也曾掀起过一阵美学热，当时的名家都一股脑地以唯物史观解释美感，而唯独名不见经传的高尔泰一骑绝尘，旗帜鲜明地提出了"美是主观的"这一论点。要知道，当他这篇《论美》1957年2月在北京的知名刊物《新建设》刊出时，高尔泰不过是兰州市的一个中学教师，年仅21岁。

这里啰唆几句，简单介绍一下高尔泰的美学观。当时（包括现在）的主流美学观点都认为"美是客观的"——黄山的美在那儿摆着，你看见看不见，你感觉到感觉不到都无所谓，它的美是客观存在。这种美学观点当然言之有理，而且有唯物论做靠山。高尔泰的《论美》则认为，美是主观的，美是一种感觉。喜欢海的人觉得大海很美，喜欢山的人觉得黄山很美。可你若将之调换一下：让不喜欢海的人住到海边，让不喜欢山的人整日面对高山，这会是个什么感觉？依旧是那片海，仍然是这座山，它的美还存在吗？所以说，高尔泰认为所谓美，其实是人的一种主观感受。"美是主观"论作为一种美学观点本来没啥，可在1957年那个特殊时代，高尔泰开始倒霉了——唯心主义和资产阶级美学观的大帽子使他责无旁贷地成了右派而且划分的等级是"极右"。这顶高帽一戴，高尔泰哑口无言地被送到大西北去"劳动教养"。

从20纪70年代末在大学里头一次听说高尔泰并读他的《论美》进而迷上了美学，其间也只是两三年时间，等我20纪80年代初大学毕业时，我的美学梦早已烟消云散，早把高尔泰忘到了九霄云外。直到进入21世纪，我在《读书》杂志上读到了他随笔性质的文章时，竟像看到了老朋友般欣喜。后来，听说他的这些随笔要结集出版，就一直企盼着。再后来，大概是2004年初吧，《读书》上刊发了高尔泰随笔集《寻找家园》出版的广告，之后，我就不断地到书店打听。一次，我到本市小有名气的"席殊书屋"问店老板有没有"高尔泰的书"，店老板看似读书人，小伙子胸有成竹地回答："高尔泰的书没有，高尔基的书有！"弄得老汉我脸唰地红了——不知是为店老板红，还是为自己红。

等到我买到《寻找家园》时，已经是2005年了。它冷冷清清地立在书架的角落里，就一本。我如获至宝地到收费处交款时，收款员很奇怪地看了我一眼，好像不明白我为啥要买这本貌不惊人的书。"八五折！"至今，我还记得收款小姐的这句话,它直刺到了我的内心深处,我突然感到一阵心酸。

这本书的确装帧简单,朴素的封面,书不厚,268 页,花城出版社出版,书脊上标注是"紫地丁文丛",紫地丁是啥东西? 不知道,但感觉应该是一种朴实无华的植物吧。如饥似渴地读了一遍,终于了解了高尔泰的前世今生,终于知道了高尔泰与敦煌那种难以割舍的关系。

1957 年,身为右派的高尔泰被开除公职劳动教养,"劳动"的地点是位于河西走廊最西端酒泉境内的"夹边沟农场"。那是一段极为艰苦的生活,书中自有叙述。2007 年 8 月下旬,我参加一次学术活动自敦煌前往酒泉,500 多公里的行程,一路上除了远处绵绵不绝的祁连山外,全是茫茫戈壁,除了稀稀拉拉的"骆驼草",啥都看不见。可想而知,这地方在 20 世纪 50 年代会是个啥模样! 公路修得不错,但车行半天,也罕见个人影。同车的人看了一会儿戈壁,一开始还觉得新鲜,可这种毫无变化的景致就像催眠剂,过了不一会儿,大家就昏昏欲睡了。我惊奇于远处祁连山如刀削般的山形,仔细看去甚至能看到峰顶终年积雪的皑皑丽影。突然,公路旁一块破旧指示牌映入眼帘——"国营夹边沟农场"几个字像火一样地燃烧在我的心头。这就是高尔泰的"夹边沟"啊! 实际上,这周围尽是漫漫戈壁沙漠,这指示牌指向戈壁的深处,根本看不到所谓农场的模样。

1962 年,高尔泰解除了劳动教养,百无聊赖之际,给当时的敦煌研究所所长常书鸿写了一封自荐信,竟然出乎意料地被接纳了。能收容一个劳动教养人员,可见"常先生"胸怀之宽——这是时至今天敦煌研究院的专家学者们对老所长常书鸿的尊称。

我 2007 年 8 月到敦煌时,曾对当地的朋友称赞敦煌城"小巧玲珑甚至有点精致",尤其是入夜,街灯齐放,霓虹辉映,很有点都市气息。可高尔泰初次见到的敦煌,"街上坑坑洼洼,行人稀少,横七竖八一簇簇灰黄色的土屋"。好在他的目标是莫高窟,常先生给他布置的任务是临摹壁画。

莫高窟离敦煌城并不远。也就奇怪,戈壁沙漠之中,突然出现了一片绿洲,峭壁悬岩之上,竟保存着近五百处洞窟,窟中的壁画、雕塑美不胜收。以高尔泰的身份能来到这座艺术宝库,可想而知他是非常知足的。而且他当时就住在下寺(莫高窟有三座寺庙,分上寺、下寺、中寺),下寺原本是个道观,名为"三清宫",可别小看这个地方,那位发现藏经洞的王道士就是下寺的僧人。

让我们说得远点吧。1900 年 6 月 22 日,敦煌莫高窟下寺道士王圆无意中发现了藏经洞,挖出了公元 4 至 11 世纪的佛教经卷、社会文书、刺绣、绢画、法器等文物 5 万余件。这其中,许多都是孤本,弥足珍贵。这一发现为研究中国及中亚古代历史、地理、宗教、经济、政治、民族、语言、文学、艺术、科技提供了数量巨大、内容丰富的珍贵资料。藏经洞中的文物发现后不久，英、法、日、俄等国的"探险家"接踵而至，外国探险家斯坦因、伯希和等人以不正当手段向王道士骗取了大量的藏经洞文物，造成绝大部分文物不幸流散，分藏于英、法、日、俄等国的公私收藏机构。现在，很多人把王道士视为千古罪人，把斯坦因等人视为"骗子、强盗"，其实以今天的眼光看来并非公允。最近甘肃作家雒青之在《百年敦煌》的专著中认为，王道士发现藏经洞绝对功大于过，"斯坦因是20世纪最伟大的考古学家，他的遗迹穿越了亚洲腹地最艰险的地域，不止一次陷于生命的绝境，足趾被冻掉了几个，他终身未娶，并以84岁高龄前往阿富汗探险。""他对考古挖掘出的金银财宝不为所动，而看见一个有文字记载的纸片便如获至宝。"可见，许多主流观点有时候并不是绝对正确。现在的情况是，被外国人拿走的藏经洞文物，至今大都保存完好，而留在藏经洞里的东西如今几乎找不到下落。这说明了什么？

我们再返回来说高尔泰。我特别奇怪的是，经过这番心灵的磨难，高尔泰在《寻找家园》这部书中对敦煌这一段生活的叙述语调竟然没有一丝一毫的愤世嫉俗，而是一种超然物外的平和。这是一种大彻大悟？还是一种痛到深处的冷静自省？提起当年在敦煌迫害过自己的人，他也没流露出点滴厌恶的语气。

这就是高尔泰的敦煌，这也是敦煌的高尔泰，这也正是我撇下俗务，于2007年8月19日直奔敦煌的原因。敦煌之行，不仅使我更深刻地了解了高尔泰，还让我亲历了另一个敦煌学者的风范，她就是敦煌研究院院长樊锦诗。

话说樊锦诗

我参加的这次活动全称叫作"全国晚报老总陇上行"，由兰州晚报主办，40多人中，大多是各地晚报的总编辑。所以，8月19日下午参观了莫高窟之后，东道主特意安排了一场跟全国政协委员、敦煌研究院院长樊锦诗的见面会。见面会之前，兰州晚报的随行人员特意交代：不要提关于敦煌的负面问题。对此，老总们都有点不以为然。

见面会是在莫高窟外敦煌研究院的一个平房会议室举行的。刚参观完莫高窟，大家都有点累，好在会议室里备有小瓶装的矿泉水，水喝完了，要见的人还是没来。有人开始走出会议室抽烟，我则趁机去了趟洗手间。又过了约20分钟，会议室里有人鼓掌，一行人簇拥着一个老太太出现在讲台前。说是讲台前并不准确，其实会议室并无讲台，她只不过面对大家坐在了会议室的一个桌子前。兰州晚报的一位副总编作了介绍后，会议室里又响起了礼貌的掌声。

　　"其实我并不想参加这个活动,我不愿见记者,我怕他们采访后胡说八道。"这是个头矮小、身材瘦削的樊锦诗院长的第一句话,可谓出人意料。至少在我出席过的各类记者见面会上从未听过这样的开场白。这是一个什么样的人?

　　樊锦诗,全国政协委员,北大考古系毕业。在《人物》杂志"2004年度最深刻影响中国的人物评选"中,敦煌研究院院长樊锦诗以绝对优势当选。见面会上,她简要介绍了敦煌研究院的情况,并直率地表示,退休后要回上海生活,新民晚报的同行马上问她对上海的评价,她又显露出强硬性格的另一面:"我不是上海人。我是杭州人,我说的回上海是因为我儿子在上海工作。"

　　见面会上起初的尴尬气氛渐渐被樊锦诗对敦煌和莫高窟的挚爱所融化。对一个离开大城市,埋头石窟四十余年的学者,我们几乎可以忍受她的一切。樊锦诗说,来敦煌工作后,她的性格改变了很多,跟年轻时完全不一样。年轻时她非常内向,遇到人多时就往角落里坐,拍照片时喜欢往旁边躲,上大学时也这样,上台发言讲不出话来。到了敦煌之后,她就跟大西北一样变得粗犷了,心直口快,见了该说的就说,不会隐瞒自己的观点,所以会得罪人。她也觉得这样不好,可现在已改不掉了。

　　樊锦诗认为,敦煌的与众不同之处就在于,她是丝绸之路上希腊文明、印度文明、伊斯兰文明、中国文明的交汇之处。她表示,对丝绸之路,不仅要重视它的政治意义、经济意义,还要重视它的文化意义。

　　她说,莫高窟不同于龙门等石窟的重要特点是,它是民间的,而其他的石窟几乎都是皇家的,是官方的。

　　当有记者问,布达拉宫已经宣布每天要控制游客承载量,莫高窟是否也有此打算时,以铁腕保护窟区著称的樊锦诗回答说:我们要说清楚一个问题,这个石窟你不用它,它也要坏掉。就像人似的,你再小心,他还是要死。问题是不要让他透支,不要加速他的死亡,所以就要"合理利用"。过度利用、破坏性利用,那就不行。

　　樊锦诗说,莫高窟这个举世闻名的艺术圣殿目前面临着不少尴尬:一方面是旅游业的飞速发展,西部大开发的历史性机遇;一方面是莫高窟的壁画正遭受壁画的癌症——酥碱病的折磨。由于对游客开放后洞窟壁画不断受到空气粉尘和二氧化碳的侵袭,原有的色彩正在逐渐退化。尤其是旅游旺季,游客不间断地参观使洞窟长期处于酸性气体腐蚀的环境,加速了壁画的变色。

　　樊锦诗表示,敦煌石窟壁画正面临五大灾难:崩塌、风蚀、渗水、退化(酥碱病、空鼓、褪色)、人为损伤。樊锦诗说,从前,检验壁画要从画上划痕提取样本,这样怎么能行? 樊锦诗痛心地说:"壁画也知道疼啊!"所以,她一直要求用光谱仪器做检验。

有记者问樊锦诗:中国建立敦煌学研究机构以来,第一任研究所所长常书鸿、第二任院长段文杰,都是画家出身,那时候对壁画的临摹是主要的工作方式。而您是北大考古系毕业,每任院长不同的学术背景对研究方向是不是有很大的影响力?

樊锦诗回答:"研究院的研究方向跟院长的专业没关系。"

1930年,陈寅恪在为陈垣编《敦煌劫余录》作的序中第一次提出了"敦煌学"一词,同时又发出了"敦煌者,吾国学术之伤心史"的感叹。当天的见面会上,有人请樊锦诗介绍一下相关情况。她感慨地说,当时藏经洞中保存有五万件文物,目前流散在世界各地的敦煌藏经洞文物大约四万件,现在已知流散到12个国家,主要在英、法、俄,其次是印度、日本,还有丹麦、瑞典、芬兰、美国、土耳其、韩国、德国等。当有人问,能否通过国际法的途径向上述国家索回文物,樊锦诗表示,这是正当的要求,但会相当困难。

尽管这次见面会只有约一个半小时,但我们都感受到了樊锦诗心直口快、毫不做作的性格。最后,一位来自上海的同行问她:是否准备在敦煌终老? 一般的人肯定会说些应景话,她却坦承敦煌的艰苦,她一直在想办法给近年来分配至敦煌研究院工作的年轻人创造好一点的生活条件。樊锦诗说:我有两个孩子,一个35岁,一个30岁;一个在日本工作,一个从兰州去了上海,都是学理科的,跟敦煌搭不上边。虽然我挺喜欢敦煌,但这里的医疗条件不行,退休后,我就去上海跟二儿子生活。

其实,坦承敦煌的艰苦,一点也不影响樊锦诗的形象,相反,这会让人觉得樊锦诗是个真实的人。

附:高尔泰,1955年毕业于江苏师范学院,在兰州当中学美术教师。1957年2月,因在北京《新建设》杂志上发表《论美》遭批判,被打为"右派",在夹边沟农场进行劳动教养。1962年春天解除劳动教养,经时任敦煌文物研究所所长的常书鸿帮助,于6月到敦煌文物研究所工作。1966年"文化大革命"爆发后遭到批判斗争,1977年平反。之后曾在兰州大学、中国社会科学院哲学所、四川师范大学、南开大学和南京大学任教。1993年赴美国定居。

堵车的乐趣

　　单位迁入新址后,每天要乘通勤车上下班。从住宅区到新办公地点相距11.5公里,这个距离对我所在的这座中等城市来说,恰恰等于由西向东穿越了整个城区。这一来就真真切切地体会到了交通堵塞的滋味。套用眼下时髦的句式——塞车已经成为现代都市一道靓丽的风景。塞车给人们出行造成的麻烦令人怨声载道,无论是有车族还是公交车的乘客,大家都异口同声。眼看着时间一分一秒地在塞车长龙中悄无声息地溜走,有多少人的快乐都被塞车扼住了咽喉。按大多数人的观点,交通堵塞既妨碍了经济生活的正常运行,又令人们的生活质量受到本不该有的影响。但若以为所有人都对交通堵塞横眉冷对那你就错了。

　　有专家最近对此发表了高见,此人乃美国加州大学交通研究院的泰勒教授。他独辟蹊径地认为:交通堵塞实际上反映了经济和社会活动的活跃,而空空如也的街道则意味着当地经济的萧条。泰勒进而分析道,生活在交通拥堵地区也就意味着拥有更多的工作机会、更丰富的文化活动以及更高的工资待遇。想想看也是。非典肆虐期间,北京、广州等地的交通堵塞状况大为缓解。原因很简单,人们都停止或减少了正常的经济或社会活动,而与交通堵塞的缓解结伴而来的是非典时期社会经济生活的冷清和衰退。由此看来,交通堵塞也许真的是一个地区社会繁荣与否的晴雨表。专家的论点自然有其道理,但细细品味起来也让人顿生疑虑。拥堵在大街上焦急地按着喇叭的人都是忙着去工作吗? 没准他匆匆赶到办公室后首先想到的就是沏上一杯咖啡或泡上一杯热茶,然后无所事事地打开电脑开始玩翻牌游戏。更多的人滞留在车水马龙中也许是为了赶一场淡而寡味的饭局也说不定。甚至有人巴不得在车上多待上一会儿,这样恰好可以空出时间让先回家的妻子把晚饭做好。这样说绝不是凭空猜想,交通专家们提供的数据表明,过去10年中交通堵塞泛滥的主要原因并非由于上下班车辆的增加造成的,而是由于像购物、聚餐这类随意性的活动导致的。

　　都以为雅皮士们做派新潮且观念前卫,而在交通堵塞这个问题上,来自专家学者的前卫观点也不罕见。一位美国交通专家在一本名为《仍要开车》的书中就热情地建议遭遇堵车的司机,"应该充分享受交通堵塞带给人们的'乐趣'"。比方说,可以趁着堵车之际欣赏自己喜爱的CD,给朋友打几个电话……总之,不堵车你的薪水也不见得就会涨,堵车也没有必要太烦恼。说实在话,这位专家的观点基本上属于扯淡。当你心急火燎地堵在塞车长龙之中时,当你眼看着约好的谈判一分一分地临近而你却在塞车中寸步难行时,您会有心思去体味"交通堵塞"带给你的乐趣?见鬼去吧!

礼节背后

著名画家兼作家黄永玉先生是少有的性情中人。在近著《比我老的老头》一书中,他讲了一则趣事:有一次,国画大师李可染领着他去拜访齐白石老人。老人见客甚喜,亲手取出一碟月饼、一碟花生招待。此前,李可染再三交代黄永玉:"这些东西不要吃!"寒暄交谈之际,黄永玉偷眼审视这两碟食品,果然,剖开的月饼内似有细微的小东西在活动,花生上也隐约结上了蜘蛛网。其实,这两碟食品不过是齐白石老人待客的礼数,纯属程序,并不希望哪位冒失的客人真的动手动口吃将起来。

在这里,礼节好像淡化为一种形式,但有时候,这种形式却显得格外重要。中国号称是礼仪之邦,但自古至今,好多礼仪都用在了觥筹交错之间。如今,酒宴上的劝酒辞之多令人无法招架,平素里烟民们让烟的礼数也数不胜数。我一向反对全盘西化,但对西方的一些礼俗却颇为赞赏。以商务交往中互换名片为例,老外们都会毕恭毕敬地起立双手接过名片,认真阅读后郑重地装入西服胸前的口袋。在这种场合,单手接名片或随手将之弃在沙发扶手及餐桌上乃至将名片漫不经心地装入裤后口袋以及在与对方交谈时长时间把玩或折叠名片都属于失礼行为。就接受名片这一点来看,我们平时做得怎样?

对外开放的窗口已经打开30年了,随着西风东渐,好多西方礼仪潜移默化地渗透到我们的日常生活中来。如今见了面,我们不再互问"吃了吗"而改作互致"你好";熟人也好,生人也罢,我们不再唐突地打听彼此的薪水数额;尤其是对女士的年龄和婚姻状况之类,男士们都学会了敬而远之,若真遇到了此类尴尬问题,女士们也早已习惯于"装聋作哑"或"王顾左右而言他"。这些都应该说是一种交际礼仪上的进步。

时近中秋,我依习要给80岁的母亲送上几盒月饼尽尽孝心,这也是一种礼数。母亲年纪大了,牙口不好,我常常留意挑选些精致的果脯月饼,但每次母亲都嘱咐我买一盒"五仁月饼"——这是一种老式口味的月饼,馅用花生、芝麻、冰糖、青红丝等制成。说实在话,这种月饼现在好多食品公司都不生产了。每次我都要千寻万觅才将"五仁月饼"送到母亲手中。中秋那天,母亲会小心翼翼地将月饼摆在父亲遗像前,"你爸爸从前最爱吃这种月饼了。"母亲总是轻声自语道。礼节这时候表达的是一种温馨的情愫。

说起孝敬老人,不由得想起了一则外国幽默:

有三个兄弟少小离家,经过一番个人奋斗,终于衣锦还乡。三兄弟聚在一起,商量着怎样给母亲孝敬点礼物。

老大密尔顿说:"我要给妈盖间大房子。"

老二杰拉德说:"我送给妈一辆豪华轿车。"

老三唐纳说:"我送的礼物要比你们俩的都讨母亲喜欢。你们还记得咱妈每天都要念《圣经》,如今她眼花了,我准备送她一只绝顶聪明的鹦鹉——会背全本《圣经》。"

三兄弟果然兑现了诺言。不久,他们分别接到了母亲的感谢信。

在给老大的信中,母亲写道:"密尔顿,你给我盖的房子太大了,我现在只住了其中的一间,每天还得清扫其他的房间。"

在给老二的信中,母亲写道:"杰拉德,我老得路都走不动,哪有精力去驾车旅游,现在我整天就待在家里,你给我买的车我几乎从没坐过,司机也被我辞了。"

在给老三的信中,母亲写道:"亲爱的唐纳,你们兄弟中就你清楚妈妈喜欢啥,你给我买的那只鸡烤了之后,味道真是好极了。"

读了这则幽默再仔细想想,做子女的有几个能真正了解父母在想什么? 金秋之际,我们又为父母做了些什么?

笔画问题

中国人往往会将简单的事给弄复杂了,而老外们恰恰相反,会把复杂的事给弄简单了。原来以为,"以姓氏笔画为序"之类的东西只有中国才有,谁知道,这玩意儿外国人也在意。据专家们考证,英语世界中绝大多数人名字的第一个字母都在 A 与 K 之间,父母给孩子起名字用 K 之后的字母及少。这是为啥?

比方说美国总统布什就是以 B 开头,而克林顿则是以 C 开头。这还不算,英国首相布莱尔(BLAIR)以 B 开头,法国总统希拉克(CHIRAC)以 C 开头,俄罗斯前总统叶利钦(CHRETIEN)等都以英文字母的前几位开头。包括大名在外的微软总裁盖茨(GATES)也不例外。

这难道真的是巧合?当然不是。在英语世界,孩子从幼儿园到小学,排座位就是按名字的字母顺序从前到后排列。于是孩子们的人生由此开始了。老师在课堂提问时,总会偏向于提问前几排的孩子,日积月累,前排的孩子(名字字母靠前的)就锻炼出了口才,也鼓励了他们的表现欲。这对孩子日后从政打下了良好的基础。而后排的孩子由于较少地得到课堂发言的机会,越来越不爱在大庭广众之下发言,天长日久,更会变得沉默少言。

这种怪圈还在继续。在大学毕业典礼上,代表同学们发言的是 ABC;招工面试表上,公司首先约见的仍然是 ABC,等轮到 XYZ 面试的时候,好职位已经所剩无几。选票上的排列也不例外,ABC 们永远排在前面,因此,ABC 们永远先于 XYZ 们而当选。

这让我想起了一个真实的故事。有一位副市长姓萧,当年做局长的时候他并没有觉得这个姓有什么不妥,可当他成为副市长候选人的时候,他身旁的“智囊团”就给他出主意了:由于副市长在市人大会议上是差额选举,姓氏笔画非常重要。想想看,那么多人大代表,手里收到选票的时候,有几个人会认真地掂量,大都是从上而下地画票。这样一来,姓氏笔画少的人就占了大便宜。为啥?选票历来是按姓氏笔画排名,姓“丁”的肯定在前头,姓“萧”的肯定在后面。如果代表们划票时态度认真倒还罢了,问题是代表们大都是应付了事,从上画到下,画够名额为止。如此一来,姓“丁”的就大行其道,姓“萧”的就只好偃旗息鼓。所以,智囊们就劝萧局长改姓,由“萧”改为“肖”,这样一来,在选票上的排名马上就靠前了。

果不其然,在当年召开的市人大会上,“肖”市长如愿当选。

可见,笔画问题无论中外,都是值得好好研究一番的大问题呀!

董桥的优雅

初读董桥是因为柳苏先生在《读书》杂志上发表的那篇《你一定要读董桥》。别说董桥,柳苏先生写董桥的这篇文章就非常耐读,更何况董桥的原作?于是就寻找董桥的作品来读,第一本当然是《乡愁的理念》,其中最可读是那篇《中年是下午茶》。读了之后心中蓦然想道：散文竟可以这样写呀。

　　这些年，董桥的作品在大陆出版的越来越多乃至有点滥，可见喜欢他的人还真不少。手头这本《没有童谣的年代》收录的大都是董桥1999至2000年在香港《苹果日报》"时事小景"专栏上发表的文字。每篇篇幅不长，但篇篇耐读，韵味深长，就像美酒陈酿，抿一口便余香满腮。还别说，好文章真是可以充菜佐酒的。

　　于是就开始收集董桥。三联出的《董桥自选集》共计三册——《从前》《品味历程》《旧情解构》，应该说能够较全面地展示董桥的风格。装帧最精致的应该是2008年作家出版社出版的董桥作品集《今朝风日好》，精装版，彩色插图，当然，价格不菲。

　　董桥文章的特点之一是夹杂英文词语过多，这也许是许多人敬而远之、望而却步的原因。但对我这类半瓶子醋的英语爱好者而言，真是恰到好处。以他的作品集《从前》为例，何谓"从前"？once upon a time 是也。顾名思义，这本书是写往事或故人的，果然是清幽婉转，愁肠百结。原以为董桥是喝过洋墨水的人，说出话一定唧哩哇啦，谁曾想他竟然旧学底子颇厚，怪不得有人封他为"文化遗民"。看他回忆往事，思念故人，真有一种说不出的温馨蕴藉。他的行文总给人一种诗的氛围，准确地说是一种婉约派宋词的感觉。

　　董桥说过："我扎扎实实用功了几十年，我正正直直生活了几十年，我计计较较衡量了每一个字，我没有辜负签上我的名字的每一篇文字。"读他的每一篇文章都会体验到他遣字用词的苦心，那种刻意，那种入迷。他借别人之口表达自己对作文的看法："白话文要写出文言的凝练，文言文要透露白话的真切。"甚至细致到"切记多用句号，少用逗号。"在谈到翻译技巧时，他说："做人不可取巧，翻译必须学巧。"而且董桥的文字特别讲求含蓄，行文从不直接了当。这也是他的文章耐读的重要原因。

　　董桥认为散文要有见识，有信息。这是一个媒体人的经验之谈。读董桥，能够意外地学到许多教科书里学不到的东西。比方说，中国的皇帝自称"朕"，而大英帝国的国王却自称"WE"。有一次，身旁的弄臣大讲事涉不雅的笑话，宫廷之上笑声一片，惹得维多利亚女王龙心不悦。她说："We are not amused."（朕并不觉得有趣）。

　　只是近年来董桥文章的风趣少了，锐气少了，他的《今朝风日好》虽然装帧不错，但内容却毫无突破，简直成了文物鉴赏小品。看来，年龄这东西真毁人啊！不仅是董桥，看看现在的李敖，真让人心酸！

名人的落寞

3月31日,恰逢"中国牛郎织女之乡"挂牌仪式在河南省鲁山县辛集乡举行,冒雨前往。此行我感兴趣者有二:一是按民俗当天村民们将在露峰山上举行山歌大赛,据说韵味十足,颇具原生态之风。二是"五四"时期著名诗人、作家徐玉诺先生的故里即在当地,借此正好拜谒。

春寒料峭且细雨霏霏,挂牌仪式上的山歌演唱文人加工的痕迹太浓,跟我想象的大相径庭,于是就在朋友的陪伴下前往徐玉诺故里——鲁山县辛集乡徐营村。

中国的地名大凡带"营"字的,都表示当年这里屯过兵。屯兵之地竟出了个文人,倒也有趣。徐营村规模不大,一条南北大路穿村而过,也许是天气阴冷的缘故,村中寥寥无人。徐宅立在村中路西,坐西朝东,大门紧锁。看来访客不多。朋友忙联系人找钥匙。我则静静地端详着徐宅前立着的一块方形石碑,上写"市级文物保护单位徐玉诺故居"。大门旁墙壁上悬一匾牌,黑底白字写着"徐玉诺故居南丁敬题"。南丁者,著名作家,原河南省文联主席。这时,一位老者匆匆而至,边开锁边说:"不知道有人要来呀!"

徐宅院中甚空旷,一条石径通往堂屋。屋内悬挂着徐玉诺先生遗像,陈列着先生的著作、书稿、照片等。其中叶圣陶给徐玉诺儿子徐西亚的信是原件。陈列的物品中,有几幅是徐玉诺与家人的照片,穿戴甚洋派,当时徐在厦门等城市教书,在文坛上并非无名之辈。堂屋西侧,陈列着徐玉诺生前用过的家具及其他物品。其女儿徐西兰当志愿军时的一幅照片飒爽英姿,引人注目。女儿曾是徐玉诺的骄傲。这时,徐营村村主任闻讯赶来,中年人,挺热情。遂与之攀谈了起来:

问:这地方经常有人来访吗?

答:有人来,但不多。

问:市里每年给资金维护故居吗?

答:隔几年会拨点钱。

问:徐玉诺家人现在情况如何?

答:女儿徐西兰今年80多岁了,身体还好,仍在村里生活。现有两个孙子,一个在外地打工,一个在县高中做木匠。

问:市县对徐玉诺故居有什么长远规划?

答:准备在徐营村建徐玉诺纪念馆,据说批了5万元钱,不太够。还准备申报省级文物保护单位。

…… ……

雨停了。一行人悄然来访,又悄然而去。我心中突发感叹:就算是一代名家,身后依然是落寞。

特殊的父子书

徐玉诺其人

徐玉诺是活跃于我国20世纪20年代新文学运动的知名诗人和作家。

翻看徐玉诺年谱,从他交友的档次上就可看出他当时在文坛的位置——叶圣陶、郑振铎、郭绍虞、周作人、王统照、闻一多、顾颉刚、冯友兰、茅盾、朱自清……1920年到1924年是徐玉诺文学创作的爆发期,五年间先后有300多篇作品发表,陆续登载于《小说月刊》、《晨报》副刊、《文学周报》等报刊,受到鲁迅、茅盾等著名作家称赞。叶圣陶为其写了万言长篇评论《玉诺的诗》,称其有"奇妙的表现力、微妙的思想、绘画般的技术和吸引人的格调",此外,瞿秋白、郑振铎、朱自清、闻一多等人,都对他的诗表示过赞赏和评论。鲁迅曾三番五次嘱咐《晨报》副刊编辑孙伏园收集徐玉诺的小说出版,并"自愿作序"。周作人在《寻路的人——赠徐玉诺君》一文中满含深情地写道:"玉诺是于悲哀深有阅历的……他的似乎微笑的脸,最令我记忆,这真是永远的旅人的颜色。"诗人痖弦曾说:"余生也晚,没有赶上徐玉诺的时代,如果早生十年二十年,我一定背个包袱从南阳(我是南阳人)到鲁山找他,叫他一声徐大伯。"

经过半个多世纪的沉寂,1983年,河南人民出版社出版了《徐玉诺诗集》。1984年,人民文学出版社出版了《徐玉诺诗文选》。1994年省、市相继举办了徐玉诺诞辰100周年纪念活动。觉得徐玉诺亲切当然还有一个原因,那就是他是河南省鲁山县辛集乡徐营村人。所谓老乡见老乡是也。2004年10月29日,河南省平顶山市人民政府公布了46处市级文物保护单位,徐玉诺故居及墓居首。

写给儿子的信

朋友秦君下功夫编了《徐玉诺诗文辑存》(上下册),我粗粗读了。最感兴趣的倒不是徐玉诺的诗和小说,我对他新中国成立后写给长子徐西亚的家信品味再三,唏嘘不已。

徐玉诺是一位特殊的作家,"五四"时期的创作爆发期过后,也许是受生计所困,作品渐稀。新中国成立后,徐玉诺重振精神,积极参与社会活动,但作品并不多,即使创作,也多是应景之作,比如《地主捣粮》(诗)、《毛主席教育了杨春喜》(诗)、《美帝侵朝自寻死》(诗)、《大张旗鼓斗匪霸》(诗)、《打击敌人武装自己》(文)……这其中当然有年龄渐长、健康及家境拖累的原因,但更重要的恐怕还是政治环境的因素。这一点,我们从新中国成立后,徐玉诺与长子徐西亚的书信中亦可略见一斑。

徐西亚,1915年2月24日出生,是徐玉诺的长子,原名锡亚,小名徐奎,后经叶圣陶提议,改名为西亚。从徐玉诺给他信中的情形看,徐西亚新中国成立后一直在鲁山中学工作,具体职业大概是图书管理员之类的闲职。以下按写信的年份来作一分析探讨。

1951 年——

这一年,徐玉诺57岁,任河南省戏曲改革委员会委员,并随省文联土改工作组到洛宁县参加土改,并发表了《抗美援朝三字经》等新诗。徐西亚这年36岁,应该说已经成人,可从徐玉诺信中的口气来看,并没有把儿子当成人看待,一直在用指导性的语言和居高临下的姿态给予训诫。信中"严父"的态度也许会令今天的读者很不适应。

"必须立刻取消学习外国文字的要求。英德法俄,光新旧译品你就读不了。必须与工农群众同道学用普通话和拼音文字。不然,你就没有说话写作的工具……你整理什么学术必须(与)目前建设社会主义有用处。目前工作不摸,光想远的大的……脱离现实到疯狂地步了。"

"你现在已是卅到四十的人了,你如何兴家立业不得没主意没决心……没有话说请不要再说。""抓紧时间变心、变话头、变样,变成份。"

从信中看,徐西亚跟父亲提出要学习外语,要搞学术研究,这在今天是一个年轻人非常正常的想法,而且很有上进心,值得大大鼓励的。可在解放初期那个特殊年代,连徐玉诺这样的文化人也受到时局的影响,一再要求儿子"变心、变话头、变样"。

1952 年——

徐玉诺 58 岁。这一年上半年,徐玉诺在武汉财经学院(现中南财经大学)政治学习班学习。下半年,全家迁往开封(当时是省会)。从给儿子的信中可知,徐西亚不但仍迷恋于外语,而且对兵法产生了浓厚的兴趣,这让徐玉诺大为不满。

"你别学兵法了。你知道联系实际,就知注兵法是用不着的。"

"英文数学上物理化学上少(稍)加整顿……政治认识上你得特别小心。"

"(你)工作平庸,品质不高,做不上骨干,现在几乎是自由职业者了。"

如今,社会上自由职业者是个听起来冠冕堂皇,可在徐玉诺看来几乎与二流子差不多。铁饭碗什么时候都吃香,不仅仅是现在。

1953 年——

徐玉诺 59 岁。这一年,他调到河南文史馆工作,兼任省文联常委。以徐的工作性质,本应该关注专业,可也许是当时那个时代的缘故,他在给儿子信中放在首位的是仍是政治。

"我说多少话,没有改变你轻视现实与对政治的淡漠。先是学兵法,近是学德文,都是个人主义技术观点。没有看见眼前生活与工作的需要。"

"在政治上迫切需要打开眼界进一步……先在政治上站起来,技术用时再说。""你最近思想向实际接近了……但未能跳出个人主义本位圈子。只有在政治觉悟提高时才能跳出。"

从徐玉诺每封信中的严厉口气可想而知,徐西亚给父亲写回信时情绪肯定不佳。喜欢的东西受到父亲指责,不喜欢的偏偏被强制参与。徐西亚虽早过而立之年,但仍罩在父亲的影子之下。

1954 年——

徐玉诺60岁。这一年,他写了怀念鲁迅的诗《始终对不起他》,并出席了省文联鲁迅逝世十八周年纪念会。从书信可以看出,徐玉诺心中最牵挂的仍是儿子的政治思想觉悟,尽管语言尖锐,但仍在经济上接济孩子,但这种接济附带有条件,比方说当时粮食紧张,他要求儿子接到汇款后,不能抢购粮食。

"你光怕没有专业技术,不能吃饭,你就不怕政治落后,没有立脚地方。""没有专门知识技术也不要紧,只要你能联系实际(如农村生产,合作社,文字教育)深入群众,了解群众,掌握政策,当一个螺丝钉就行。"

"兹先兑你五十万元(旧币),你若争购粮食,我就犯错误了,只可存钱,不可存粮。"

"还得相信农民群众,政府说不让饿死一个人,群众也说不让饿死一个人……上边有为人民办事的共产党毛主席,人民还怕什么呢?歉收是一个地方暂时的事,没有过不去的。"

"兹先兑你卅万元充作夏季卫生设备及零食之用。等工作正规后再寄给你。"

"今春我三次汇九十万,你兑六十万,牛卖百万……如此多的钱是如何'正用'而去的,你必须结算过去才能计划将来,连一家日子都没有计划的生活,算不得新国家的人。"

"去年腊月到今年麦口,花多少钱?买的啥,在哪里买?"

"什么专业技术,理论,都不需要……有油盐吃粗粮更好。"

"回汴即得病,先喉痛,继水泄,中间还晕倒一次,自用槐角治好水泄,报到开会,又以大肠头肿入医院。"

"我三天水泄后,因此晕倒,槐豆是大好东西。"

相信组织相信党,这是老一辈人根深蒂固的东西。尽管语欠温和,但频繁地给儿子汇钱却显示出父亲的拳拳之心。徐玉诺第一次在在信中提到自己的病情，看似轻描淡写，但他心中好像已有不祥预感。他十分相信中医。

1955 年——

徐玉诺61岁。年初，他作为河南省文艺界12名代表之一参加了省政协第十八次会议。接着，创作了短篇小说《朱家坟》发表于《河南文艺》1955年第20期。在这一年给儿子的信中，多次提到农村粮食紧张状况，同时也看得出徐玉诺自己的经济情况亦不宽裕。对徐西亚依然是严格要求，话仍说得很重，对儿子学古文，迷水利，一概全盘否定。以我们今天的父子观念来看，实在有点难以理解。

"解放五年来，你没长一点集体思想……你只可籴（音'敌'，买进的意思）当月食粮，不能存粮，尤其是当粮偶然缺少的时段。"

"驴子款一时无暇筹措，九月五日前已寄回廿十万。"

"你一点不像是徐玉诺的儿子……我用白话，你用文言。我不通一国文字，你想通数国文字……在水利交通上你才有个荒唐的建议（原非经过实际调查勘探不成），你却那样水浅易起浪的骄傲起来。"

"《三元秘要》是唯心主义投机事业，别无可说……你看，全国工农走到什么路上，进入何等世界，你还想要旧书呢，作闭户揣摩呢。"

跟上形势，弃旧图新，讲求实际，这是徐玉诺对儿子的基本要求，孜孜不倦。也许是父子间常见的逆反心理——你强求我做什么，我偏偏不做什么，徐西亚一直对父亲的谆谆教诲闻若未闻，视而不见，因而引得父亲在信中大为不满。

1956 年——

徐玉诺62岁。这年随省政协访问团访问上海时，拜谒了鲁迅墓。同年正式加入中国作协，并发表小说《李翠的故事》《朱家坟夜话》等。这一年的徐西亚仍然迷恋于学术、外文、水利等父亲视为脱离实际的"旁门左道"，徐玉诺信中的语气仍然直截了当，一针见血。但严厉之外仍惦记着为孩子买衣物等。这一年，徐玉诺初步诊断为食道癌，也许自感病情严重，他主动要求与儿子见一面。

"你学外国文学与整理中国学术，就不是直接有物质的联系……在图书馆业余学还不中，非脱职专学不可。几年才学会外国文呢？学会外国文又怎样整理中国学术呢？那些中国学术能为人民服务吗？节节不实际，节节没有把握，你却极力坚持着。"

"水利部傅部长推荐了你的意见，不是你的光荣，我只体会到党和政府对人民群众来信的重视。"

"我已为孩子买了些衣裳、鞋帽。我将于十三日起身离汴过郑过许回鲁山，大概廿日到徐营，不能成行，我就寄包裹。"

"小心保存五四公债，十万的28张，伍万的41张，贰万的77张。都要还本了，还有利息，都应该教小孩们去领，利息由他们处理。"

"我已向李县长提出，叫你来开封住一时……噎食病，我于七月中旬发觉，八月察出……虽则经八月中省人民医院，前天河大医院透视照片，尚无明确治理办法。……你不能长期也来一下。"

当时的人民币一万元大概相当于今天的人民币一元。以此统计，徐家持有公债639万元（合今人民币639元）。这在当时应该是一笔不大不小的数目。

1957 年——

徐玉诺63岁。这年秋天他出现进食困难，经检查确诊为食道癌，靠练气功与病魔做斗争。人之将死，其言也温，其言也缓，其言也善。这一年给儿子的信，口气温和了许多。一位年老体衰却充满爱心的长者形象跃然纸上。

"全国作家（协会）要出我的诗集、小说集。我没时间修整，你急用钱我就原本出版，每次可收税800元，有信用每年可出三四次，百年以后还有廿年的版权。"

"得到你这次来信，我很兴奋，有点像我，我有这样的子女。对我创作极大地鼓舞，最近我将新的诗歌和小说寄出。"

父亲终于肯定了儿子，认可了儿子。徐氏父子信中交锋不断，最终依然上演了父子情深的大团圆。只是这一温馨的场景已经定格为夕阳残照。也许正是应了徐玉诺再三要儿子关注政治形势,不要埋头学术的话,在河南省鲁山县中学工作的徐西亚 1957 年被划为右派。

1958 年——

徐玉诺 64 岁。年初,他在极度的病痛情况下写下了遗嘱《本人后事要项》,希望丧事从俭,"原身衣裳不准动"。同年 2 月,带病参加省文联常委扩大会并表示:病愈后将深入基层,收集民间文艺同时进行创作。1958 年 4 月 9 日,病逝于开封。河南省为他举行了隆重的追悼会,老友叶圣陶等发来唁电。追悼会后,徐玉诺的灵柩由长子徐西亚护送归故里,葬于凤凰山麓。

"我的病是好不了了,你来一下,抄整一下作为家藏,不在年内来怕见不了面。"

"(我)人瘦得难看,但我有气功锻炼,精神旺支持每日活动(办年货)。"

"上级给你任务,你奋勇还干去,我能活动一天我就替你领家人引孩子。"

被划为右派后,徐西亚心情抑郁,1959 年 11 月在寂寂无言中病逝。此时距其父徐玉诺病故仅仅一年多。

当年那些人

每逢国庆,人们总要回忆起那些为了祖国独立而流血献身的人。今天我们换个角度切入,举个美国的例子来反证一下。

对美国人来讲,已经很少有人会想起当年为美国独立而抛头洒血的人了。《纽约时报》的报道说,你若在美国街头随机采访几个人,问问他们当年在《独立宣言》上签字的那 56 个人是谁,恐怕被访者的回答会令你大失所望。那么,这 56 个人究竟是谁? 他们义无反顾地在《独立宣言》上签字之后的结局如何呢?

说起来,200 多年前的北美大陆还是英国的殖民地。那些早期到来的拓荒者辛勤劳作(当然也包括榨取印第安人的廉价劳动),终于使这块原本荒芜的土地呈现出了勃勃生机。随着英国人的苛捐杂税日益严重,这些本来就对大英帝国没有什么归属感的各国拓荒者怨声载道。终于,有人发出了呐喊,打响了反抗女王的第一枪。然而,敢于反抗是一回事,挺身要求脱离英国人的统治,进而建立自己的国家是另一回事。在当时,谁敢公开要求独立,就要冒掉脑袋的危险。但历史终归要由勇士们来推进,在北美大陆到处响起抗击英军枪声的形势下,1776 年 7 月 4 日,56 个人横下一条心,在《独立宣言》上签上了自己的大名——美利坚合众国从此成立了。这 56 个人并非是饥寒交迫的工人、农民,相反,他们原本饮食无忧,其中有 24 人是律师和法官;11 人是商人;9 人是农场或种植园主。他们大都受过良好教育,才智超人。他们清楚地知道在《独立宣言》上签字后一旦落入英国人之手便会付出生命的代价,但时代的潮流将他们主动或被动地推到了历史的舞台上,让他们上演了一出可歌可泣的历史正剧。

《独立宣言》的签署并不表明这个崭新的国家就安然地进入了和平期。相反,这一举动激起了英国殖民者的强烈镇压,独立战争一直持续到七年后(1783 年)才硝烟散尽。这期间,56 位签名者中有 5 人被英国人以叛国罪拘捕后拷打致死。12 人的家园被洗劫或焚毁。9 人在战争中死于枪伤或颠沛流离。他们用自己的生命、财产和尊严付出了签字的代价。

在弗吉尼亚东南部的约克镇战役中,英军康沃利将军(Cornwallis)将签名者之一托马斯·尼尔森(Thomas Nelson)的家当做了指挥部。在不远处的阵地上,托马斯·尼尔森冷静地要求乔治·华盛顿将军下令向英军开炮,其结果是他的家园被夷为平地。战争结束后,托马斯·尼尔森无奈宣布破产,之后不久便离开了人世。

另一位签名者约翰·哈特(John Hart)是从妻子的遗体旁被英军抓走的。他侥幸逃脱后,在野外的森林和洞穴里生活了一年多,等他回到家中时发现,妻子已经故去,孩子全部失踪。一个星期之后,他死于心力衰竭。

这就是有关美国独立的故事。除去革命的性质不同外,从某种意义上,与中国革命的故事有许多相似之处。先烈们给了我们一个自由独立的国家,尽管历史教科书上对某次战役发生了什么并没有叙述多少,董存瑞、江竹筠等烈士的名字也与我们愈来愈陌生,有些人对如今的自由又颇不以为然,但当我们静下心来回顾世界的历史,回顾中国的历史,我们实在应该珍视这份自由的来之不易。来,让我们花费几分钟来默默地感念这些爱国英雄。可以不问他们为这自由所付出的代价,但要为他们的献身精神奉上一束鲜花。

样板戏：美梦或者噩梦

　　巴金老人曾经说过，他一听样板戏就要做噩梦。可见样板戏与"文革"应该是直系亲属，想分都分不开。三十多年过去了，静下心仔细思量，样板戏对巴老他们当然不好听，但对我辈平头百姓而言，样板戏好像并非洪水猛兽。

　　国庆七十周年，主流媒体不约而同地忽略了"文革"十年，好像这十年根本不存在似的。其实大可不必。以样板戏为例，仅以文化现象考量，样板戏真值得好好研究一番——如果研究中国当代艺术或艺术史，就更不能回避。谁也不能否认样板戏是或者曾经是一种独特的艺术形式，哪怕你不喜欢它。

　　那么，样板戏究竟是哪八个？估计好多人一时半会儿说不清。对于八个样板戏，较为权威的说法是：京剧《红灯记》《沙家浜》《智取威虎山》《海港》《奇袭白虎团》，芭蕾舞剧《红色娘子军》《白毛女》，还有交响音乐《沙家浜》。至于后来陆续出现的京剧《杜鹃山》《平原作战》《龙江颂》《磐石湾》等，不在八个样板戏之列。

　　说到样板戏就不能不提江青。不管你如何厌恶她，却不能不佩服她的艺术眼光，她是在艺术上有真知灼见的业内人士。好多人说毛主席对江青很反感，其实根本不是那回事。江青做的好多事，大都有其背景。1962年9月召开的八届十中全会上，毛泽东重提"千万不要忘记阶级斗争"。在这次会议期间，江青召见了陆定一、茅盾等四位中宣部和文化部的正副部长。江青当时明确提出：《海瑞罢官》是大毒草，并对舞台、银幕上帝王将相、才子佳人、牛鬼蛇神泛滥表示不满。这几位部长并非等闲之辈，他们对江青的一席话并没放在心上，而是一听了之。这一回部长们大意了，他们错以为这只是文艺爱好者江青的一家之言，没有料到这一番话的背景。同年12月21日，毛泽东在对华东省市委书记的谈话中，话锋一转，大批戏剧界"帝王将相、才子佳人多起来，有点西风压倒东风"。奇怪的是，文化部对此仍然毫不理会。1963年11月，毛泽东终于龙颜大怒，点名批评"文化部如不改变，就改名'帝王将相部''才子佳人部'，或者'外国死人部'！"这就是样板戏产生的背景。接下来，江青指导改编了《红灯记》《沙家浜》《智取威虎山》等，尤其是毛泽东观看了《红灯记》《智取威虎山》后大加赞赏。京剧《红灯记》在上海巡演时，1965年3月16日《解放日报》发表评论员文章将之称为"京剧化的样板"，这是"样板戏"来源的一种说法。另一种说法是，"样板戏"一词源于1967年5月31

日《人民日报》的评论《革命文艺的优秀样板》。

如果我们不在政治的框架内讨论样板戏,而仅仅从纯艺术的角度来分析它,样板戏之于传统戏曲实在有着太多的创新。

比方说,中国传统戏曲以各具特色的唱腔、唱段来组织戏曲结构,缺乏贯穿始终的旋律主线,而样板戏则引入了西洋歌剧主题音乐的样式,每场戏都有相同或相似的主题旋律反复出现,将原本零散的唱腔、唱段串联起来,使整部戏更有统一性,更具整体感。

比方说,中国传统戏曲大都以布景表示空间或时间转换,而样板戏则引入了话剧的实景设置,彻底颠覆了传统京剧的美学理念。这也为以后样板戏以电影形式出现铺平了道路。

说到样板戏,不能不提长期遭人诟病的"三突出"创作原则。这一原则最早由"文革"时期的文化部长于会咏(《海港》的作曲者)提出。主要内容是:文艺作品要在所有人物中突出正面人物;在正面人物中突出英雄人物;在英雄人物中突出主要英雄人物——这就是"三突出"创作原则。今天再平心静气地思量,如今中国的好多戏曲、电影不仍在延续这一创作原则吗?而且欧美商业化电影一直屡试不爽的重要理念其实跟咱们这个"三突出"实在没啥两样。一部两小时左右的戏曲、电影或话剧,如不突出主要人物,实在不知道主创人员会怎么处理。

以我60后的生活经历,样板戏从来没有让我做过噩梦,相反,样板戏带给我的只有欣喜和快乐。

并非巧合

爱书人跟卖书人的命运差不了多少。你听说谁靠卖书发了大财?没有的事。卖盗版书当然除外。

以新华书店为例,眼下都是惨淡经营,从前新华书店靠经营录音录像制品挣点钱,后来靠教辅书发点学生财,现在这两项也渐趋式微,只好靠出租门面或柜台混日子。举新华书店作例子好像说服力不强,因为它至今仍是国有经营,国有经营者都喜欢抱着计划经济的老黄历不放手,比方说,民营书店卖书或多或少都打点折,新华书店就硬气得很,一分钱也不优惠。这样一来,就逼着买书者去民营书店消费。

有心开个书店谋生的人多多少少都对书有点感情,而且店主谁也没有幻想着靠卖书有朝一日腰缠万贯。小本经营,图个温饱而已。2008 年 2 月,香港出了个社会新闻,湾仔附近一家书店的老板晚间在书库整理图书时,整捆的图书突然坍塌,老板竟被压在了书堆下。由于老板是孤身一人,直到两周后才被人发现,而他早已名副其实地成了书虫。这件事对以书店谋生的人真是一个不祥之兆。

2009 年 8 月号的《万象》杂志为这件事提供了一个新版本。香港文化老人陈蝶衣(曾经为《南屏晚钟》等 3000 多首流行歌曲填词)自费出了本名为《花蕖诗叶》的诗词集,上中下三册共 1244 页,交由湾仔这家书店总经销。书店许诺销后结账,但三十多万元的书款一分也没付过。有人劝陈蝶衣去书店催催,老人家说:"书店不结账,一定有书店的难处。钱这东西,生不带来,死不带去,我放他一马吧!"可见读书人对钱这东西真的是无所谓。

却说这家书店的老板并非善良之辈。他以代销为名,先后拖欠了百余位作家的书款,其中就包括陈蝶衣。书店既不结账,亦不退书,致使几位作家忍无可忍,将书店老板告上法庭。法院欲封店冻结其资产,书店老板匆忙将所有图书转移至一所空闲车间匿藏,拟躲过风头再将书转至九龙重开。春节前夕,书店老板一人在仓库点货,从下面抽书时,九尺高的书堆突然倒塌,将其压在书堆中,直到两周后才被人偶然发现,警方破门后揭开这一惨剧。

本想说卖书人的辛苦,结果却证明卖书人也有心怀不轨之人。其实这也正常。

但有一点不可不信,冥冥之中总有双眼睛在俯瞰着芸芸众生,善恶之间,总有报应。这家书店老板身葬书堆之时,恰距陈蝶衣老人去世不久。

春节读书录

春节长假,初迁新居。人事惶惶,总静不下心来。恶补电视,重点是黑龙江卫视的《本山大本营》和东方卫视的《一周立波秀》,一笑之后,印象全无。看来,看电视真是虚度光阴、猛降智商的绝好媒介。好在临睡前看书的习惯没改,假期总算看了几本书,聊记如下,备忘而已。

一、尚书吧里有故事

中华书局的书很少买,主要是敬而远之,品位太高了,高得令我等只能远观,不敢近睹。但中华书局的装帧真是没说的,简洁大方,脱凡超俗,恐只有三联书店能比。这本《尚书吧故事》若从内容看根本想不出是中华书局所出,它不过讲述了深圳一家书店老板娘开书店时的所见所闻,无非是借书卖酒或借酒卖书,跟学术啊传统啊之类的高雅东西挂不上号。中华书局出人意料地出了这本书,肯定是这本书有什么东西打动了中华书局的出版人。

我买这本书出于四个原因:其一,这本书的装帧太美了,寥寥数笔,深夜里一盏孤灯跃然封面。绝对是我喜欢的那种,简约得让人不想释手;其二,这本书是硬皮精装本,在我的书架上,精装本不多;其三,本书作者署名"扫红",我头一眼看到就感觉非同寻常,一夜秋风起,花落知多少,清晨微凉,丫鬟一人,独扫幽径,这是唐诗的意境啊;其四,这书 2009 年 9 月出版,只印了 5000 册。这跟买股票差不多,发行量小,升值空间就大。这也是我买书的标准之一,印数太大,我反而会冷静观望,不是真期望书会升值,而是从藏书角度考虑,印量愈少,愈值得收藏。

买本书有这么多理由还等什么? 拿下。

尚书吧是深圳一家书店,准确点说,是一家具有酒吧性质的二手书店。作者扫红不是丫鬟,而是书店老板娘。书中记录了每日往来书店的各色人等,当然还有老板娘自己的开店感悟。自然,书中所有的一切都跟书有关。都说深圳是文化沙漠,读了此书深有感悟:爱书之人,处处皆有。我想,中华书局愿意出版这本书与此有关。

我的人生理想之一就是退休之后,开家书店,悠闲度日。这也许是我买《尚书吧故事》的终极原因吧。

二、性学博士张竞生

前些年买有《张竞生文集》上下册,未及细读。春节期间买了《浮生漫谈——张竞生随笔集》,断断续续读完了。此二书均为三联出版。

民国有奇人,其中之一便是张竞生。台湾李敖先生佩服的人不多,张氏有幸入选。民国曾有"三大文妖",其一是写《毛毛雨》之类"黄色歌曲"的黎锦晖,其二是主张人体写生的刘海粟,其三就是出版《性史》的张竞生。今天看来,黎锦晖创作的无非是些通俗歌曲;刘海粟当时惊世骇俗,现今美术学院已经离不开人体写生;张竞生从事性学研究,为的是提高中国人的生活质量。三个人都是走在时代前列的先行者,应该令人敬佩才是。

张竞生是民国第一批留学生,曾与胡适同为北大最年轻的教授。如果不傻乎乎地从事超前的性学研究,陷入"第三种水"不能自拔,如今的学术地位真不可估量。纵观张氏一生,他对美学教育的研究,他对计划生育的提倡,他对乡村建设的实践,绝非一个"性学博士"就能盖棺论定。他是名副其实的哲学家、美学家、社会学家、性学家、出版家、文学家、教育家。

读张竞生的文章,你时时能痛楚地感受到,他真是生错了时代,假使他活在21世纪,哪有李银河之类说话的份!

令我诧异的是,《浮生漫谈》中的文章大部分写在 20 世纪 50 年代,1956 年曾结集在香港出版。那时的张竞生早已运交华盖,却能自由在大陆创作并在香港发表文章且内容依旧潇洒不羁,实在令人不解。

三、说三道四读倪匡

"四大才子"曾享誉香港文坛,"四大才子"者,金庸、倪匡、黄霑和蔡澜之谓也。写武侠出名的金庸其实是位名副其实的媒体人,做过《明报》的社长,与武侠小说齐名的是他的时评。黄霑(2004 年病故)本是广告人出身,后投入歌词创作,一炮打响,《上海滩》主题歌、许冠杰的《沧海一声笑》、林子祥的《男儿当自强》、《黄飞鸿》主题歌以及邓丽君的《忘记他》等许多歌曲至今无人超越。这些年我一直在寻找他的《不文集》(写艺坛掌故及成人笑话),未果。蔡澜是美食家、专栏作家、电影制片人,至今仍在广东卫视做美食节目,他的书近年在内地出版不少,我最佩服的是他的知识面之广,枪械知识乃至男性品牌内裤,蔡氏都能娓娓道来,如数家珍。

倪匡是香港著名科幻小说家,卫斯理系列读者甚众,可惜我对这类东西不感兴趣。他还写过武侠,出名的是《六指琴魔》,前些时央视电影频道还在播。据说他精力充沛,同时能写十几个连载。当年金庸写《天龙八部》期间,人耽搁在美国一时无法回港,当时通信不发达,没有 E－mail,只好委托倪匡代写了十几天,读者竟毫无察觉,可见文笔不差。只是《天龙八部》在出版成书时,金庸将倪匡所写部分尽数删去——也许是不敢掠美,更大的可能是并不满意。

春节时我买了一套三册倪匡随笔集《说三道四》。说实在话,有些书是有意而购,有些书是逛了半天书店,总觉得不能空手而归,于是捎带着买回家的。这套书就是。

"四大才子"中,除了金庸出身文人世家,说话中规中矩,其余三人都是江湖中人,说出话来直来直去,毫不拐弯。事涉男女情事,黄霑自不必说,他本人就主持着电台电视台的成人谈话节目,蔡澜、倪匡阅历既深且广,都有风流才子之称,对此自然有独到见解。2008 年,倪匡独子倪震瞒着女友周慧敏闹出桃色新闻,有记者请倪匡发表看法,当爸爸的心平气和说:"他是个成年人,相信会处理好自己的事。"

说说这套书吧。倪匡与蔡澜、黄霑一样,不仅对男女情事,对所有社会问题的看法均是男性视角,甚至有点大男子主义,但直抒胸臆,至性至情,毫不虚伪。以喝酒为例,倪匡最烦的就是举杯畅饮之时,酒桌上有个女的娇滴滴地劝大家别喝了,注意身体。用倪匡的话说:"最煞风景的事,莫过于正喝得有趣时,身边有异性的啰唆。"

其实,倪匡对女性十分尊重。他说,总有男子指责女子爱虚荣,所谓虚荣,无非是物质享受。一个男人,不能给自己的女人提供起码的物质享受,却反过来斥责人家"虚荣",这种男人虚伪之至,就跟吃不上葡萄说葡萄酸是一个道理。

说句实话吧,这套书洋洋三册,打开一看,无非是一个老男人在说些过气的经验之谈,无味之极。为啥会买回家?因为这套书煞有介事地套着一层塑料薄膜,书店不让打开看呀!

倪匡的小说咋样?没看过不好评论。可他的随笔与金庸、蔡澜比起来,差距不小。

还有,倪匡有个妹妹也很有名,她就是香港的著名言情作家亦舒。

帝国的残照

书架上的书真是不少,而且好多书买回来后再没有翻开过——总想着以后有时间再看吧。现在,终于有时间了。

手中这本书是 2001 年 5 月三联书店出版的《帝国的回忆》,副题是"《纽约时报》晚清观察记",英文书名是"China in the New York Times"。全书共计 469 页,编者郑曦原曾任职中国驻纽约领事馆。

我一直有个错觉,总以为编东西的人比不上写东西的。这本书颠覆了我的这一观念——下功夫辑录有价值的史料且整理出版让大家"奇文共欣赏",其功德绝不在写小说的人之下。

　　昨天的新闻即今日之历史。《帝国的回忆》辑录了 131 篇 1857 年至 1911 年《纽约时报》刊发的有关中国的报道。"帝国"者,实乃"晚清"之谓也。这些报道涉及晚清咸丰、同治、光绪、宣统四个朝代,对英法联军侵华、火烧圆明园乃至晚清的内政外交都有栩栩如生的描述。读此书令我感慨万端,在那个闭关锁国的时代,西方列强对中国现状竟有如此清晰的了解。仅从新闻业务角度观察,《纽约时报》对清朝社会的关注涉及方方面面,这些辗转从通信尚不发达的东方大陆发回的新闻,从消息、通讯、特写、评论甚至背景资料,应有尽有。有的篇章足以担当新闻学院的范文!

　　以光绪皇帝和慈禧太后驾崩为例,《纽约时报》事发第二天就刊出了新闻专稿,并配发了光绪皇帝和慈禧太后的详细生平介绍。在当时那种封闭的环境下,能为上述二人及时准备了详细简历,可见《纽约时报》的资料收集非同寻常。

　　1900 年 12 月 4 日,《纽约时报》刊出了题为"三岁幼童登上清国皇位改元宣统"的消息,这是一篇溥仪当年 12 月 2 日登基的现场目击新闻,细节之翔实,值得中国的导演们在拍清宫戏时好好研读一番。

　　1860 年 10 月 9 日,《纽约时报》刊发了英国随军记者采写的报道《英法联军占领北京西郊圆明园惨遭洗劫》,尽管这篇报道叙述口吻客观冷静,侵略者的暴行读来令人愤慨。

　　关于洋人使节觐见清朝皇帝时不愿下跪的事,从前只是道听途说,在本书中终于看到了详细报道。1859 年 11 月 10 日《纽约时报》刊出长篇通讯,题为"美使华若翰北京换约记"。文中详尽描述了新任美国驻华公使华若翰(John Ward)递交国书时遇到的尴尬。华若翰与随员千辛万苦到了北京,却在商讨与皇帝见面时的礼仪安排上与清朝当局产生了分歧。华若翰断然拒绝递交国书时向咸丰皇帝行"三跪九叩"之礼的仪式。清廷派大学士桂良来做华若翰的工作,桂良建议,鉴于清朝与美国关系不错,华若翰"跪一次磕三个头就可以了"。华若翰表示,他只在教堂做礼拜时,面对上帝才会下跪,但绝不会给其他人下跪。他坦言,他本人十分尊重大清皇帝,他愿意向皇帝陛下深深地鞠躬,甚至可以鞠躬九次。他还表示在拜会皇帝的过程中,他可以露天站着而大清皇帝可以坐着,但他不会下跪。桂良将华若翰的态度传达给了咸丰皇帝,皇帝立场坚定——如不行跪拜之礼,将拒绝接见!

　　就这样,美国人一行在北京整整待了 14 天,为了跪与不跪这个礼仪问题纠缠不清。最后,大学士桂良代表咸丰皇帝接受华若翰转呈的国书和美国总统致咸丰的亲笔信。

　　可怜华若翰,折腾来折腾去,终究也没能见上大清皇帝的面!

好好先生

现实生活中,有些人嘴无遮拦,往往祸由口出;有些人天生不爱得罪人,多一事不如少一事;有些人则不然,敏于行而讷于言,心里明镜似的,但表现在语言上却大智若愚。

美国第 32 任总统罗斯福先生是美国历史上超一流的人物,是美利坚唯一一位连任四届总统的大人物,其修养十分到位。有一天,有位客人去拜访罗斯福,对某件事的处理发表了意见。罗斯福点头说:"You are right(你说得不错)。"第二天,又有一位客人来访,谈及同一件事情,其观点完全相反,罗斯福依然点头道:"你说得不错。"晚上,罗斯福夫人伊莲娜(Eleanor)对丈夫说:"同一件事,第一位客人说'东',你赞成;第二位客人说'西',你也赞成。你到底同意谁的意见?"罗斯福笑着说:"太太,你说得不错!"

瞧瞧,这就是大人物的做派。我心中自有分寸,姓社姓资不争论,只管按我的想法做就是。尤其是对太太,更不能争论,悉听尊便,你说得不错。有人以此为例来佐证罗斯福是个唯唯诺诺的老好人,那是误读了这个典故。

近读留白先生《有刺的书囊》(这书写得实在不咋样,由于装帧不错,书店包着一层塑料薄膜不让看内文,只好依封底的广告语作判断买了下来,真是隔布袋买猫),文中引用《世说新语》刘孝标注引《司马徽别传》中的一件事,觉得跟罗斯福事有一比,抄录如下:

(司马)徽字德操,颍川阳翟人。有人伦鉴训,居荆州。知刘表性暗,必害善人,乃括囊不谈议时人。有以人物问徽者,初不辨其高下,每辄言佳。其妇谏曰:"人质所疑,君宜辩论,而一皆言佳,岂人所以咨君之意乎?徽曰:如君所言,亦复佳。"其婉约逊遁如此。

这段话其实就是"好好先生"的由来。汉末司马徽先生才高八斗,他虽是河南禹州人,但当时住在荆州。这荆州是刘表的地盘,刘心理阴暗,常常借故对文人下手。在这种舆论环境下,司马徽只好谨言慎行。有人来请教对某人的看法,司马徽一律回答"好"。时间一长,夫人看不下去了,就责怪他说:"人家来请教你,你应该发表一下看法,不能总说'好、好'啊!"司马徽对夫人说:"夫人说得不错,好!"

我揣摩,罗斯福说"不错",是一种一览众山小的磅礴大气,不屑于计较小事情;而司马徽说"好"则有点迫于环境压力,不得已而为之,是一种小聪明,想说又不敢说,只好顾左右而说好,今天天气哈哈哈了。

多么富有色彩的生活

昨晚读报,有两条新闻令我心有所动且唏嘘不已。

1. 市长致歉

英国沃辛市市长先生受邀到一所学校观看孩子们排演的校园音乐剧。很不幸,市长大人看了不到 20 分钟就撑不住了,他老人家竟然在演出中酣然入睡。这一下,可捅了马蜂窝!演出的孩子们以为是自己的演出不够精彩而导致市长鼾声四起,于是大伤自尊,哭成一片。家长们更是气愤不已,纷纷指责市长的行为缺乏起码的礼貌。

可怜的市长大人只好出面澄清。他恳请家长和孩子们原谅,并提请大家注意,他"已经66岁了",加上观看演出前服用了感冒药,才导致了"这个不雅的行为"。市长先生还补充说,幸亏他打起精神,喝了杯咖啡,才看完了接下来的演出。

我想,家长和孩子们应该原谅这位可爱的市长了。他能从繁忙的公务中抽空与孩子们在一起,已经令人觉得可亲;他完全可以以患病为借口取消这次校园之行,但老人家带病观看孩子们的表演,更见其一片诚心。

孩子们哭得有情有理,哭得童心可鉴;家长们的生气发自肺腑,毫不做作;市长的道歉可爱且有趣,不损形象。我们身边的生活真是丰富多彩啊!

2. 蝴蝶效应

美国总统奥巴马4月5日承诺:不对遵守《不扩散核武器条约》的无核国家使用核武器。话音刚落,两天后,两位老汉在郑州街头就美国核武器政策大打出手——幸亏用的是板凳!

在郑州街头一处供老年人下棋、看报、聊天的空地上,王老汉读罢奥巴马关于核武器的表态,对旁边的老人说:"以后,美国的核武器就用不成喽!"李老汉却对美国核武器能否使用另有看法,于是说王老汉"胡扯、吹牛"并骂了一句脏话。两位老汉话不投机,便用"常规武器"动起手来,王老汉坚持奥巴马不使用核武器的原则,拎起一个板凳砸在李老汉头上,顿时酿成血案。老李随后被送至医院,头上被缝了8针。

年轻的奥巴马怎么也不会想到,大洋彼岸的中国会有两位老汉为他的"核武"政策动起武来。地球村真是名副其实啊!

报道说,王老汉 81 岁,李老汉 82 岁。

翻书杂记

前些时搬家,让我有机会查验了一番我的藏书。呵呵,书倒真不少。翻着翻着,我倒不好意思起来——有些书静静地躺在那里望着我欲说还休,从书店买回来后,我根本就没再碰过它们。

我买的第一套作家文集是《鲁迅全集》,人民出版社出版,精装本,浅棕色封面,排排场场二十来册。由于年轻时买过其中的许多单行本,像《彷徨》《朝花夕拾》等等,所以这套全集一直放在书架中权当装饰了。我唯一翻看过《全集》中的"日记"部分,感叹先生花在购书上的款项真是不少。

20 世纪 90 年代,北京作家王朔的小说风行,有人讥讽他是"痞子作家",那是吃不到葡萄才说的话。王朔在中国文学史上肯定会留下一笔,他的新式京味语言,他的口语化写作,他的自嘲和反讽,至今没有当代作家能比。前两天报纸上有人提起王朔,说王朔已替代老舍扛起了京味小说的大旗。此言不虚。当时有出版社抢先出版了六卷本的《王朔文集》,我自然买下。要知道,当时作家出文集并不多见,王朔一骑绝尘,根本没有年轻作家可比。如今,看冯小刚的影视作品,看葛优的表演,都能品味出王朔作品的意味来。

李渔是清代的大家。所谓大家,前人曾有说法:"名家者,深而欠广;大家者,广而且深。"李渔举凡历史、语言、诗词、戏曲、建筑、园林乃至养生保健,无一不通。这等人才,简直可与西方文艺复兴时期的人物媲美。《李渔文集》一出,我自然毫不犹豫,皇皇二十册,藕白色精装封面,素洁淡雅。当时,《金瓶梅》还是禁书,偏偏这《李渔文集》中包括了李渔校注的《三国志》和《金瓶梅》各三册。由于这套书买回时并未开箱,回到家中,我才知道竟然糊里糊涂地将市面上的禁书《金瓶梅》买了回来——当然,这是出版社费了不少劲处理过的洁本。

后来,就风行金庸了。最先看的是《笑傲江湖》,真是别开洞天啊。其实,以我的眼光,金庸作品中最具文学性的是《书剑恩仇录》,然后是《鹿鼎记》的前几章。我曾主编过几年报纸副刊,体会到写小说连载的不容易,金庸写社评、办刊物之余能有如此闲暇,真不简单! 当时,三联书店由沈昌文主持,沈公力排众议,引进《金庸全集》,一大套一个人搬着都嫌沉。我毫不犹豫掏出600大洋,将金庸先生请回家也。

自以为读书尚有眼光,一个人书写得啥样,文笔如何,翻几页就清楚了。先是迷台湾作家柏杨,收集齐了柏老的所有作品。后来接触到了台湾的李敖,佩服得五体投地。《李敖大全集》《李敖作品选》《李敖回忆录》以及各种李大师的选本,网罗殆尽,写文章也像模像样地亦步亦趋。李敖终于回到大陆在北大演讲,看得我热泪盈眶。后来,李大师在凤凰卫视开讲《李敖有话说》,我是期期不落。看了李敖的东西,你就明白啥是性情中人了! 说到这儿,我扯开点。李敖被国民党关了十年,出狱后对国民党不依不饶。老人家说,你国民党诬蔑我颠覆政权,把我关进监狱,你禁锢我的大头(大脑)我不说什么,问题是你凭啥让我的小头受了十年委屈! 于时,李敖开始疯狂地"扒蒋介石的皮"、"扒蒋经国的皮"。但李敖快意恩仇,当蒋介石的孙子章孝严患病陷入窘境时,李敖却拍卖字画资助仇敌之孙,只因为章孝严对李大师有知遇之恩。有人当面问李大师:"你一生有那么多女朋友,应该很满足了吧?"李大师反问道:"够多吗? 让我告诉你小女孩与十块钱的故事。我走在路上,看到一个小女孩在哭,我问你哭什么? 她说她有十块钱铜板,掉在马路边水沟里拿不出来了。我于是掏出十块钱给她,说别哭了。她收下十块钱又哭了。我问你有了十块钱,还哭什么? 她说如果那十块不丢,就有二十块了……知道了吧,我不坐牢,我的女朋友就更多。"有人问李敖:你身边美女如云,坐了几年牢又没耽搁你多少事,你何苦对国民党死缠硬打? 李大师的回答很有意思。他老人家说:"我有个笑话讲给你。一个六十七岁的老富翁,非常健康、有钱、有魅力。他喜欢上一个十七岁的漂亮女孩子,居然要结婚了。两人相差五十岁,'老夫少妻'。他的好朋友们不以为然,一齐跑来劝他说,你六十七,女的十七,在床上,要出人命的。老富翁安静地听完了劝告,不以为然地说:的确要出人命的,可是 If she dies,she dies! 她要死,我没办法。"大师作风之硬朗可见一斑!

与李敖酣畅淋漓的文风截然不同,香港散文作家董桥的做派堪称是小桥流水。在当今中国文坛,用字之讲究,文风之婉约,意境之幽远,没人在董桥之上。董桥曾分析说话的智慧。他说,女性比男性更懂得说话的技巧,两位女士见面,会互夸对方"又年轻(或又漂亮)了";如果对方实在不年轻或不漂亮,就猛夸对方的服装好看或款式新颖;如果对方服装一般,就夸对方皮肤白,保养得好,总之,总有好听话在嘴边候着。文人说话就更讲究了。英国有一位名编辑在给一位作者的回信中写道:"Your manuscript is both good and original, but the part that is good is not original and the part that is original is not good. "翻译成汉语就是:尊稿既好又有创意。问题是好的地方没创意，有创意的地方又不够好。

体会一下，损人有时候没必要大动干戈！董桥是翻译出身，当过美国《读者文摘》亚洲版的总编辑，文笔不好不行啊！

风格迥异不宜联弹

物以类聚，人以群分，古人的话不是胡诌的，那往往是经验之谈，是颠扑不破的真理。以钢琴的"四手联弹"为例，需要的是对作品理解的细致入微，需要的是彼此间高度的默契，因此，四手联弹的合作者，要么是师徒，要么是同窗，最不济也得是艺术兴趣的惺惺相惜者。我就是抱着这个朴素的想法买下了章诒和与贺卫方合著的《四手联弹》。

装帧真好。这册《四手联弹》由广西师范大学出版社出版，淡蓝色封面，全彩印刷。全书270页，一半是文字，一半是图片和留白，标价38元，真的是不低碳啊！

读后有点失望。章诒和晚年异军突起，携《往事并不如烟》等回忆录在文坛呼风唤雨，跻身于名家之列，但有一说一，文笔确实不错，写人叙事，极有章法。贺卫方身为北大教授，专业是法学，虽然在中国法学界声名显赫，如日中天，但若以为借此便可转至文坛闯荡，左右通吃，恐怕昏了头。就像当年赵本山演小品出了名，就傻乎乎地被人忽悠着跌进足球圈浪费了一笔银子一样。章跟贺都是名人，都是所在领域的佼佼者，但两人结合起来写同一本书是实打实的拉郎配。如此一来，所谓"四手联弹"还没开场就跑了调。

章诒和是科班研究艺术的文人，艺术圈的事，只要八竿子打得着，她都能入木三分地说上几句。可贺卫方以法学为专攻，离了法学，他立马找不着感觉。两个人讨论迈克·杰克逊，章说得有板有眼，可贺卫方直陈没听过、看过杰克逊，只好顾左右而言他。

章诒和的文章自然好，但我总觉得她过于沉溺于以往，一切都是从前的好，一切都是过去的美，对如今总有一种抵触，因而文章的优雅就打了折扣。这部集子中她写得最好的是《陈姑娘，你的柔情我永远不懂》。歌手陈琳的自杀给章诒和带来的感悟令人唏嘘再三。但与章对京剧名伶的再三褒扬不同，文章中流露出的却是对歌手这个职业的不屑。她在书中写道：

我也有对不住陈姑娘的地方。一次，她打来电话，正逢我与别人商谈事情。有些不耐烦的我对她说："你能不能先说到这里？"

旁边的朋友插话："什么人？"

"一个歌手。"

"你还认识歌手？"对方惊呼。

大概忘记关手机，陈姑娘肯定听见了。因为好几个月她没理我。她该生气。

实际上，我更喜欢贺卫方。多年前，他在《南方周末》上撰文，直斥全国法院系统的"退伍兵"现象，引得广泛关注，甚至酿成风波。其实，他的主旨不过是建议提高法院系统的"门槛"，毕竟法律是个专业性极强的行当。后来，关于他离开北大的事又惹得舆论大哗。现在这事终于有了个结局，贺卫方仍留在了北大法学院，只不过要去新疆石河子支教两年。对这次支教，贺卫方在文章中倒没有流露出什么不如意，相反他字里行间充满了对新疆这块神奇土地的热爱，但我还是从中品出了点苦涩的意味。《四手联弹》有幅贺卫方拍摄的雪漫天山的照片，照片很美，章诒和却从中看出了"寂静而伤感"。贺卫方心有所动，他引用川端康成评价东山魁夷画作的一段话抒发心绪："东山风景画中那种内在的魅力、精神的苦恼，在画面上没有表现出来，而是隐藏在深处。"

这本书中，章诒和有句话说得不错："人的一生，童年有游戏，中年有经历，晚年有回忆。"人这一辈子究竟该怎么个活法？这句话就是个向导。

删了朱自清，还剩下谁？

这些年有人不停地主张删除中学语文课本的有关篇目，比如鲁迅的文章，而且教材编纂部门"从善如流"，确实是开始删了。

实事求是地说，鲁迅的文章对今天的中学生而言有点过于高深了，尤其是鲁迅的句式或语言风格，让孩子们读起来是有些麻烦。删了也就删了。问题是个别专家教授要求删课文的理由让人费解，像《鲁提辖拳打镇关西》，原本是古典名著《水浒传》的精彩片段，从20世纪50年代即被选入初中语文课本，成为几十年不变的保留篇目。偏偏首都师大教授侯会近日提出，这篇课文充满"血腥暴力场面"，因此建议从中学课本中删除。这还不够，他还以《武松醉打蒋门神》《林教头风雪山神庙》等篇目牵涉"黑社会"或野蛮暴力为由,建议一律逐出中学语文课本。

这还没到头。近日,北外副教授丁启阵撰文,建议从中学课本中删去朱自清的《背影》,其主要理由竟然是文中的"父亲攀爬站台",违反了交通规则。

这是哪儿跟哪儿啊!现在的所谓大学教授都是些什么东西?纯粹是误人子弟啊!"拳打镇关西"是除暴安良,"醉打蒋门神""是义胆雄风","风雪山神庙"直接引发了林冲的逼上梁山……这些中华民族口口相传的经典到了喝了几年洋墨水的教授眼中竟然狗屁不是,非要斩尽杀绝不可。难道中学课本里都选点哼哼唧唧的小散文,让孩子们都培养出来做"伪娘"去选秀不成?!

气死我了!就说朱自清吧。他虽是学哲学出身,但文字功夫出奇的好,这也是他主掌清华大学国文系二十年的本钱。他不仅是散文大家,而且是现代文学史上有成就的诗人。一篇《荷塘月色》,一篇《背影》,足以奠定他在中国现代文学史上的地位。

朱自清是中国作家中少有的十分讲究文字技巧的人。在《欧游杂记》自序中,他写道:

记述时可也费一些心在文字上,觉得"是"字句,"有"字句,"在"字句安排最难。显示景物间的关系,少不了这三样句法;可是老用这一套,谁耐烦?再说三种句子都显示静态,也够沉闷的。于是,想方法省略那三个讨厌的字,例如"楼上正中一间大会议厅",可以说"楼上正中是……","楼上正中有……","……在楼的正中",但我用第一句,盼望给读者整个的印象,或者说更具体的印象。

一个作家,不仅要有思想,会编故事,具有丰富的人生体验,更重要也是最基本的,是要讲究文字技巧,所谓练词造句是也。以我有限的阅读经历,对文字精雕细琢的作家,除了朱自清,除了汪曾祺,活在世上的,也只有香港的董桥了。

离婚的女人

离婚对所有女人来讲都是一场劫难。花前月下的卿卿我我,蜜月旅游的甜甜蜜蜜,转眼间竟然成为往事。每一个离婚的女子都有一串伤心的故事,每一个伤心的故事都浸透着晶莹的泪水,每一滴泪水都蕴含着一个女子倔强的心。

从离婚的那一天起,她就走入了一种她根本无从设想的生活。电视机成为她倾诉的朋友,沙发成为她睡眠的圣地,回忆成为她百看不厌的影片。风卷窗纱能引发她少女时的思恋,淅沥的春雨会湿润她朦胧的明眸。茶几上的影集总是忘记合上,干枯的鲜花仿佛失去的日子在花瓶里流连。

一晃半年过去了,早晨离家前,她依然不会忘记涂唇膏,但她已不再叠床上的被子,内衣裤原本即脱即洗,可如今却随便扔在卫生间里,到周末再说吧。在办公室里她仍然保持着那份美丽,但这种美越来越拒人于千里之外了。而且她会莫名其妙地发脾气,办公室的老同事都能善解人意,而新来的刘小姐已经跟别的办公室的姑娘们称她作"更年期"了。临近春节,办公室里的同事们都在张罗着办年货,她却无动于衷。除夕下午,办公室里空落落地只剩下她一个人在窗前发呆,母亲打来电话催她回家吃年饭,她推托说单位工作还没干完,晚会儿再回去。天渐渐地暗了下来,街灯亮了,鞭炮响了,她伫立在窗前,看着街头匆匆而过的行人,两行清泪从面颊上流了下来。她一任泪流满面,她要让泪水在回家见父母前流干。

一晃两年过去了。其间有不少人想给她介绍男朋友,可都被她婉拒了。尽管她内心也渴望男人的呵护和抚爱,但思来想去仍然无法接受除了前夫之外的另一个男人。有一天,她病了,早晨她打电话请了假,在床上整整躺了一天,除了喝了几口水,粒米未进。她突然想起了前夫,往日她病的时候,他总是跑前跑后地张罗个没完。为什么自己当时没有感觉到一丝的温暖?

中秋节前,中学的老同学们聚会,她曾经是班长,当然不能不去。看着饭桌旁年逾不惑的男男女女,她说了很多话,好像把离婚后几年都没说的话都说了个净,大家都非常高兴,自然也喝了不少酒。当深夜她谢绝众人的护送,独自一个人跟跟跄跄回到家中之后,她伏在卫生间的镜子前,哭了,哭得出了声。

第二天上午,她像往常一样打扮得干净利落地走进了办公室,不同的是脸上少有地洋溢出了灿烂的笑容。中午午餐时遇到了常大姐,大姐大概看出她心情不错,就低声对她说:"你也该找个好人彼此照应一下了,我们家老王的单位有个人挺不错的。明天你们先见个面。行不?"她想了一会儿,笑了。

第二天晚上,她去了常大姐家,进门一看,原来介绍的对象竟然是她中学同学。这个同学姓程,从前是班里最窝囊的一个,整天鼻涕拉搭的,学习差得一塌糊涂。她从小学到中学一直当班长,最瞧不起的同学有两类:一是脏,二是学习差。偏偏这两条都让这位同学占全了。那天晚上,她心里甭提多别扭了,可又没法跟常大姐直说,只好应付了一会儿,然后提个借口逃之夭夭。

次日,常大姐问她怎么样,她不好说别的,只好说她再也不想结婚了。

如今,社会上离婚的女人越来越多了,她总觉得自己跟她们不一样。她开始将房间打扫得干干净净,她开始去健身中心,她甚至买了一台电脑上了网。她突然发现,一个人生活原本是件挺有意思的事情。

有一天,她在一家超市门口偶然碰上了前夫。由于是迎头撞见,前夫避犹不及,只好极为尴尬地朝她点了点头。事后她惊讶极了,倒不是因为前夫的打招呼,而是她当时的心境竟然未起一丝涟漪。要知道,她从前曾经恨他恨得咬牙切齿。如今,面对他的点头,她竟然略微地笑了笑。

她觉得自己真是变了,不是年龄,不是容貌,更不是性格,而是心境。

她依旧每日上班,下班,有时回家上上网,看看新闻。不过她从来不进网上的聊天室之类的地方。她觉得,自己从婚姻中唯一得到的教训是:她不再相信用语言所表达出的那个叫"信誓旦旦"的东西。

爱一个人能有多久

1. 偶然买到了女作家徐晓的书,书名和书都让人觉得沉甸甸的——《半生为人》,精装,中信出版社出版。

徐晓说:"不记得是谁说过,一个诚实的人,才有可能是可爱的同时也是幸福的人。同样,一篇真实的文章,才有可能是有价值的同时也是优美的文章。我认为,与其说文章有好与不好之分,不如说有真与不真之别。即使是虚构,其情感的真实与否也是至关重要的。"

现在这个社会,写真实的人和事,表达真实的情感,已经成为一种奢求。这难道不可悲吗?盛夏,借助早晨和夜晚,断断续续地读完了这本书。我感受到了真实,感受到了心灵的跳动,感受到了生活所带来的震撼。

读一位女作家的书竟用"震撼"来形容?好像有点过,但这本书确实让我越读越放不下,读到心动处,竟然湿润了眼眶。我有多少年没有为读一本书而流泪了?

2. 高尔泰这样有着不平凡阅历的人肯为徐晓作序,显然这本书也打动了他。高尔泰对待自己以往的遭遇早已心静如水,却为徐晓的人生境遇感慨万端,可见徐晓的生活颇有与众不同之处。

眼下央视正在播出梁晓声编剧的知青题材电视剧《知青》,网上许多人指责此剧美化了知青生活,跟从前梁的知青题材作品中锐利的批判精神截然不同。我始终没看到梁晓声的正面回应。读徐晓的《半生为人》,却从中找到了答案。徐晓曾因所谓的反革命案被捕入狱,她完全可以通过回忆文章把这段历史写得荡气回肠,引人同情。然而我发现,像高尔泰淡化自己的冤案一样,徐晓回首这段历史时,心情出奇的平静,写人叙事,波澜不惊。徐晓说:"有朋友曾说,我的写作美化了生活。"对此,她冷静地回应说:"最终我把血腥和粗暴的细节删除了,也把荒诞和滑稽的故事删除了,唯独没有删除的是从那个故事中走出来的人,因为那其中虽然凄婉,却飘散着丝丝缕缕的温情。我愿意把这传达给我的儿子,传达给我的朋友。因为我深深地懂得,这对人有多么重要。"

我想起了章诒和作品中散发出的浓浓的怨怼之气,我充分理解她心中的委屈,她多么的需要释放;但我更能理解徐晓作品之所以淡化那个时代血腥和荒诞的意思所在。我想,跟梁晓声一样,如实地反映那个乖张时代的作品太多了,他们只是想通过自己的作品给后人留下些深刻的东西,留下些更能反映人性本质的东西而已。

3. 徐晓深深地怀念着丈夫周郿英,她清楚地记得1978年在北岛家偶遇周郿英的那个冬天。在她绵绵不断的回忆里,更多的是跟丈夫的争执以及丈夫的固执。这跟别的夫妻老缠绵情事作为回忆主题大不相同。当然,徐晓现在想来,心中感到更多的是后悔,如果有来生,她肯定不会与丈夫计较那些生活中的琐事。所以,徐晓说:"人活在世上到底需要承受多少遗憾才算了结呢?"

爱一个人真的不需要理由,但爱一个人总得有原因。徐晓写丈夫周郿英与众不同的个性,寥寥几笔,跃然纸上。周郿英曾有一个朋友,家中十分贫困,周时常接济他。一次过年,周给了那人二十块钱。过罢年,周郿英看到那朋友穿了一件新衣服,心中顿时不满,当面对他说:"给你钱是让孩子改善生活的,你买二十块钱肉,都吃了我没意见,需要时我还可以想办法,但钱不是给你买衣服的!"过了没几天,那位朋友硬是把钱还给了周郿英。过了很多年之后,周郿英还在为这件事责备自己。他对徐晓说:"你不知道我当时多恨自己,恨不得打自己几个耳光。他是个人,别人能穿新衣服,为什么他就不能? 就因为我拿得出二十块钱,我就有资格教训他,伤他的自尊,我成了什么人了?"一个男人能有如此情怀,当然值得徐晓去爱。

4. 爱是痛苦的。徐晓说:"谁爱得最多,谁就注定了是个弱者。"婚后,丈夫长期住院,医院、单位、家成了徐晓的生活轨迹。徐晓周围的人都觉得周郿英婚前肯定对徐晓隐瞒了自己的病。徐晓非常不解,她说:"我不明白为什么很多人会认为身体不好是爱情的障碍,更是婚姻的障碍。"当一个女人把爱情置于至高无上的位置的时候,这种女人不伟大吗?

尽管丈夫病故多年,徐晓仍沉浸在从前的日子里。"想念你,有时候是因为无助,有时候是因为寂寞,有时候是因为自我欣赏或者被欣赏。"徐晓是幸福的,心中有一个人随时可以拿出来想一想的女人都是幸福的。

无忧无虑的人永远无法体会一个人处于困境和末路时的心理感受。丈夫去世后,每逢祭日,徐晓都要去周郿英的墓前祭奠。有一次徐晓带着 8 岁的儿子去郊外的墓园扫墓,下了公交车后,距墓地仍有三四里的山路。走着走着,一辆白色的吉普车在他们身旁停下,司机摇下车窗,头都没回,示意母子上车。徐晓犹豫了一会儿,还是带着儿子上了车。在车上,她哭了,默默地流着眼泪,眼泪打在手捧的鲜花上。"最值得我感激的,不是他载了我们母子一程,而是他从始至终的沉默。"徐晓叙述这段经历时说:"说不出我当时为什么连看都没看那司机一眼,不知道他是年轻的小伙子,还是沧桑的中年人。我想象不出,如果他问为谁去扫墓,儿子会怎样回答?我会怎么回答?说不定我会撒个谎,为了逃避一个陌生人的安慰,也为了掩饰一个女人的伤痛。"

想想我们为别人做好事时的心态?是不是有点居高临下?是不是有点施舍的味道?是不是想从对方口中听上几句谢谢之类的话语?多少年过去了,徐晓对这一段经历仍然难以忘怀。"短短的一段路,长长的一段沉默。几年来,每次去那陵园,我都会重温那段带着伤感与美好的诗意的沉默。"

5. 亲人重病尤其是患了不治之症后,应该如何应对?徐晓用自己的行动做了诠释。为了挽回丈夫的生命,她几乎投入了自己的全部心血,甚至跑到外地的制药公司缠着负责人讨要特价药。然而,这一切仍没能止住死神的脚步。出人意料,她并没有收获应有的善意和好评。有人对她说:"你丈夫太自私了,知道你这么难,他应该主动提出安乐死!"也有人对她说:"你做了一件本来可以不做的事情。你极力挽救他的生命,但是却让他承受痛苦。"对这类话,她觉得"吃惊"。徐晓写道:"一个人为另一个人做什么,或者不做什么,做得多,还是做得少,都是极其自然的。我一直以为,我天经地义地有权为他做生的选择,而无权为他做死的决定。"

在别的女人看来,徐晓的丈夫并不值得她特别留恋。有一次周郿英住院期间,恰逢大年初一,徐晓特意做了两道婆婆常做的菜送到医院。看着丈夫吃完,她忍不住问味道如何?丈夫随口回答:"和我妈做得不一样,没有她做得好吃!"徐晓默默地收拾着餐具,默默地走出病房,一个人在水房哭了,哭了很久。事后丈夫发现了徐晓的异样,但仍然毫无反应。其实,男人真应该知道,一个愿意为你做任何事情的女人,她内心的要求实在不多,不过是想听到一句夸赞,想听到一声"对不起"。

徐晓有一辆骑了二十年的自行车,上班,接孩子,去医院,全靠它。每次自行车出了故障,周郿英总会自己动手修理。其实在心里,徐晓盼望着有一天,丈夫会给自己买一辆崭新的自行车!在周郿英又一次住院之前,在离孩子幼儿园两公里的地方,自行车彻底瘫痪了,前轮竟然飞出好远。徐晓又一次哭了。她写道:"我哭,只是因为女人渴望而没能得到的领会。那领会才是女人的体面、满足和骄傲。虽然那只是一辆自行车,不是一部汽车,不是一所豪宅。那是物质的世界里没有的物,那是形式的逻辑里没有的形。"如果一个女人对男人倾心相爱,她根本不在乎这个礼物价值的高低,她在意的是礼物本身。礼物只是个载体,但却是一个不可或缺的载体。

爱是不需要理由的。徐晓对丈夫已经做到了仁至义尽甚至可以被奉为楷模,但她依然充满内疚。"他停止呼吸的时候,我怎么可以不在场呢?有多少个夜晚和清晨,我都是在医院里度过的,为什么偏偏在最重要的时刻,我会不在场呢?医院填写的死亡通知书写着,死亡时间是早七点四十分,每天的这个时候我已经到了医院,那天的这个时候我还坐在家里,等候来修理纱窗的工人。阳台上的纱窗已经坏了两年,我要在这个夏天快要到来的时候,把它修理好。这是一个多么充分而又无懈可击的理由呀!没有人会在这样的理由面前责怪你;这又是一个多么偶然而又微不足道的理由呀!你自己怎么可以用这样的理由来原谅自己?"

6. 有人曾问过长期串病的周郿英,如果徐晓有了别人,他是否可以接受?周郿英略加思考说:"能。"这个看似大度的回答深深地刺痛了徐晓。因为这个看似假设的问题在某些敏感的人看来,也许是一个已经存在的事实。徐晓在书中并不回避与一凡、与北岛、与史铁生等文友的友谊,比如她与一凡的感情,以我的生活阅历作出的判断,已经到达了爱情与友情的临界点。一凡死后,"我哭得那么伤心纯粹是为了自己。我愿意他活着,为我而活着,为世界上能有一个真正理解我、呵护我、容忍我的人而活着。"这是一种已经超逾一般意义上的感情。一凡不仅是徐晓的感情寄托,还是她的生活导师。"我从一凡身上懂得了抱怨没有用,并且学会了不抱怨,这使我一生获益匪浅——你端着的这碗水洒了,不管你怎样惋惜都收不回来了——这是任何一个家庭妇女都懂的道理,看起来再简单不过了。实际上它包含的是一个完整的生活哲学,是一个使你在生活中不绝望的人生哲学。"

那么爱一个人到底能有多久?徐晓这本书好似回答了这个问题,又好似只是提出了设问。男人可以经历许多次感情,但若探寻其情感历程,其实简单之至。而女人的感情世界宛如深邃的大海,曲折回环。徐晓总结自己的感情历程时说:"一个女人为爱情而活,很可能是真实的;说一个女人仅仅为某一个男人而活,一定是虚假的。一些人一生可能不止恋爱一次，但是为爱情而活的女人，每次恋爱都是对同一种理想与精神的追随；另一些人一生可能只恋爱一次，但是标榜只为某一个男人而活的女人，很可能已经泯灭了理想放弃了精神。"

徐晓的这段话耐人寻味！

闲读《花随人圣庵摭忆》

2010 年 12 月 12 日，在当当网上订购《花随人圣庵摭忆》（上中下三册）。这是我第一次在网上购书，反正是货到付款，所以并没有抱太大希望。不料，12 月 14 日上午，快递员将书送到单位。大喜。此书我寻觅多年，竟如此顺利收入囊中，实在出乎意料。网络真是个好东西！

《花随人圣庵摭忆》作者黄濬（1891—1937），字秋岳，室名花随人圣庵。此人经历清朝末期，活跃于民国文坛乃至政坛。当年梁启超任财政总长时，黄为秘书。后深受汪精卫赏识，赴南京行政院任秘书。1937 年以汉奸罪被处决。

黄秋岳以诗闻名。黄死 10 年后，1947 年陈寅恪有七律《丁亥春日阅花随人圣庵笔记因题一律》，诗云："当年闻祸费疑猜，今日开篇惜此才。世乱佳人还作贼，劫终残帙幸余灰。荒山久绝前游盛，断句犹牵后死哀……"以陈寅恪的眼光，诗能入他老人家的眼，可见黄秋岳非浪得诗名。陈寅恪题诗过后意犹未尽，又写道："秋岳坐汉奸罪死，世人皆曰可杀。然今日取其书观之，则援引广博，论断精确，近来谈清代掌故诸著作中，实称上品，未可以人废言也。"

据说，抗战期间，不少文人热衷于写旧诗。闻一多在西南联大曾公开不满，他义正词严地说："在今天抗日战争时期，谁还热心提倡写旧诗，他就是准备做汉奸！汪精卫、郑孝胥、黄秋岳，哪一个不是写旧诗的赫赫名家？"可见，黄秋岳写旧诗名气确实不小。《花随人圣庵摭忆》并非诗集，而是黄秋岳闲暇所作历史掌故，当时在报纸上连载时即一纸风行。

黄秋岳的死因大致如下：1937 年 8 月，日寇频繁向上海方向调兵。南京政府密谋对停泊在江阴以西长江上的日军军舰实施沉江封锁的重大军事行动，由于泄密，日舰竟在中国军队封堵长江的前一天逃之夭夭。蒋介石大怒，下令严查，结果竟是当时任国民政府军事委员会秘书的黄秋岳所为。著名词学家夏承焘当年 8 月 28 日日记载："黄秋岳、黄晟父子与其他汉奸共十八人，以二十六日晨枪决。"这是国民政府第一次以汉奸罪枪决犯人。文人无德，黄秋岳可资佐证。

我所购《花随人圣庵摭忆》一套三册，中华书局 2008 年 7 月出版，印数 4000 册。近日，睡前读之，感慨良多。

一、中国古建筑毁败的原因

黄秋岳也算是个跨世纪的人物，自然对历史更有发言权。中国古建筑为何遗留甚少？黄秋岳有自己的看法，他说："吾国虽以旧邦著于世界，然大建筑物，除长城外，鲜能促全，以殿宇廨舍率用木材故也。"20 世纪初，古都洛阳已然一片尘埃；汴梁开封，只剩下一座龙亭；金陵南京，止余西华门。中华文明数千年，古都还保留宫殿者，其实也只有北京一城。黄秋岳将中国古建筑没能保留的原因归结为多用木材作结构材料，虽不全面，但有一定道理。以圆明园为例，八国联军火毁之后，留下的残垣断壁都是西洋风格的建筑，园中中式建筑荡然无存。

一国的建筑不但中西有别，还与政治经济密切相关。春秋战国时期，吴国外交家季札出访晋国，明察秋毫，一针见血："吾入其都，新室恶而故室美，新墙卑而故墙高，是以知其民力之屈。"不管你这个国家如何自夸强大，城市建筑搞得不好，新不如旧，至少说明这个国家财力窘迫，掩饰不住。

清代大学者顾炎武也有类似看法："予见天下州之为唐旧治者，其城郭必皆宽广，街道必正直，宋以后所置，时弥近者制弥陋。"盛唐时期，国力强盛，气象万千，其城市布局、道路设置皆大开大合，与国家大势同步亦趋。宋代以后，中国整天被外敌欺侮，疲于奔命，哪有心思考虑城市规划？南宋往后，城建规划日愈糟糕。想到此，我越来越觉得现在人们的学识水平反倒不如古人了。

黄秋岳对此也有评价。他说："末季制置，必苟简于盛时；夫苟与简，未有能成大业者，此实关全民族之气运。"这段话的意思是说，苟延残喘的朝代，其建筑规模肯定不如时逢盛世；城市建筑马马虎虎，得过且过，这种社会发达不到哪儿去。

从建筑布局其实可以看得出这个民族的气势！

二、缘何盗墓？

民谚云："生在苏杭，葬在北邙"。前一句好理解，后一句不少人似懂非懂。北邙者，位于古都洛阳之邙山是也。古人笃信风水，找个臭算命的装模作样地看上一看，这个地方是否适合建都就定下了。追溯历史，从中国第一个王朝——夏朝开始，先后有商、西周、东周、东汉、曹魏、西晋、北魏、隋、唐、后梁、后唐、后晋 13 个王朝在洛阳建都，时间长达 1500 多年，是中国有史以来建都最早、建都朝代最多、建都时间最长的城市。不好意思,我阴差阳错地成为洛阳的子民。

据我观察,这地方确实得山川之胜。它北临邙山,南系洛水,东压江淮,西挟关陇。要山有山,要水有水,东据虎牢关,西控函谷关,北通幽燕,南对伊阙。古人称:"山河拱戴,形势甲于天下。"邙山这个地方很有特色,除去龙门一带为岩石构造之外,其余皆为黄土堆集而成。这对于古人造墓自然得天独厚。邙山盗墓之风源远流长,至20世纪初形成高潮。"洛阳铲"的出现就是盗墓技术日趋成熟的衍生品。不过,洛阳铲现在已经成为考古工作者必备的工具。

盗墓的前提是有墓可盗。在这一点上,洛阳邙山资源丰富。20世纪80年代,当地农民将盗墓作为发家致富的捷径,一大批盗墓村民靠盗墓脱贫。

依中国人传统的价值观念,尊先祖且敬鬼神,偏偏在盗墓这个问题上一反常态,义无反顾地挖而掘之,掘而盗之,真令人不解。黄秋岳对此另有看法,他说:"吾国史例,承平则修墓祭扫,乱离则发冢取物。史册所记,古人大坟高冢,殆无不被掘者。"这样看来,中国人将古墓当作了银行,歌舞升平时,就出钱维护一下;一遇乱世,生活拮据时,就毫不客气地去银行取钱了。令人心疼的是,中国几千年历史,乱世居多,古墓就遭殃了。

三、清末的新闻报道

当局对新闻舆论严格掌控之时,至少说明了一点,那就是对政权尚有信心。清朝末年,社会已濒临崩溃,内忧外扰,朝廷上下一片惶惶,舆论也趋于失控。叶赫那拉氏当时权倾一时,连皇帝也不放在眼里,可那时的报纸却能对朝廷之事指指点点。当时御史王乃徵上书弹劾尚书瞿子玖,偏偏瞿是慈禧信赖之人。黄秋岳引用了当时报纸的报道:

> 王折既上,太后见之甚怒,论曰:"此无他,不过我所用之人总不好。"将立召侍御入对。时某相在侧,因言"御史妄劾人,固极可恨,惟政府事极繁重,诚恐不免疏忽之虞。奴才与共事诸臣,惟有则改之,无则加勉,以息从谤而对圣明"云云。太后乃已。

> 越日,宴见,太后复提及王乃徵事,某相曰:"御史参劾政府,此亦无怪,连上数封奏,则今年炭敬便多收数分,不忧无度岁赀(同财)矣。"太后大笑,然犹深恶王不已。

此报道虽然客观,但仍能看出媒体对慈禧的不满。文中的"某相"不知何人,此君老成持重,见风使舵,顺水推舟,既不得罪西太后,又保护了御史王大人,可谓左右逢源。所谓"炭敬"者,贿金的别称也。冬天送礼时,不提钱只说是送点烤火的东西,是谓"炭敬"。这意思是说,王大人不是连续上奏弹劾西太后爱臣,那就让这位爱臣过节时多给老佛爷送点礼以示惩戒。

当时还有一则报道,看得出朝政的混乱和办事效率的低下。此文较长,举了两件事为例。其一,当时北京使馆区附近驻有外国军队。美国使馆区在正阳门内,美国兵营外面有一块空地脏乱不堪,本不属于使馆区辖,美国人向清政府提出建议,将此处改建花园供中外人士游览。美国人反复交涉,清政府无人理睬。美国人干脆将此空地以木栅围住,当作了操场,也就是说,此地盘成了美国人的囊中之物。

其二,英国使馆外有两条道路亟待整修,多次照会清政府有关部门但没有下文。本来这两条道路在使馆区外,跟英国人无关,英国人见几经反映无人过问,一气之下自己掏钱整修了道路,然后宣布此路段禁止中国车马通行。

从这两件事当然可以看出外国列强的蛮横无理,但满清政府的昏庸也略见一斑。

四、赛金花事多不可信

名人传记的可信度究竟如何?若传主自述不足为凭,道听途说岂可信赖?黄秋岳居京时,关于京城名妓赛金花的传记和小说流传甚广,连著名小说家曾朴、北大名教授刘半农也曾为赛金花作传。黄秋岳以为,像仪鸾殿失火时,瓦德西裸抱赛金花破窗而出这类细节纯属后人演绎。

关于赛金花,清末民初学者冒鹤亭曾述一事:著名词人周仪"与彩云自命甚昵,愿载笔为传。彩云漫诺之。一夕具笔,造妆阁,首询身世,已自十问答二。"彩云者,赛金花的本名也。"十问答二"可有三解:一是谈兴颇浓,采访总共列了十个问题,刚开始谈就回复了两个;二是访谈者周仪自认太了解赛金花,常常自问自答;三是赛谈及身世,不愿回应,十问只答两个。黄秋岳对这类访谈的态度很明确:"夫欲从老妓口中征其往事,而又期为信史,此天下之书痴!"这句话虽有道理,但流露出黄氏对妓女的看不起和不信任。这应该是一种腐朽的封建观念。

当时有人以赛金花类比李师师,黄秋岳颇不以为然。黄说:"师师身价百倍过之,身侍道君,晚遭国变,所谓'檀板一声双泪流,无人知是李师师'者,盖其沦落亦倍甚,故所言所遭,有足记者。"黄秋岳以为,李师师三陪的对象是北宋皇帝宋徽宗,而且此后不久金人攻破汴梁,国破楼空,李师师晚景凄凉,而赛金花虽稍有点姿色,但一生衣食无忧,以后又两次嫁人,有所依靠。由此看来,赛金花尽管当时成为文人议论焦点,常居娱乐版头题,猎奇而已,其人品终不为主流社会所肯定。

五、太监以死直谏

清朝末年,社会一片混乱,宫中秩序也分崩瓦解。世人都以为当时慈禧权高势众,但从太监寇连材之死来看,慈禧的淫威已经面临严峻挑战。

寇连材是北京昌平人,15岁受阉入宫服侍西太后,为梳头房太监。由于甚受慈禧喜爱,不久便转为会计房太监,成为慈禧的红人。与李莲英之流不同,寇连材很有正义感,目睹西太后宫中所为,曾数次直谏,由于其年纪小且身份低下,慈禧"不以为意,惟呵斥之,亦不加罪。"后来,慈禧迁怒珍妃并起了废除光绪的念头,派人给光绪送去鸦片烟具,诱光绪吸食。同时,慈禧又让李莲英及内务府人员散布谣言称,光绪失德,理应被废。与此同时,慈禧大兴土木,修建圆明园。

跟其他太监不同,寇连材每日在慈禧身边,见西太后如此倒行逆施,忧心忡忡。光绪丙申年(1896年)二月初十早晨,慈禧帐中未醒就闻听帐外有人痛哭流涕,慈禧揭帐大怒,只见寇连材跪哭道:"国危至此,老佛爷即不为祖宗天下计,独不自为计乎?"慈禧知道寇连材的倔脾气,当时只是将寇斥退,并没给予处罚。

寇连材见没有任何效果,决定孤注一掷。他请假五日,回乡与父母兄弟诀别。回宫后,将所有积蓄都散发给周围太监。二月十五这天,寇连材直接给慈禧上书,共提了十条建议,其中有"请太后勿揽政权,归政皇上;请勿修圆明园……其内容都是人所不敢言者。"最末一条更是石破天惊,寇连材在折子上说:如今皇上尚无子嗣,太后应该效仿尧舜,"择天下之贤者立为皇太子"。看了这本折子,西太后震怒,召而责之曰:"汝之折,汝所自为乎? 抑受人指使乎?"寇连材回答:"奴才自为也。"西太后不信,就让寇连材将折子复诵了一遍,果然一字不差。按大清朝惯例,太监干预朝政者,一律处斩。其实,自秦汉太监制度设立至清亡,几乎历朝太监都与朝政有着千丝万缕的关系。太监是否干预朝政,全在最高权力执掌者——他想让太监折腾,太监所为就是奉旨行事;他一翻脸,太监就倒了大霉了。

光绪丙申年二月十七日,寇连材交刑部处斩。

六、战与和

说黄秋岳是才子名副其实,但一谈及清末与列强之关系,他的弱点就显现无疑——这也是他后来跟日本人勾勾搭搭的原因。抗战初期,有不少有日本背景的中国文人都对与日本决战不报胜利希望。蒋介石当年曾留学东京振武学校,对日本人颇有知晓,所以对抗日战争亦持悲观态度。

黄秋岳引曾国藩的话说:"自宋以来,君子好痛诋和局,而轻言战争。"黄甚至怀疑岳飞的抗金决心。黄说:"世但盛传武穆有'与诸君痛饮黄龙'语,以为武穆言战必一往无前。不知此为激励将士之词。"黄龙府是辽金的政治经济中心,岳飞曾立下誓言:"直抵黄龙府,与诸军痛饮耳。"黄竟以为是虚妄之辞,是岳飞在蒙混属下而已,可见黄对战争毫无取胜之心。

黄秋岳写道:"国人最大病痛,盖明知其不可战而不敢不言战,发言公廷,与议论私室,截然不同,此非咸(丰)同(治)之际为然,至今恐尚尔也。"这一点,他倒是说出了中国人言行不一的劣根性,在公开场合说的与私密场合讲的大相径庭。

七、光绪皇帝的相亲大会

光绪皇帝名叫爱新觉罗·载湉,是清朝第十一位皇帝,他于1875年2月25日即位,当时年仅4岁。他是道光皇帝的孙子,母亲是慈禧的妹妹。光绪十三年(1887年)冬,身为皇太后的慈禧决定为光绪选妻。这段史实在黄秋岳的《花随人圣庵摭忆》中,记述得很详尽且极具画面感,跟拍电影一样。

那年冬天,光绪皇帝刚满17岁,由慈禧一手操持的选后仪式如期在紫禁城体和殿举行。备选的女子一共五人,依次站立。排在第一位的是都督桂祥(慈禧弟弟)之女,也就是慈禧的侄女(即后来的隆裕皇后);排在第二位的是江西巡抚德馨的两个女儿;排在第三位的是礼部左侍郎长叙的两个女儿(珍妃姐妹)。要说候选者都是名门出身,选谁都在情理之中。但慈禧如此排序,其目的已经不言自明。

当时,慈禧居上座,光绪贵为皇帝却只能在一旁侍立,一群公主、福晋等组成的"亲友团"立于慈禧座后。慈禧座前放有一个长条桌,上面摆着镶玉如意一柄、绣花荷包两对。依大清惯例,被选为皇后者,赐如意;选为皇妃者,赐荷包一对。如此看来,慈禧安排的此次相亲大会,早已内定皇后一人,妃子两人。

仪式开始前,慈禧当众对光绪说:"谁堪中选,汝自裁之,合意者即授以如意可也。"说罢,将如意交到了光绪手中。要说慈禧这话说得冠冕堂皇,你挑老婆,你自己看着办。但长期置于慈禧压制之下的光绪岂敢造次,他忙回答:"此大事当由皇爸爸主之!"清朝人很怪,称父亲为"皇阿玛",称母亲为"皇爸爸"。当时慈禧执意让光绪自己选,推让了几次,光绪有点动摇了,以为这位假惺惺的"皇爸爸"真的要让自己自由放飞一次。于是,他手持玉如意看了看几位待选的"京城名媛",最后来到了德馨两女前。如此看来,隆裕、珍妃肯定不如德馨家姑娘漂亮。正当光绪欲将如意交到德馨姑娘手中时,突听慈禧喊道:"皇帝!"光绪愕然回头,见慈禧努嘴暗示他将如意交于隆裕,可怜这位 17 岁的皇帝无奈之下只好将如意递到了慈禧侄女手中。

按正常的步骤,接下来是选皇妃,慈禧这时已经看出光绪选妃时还会瞄准德馨家姑娘,于是便匆匆命人将荷包交于珍妃姐妹——盖慈禧这个恶女人的思维逻辑很简单:你想干啥,我偏不让你干啥!此后,光绪与隆裕皇后感情一直不睦且移情于珍妃,主要原因就是报复慈禧!

八、跪与不跪

大清的落后与无知,最直观地体现在外国使节在晋见清帝时的跪与不跪上。欧洲诸国来使在递交国书前,每每就跪与不跪与清朝大臣发生争执。乾隆五十七年即 1733 年,英国派使节马戛尔尼来华商议两国通商之事。英船靠岸前,清朝官员非得在英船上插一面旗,上书"英国进贡船"字样。接下来在商讨觐见清帝事宜时,在跪与不跪这个礼节上纠缠了好长时间。马戛尔尼是个明白人,不愿为小节耽误大事,勉强答应届时行单膝礼。当年 8 月 10 日,乾隆在万树园接见马戛尔尼。清人陈康祺《郎潜纪闻》中对此事另有描述:"乾隆癸丑,西洋英咭利国使当引对,自陈不习拜跪,强之,止屈一膝,及至殿上,不觉双跪俯伏。"这番描述有点趋于演义,英使本不愿跪,一见清帝,顿时扑伏在地,这未免有意淫之嫌。当时有人写诗议论此事曰:"一到殿廷齐膝地,天威能使万心降",更是自高自大之语。

同治皇帝末期,19 世纪已经快过完了,中外交往日频,但满清王朝还在为跪与不跪跟外国人纠缠不清。当时的御史吴柳堂曾上疏皇帝,请免外国使臣跪拜之礼。吴氏是极有思想之人,关于外国使节,他写道:"诸臣会议,初则争以见与不见,继又争以跪拜与不跪拜,相持不决,近半年矣。此何大事,而直举国纷纷若是乎?"

尽管吴柳堂仍以天朝大国自居,斥西洋人不知礼义廉耻,但他能识大体,略小节。"即得其一跪一拜,岂足为朝廷荣? 即任其不跪不拜,亦岂为朝廷辱? 臣愚以为,我之尊自若也,不因彼之尊而我始尊也。彼之不屈自若也,不因我之屈而彼即屈也。"

在给同治皇帝的这封上疏中,他对清朝大臣计较细枝末节而对事关国家生存的大事无人过问痛陈不满:"前岁俄夷由伊犁而入新疆,自东而西,包中国一万余里,创千古外夷入中国未有之大局,其措置甚大,其处心积虑甚深甚毒,诸臣不彼之虑,而虑此乎?"

此疏奏罢三十年后，义和团"扶清灭洋"引发八国联军祸乱中国，事后清廷派醇亲王载沣赴德国"谢罪"，德皇威廉二世竟蛮横地要求载沣行跪拜之礼——这就不是礼节的事了，纯粹是污辱！当时载沣等人苦苦恳求，德国人方才罢了！

九、西太后的刁泼蛮横

慈禧纵容太监臭名远扬，朝廷内外一直有大臣想方设法抵制。

光绪五年，慈禧派一位太监赴位于太平湖的醇王府办事。按清廷规定，阉人出宫不得走正门，只能行偏门。该太监仗着给西太后办事，出宫时趾高气扬地想走正门，被值班的卫士阻止。偏偏这个太监要争这口气，非走正门不可。值班卫士也是个倔脾气，非让太监走偏门不行！双方拉拉扯扯纠缠不休，这太监竟原路返回宫中向慈禧诬告说遭"护军殴骂"。慈禧闻听大怒，由于她当时卧病在床，就遣人将慈安皇太后请到了西宫。

看清朝题材的影视剧，常见这个时期的"两宫皇太后"。西宫太后是慈禧，她上边还有个东宫太后，这是皇帝的原配夫人慈安。慈禧虽然刁泼，但在慈安太后面前还知道收敛点。

慈安太后看似不与慈禧争权夺利，但属于大智若愚，关键时刻往往能够挺身主事。当时慈禧有个心腹太监叫安德海（电视剧中称作"小安子"），仗着慈禧撑腰，有点肆无忌惮。朝廷内外，不少人想收拾他而苦于没有借口。同治八年（1869 年）八月，慈禧派安德海到江南办事。"小安子"一路招摇，滋事生非，途经山东境内时，被山东巡抚丁宝桢拿获。丁宝桢上奏朝廷，要求将为非作歹的安德海处以极刑。慈禧有意祖护，但关键时候慈安表了态："立命诛之"。安德海在山东被就地正法。

这一回，又是太监出事。慈禧在慈安太后面前号啕大哭，说是受人欺侮并声言"不杀此护军，则妹不愿复活"。在这种情形下，慈安交刑部尚书潘祖荫处理，并明确表示，若情况属实，当事门卫要斩立决。得知此事，张之洞、陈宝琛等重臣上疏求情。负责审理此案的八位法官经调查一致认为，当班门卫无罪！慈安将刑部此议告知慈禧，慈禧大怒，"泼辣哭叫，捶床村骂"，"村骂"者，乡下人之脏话也。主审法官潘祖荫无奈，回到衙属伏案痛哭，违心拟了一道判决书，将当班门卫处决！

此后不久，慈安皇太后病故，慈禧就更加无法无天了。

十、为政之要在乎民生

以人为本,关注民生,不仅是当今社会的执政理念,古人亦然。黄秋岳论政颇有见解,他说:"开国与亡国之时势皆相似,而气象则迥殊。"所谓开国之恢宏气象,"要而论之,延揽人才唯恐不及,有公诤而无私仇,严于律大官而宽于恤小民,此三者庶几仁厚开基矣。"而亡国之势,恰恰在这三方面倒行逆施。

"严于律大官而宽于恤小民",说得何等好啊! 如果能切实做到,和谐社会指日可待,也不用养那么多城管跟小商小贩打游击了——小商小贩者,小民是也!对他们要体恤、要宽待,这是为政之要。黄秋岳说,"盖政治之精意,即在养活细民四字,在国家未有养活细民较大之计划或议而未举时,于可以养活细民之琐俗,正不妨存之。"街头小摊贩即所谓细民之琐俗也,你不给他提供全额社保、医保,又不让他街头摆摊,他怎么活?

曾国藩任两江总督时,南京地方长官叫涂宗瀛,此君热衷于宋明理学,政治觉悟高得很。当时,有人倡导恢复秦淮河画舫游船等娱乐项目,一时间,秦淮河上莺歌燕舞,一派繁荣景象。南京市长兼书记涂宗瀛先生看不下去了,这人专程找到曾国藩要求下令禁止这些游乐项目,消除不安定因素,理由是"恐将滋事"。曾国藩在处理此事上显示出了大政治家的气量,他笑着对涂书记说:"待我领略其趣味,然后禁止未晚也。"当晚,他邀钟山书院(相当于今南京大学)院长李小湖一同泛舟秦淮河上,但见"画舫蔽河,笙歌盈耳……文正顾而乐甚,游至达旦"。第二天天刚亮,曾国藩就传涂书记晋见,曾对涂说:"君言开放秦淮恐滋事端,我昨夕游至通宵,但闻歌舞之声,初无滋扰之事,且养活细民不少,似可无容禁止矣。"涂唯唯而退。

03

|・如影随形・|

又见凯特·温丝莱特

1997 年看《泰坦尼克号》时，头一次欣赏温丝莱特的演技。说实在话，当时关注的是剧情，对演员的表演没放在心上。总的感觉是，男主角迪卡普里奥年纪太轻，有点镇不住场面；而饰演罗丝的温丝莱特却显得扮相偏老，像个少妇，缺乏小姑娘天真自然的做派。

看了 2008 年温斯莱特主演的《生死朗读》后，内心大为震撼。她饰演的汉娜曾是一位纳粹狱警，影片残酷地叙述了她与一位翩翩少年的感情纠葛——说残酷是因为你一开始就知道这段感情没啥好结局。温斯莱特将一位大字不识的独居女子对阅读、对爱情的渴求演绎得丝丝入扣。她在剧中的大尺度镜头我们丝毫不感到突兀，反倒觉得入情入理。温斯莱特凭此片摘得第 81 届奥斯卡金像奖最佳女主角桂冠。

去年秋天，报纸报道说温斯莱特首次加盟美国 HBO 一部电视剧的演出。当时我心中充满期待。电影演员的表演不过局限在两个钟头以内，而电视剧却可以让她的表演从从容容、有条不紊啊。2011 年 3 月 27 日，温斯莱特主演的电视剧《幻世浮生》（Mildred Pierce）终于在 HBO 电视台首播。前些天，热心网友将已播剧集上网供人欣赏，得以一睹为快。

故事既简单又复杂。用一句话来概括内容——这是一个关于单身母亲米兰达·皮尔斯自强不息的故事。细说起应该这样叙述：20 世纪 30 年代，米兰达·皮尔斯女士在美国一个三线城市过着富足的中产阶级生活。在经济大萧条的冲击下，丈夫的公司破产。这还不算，让她忍无可忍的是，丈夫竟然有了外遇。温斯莱特饰演的米兰达·皮尔斯个性极强且很有主见。换作别的女人，也许就忍了。可她不，一气之下，她将丈夫扫地出门，自己带着两个女儿当上了单身母亲。从此，她历经千辛万苦，一个人风雨打拼，从一个餐厅服务员终于变成了连锁饭店的老板。

这种剧情叙述有点干巴巴的，其实这部电视剧不乏男女间的情感纠葛，对母女间的代沟也有细腻的刻画。剧中甚至还有些暴露场面，但总体上我把它归入励志剧范畴。

温斯莱特在这部电视剧中全方位地展示了她的魅力和表演才华，对人物心理的把握极具分寸感，大开大合，张弛有度。就圈内而言，演电影的大多瞧不起演电视剧的。这些年电影式微，电影演员无事可干，也都跑去演电视剧了。所以电视剧比前些年就好看起来了——国产电视剧也是一样。

与电影相比，也许有人觉得电视剧没啥艺术性，但对视表演艺术为生命的温斯莱特来说却不然。她在谈到这部电视剧时说："在我的演艺生涯中，从没有在一部作品中需要阅读那么多剧本，我头一次感到电视和电影的差别，拍电视剧比拍电影更加辛苦。"

曾有国内电影演员表示演电视剧跟玩似的，看看人家温斯莱特——对表演艺术情有独钟，绝不会因为拍电视剧就慢待艺术。

在此，向诸位推荐温斯莱特主演的美国电视连续剧《Mildred Pierce》，别怕长，网上只有新播出的 5 集，每集 60 分钟。不过这部电视剧的中文名称有点吓人，除了叫《幻世浮生》外，还有人译作《欲海情魔》。哪个龟孙翻译的？跟个色情片似的，八竿子打不着啊！

吸烟者的爱情

这是我给香港影片《志明与春娇》起的名字。其实我非常喜欢这类小制作的片子——所谓的大片几乎把精力和资金都用在了形式和特技上，对影片的情节、人物、语言等反倒漫不经心，而小制作的影片往往不在形式上做文章，踏踏实实地在内容上下功夫，这样的片子当然看起来很有味道。

关于吸烟，蔡澜说过的两句话令我印象深刻。一句是说抽烟的："一群围着桌子吃饭的人中，说话最有意思的肯定是抽着烟的那个人"；一句是说戒烟的："抽了几十年的东西，已变成朋友！几十年的朋友可以一下子抛弃，这种人，薄情得很，你要小心！"无论是谈对象或交朋友，对戒烟的人都要提高警惕。

《志明与春娇》讲述的是一对香港年轻人的恋爱故事。影片有个很有意思的背景：特区政府宣布，2007 年元月 1 日起，在所有公共场所禁烟。这迫使烟民们一到工休或午餐时间就从写字楼上蜂拥而下，在僻街小巷里吞云吐雾，大过其瘾。这个地点、这个时段也成了年轻人新的社交场所。志明与春娇的爱情之旅也从此地、此时起航了。

不会吸烟的人也许永远也体会不到吸烟者之间那种暧昧的情愫，尤其是这种暧昧发生在青年男女之间。递烟,点烟,轻轻地舒出一口青色的烟雾,一种缠绵的氛围在不知不觉中酝酿得天衣无缝。我是头一次看余文乐和杨千嬅出演的电影,真看不出任何表演的痕迹,志明和春娇仿佛就是余文乐和杨千嬅。在现代社会,爱情的确不那么稳固了。那种刻骨铭心、那种山盟海誓,已然成为20世纪的古董。爱或者不爱,尽在一句话之间;分或者合,一根烟就能搞定。

《志明与春娇》毕竟反映了恋爱中的男女那种欲迎还拒的情感状态——在这一点上,大陆与香港似乎没什么不同,本世纪与上世纪依然亦步亦趋。女士们信奉这样的恋爱信条:不能对他太好,否则他便不知道珍惜。男士们则殊途同归:她越是主动,自己的心理压力反倒更大;她越是冷漠,反倒会引起自己追求的热情。

我用五笔打字,杨千嬅的"嬅"怎么也打不出来,只好上网上搜了个繁体的"嬅"字充数。这一搜令我又有收获,《志明与春娇》2010年在香港上映时,竟然被归入"三级片",观看者年龄须在18岁以上。我晕,这片子连个接吻的镜头都没有,"三级"从何而来? 难道我看的是"删节版"? 再上网搜,原来将其划为"三级片"的原因是片中粗口太多。所以,内地上映的是"删节版"。彻底崩溃。

爱是一种纠结的快乐

张志明与余春娇的爱情无疑是一种姐弟恋。在许多情形下,爱情这东西可以超越年龄的局限,但姐弟恋的主控权在女方,换句话说,这种爱情关系的成功与否完全依赖姐姐的态度而定——姐姐要放手,这段情愫就会无疾而终;姐姐要坚守,这份情缘就会遇险不惊。

春娇一直是两人爱情股市的操盘手。她说放弃,张志明扭头就走;她说不舍,张志明就留在原地。张志明其实是一个永远长不大的孩子,尽管影片让两人重归于好,但后面可拍的桥段还多得很。大家完全可以期待导演把这部片子继续拍下去。姐弟恋的波折还多着呢!

恋爱中的男女互相影响。余春娇自己也承认,潜移默化中她已经成了另一个张志明;而张志明在这段曲折回环的感情纠葛中不知不觉中也早成了余春娇。

人都说爱情是甜蜜的,这只是表面。爱情当然快乐,但很多情形下,这种快乐是以纠结的形式体现的。

网站上把这部片子归类入"喜剧片",我以为不妥。尽管有喜剧因素,加入了徐峥等演员友情出演,这部片子总体上若不属于文艺片,至少也属于正剧。

把《春娇与志明》的感情背景放在北京,也许是为了吸引内地观众。其实背景放在哪儿都无所谓,就男女之情而言,香港跟北京大同小异。

警匪片、武打片、喜剧片、恐怖片,内地拍不过香港;看了《志明与春娇》和《春娇与志明》才发现,原来爱情片内地也不是香港的对手。

杨千嬅虽然没有杨幂那么漂亮,但演技远在杨幂之上。虽然长得不似天仙,但杨千嬅挺耐看。

国王也不快乐

早就知道了英王爱德华八世"不爱江山爱美人"的浪漫故事,看了奥斯卡最佳影片《国王的演讲》,又认识了英王乔治六世。

一直对爱德华公爵心怀敬意。当时有人对他冷嘲热讽——为了一个已婚女人,竟能将王冠让出;更多的人把他与辛普森夫人的结合当作传世的爱情典范。《国王的演讲》这部影片颠覆了我对爱德华公爵的美好印象。一个平民百姓可以整日迷恋于卿卿我我,这是他个人的事;而一个国王在国家危亡之际沉湎于儿女私情必是昏君无疑。这部电影完全将爱德华公爵作为负面人物来刻画,他的纨绔,他的尖刻,他对皇弟口吃缺陷的嘲笑,他对辛普森夫人的唯命是从……爱德华公爵"情圣"的光辉形象訇然倒塌。一部电影的作用就是这么大。

还是来说说这部电影的主角约克公爵也就是后来的乔治六世吧。从童话中,在现实中,都给人一种印象:国王是快乐的。"普天之下,莫非王土;率土之滨,莫非王臣。"这还能不快乐? 但事实是,国王确实不快乐。想想看也是,如若国王一快乐,黎民百姓恐怕就遭殃了——古今中外,多少史实都能证明这一点。遇上一个整天寻欢作乐的皇帝,国家社稷离灭亡就不远了。乔治六世不快乐,这种不快乐不仅是他一直生活在父王和王兄的阴影里,而且他从小就不受人待见,连保姆都敢给他小鞋穿。他原本是个左撇子,可严格的家教硬是强迫他在日常生活中使用右手。最关键的,也是这部影片的焦点,乔治六世患有严重的口吃,一遇重要场合,他连句完整的话都说不出来。《国王的演讲》说的就是乔治六世如何在专家的指导下克服口吃的故事。

这部电影并非传记片,它的成功之处是截取了个小切口,仅仅围绕国王如何克服"口吃"这段过程,反而大获成功。这部电影也可以换一个名字《一个口吃治疗师的故事》。虽然片中主角是国王,配角是治疗师,可随着剧情的发展,很难说清谁是主角或配角。医生和患者相互交融,相互施压,一串串的火花就迸发出来了。饰演乔治六世的科林·费斯和饰演治疗师的杰弗里·拉什都是圈内知名的"老戏骨",两个表演艺术家在影片中飙戏,五场校正口吃的戏,一场比一场精彩,尤其是治疗师诱导国王大爆粗口那场戏,科林·费斯全然入戏,怒目圆睁,满面通红,跟真的一样啊。也就因为这场戏,本片在英美国家仅限"18岁以上观看"。

比起爱德华公爵,乔治六世是个标准的美男子,特别是他穿上制服发表圣诞讲演时,那派头,那风度,十足的帅啊!

二战期间,乔治六世与英国人民一道坚守在伦敦。1952年2月6日,57岁的乔治六世因病去世,遗体安葬在温莎城堡。他的大女儿伊丽莎白二世继位至今。

谁能让生活举重若轻

我真受不了《生命中不能承受之轻》这个译名,The Unbearable Lightness of Being这个英文名字可有多种译法,要让我来译,可译作《生命之轻》《人生若梦》,都比这个傻乎乎的《生命中不能承受之轻》强。影片译名为《布拉格之恋》也挺贴切。

"布拉格之春"只是米兰昆德拉为人物提供的一个大背景,他更在意人物之间感情的刻画。很多人感兴趣的是这部影片的政治因素,其实托马斯与特丽莎和莎宾娜之间的感情纠葛即使没有政治这个背景,依然会按照生活的逻辑发展,只不过略微转换一下场景或情节而已。

灵与肉

有些人天生就是情圣,艳遇如影随形。浪子风格的男子似乎更能引得女人垂青,此即"男人不坏,女人不爱"的意思。身为医生的托马斯偏偏又有医生的一技之长,自然如鱼得水。

在男女关系中,灵与肉到底哪个起着主导作用? 一见钟情的爱与日积月累的爱哪个更醉人? 莎宾娜与托马斯的情感已经超越了肉体关系,又不单单是爱情,而是心灵相通的密友关系。托马斯与特丽莎之间的爱更多地体现在肉体上,尽管托马斯选择了与特丽莎结婚,但在心灵感应上,莎宾娜依然是首选。托马斯死亡的噩耗传来,泪水止不住从莎宾娜脸上滑落。

灵与肉在爱人关系中哪个更重要,这实在是个先有鸡先有蛋的两难问题。没有灵的肉未免太自然主义,没有肉的灵恰如柏拉图般空幻。灵与肉的融合当然是一种理想,影片主人公也没有达到这种境界。

轻与重

现代社会人们感觉到的是生活和工作的重压,影片探讨的难以承受之轻似乎令人茫然。影片所表达的这种轻,是人生的不可捉摸,是人生的倏然若梦,是人生的不堪回首。

人生位置的转换不以人的意志为转移。托马斯本是一位令人尊敬的医生,风云突变的社会现实使他成了打扫卫生的保洁工。日内瓦的生活优哉游哉,他却义无反顾地回到布拉格,终于忍受不了政治压力而甘心在农庄与拖拉机为伍……生活的重与轻全在个人如何对待。城市里坦克横冲直撞,乡下小酒馆里人们仍可以歌舞升平。有时候自由知识分子活得并不洒脱,有思想的人反而更容易感觉到人生的重压,反之,那头喝啤酒的小猪倒是每天欢天喜地。

有思想但无法适应社会,聪明透底却脑袋空空。轻与重就像陀螺一样不停地旋转,只有举重若轻的智者才会应对自如。托马斯当然做不到,能做到的能是哪些人呢?

我们都会生老病死,最佳选择是在生活最美好时戛然而止。影片结尾的车祸让美好的人生成为定格。

血性阳刚的史诗之作

当年我看《海角七号》时,对台湾导演魏德圣颇有微词,觉得影片时不时流露出对日本或日本人的丝丝缠绵,对台湾的日据时代很有些怀旧的感觉。所以,当《海角七号》引进入大陆时,我十分诧异——都说大陆电影审查制度如何严厉,《海角七号》竟能顺利过关,令我对电影局审片者的水平很有几分怀疑。

2012年5月10日,魏德圣执导的《赛德克·巴莱》在大陆院线上映,虽然媒体和专业影评人好评如潮,但票房只能用"惨淡"来形容。这部在台湾创下2.2亿人民币票房的史诗作品,在大陆的最终票房勉强才达到1000万元。

我在网上断断续续看完了高清版的《赛德克·巴莱》——因为实在抽不出完整的时间来观看这部四五个小时长度的影片。我看的是该片的台湾版,分为上下集:《赛德克·巴莱(上):太阳旗》和《赛德克·巴莱(下):彩虹桥》。据说大陆上映版压缩为两个多小时。

感觉非常震撼,很长时间没有看到过这么血脉贲张的电影了。画面唯美却充满阳刚之气!想不到看似文质彬彬的魏德圣竟然通过影片宣泄出他的一腔热血。说《赛德克·巴莱》是史诗之作绝非溢美之词,魏德圣花费12年光阴精心打造的这部作品将来在中国电影史上肯定有它的位置。

影片讲述了20世纪二三十年代,台湾原住民赛德克族首领莫那鲁道率众反抗日本统治而遭到残酷镇压的史实。一般人会把这部电影理解为"台湾抗日片",从表象上看也许有一定道理。但仔细品味魏德圣在影片中传递出的信息,我觉得已经远远超出抗日的范畴。浓墨重彩的《赛德克·巴莱》反映的是原住民血液中流淌的"英雄"情结。正像赛德克族首领莫那鲁道在影片中所说:"男人没出草取过敌人首级,就跟女人不会编草织一样无用。""赛德克可以失去身体,但不能输掉灵魂。"

赛德克人的揭竿而起,不是因为对方是日本人,而是把日本人当作霸占了自己牧场的"异族人"。也就是说,如果对方是汉人,赛德克人同样会无情出击。在赛德克人眼里,斩取敌人首级是男人的骄傲,而面对失败,他们无怨无悔地愿赌服输——最终以自杀来维护最后的尊严。连影片中的日本军官也感叹:"没想到在台湾山地竟看到了久违的武士道精神。"

仅以抗日这一表面元素来理解《赛德克·巴莱》会误解了魏德圣的初衷。影片《赛德克·巴莱》的英文名字是《彩虹战士》,魏德圣在解释影片的主题时说过:"赛德克人起义杀日本人,不是为了报仇,而是要证明自己是勇士,证明自己的文明在这片土地上的价值。"赛德克人的豪爽、义气、剽悍、血性……这正是现在的所谓文明人所欠缺的。

抗日题材可以从多种角度反映,《赛德克·巴莱》是一个成功的例证。而潘长江饰演的《举起手来》之类的恶俗影片完全是意淫之作——当我们看着日本鬼子像小丑般在银幕上蹿来蹿去时,麻醉的其实是我们自己。

每个人都是传奇

布拉德·皮特有一双忧郁的眼睛,这双眼睛既清澈无邪又深不可测。浪子的形象置身于美国西部荒原之上,剽悍之气油然而生。皮特饰演的 Tristan 生于军人家庭,自幼由印第安人调教,养成了无拘无束、自由奔放的个性。

《燃情岁月》既是一部家族史,也可以算做兄弟三人的故事。老大 Alfred,一生中规中矩,步入政坛;老三 Samuel 充满激情,最得家人喜爱却殒命战场;老二 Tristan 由皮特饰演,长发披肩,天马行空,我行我素。

这是一个适合男人看的电影,阳刚之气贯穿始终。

关于责任。Tristan 一生的负疚是在战场上没有保护好弟弟 Samuel。兄弟仨参军前,Tristan 答应父亲照顾好弟弟,看着 Samuel 在自己怀中死去,他终此一生也没能摆脱愧疚。他娶了 Samuel 的女朋友 Susannah,尽管不乏爱情因素,但更多是弥补这种歉疚。践诺尽责是一个男子汉最起码的处世原则,美国电影中特别重视对承诺的一以贯之。

关于爱情。Tristan 一生对两个女人动了感情,一个是弟弟的女朋友 Susannah,一个是印第安姑娘 Isabel。但生性不羁的 Tristan 爱得热烈,走得也决绝。

对于爱情,哪怕这爱情刻骨铭心,随着时光磨蚀,大多数男人会从容地把这一页翻转过去;而爱情之于女人,却是终生难以忘怀!当女人或者所谓爱情阻碍了 Tristan 的人生轨迹时,他会毫不心软地舍弃。《燃情岁月》既让人品味了爱情的甜蜜,更让人体会到爱情的冷酷。

关于孤独。从内心深处而言,每个人都是孤独的。大哥 Alfred 一生循规蹈矩,虽然事业一帆风顺,感情却不如人意。Alfred 一直纳闷:弟弟 Tristan 不修边幅,吊儿郎当,一事无成,偏偏所有的女人都垂青于他,连 Alfred 的妻子也未能例外。

Tristan 当然是孤独的集大成者,受女人爱恋,但很少有人能进入他的内心。在外面的世界游荡反而令他心旷神怡,真正窝在家中,常常会引起他莫名的狂躁。荒原和森林是他精神的家园,他最后死在森林中也算是死得其所。

《燃情岁月》拍于 1994 年,英文名字是 Legends of the Fall,直译为"秋日传奇"。Tristan 一角本来打算请约翰尼·德普(《加勒比海盗》主演)出演,后来又考虑过肖恩·康纳利（007 主角）和汤姆·克鲁斯，但都未能如愿。时年31 岁的布拉德·皮特幸运入选，也算是巧合。

这部影片在中国观众中好评如潮，其实只获得过 1995 年奥斯卡的最佳摄影奖。影片的主题音乐常常在中国的电影音乐会上响起。

那些逝去的青春

早听说电影《美国往事》，昨晚抽时间看了，挺长，近四个小时啊。本来一部关于黑社会兄弟情仇的故事，却让人看得心有所感，心有所动，恍然间想到了自己小鸟飞去不归来的青春。

跟《教父》和《纵横四海》这类黑帮片一样，我们感兴趣的是影片中洋溢的朋友之情、男女之情，当然还有一环扣一环的阴谋与冒险。我们忘了片中人物的黑社会背景。他们也是活生生的有感情有痛苦有烦恼的人啊。

跟国产影视剧大不同的是，《美国往事》《教父》《基督山伯爵》这类影片中的人物并不是非黑即白。看似好人，内心也有见不得人的东西；冷面杀手，也会为爱情忧伤。但凡影视作品以普遍的人性为视角，刻画的人物就会有血有肉；反之，剧中人物好得像圣人，坏得如魔鬼，这是电视剧的路子，登不了大雅之堂。

特别喜欢那个跟在 Max 和 Noodles 屁股后面欢天喜地的小孩子，长得太漂亮了。他的死不仅点燃了 Noodles 的怒火，相信让所有的观众感到痛心——尽管这孩子其实是我们通常意义上的贼。能让我们喜欢上一个小偷，导演已经很成功了。

Noodles 与 Max 的兄弟感情属于剪不断理还乱那种。道不同不相为谋，Noodles 告发 Max，虽然有点不义，但骨子里是为了救 Max；而 Max 巧设苦肉计，却是一箭双雕，既让自己悄然远遁，又让 Noodles 永生心怀歉疚。

好影片自然离不开爱情。Noodles 与 Deborah 的情感纠葛从头至尾以失意告终，得不到的感情是最刻骨铭心的。想想看，如果这两人真的成就了姻缘会是怎样？Deborah 本质上跟 Noodles 不是一路人。爱本来就是一种缘分，强求不得。Noodles 动粗得到了 Deborah 的肉体，那又能怎样？照样是大路朝天，各走一边。

Noodles 与 Max 最后一场戏本以为会是一场生死搏杀，不料却是兄弟之间的内心告白。生死对峙之际，两个人脑海中浮现的都是青春的时光，那些无忧无虑的日子，那些一去不复返的点点滴滴。

231

有人把《美国往事》称为"男人必看片",据说姜文拍《阳光灿烂的日子》之前,把《美国往事》看了 50 多遍,可见有多喜欢。1984 年拍摄的《美国往事》英文名字叫"Once Upon a Time in America"。港台译名为《四海兄弟》或《义薄云天》,影星罗伯特·德尼罗饰演 Noodles。

心魔

正像许多中国学生在历史课上了解南京大屠杀一样,十六岁的美国中学生托特是在历史老师的口中知道了纳粹大屠杀。他不明白为什么老师在讲课时有点吞吞吐吐,其实历史老师是不想让这些未成年人过早地接触这些触目惊心的血淋淋的史实——这一点,跟我们中国不一样,我们恨不得把幼儿园的孩子都领到南京大屠杀纪念馆去。

托特是个聪明透顶的孩子,他整天埋头于学校的图书馆中,研究纳粹在二战中的所作所为,对那些臭名昭著的集中营中发生的事情甚至比老师还了如指掌。大凡一个人对某一事物或现象过于执着,就有点不对头了,这就是我们所谓的"走火入魔"。少年托特就是这样,由于他过于关注纳粹大屠杀,以至于走在街上也有些疑神疑鬼,仿佛身边经过的人都像是当年的纳粹军官一样。事情也就邪门,有一次托特在地铁车厢里偶然瞥了一位老人一眼,忽然心头一动:这人怎么跟战后失踪的一位纳粹军官如此相像? 也正应了无巧不成书这句老话,这个老家伙还真是个隐身美国四十年的前党卫军军官。

托特的聪明令人吃惊——他竟然悄悄地将老纳粹留在邮箱上的指纹取下来与图书馆保存的纳粹军官的指纹进行比对。所以,当他闯进老纳粹家中揭穿其真面目时,老人家真是张口结舌了。

影片的名字是《Apt Pupil》(应该翻作"明瞳"? "火眼金睛"? 网上亦有"纳粹高徒"、"聪明学生"等译法),我觉得《纳粹高徒》的译意似乎更能传神。托特不仅仅是对这个纳粹老人所犯下的罪行感兴趣,他进而以举报为要挟,试图掌控这个老奸巨猾的纳粹。两人斗智斗勇,虚与周旋,这种奇特的关系终于慢慢失控,影片的结局终于走向极端,令人震撼……

片中的一老一少表演起来游刃有余,不露痕迹,正中带邪,善中有恶。看这部影片,有时候真得屏住呼吸呢!

电影院的故事

　　说起电影院,恐怕四十岁靠上的人都珍藏了几则有关它的故事或者回忆。今天,我们暂且不谈自己的感受,且看看世界著名的电影人对电影院的印象——2007 年 5 月 20 日,戛纳电影节上有个特殊的非竞赛单元,放映了由当今世界电影界三十五位著名导演以电影院为主题拍摄的短片,每人三分钟,总冠名为《每个人的影院》(to each his cinema),法文名字可能会更精确点,英文名字就有点不好译。夜深人静之际,认认真真地欣赏了一遍,觉得很有意思。尤其是五位中国导演面对这篇"命题作文"八仙过海,充分展示了自己的风格。

　　欧美国家电影导演镜头中的影院往往空空荡荡,三两个观众无所事事地坐在座椅上有一眼没一眼地瞥着银幕。影院中的窃贼,电影院中的情侣,有关影院的RAP……最搞笑是大名鼎鼎的导演波兰斯基竟然利用这宝贵的三分钟以情色电影为依托,以手机段子为台本,拍了一出幽默剧。具有反讽意味的是德国导演文德斯的短片《战后的和平》,非洲索马里一个小镇上简陋的录像厅里,中国的《十面埋伏》和美国的《黑鹰坠落》同时放映,要知道,这后一部片子所反映的内容正是执行维和任务的美国人与索马里部族武装发生激烈交火的事件。以色列导演阿莫斯·吉泰的《海法电影院》依旧承袭了犹太人的忧患意识,电影院里也难觅平静,爆响的炸弹惊醒了影迷的一帘幽梦。

　　当然,我对这个系列短片感兴趣还是缘于中国导演的参与。

　　有五位中国导演提交了自己的作品,分别是侯孝贤的《公主电影院》、张艺谋的《看电影》、蔡明亮的《是梦》、王家卫的《我走过 9000 公里把它给你》和陈凯歌的《朱辛庄》。

　　看得出五位导演都铆足了劲要在戛纳与同行比试一番,在片子中有意无意间展示了自己的个性。其中,以王家卫的短片最晦涩难懂,这也是王氏电影的一贯风格,半边人脸,朦胧的大腿,画面的虚幻和暧昧令人莫名其妙,还有那个长长的片名更是不知所云。

　　侯孝贤和蔡明亮拍摄的都是关于电影院的怀旧主题,侯孝贤甚至动用了张震、舒淇饰演短片中的人物。相对于侯孝贤过于关注生活中的琐碎细节而言,我更喜欢蔡明亮的《是梦》。从外婆年轻时喜欢看电影,到一家人坐在影院中将外婆的遗像端放在座椅上,耳旁是李香兰飘飘袅袅的老歌,折射出人生的变迁,颇有韵味。

张艺谋的《看电影》是一部黑白片,以乡村露天电影为轴,承载的信息量不小,其中有放映员与村姑的爱情,孩子们对看电影的欣喜以及乡间民俗等等,应该说这部片子在三十五部作品中不逊于他人,而农村题材原本就是张艺谋的强项。这一点张艺谋一定要牢记,他拍的城市片几乎都与他的名声不相符,包括他拍的申奥片之类。

陈凯歌的《朱辛庄》也是黑白片,同样是乡村电影,看来,两位导演事先没怎么沟通,要不怎么也得换个题材。至于孩子们用自行车为电影机发电以及后来突然冒出来的残疾人主题更是不伦不类了。不喜欢。我的意见,陈凯歌应该息影潜心修炼几年再行复出。

不管怎么说,戛纳电影节今年推出的名导演三分钟短片系列也是一个创新。一下子接触那么多导演,对观众而言,真是一种幸运啊!

霍乱时期的爱情

我应该是从好莱坞大片《金刚》中认识娜奥米·瓦茨的,那部片子中,她只是个花瓶式的角色。但看了《面纱》(The Painted Veil)后,对她的演技不得不刮目相看了。

这部片子好看,当然离不了毛姆同名小说的魅力,也离不了西方人眼中的东方异域色彩;当然,更离不了男主角的扮演者爱德华·诺顿不露痕迹的表演。

新婚的沃特夫妇从英国来到中国南方某地从事传染病学研究,丈夫从心底里深爱着妻子,而出身名门的妻子却无法对丈夫倾注热情。丈夫学究式地专注于工作,使感情丰富的妻子终于耐不住寂寞而红杏出墙。纸自然包不住火,丈夫发觉后痛苦万分,妻子竟然将错就错,堂而皇之地向丈夫提出离婚。出人意料的是,妻子的情人不过是逢场作戏,根本没打算娶她。妻子吉蒂深受打击,不得不随丈夫去一个突发霍乱的小镇救助病人。内疚的吉蒂试图弥补与丈夫的感情裂痕,但丈夫却不为所动,只顾埋头抢救病人。痛定思痛,吉蒂也把精力投入到了当地教会的慈善事业中。在共同抢救霍乱病人的过程中,夫妻两人重归于好,但丈夫最后却染病身亡。

　　据说这个故事并非虚构,毛姆这篇小说刊出后,当时的助理港督曾起诉毛姆侵害其名誉权。不论故事是真是假,既然有人愿意对号入座,这就足以说明:故事肯定来自生活,所以才会引人共鸣。

　　看了这部影片,感慨良多。丈夫沃特是博士,可谓学识渊博,但生活中真是一团麻呀。你爱人家,人家不见得就一定爱你。妻子说得好:"人不比微生物更复杂吗?"但爱这东西毕竟力量无穷。也正是因为心中有爱,沃特才在妻子出轨之后仍能回到她身边,尽管这过程未免有点痛苦。

　　女人大都心怀虚荣。这并非贬义,这是女人的特质,与爱家,顾家,为爱牺牲等等一样,爱美,爱攀比……这不正是构成许多女人共性的东西?这不丢人。吉蒂也一样,她不愿听从父母包办自己的婚姻,但为了摆脱父母,仍然利用了父母的包办。可以说,结婚时她并不爱丈夫,她有自己的内心世界,她内心喜欢的是像身为领事馆主管那样善解风情的男人。她是先结婚后恋爱,丈夫短时间内根本进入不了她的内心深处,这一点沃特心知肚明。遗憾的是,丈夫竟然丝毫不懂婚姻经营之道,直到最后他才承认:"我们都在寻找对方缺少的品质",这正是婚姻之大忌呀!

　　与这个人相依相守的时候,不知道珍惜;当永远失去他时,才真正爱上了他。正是凭着这份爱,吉蒂在与情人重逢时,才能够心如止水。影片的结局埋下了伏笔,这部片子应该还能拍出续集——吉蒂的儿子到底是谁的?从影片的暗示来看,这孩子应该非沃特所有,他是吉蒂情人的骨肉。如此一来,一个新的故事又要开始了!

历史的另一面

　　在苏联影片中,高尔察克是作为白军首领来表现的。北高加索地区、伏尔加河及顿河领域直至西伯利亚,疯狂地跟红军对着干的白匪军总头目不是别人,正是高尔察克。

　　而在俄罗斯新拍的故事片《高尔察克》这部影片中,同一个高尔察克,却成了为祖国英勇献身的民族英雄。

　　人说历史是妓女,任由后人玩弄。此言不谬。这句话换作西方学者阿克顿先生的话来说就是:历史并非纯粹的事实,而是有道德与信仰的法则贯穿于始终。

这种史学上的道德无分善人或恶人，意在警示整个人类的弱点。阿克顿坚持认为，"问题不在于哪个具体的阶级不适合统治，而是所有的阶级都不适合统治。"作为俄罗斯19世纪末20世纪初的风云人物，究竟如何评价高尔察克，现在盖棺定论还为时过早。所以说，看《百家讲坛》学历史肯定要误入歧途；看影视作品了解历史人物同样会一叶障目。

平心而论，作为电影作品，《高尔察克》的艺术质量完全可以竞逐奥斯卡外语片奖，而且当之无愧！这既是一部人物传记片，是一部爱情片，更是一部可歌可泣的战争片。

男主角的饰演者是俄罗斯当红男星康斯坦丁·哈宾斯基（曾主演《守夜人》），相信中国的女性看了他都会入迷。那气质、那帅气、那风度，我们中国的男演员都歇了吧！

流言蜚语

这应该是一部低成本的影片。三两个男女演员，大都是室内场景，肯定花不了几个钱。但电影的好看跟花钱多少好像没有必然的关系。

影片叫作《丑闻笔记》(Notes on a Scandal)，其实还可以翻译得更有点文学味，译成《流言蜚语》也许更有韵味。这是一部根据小说改编的故事片，同名小说曾获得2003年度的英国布克奖提名。在英语世界，布克奖跟诺贝尔文学奖也差不了多少。很奇怪的是，它在美国上映时间是2006年12月25日——圣诞节呀。尽管该片获得了2007年度第79届奥斯卡奖4项提名：最佳改编、最佳女主角、最佳女配角、最佳配乐，可这部片子毕竟不是个喜庆的故事！

不伦之恋虽为世人不齿，但总能吸引眼球。女主角希巴是个四十岁的中学女教师，有儿有女，家庭幸福，关键是她风韵犹存且耐不住寂寞。家庭幸福只不过是别人眼中的印象，希巴自己可不这么想。丈夫疼爱他，可她却总觉得不对路，不满足。于是，当早熟的中学生康纳利诱惑希巴时，她几乎采取了不抵抗主义，不经抗战就缴枪投降。与这个15岁少年缠绵悱恻让希巴焕发了青春，生活仿佛充满了活力。她并不想毁掉家庭，爱丈夫，爱儿女，爱自己的工作，生活原本可以这样按部就班地进行，但生活如果总是这样未免过于乏味，这电影也就拍不下去了。于是，希巴学校的女同事芭芭拉出现了。

芭芭拉是个快退休的老处女,外表冷漠,内心火热。一个偶然的机会,她窥破了希巴的秘密,并欲借此与希巴成为"知心朋友"。老处女芭芭拉心存"断背"之想,并想独占希巴的爱,不但以向校方告发要挟希巴只与自己交往,甚至对希巴的家人也大肆诋毁。导火索缘于一件小事,当然在希巴眼中是小事,在芭芭拉看来则如同天塌下来一般。老女人芭芭拉的一只猫病死了。这对于长年索居的芭芭拉来说像女儿死去了一样,她在街头遇到了全家出动去看儿子演出的希巴一家。本以为希巴会舍弃家人聚会,与自己一同哀悼猫咪的故去,不料面对自己的苦苦索求,希巴竟然简单安慰了芭芭拉几句扬长而去。芭芭拉心底里的恶毒一下子点燃了。几天后,她不动声色地将有关希巴与学生的不伦绯闻散布了出去,果然在学校及社会引起了强烈地震:希巴夫妻反目,警方介入调查,学校将希巴除名,更令希巴难以承受的是,她自以为甜蜜无比的恋情在小情人康纳利看来,只是逢场作戏而已。在社会舆论面前,这位英俊少年逃之夭夭。

生活中,每个人的内心深处都有一个或几个珍藏的渴望,这种渴望大多数都会随着岁月流逝而埋入坟墓。有的人也许会恰逢机遇实现梦想。梦想的实现有两种结局,一种是皆大欢喜,一种是玉石俱焚,以悲剧居多。希巴渴望的是追求婚姻之外的激情,这种追求有个前提,那就是不想影响家庭的幸福。但这种追求往往会在发展过程中失去控制,充满激流险滩。芭芭拉内心深处是孤寂的,她想拥有一个知心的朋友,这种朋友必须是她所能掌控的,说是玩偶也未尝不可。在这个前提下,她可以是这个人的朋友,一旦对方违反了规则(这规则是她单方面制定的),老处女的报复会如迅雷一般猛烈。实际上,这部影片中的人物都有其值得同情之处。它有时候能够触动人们内心深处的东西,当然这不是指想入非非,而是对掌控别人隐私的渴望。

演老处女芭芭拉的那位演员演技一级棒。她叫什么? 想不起来了。

爱情的智慧

人是有感情的动物,同时,人又是社会的动物,他们处理感情时充满智慧。拍摄于 2005 年的美国电影《Conversations with Other Women》,虽然主角就是一男一女,而且不以故事情节取胜,全靠精彩的对白和演员的表演出彩,却颇值得一看。

首先,这部片子的片名的翻译就殊为不易。"与女人们的对话","女性密谈"，更直译点，"与别的女人交谈"——点明了不是跟自己的女人谈。似乎都不妥。所以说，有时候还是 20 世纪三四十年代的电影译名有韵味，大都采用意译，而且概而括之，模而糊之，但充满回味。这部片子若按那个时代该怎么译？恐怕得译成《妾心似海》吧。

影片的故事还真不好转述。男女主人公曾堕入爱河又天各一方。女子远嫁伦敦，男子浪迹纽约。一晃数年，如果两人不再见面，也许各自会适应没有对方的生活——这个世界上离了谁太阳都照常升起。问题是两个人由于阴差阳错的原因，竟在纽约的一个婚礼上邂逅。这当然让这对男女心潮汹涌——因为两人毕竟心存有爱。于是，几番推心置腹，几番郎情妾意，几番海誓山盟，最终，女人仍选择了放弃——虽然远在伦敦的丈夫并非他的最爱，她还是在与情人共度巫山后决意离去。只留下痴情男子惆怅茫然。

这故事实在没啥曲折婉转、起伏跌宕之处，但仍值得一看。为啥？且听俺一一道来。一般而言，电影应该着重讲故事，除了所谓的文艺片只顾自己的感受之外，要想有个好票房，没有故事情节恐怕很难过观众这一关。这部电影乍一看似乎没啥故事性，但仔细品味，一路细心看下去，抽丝剥茧，人物关系由模糊逐渐清晰，情节由平白渐趋复杂，于是影片就好看起来。

这部片子的另一个特点是靠对话来展开情节，推动故事发展，在对白中丰富人物性格，生动人物关系。这不止对导演来说是个难题，让观众坐在影院里看 100 多分钟的两人对话，未免过于残酷，可若男女主角的对话精彩纷呈，对情节推波助澜，这未尝不是剑走偏锋。电影靠对白取胜不仅台词要写得好，关键是演员的表演要到位，这对演员绝对是个挑战。这部片子的男女主角的表演值得称道，台词功底不弱。联想起徐静蕾的那部《阳光照进现实》，也是男女主角两个人的戏，也是靠对白支撑全戏，可让观众看起来只不过是两个人在对嘴，看不出任何故事和情节，能拍出来《阳光照进现实》这样的电影让观众进电影院，这导演真是够酷——残酷的酷！

说到底，这部影片表现了具有普遍意义的人类情感，爱情，亲情，夫妻之情，朋友之情，展示了人类情感的多面性。女主角一夜缠绵之后最终仍选择了回到家中，这也透视出家庭生活的另一面——维系家庭的不仅仅是爱情，还有亲情、安全感这类爱情之外的东西。

往事并非如烟

一直喜欢看外国影片。也许是年龄的缘故,这些年对以往钟情的警匪片、间谍片渐失兴趣,而对剧情片兴趣大增。我说的剧情片是指那类展示日常生活真谛的生活哲理片。昨天从网上下了一部美国片,片名是《Things we lost in the fire》,直译就是《随火而逝》,网上的译名是《往事如烟》,甚好。

故事并不复杂,甚至有点琐碎。奥黛丽是位本分的家庭主妇,像饰演者哈莉·贝瑞一样,是一个肤色不算太黑的黑人。丈夫杰瑞是个房地产商,家里虽说不上太富有,但用影片中的话说:即使奥黛丽和杰瑞什么也不干,也够他们过一辈子了。当然幸福的生活离不开两个可爱的孩子。虽说夫妻俩平时也有磕磕绊绊,可像大多数中产阶级家庭一样,生活毕竟是美好的。

夫妻俩的矛盾既不为金钱,也不为感情,而是缘于丈夫杰瑞的一位朋友布莱恩。布莱恩曾是当地一位有名的律师,年轻有为之时却成了瘾君子,与注射器和海洛因终日相伴。布莱恩近来正在戒毒机构接受心理治疗,看来戒毒效果不错。影片开始时,奥黛丽正在准备晚餐,刚坐在餐桌旁的杰瑞突然想起,今天是好友布莱恩的生日。由于妻子一直反对他与布莱恩交往,杰瑞犹豫再三,朋友至上,还是不顾妻子阻拦出了家门。

杰瑞不想让处于戒毒关键期的布莱恩一个人度过生日,更主要的是,他每次与布莱恩交谈,总能从这位看似沉迷毒瘾的好友处得到一些生活真谛的启示。也就是说,在别人看来早已潦倒的布莱恩其实并非一个整日浑浑噩噩的人,也许这正是他吸引杰瑞的地方。

平凡人家的时光就是这样点点滴滴流淌而去,似乎毫无惊心动魄之处。不过事情终于有了改变。一天晚上,外出给两个孩子买冰激凌的杰瑞迟迟未归,给他打手机也不接。深夜,门铃响起,两位警察造访,带来的当然是噩耗——好心的杰瑞在回家途中因为阻止一对恋人的冲突,被其中的醉酒男子开枪射杀。影片就是在这个背景下展开了情节。

葬礼马上就要开始了,奥黛丽突然想起竟忘了通知丈夫的好友布莱恩。尽管她对布莱恩颇有微词,可想起他毕竟是丈夫少有的好友,于是让人设法通知了布莱恩。布莱恩听到好友杰瑞的死讯惊得目瞪口呆——好友杰瑞头一天夜里还来为他祝贺生日啊！布莱恩的饰演者叫本尼西奥·德·托罗，这位演员有着一双会说话的忧郁的眼睛，那眼神绝对会迷倒一片女人。

电影的人物纠葛集中在奥黛丽和布莱恩之间展开。葬礼后，奥黛丽一直走不出丈夫逝去的阴影，她开始重拾丈夫生前的点点滴滴，想起了丈夫的种种好处。于是，她将因杰瑞去世几乎重蹈吸毒覆辙的布莱恩接到家中。一位是丈夫旧朋友，一位是新寡老友妻，奥黛丽在与布莱恩的接触中，对丈夫有了更多的了解，对布莱恩也有了全新的认识。实际上，两个人同一屋檐下的中心内容就是宣泄情感，慢慢疗伤。令人出乎意料并且耳目一新的是，影片中奥黛丽和布莱恩的关系并没有落入走向爱情的俗套，而更像是一种友情，一种亲情，体现出了人性深处渴望被人理解的永恒主题。

说实在话，看这部电影真得有耐心，而且适合四十岁左右具有一定生活经历的人来看。夫妻之道，交友之道，里面的不少细节都能拨动你心灵深处那根善良的心弦。有一次，杰瑞去探望布莱恩，为了让好友孤寂的心情好受点，他会说几句善良的谎话：奥黛丽有外遇了，他很痛苦，不知道怎么办。可没想到，布莱恩却豁达地开导杰瑞，遇到坏事要多从好的地方着眼，英文是 accept the goods。他进一步开导杰瑞，奥黛丽有了外遇，你要想她毕竟没有离开你，这说明她还爱着你……总之，人这一生，一定要学会享受生活中好的一面。你现在知道为什么杰瑞要交上这么一个穷困潦倒的朋友了吧。

精神的搏杀

一位中年职业女性与一位年轻的酒吧服务生能生出什么情愫？说得直接了当点，一位经常出入时尚社交场合的女性与一个以出卖肉体为生的"鸭子"真的能碰出心灵的火花吗？实际上，法国影片与好莱坞影片相比，更能体现出与东方国家截然不同的生活观念。

法国故事片《肉体学校》（SCHOOL OF FLESH，1998 年出品）根据日本著名作家三岛由纪夫的同名小说改编，但场景、人物都具有浓厚的法兰西色彩。巴黎时装界名人多米尼克离婚后独居，一天，她与朋友偶然在一个同性恋酒吧遇到了一位年轻的调酒师。灯光酒影中，他英俊而孤独，尤其是那双深不可测的眼睛，一下子吸引住了多米尼克。这个小伙子叫昆亭，他的真实职业是双性的出卖肉体者。

第二天,多米尼克又来到了酒吧,两人开始了一段苦涩而又甘甜的忘年之恋。多米尼克马上就知道了昆亭的身份,沉迷于肉欲的她试图改变昆亭,让他脱离这种非正常的生活,但她错估了这位小伙子。两个人的同居生活马上就遇到了社交层次、生活观念等暗礁,正当在苦恋中痴迷的多米尼克仍在作最后的努力时,昆亭突然宣布他要与多米尼克好友的女儿结婚了。影片最后,当多米尼克在街头偶遇怀抱女儿的昆亭时,真是百感交集。

这部影片看似在铺陈情欲,其实稍细品味,其中最主要的东西仍在精神层面上,而且主角是多米尼克。当代社会的职业妇女被动受人支配的本能越来越淡,相反,日趋强烈的控制欲越来越浓。多米尼克第一眼看到昆亭就被他吸引,接下来,她不是被动等待,而是主动出击。当她得知昆亭的"鸭子"身份之后,不但不弃而舍之,相反,她更采取买断他、限制他与旧友交往等措施来控制他。昆亭愈想离开她,她的控制欲就更强。肉体上的依恋此时已经无关紧要,精神上的较量成为核心。这个故事的结果是以多米尼克的失败而告终,这个结局也许有一定的象征意义:尽管女权主义的号角频频吹响,但在这个男权主义仍居主宰地位的社会,女性与男性的较量,胜出的概率依然不高。

女主角多米尼克由法国影星伊莎贝拉主演,她那双眼睛真让职业中年女性的心事一览无余。那是一双会说话、会哭泣的眼睛。

邂逅的情缘

在我的印象中,法国人把巴黎以外的地区都称作"外省"。2010 年上映的法国故事片《与玛格丽特相处的下午》片长仅有 82 分钟,主要角色也就两个人,50 出头的单身汉热曼和 90 多岁的孤寡老太太玛格丽特。故事就发生在外省,外省一个小镇街头的花园里。

德帕迪约饰演的热曼普普通通,年过半百依然单身的他靠打零工度日。与世无争的热曼有个开公交车的女友,虽然生活不富裕,但工余在酒吧里喝口小酒,晚间跟女友嘿咻一番,热曼的日子过得不好也不坏。

热曼当然有自己的烦恼。不检点的母亲生下他就对热曼不待见,不知父亲为何人的热曼除了忍受母亲的冷嘲热讽之外,稍不留神还得挨上一记耳光。尽管如此,孝顺的热曼长大成人后还是隔三岔五地探望年老后歇斯底里经常发作的母亲。

日子本可以这样平静如水地日复一日，年复一年。一天，热曼像往常一样去街头小广场上喂鸽子，邂逅了在石椅上读书的老太太玛格丽特。老太太个头不高，戴着眼镜，文文静静，埋头看书。识字不多的热曼从此跟玛格丽特成了忘年朋友，公园里就一条石椅，每天热曼乐颠颠地为老太太占位子，为老太太介绍鸽子的名字，当然最享受的是听老太太给他读书。

那是多么美好的一幅画面啊。静寂的午后，街头公园里鸽子在觅食，玛格丽特不紧不慢地为热曼读着卡缪的《瘟疫》——"当人们在母亲墓前哭泣的时候，仿佛是一条被抛弃的狗！"从未体验过的母爱像潺潺清泉般在热曼心中流过，热曼的生活从此充满了阳光。

生活中并非只有惊心动魄的故事才会感人，并非悱恻缠绵的爱情才能动人心弦。平凡人的日常交往，琐碎的生活细节，平淡如水的温馨话语，一样能够沁人心脾。在热曼眼里，"这不是典型的爱情故事，但爱和温情都在那里。她以花为名，一生都在文字中徜徉，形容词环绕她，动词像野草般疯长，她却温柔地植入了我这块硬邦邦的土地和我的心。"

的确，除去爱情，人际关系还有很多存在形式，即使是爱情也是千差万别。热曼与玛格丽特的感情也许跟爱情还相去甚远，但仍然深深地打动着观众。

一本书牵动了两个忘年男女的心灵，一场读书的约会洋溢着浪漫的情感。

人性的魅力

爱看电影，而且看得杂乱无章，逮着啥看啥。这在我完全是一种休息的方式，让大脑借机放松一下。近日看了一部丹麦故事片，竟然有了种想说几句的感觉，抽空写上几句备忘。

电影的名字叫作《婚礼之后》(After The Wedding)，据说是要冲击2006年奥斯卡外语片奖。这片名乍一看会以为是一部温情的生活片；看了10分钟后给你的感觉又像是一部励志片；再往下看又觉得可能是一部侦破片；看了一大半之后才晓得，这是一部讲述人性善恶的感人之作。

男主角雅各布·彼得森(Jacob Petersen)将自己全部的身心都投入到救济印

度无家可归孤儿的事业上。这当然是一个疲于奔命的活儿,就在他的孤儿院无力支撑之际,却意外收到一份4万美元的资金馈赠。这份馈赠来自于一个叫乔真(Jorgen)的丹麦生意人。这份"爱心"却附带一个条件,那就是雅各布要离开印度,亲赴丹麦签订这份合同。无奈之下,雅各布只得动身返回丹麦,并计划一周内重返印度,临走前他答应要及早回来为孤儿院里一个叫普拉姆德(Pramod)的孩子过生日。雅各布在哥本哈根找到了那位愿意资助自己的"施主"乔真——一个看似傲慢并因酗酒而留下后遗症的人。他邀请雅各布在第二天一同参加自己女儿的婚礼。在婚礼上,雅各布遇到了乔真的妻子海伦(Helen),虽然事隔多年,但他们很快便相互认出了对方。原来,造物竟如此弄人,海伦竟是雅各布的前女友。这还不算,乔真的女儿竟然是雅各布与海伦的骨肉。这桩婚礼成了雅各布生活的转折点,他不由自主地被抛入了难以作出抉择的窘境。

要知道,出演雅各布的电影演员麦德斯・米科尔森(Mads Mikkelsen)在国际电影界也是个不大不小的明星,最近他在007系列《皇家赌场》中饰演了与新任邦德配戏的大反派——演反派角色似乎是他的特长。在《婚礼之后》中,他却一反常态,将一个痛改前非、痴迷慈善事业的好人演得入木三分。

生活是复杂的,但更关键的是,生活是平凡的。好人坏人,全凭你从那个角度来看了。这部影片中,我看不出谁是坏人。乔真是为了妻子女儿才舍得将万贯家产拱手送与雅各布;雅各布为了能够与妻女永远相守也许会选择告别印度而留在丹麦;女人在两个自己都深爱的男人之间实在难以取舍,导演让乔真患上不治之症也算是无奈之举……如若心胸放宽点,这世界上人们的所作所为本无所谓对错。

这部有点压抑的电影最终还算是留了个光明的尾巴,看来大团圆的结局连丹麦影片也未能免俗。

出神入化

大凡一部电影好看,首先要有一个精彩的故事,再者要有大牌明星支撑,然后要有一位有个性的导演来调度。三者齐全,这部片子想不火都不行! 好莱坞电影《WANTED》大陆还没引进,网上早已热映,盗版DVD也已大卖。这部片子直译就是《通缉犯》,但缺乏感性色彩,于是香港将之译为《杀神特工》;台湾译得更刺激,干脆叫作《刺客联盟》。影片归类也比较麻烦,网上只好将之标为:动作/剧情/惊悚,真厉害,直跨了三个类别。

　　先说故事。小伙子 Wesley 在一家公司做会计,生活平而又凡,在班上女老板总找茬,下了班女朋友也不耐烦。一个偶然的机会,他邂逅美女杀手 Fox(安吉丽娜·朱莉饰),于是他的生活从此大变。加入了刺客联盟后,他的杀手潜能被激发,并卷入 Sloan(摩根·弗里曼饰)精心设计的阴谋之中……故事好看是通过情节和细节来展现的。我对这部片子印象最深的有三个场面:1. 安吉丽娜·朱莉手中的枪可以左右翻转 90 度射击,就是说在拐角处照样可以将敌人击毙;Wesley 受训后,子弹能以弧线运行绕过障碍物击中目标。想想看,这些新玩意儿若出现在镜头里该是何等的震撼。2. 片中武打场面很多且经常头破血流,按情节进展,这些人第二天还要执行新任务。怎么办?于是片中出现了"康复池"(池中注满了一种类似白蜡一样的水),伤痕遍体的男女主角只需在康复池中浸泡一会儿便可快速复原,重新投入战斗。3. 惊险场面运用电脑特技完成。像火车脱轨一场戏,简直令人喘不上气来。其实,这部电影原本就是改编自漫画故事,片中的好多场景都有动漫效果,只不过画面剪切过快,观众不易发觉。

　　再说明星。安吉丽娜·朱莉是标准的绝版美人,台词不多,但回眸之间非常传神。尤其是她身手矫健,在片中借助手中武器更是大开杀戒,酷到了极致。摩根·弗里曼饰演的帮会老大亦正亦邪,不温不火,角色把握得非常到位。老弗里曼的特点是看不出表演的痕迹,这才是大手笔。

　　最后说几句导演。提莫·贝克曼贝托夫(Timur Bekmambetov)本是俄罗斯人。2004 年,他导演的描写俄罗斯黑帮的电影《守夜人》以 180 万美元的超低成本获得极大成功,在好莱坞引起轰动,仅在俄罗斯就收获了 1600 万美元。此次好莱坞出巨资请他执导绝非偶然。贝克曼贝托夫的特点是,想象力丰富,画面感极强,影片语言独特。贝克曼贝托夫曾表示:"虽然《通缉犯》是我的第一部英语作品,但它和我之前执导的影片没有什么太大的区别,只要想着如何和观众建立交流即可。我要尝试着挖掘他们的喜好,然后制作一部对于他们来说真正的好作品,让他们知道我其实对讲故事非常在行。"

　　闲暇时看看这部影片吧,别以为打打杀杀就档次低,那可不一定!

生活秀

好莱坞有个著名喜剧影星叫作金·凯利（Jim Carrey），他的风格就像香港的周星驰、大陆的赵本山。金·凯利所拍的片子大都属于嘻嘻哈哈之类，他在影片里笑，观众在影院里笑，无厘头得一塌糊涂了事。1998 年，金·凯利一反常态，主演了故事片《Truman Show》。台湾人的英文翻译有点拘谨，规规矩矩地将之译为《楚门的故事》；香港人的英文好，喜欢短词短句，生动地将之译为《真人秀》，贴切得很。这部电影跟金·凯利的其他影片大相径庭，有了点社会意义，有了点生活的凝重。金·凯利在影片中的表演也令人发笑，可笑过了之后马上就会品味出些苦涩。这部影片有点艺术片的味道，所以尽管获了几个奥斯卡的单项奖，可知道它的人仍不太多。

男主角楚门（按新华社的标准译法应译为杜鲁门！）跟大多数美国人一样，上学，上班，恋爱，结婚。但他一直不知道，从母腹中开始，他的周围就布满了摄像机。实际上，他所生活的小镇是一个大摄影棚，电视台在"小镇"的各个角落架设了五千多部微型摄像机。他在全国观众面前呱呱坠地，恋爱结婚，上班下班。他的一生就是一场全方位、多角度的现场直播。家庭主妇吃罢早餐就坐在电视机前看楚门如何与妻子吵架；上班族下了班衣服不脱就赶紧打开电视机，看楚门与上司争执后是怎样一副难过的嘴脸……这一切都瞒着楚门一个人。他的上司、同事，他的左邻右舍，大家都知道自己是在充当群众演员，唯独楚门自己蒙在鼓里。他怎么也想不到，自己从一出生就成了电视台的终身演员。面对镜头的生活使他毫无隐私可言，当他自以为保留了一点个人小秘密的时候，观众却大笑不止。如果不是楚门偶然发现了他周围那些神秘的摄像机，他将一如既往地将这幕人生悲喜剧演下去——他在全国观众面前出生，也会在全国观众面前死去。

楚门的故事看似虚构，却让我们颇生感慨。在高科技时代，人们的私密空间越来越少，很多情况下，我们都不得不在众目睽睽之下生活。这种缺乏私人空间的生活过得久了，就会使人无形中在人际交往和日常工作中产生一种作秀感，举止做派都像是在对着镜头演戏，待人接物都流露出一种演员心理。直到回到家中，关上门窗，人们的心理才会有所放松，才会展示出一个真我。这种生活方式的日积月累会造成两种恶果：其一是人际关系的隔膜感，生活的演戏心理使人与人之间很难有真情流露,倾心交流。其二是在越来越多的摄像头和监视器的作用下,属于个人的物理空间日趋萎缩,个人独享的心理空间也因物理空间的缩小而大受影响。这的确是电子时代带给人们的沉重包袱。

报载,重庆市动物园在刚刚分娩的母狮哺乳幼仔时,用竹篾将狮笼遮盖起来,为的是隔绝游客的窥视,保护动物的"隐私权"。这一举措当然好,但在人类的"隐私权"还得不到有效保护的背景下来强调动物的"隐私权",是不是有点作秀?

别人的生活

中国人曾拍了不少反映"文革"题材的电影作品,大都弄得凄凄惨惨戚戚。西方也有不少反映社会主义制度下人们生活状况的作品,角度则委婉得多。这部拍于2006年的德国电影反映的是前东德国家安全局的一次窃听行动,看不见刀光剑影,却折射出人性的力量。

片名是《别人的生活》(The Lives Of Others),但网上的名字十分吓人——《窃听风暴》,译名颇有几分香港电影的风格。影片讲述了这样一段故事:前东德国家安全局一位窃听专家受命24小时监听一位持不同政见剧作家的生活。事与愿违,随着窃听的一步步深入,窃听者却对剧作家夫妇产生了深深的同情,并有意无意地暗中帮助他们摆脱困境。尽管最后剧作家夫人死于非命,窃听者也因失职沦落街头,但柏林墙倒了之后,剧作家终于发现自己没有被投入狱中竟是因为窃听者的恻隐之心,于是把自己的新作献给了代号为227的窃听者。当沦为街头送报人的窃听者在书的扉页上看到作者献辞时,禁不住百感交集。

揭露黑幕之类的作品大致分为两类,一类是同仇敌忾,畅快淋漓地刺刀见红;一类是跳出是非之外,一览众山小,以更高的视角来审视那段历史,从而揭示人性的善与恶。显然,后一种作品更具有文学的生命力和历史价值。《别人的生活》这部影片能够荣获2006年德国电影节七项大奖并摘得2007奥斯卡最佳外语片奖,显示出其内在的实力。

实际上,反映政治题材的影片往往出力不讨好,导演一定要把握好分寸,千万不要陷得太深,否则一不小心就可能拍成了政论片。还要注意的就是:要讲个好故事,要有个好人物,要选个好演员。从这个意义上说,《别人的生活》这部电影可谓树立了榜样。

婚姻是个大圆

元旦期间看了两部电影。一部是美国片《重生》(Birth)，一部是宣传得风生水起的《非诚勿扰2》。心有所感，写上几句。

《重生》拍于2004年，由妮可·基德曼主演，是一部小制作的剧情片，当年曾放出风声要冲击奥斯卡，但上映时虽有好评但总体上没引起太多关注。故事说起来并不复杂，女主角在即将举行婚礼之际，突然有个小男孩声称是她死去的丈夫，而且接下来发生的许多事也令女主角确认：这个小男孩并非胡说八道。面对"丈夫"的再生与未婚夫的期待，女主角在痛苦的抉择后决定与未婚夫分手……说实在话，看这部电影你要是没有足够的耐力恐怕坚持不到底，尽管上映时将之归为R级(限制级)，但导演的下功夫之处显然是想阐释人类感情的复杂性。

人是有感情的动物。亲情、友情、爱情……以爱情为例，能遇上的恐怕为数不多——况且爱情是一种转瞬即逝的东西。追求永恒的爱情是一种期盼，一种理想，一种梦幻。《重生》中女主角与未婚夫如胶似漆，颇有点爱情的意味，可一旦所谓的"丈夫"复生之后，她离开未婚夫时竟是毅然决然；当她发现"丈夫"其实不过是南柯一梦时，又毫不犹豫地重返未婚夫的怀抱。婚姻之于爱情在很多情形下显得毫不对称，绝非等号关系。环顾我们四周，婚姻是个大圆，它涵盖了亲情、友情、爱情，那种将婚姻等同于爱情的观念未免略显幼稚。

《非诚勿扰2》更是将这种婚姻观发挥到了极致。秦奋与笑笑的分分合合，从一开始就跟爱情无关。秦奋对笑笑是喜欢，笑笑对秦奋是怜悯。一个老男人对一个小姑娘的包容、关怀，如何也上升不到爱情的层面；小姑娘当然能感受到老男人对自己的无微不至的好，她无论如何任性、胡闹都能得到对方的包涵，尽管她最后真的嫁给了他，但这桩婚姻好像与爱情无关。《非2》中说"婚姻终究是一个错，长久的婚姻是将错就错"，看似伤害了一大片，其实是把婚姻从虚无缥缈的境界拖回到现实的土壤上。婚姻中的爱情可以有亦可以无，可以多亦可以少，但婚姻绝不只等于爱情——婚姻的大圆中还有亲情、友情甚至同情。为什么眼下那么多的人对自己的婚姻不满意，就是因为他(她)们意识不到这一点，傻乎乎地非要将婚姻与爱情画等号！

爱情当然是美好的，但除此之外，生活中还有别的美好的东西与爱情同时存在！

生命之外

实际上,近年来拍的国产片跟外国片相比一点也不差,有些片子甚至水准更高,至少在某一方面有所突破。近日,看了新锐导演刁亦男执导的故事片《夜车》,心灵颇感震撼。

影片故事性并不强,围绕着一位女法警的日常工作生活展开情节。这部影片与众不同之处是它的主题、它的叙事角度以及演员的表演都是非主流的。国家话剧院演员刘丹饰演的女法警对工作并非像任长霞那样执着投入,相反,影片展现给观众的多是关于她的生活琐事,她业余生活的无聊,她在找对象上的苦恼甚至她独处的性苦闷等等。前些年,北大教授贺卫方曾在《南方周末》上撰文对中国法院充斥退伍军人表示不解和不满,认为法院的门槛过低。此文引发一场不小的风波,最后《南方周末》被迫登启事向全国法院的退伍军人致歉。若以此为例,《夜车》如此反映法警的工作和生活状态,肯定要引起有关方面的抗议。然而时代毕竟在前进,文艺创作的环境毕竟宽松多了。这部影片并没引起波澜——我觉得可惜的正是这一点,《夜车》反映生活的独特角度和深度都被人们忽略了。

刘丹的表演非常生活化,一点也不张扬,这样反而贴合了片中人物的性格。这位演员的前途不可估量。

不仅仅是法警,每个行业都有不为人知的东西,而正是这些人所未知的东西反而更能触动人们心灵深处的敏感点。《夜车》的结尾,女法警明知上船会危及生命,但仍不动声色地坦然面对。导演既设下了悬念,又提示我们:生活中还有比生命更重要的东西,一旦失去了这些,生命其实无异于行尸走肉了。

平凡中的震撼

年近七十的茵格与丈夫万纳居住在德国柏林东区一座普通住宅里,每日生活平淡如水。万纳身材瘦长,可以想象得出年轻时应该是一表人才,但退休在家后却百无聊赖,整日迷恋已经渐渐退出日常生活的蒸汽机车。走在大街上,相貌平平的茵格与同龄的老太太毫无二致,每天靠接一些街坊邻里的缝纫活儿贴补家用。生活本可以照此一路走下去,善始善终。

影片中的街道、住宅、居民跟想象中欧洲的景观大不相同。76 岁的卡尔是个单身老汉,身体健康,情感丰富,每天热衷于自行车锻炼。一个偶然的机会,他请茵格帮忙改几条裤子。一来二去,两人熟悉起来。一天,茵格去卡尔家送改好的裤子,不晓得是哪个眼神出了问题,不知道是哪个人处于主动,两位老人竟然把持不住,双双倒在了卡尔的床上。春风又沐,茵格平静的生活像是变了个模样,人也焕发了青春。这个卡尔果然比丈夫有趣得多,又是带她郊游,又是野外裸泳……好似人生的第二个春天来临了。当然,茵格心中也有几分愧疚,但这种愧疚在精神和肉体的狂欢中变得微不足道。

影片的名字《第九朵云》令不少中国影迷不知所云,其实这是英语的一种惯常说法,表示身心极度愉悦的一种状态,仿佛置身云端一般。婚外情的最终归宿基本上只有一个:幻灭。茵格的出轨终于被丈夫知道了,丈夫当然是极度的愤怒。茵格也觉得心中歉疚,她表示了忏悔。当丈夫仍然不原谅她时,这种忏悔慢慢淡化了。她心中的想法丈夫当然无法理解——我错了,我认错了;我错了,但我真的感到了快乐;我是你的妻子,我快乐了有什么错?

茵格与丈夫分居了,她干脆住进了卡尔家里。这时一个不幸的消息传来,丈夫万纳在痛苦中去世了。茵格从此过上了一种双重生活——与卡尔在一起,她快乐;失去了丈夫,她痛苦;总之,这位年届古稀的老妇人在余下的生活中,痛并快乐着。

这部电影给人的震撼在于老年人的情感尤其是性生活。老年人的性在文艺作品尤其在影视作品中一直是社会的禁忌。平心而论,画面上两具皮肤松弛的肉体纠缠在一起的确缺乏美感。但《第九朵云》中率直地表现老年人的性生活却出人意料地反映出了原生态的本来面貌,令人不觉得有什么不雅,反倒显示出生活的真实。影片放映后,柏林的一家报纸将影片的床戏照片登上了头版,大标题是:"Yes we can!"这让导演德雷森颇为窘迫,他遗憾地说:"I was stunned about the big fuss made in the media about the sex because it is only a small part of the film and not necessarily the most important one."意思是:我拍这部电影的主旨根本不在床戏!

德国电影总能在平凡的生活琐事中发掘出生活的真谛。这部电影看似平铺直叙,几乎毫无技巧,其实这正是导演朴素的美学追求。

愈是平凡的,愈是深刻的。

时间是爱情致命的杀手

对感情而言,时间是最致命的杀手。古时候还好说,海誓山盟,卿卿我我,分别个三五年,女同志在绣楼里困着,也没电话,更没网络,社交活动也少得可怜,无非是春天踏个青,十五看个灯,丈夫或男友在远方打拼,女同志在家矢志不移。时间这个杀手干着急,也没啥具体办法。

现代社会不一样了。两个人耳鬓厮磨时,千恩万爱,一旦天各一方,距离作了屏障,时间这个杀手就乘虚而入,结果可想而知。不是说现代人不讲爱情了,而是他(她)们周围可供感情排遣的东西太多,对长时间空间分离的痴情男女来说,移情别恋只是最终结局,在这之前,周围的物质世界对他(她)的诱惑已经大大减轻了因分离而造成的情感上的痛苦。分手已然成为现代社会男女恋人的常态,见怪不怪。

当然,爱情依然存在。2010年初,《阿凡达》席卷世界影坛,看似不可一世。2月初,一部小制作的美国爱情片《分手信》悄然登陆北美电影市场,仅仅一周时间,其票房收入就雄居北美票房榜首位,将《阿凡达》扫下擂台。昨晚俗务稍闲,一个人静静地欣赏了《分手信》。

影片的英文名是《Dear John》。这是美国的一个俚语,跟中国人的"绝交信"是一个意思。以中国青年男女的感情历程而言,绝交信一般都会写得义愤填膺;大概美国青年男女分手时懂得照顾对方的情绪,所以信的开头都会以"Dear John"切入,类似"亲爱的小王"云云。

影片叙述了一对出身背景截然不同的情侣看似简单却纷纭复杂的爱情经历。时代背景是"9·11"和伊拉克战争。当然也可以将这部电影看作是塑造美国新时代军人形象的主旋律影片。情节其实一句话就可以概括:小伙子从军打仗,小姑娘却因种种原因与别人结婚了。而罪魁祸首就是空间的距离隔阂和时间的漫长煎熬。

影片中,我们可以感受到军人对爱情的执著——姑娘们如果担心恋人对爱情的背叛,最稳妥的就是嫁给军人为妻。

我们可以体会男主角的雄性气概——I'll see you soon, then. 这是女主角常说的告别语,但分手时约翰咬紧牙关,就是不说。换一个人,在那种特定场合,在女朋友的再三提示下,这句话能坚持不说,真是难啊!

爱情固然感动,但影片更能打动我的是父子之情。约翰父子的关系看似与众不同,但底子里涌动的仍是拳拳父子之爱。病榻前,约翰握着父亲的手述说童年的梦境,真的能令观众红了眼圈。

《分手信》以大团圆结局也许是考虑了大多数观众的情绪,但远不如以悲剧告终——那样影片对爱情的阐释将会更深一层。

从东莫村到太平洋

战争片是我喜欢的片种。近日看了韩国影片《欢迎来到东莫村》——用一种类似喜剧的风格反映朝鲜战争真是独辟蹊径。

按照主流观念,战争有正义与非正义之分。可具体到战争的双方,谁会承认自己投身的战争是为了维护邪恶?抽去时代背景和政治取向,实际上所有战争都没什么两样,无非是杀人或被人杀。半个多世纪过去了,现在回首朝鲜人民军与李承晚部队之间的厮杀,我们会冷静许多。就像眼下反映国共战争的影视剧《亮剑》《红日》之类,国军将领形象的塑造渐趋客观。韩国电影的拍摄质量不可小视,据说冯小刚《集结号》中的战争场面就是特邀韩国技术小组来实施烟火效果。

上个月,HBO号称与《兄弟连》相媲美的电视连续剧《太平洋》开播,这对正为《24小时》《迷失》等美剧要上演大结局而依依不舍的美剧迷们多少是点安慰。此次斯皮尔伯格和汤姆·汉克斯率《兄弟连》原班人马投资2.5亿美元开拍《太平洋》,这种豪门大手笔让中国的电视剧制作人只好叹为观止(想想看,不是电影,而是电视剧啊)。

躬逢其盛,欣赏一下。目前,美国电视连续剧《太平洋》(The Pacific)第一季只播出了四集。《兄弟连》反映的是欧洲战场,对手是德军;《太平洋》展现的是太平洋战场,面对的是日本鬼子。从头四集来看,全剧刚刚起步,第一集无非交代人物或新兵训练;第二集开始有了点火药味;第三集男主角与澳洲姑娘发生了感情纠葛;第四集初步展示了热带雨林中战争的残酷。总的感觉是,情节进展略显慢了些,不像《24小时》那样一环扣一环,令观众迫不及待。说得好听点,算是渐入佳境吧。

《太平洋》的片头极具特色,画笔勾勒出的黑白版画效果与战争的血腥相得益彰,看得出制作者下了一番功夫。

中年男人的困惑——

一个人究竟长到多大才算成熟？20 岁？30 岁？如果还不够，四十岁应该算成熟了吧！中国人说"四十不惑"，看来是经验之谈。

也不尽然。人到中年自然人事尽阅甚至跌过跟斗，不会耍二百五，不会装愣头青，大多数人顺其自然就沿着人生轨道一条路走到黑了。但一牵扯到感情因素，情丝遮住双眼，欲望做了主人，这个人就当不了自己的家了。于是，我们身旁的生活才眼花缭乱，多姿多彩，令人唏嘘不已。

如果说 Humbert 与洛丽塔的感情也算作爱的话，这种畸恋在主流观念的社会环境下注定要碰得头破血流。洛丽塔太早熟了，花园草地上水雾氤氲中那回眸一笑肯定会勾起中年男子压抑的非分之想。Humbert 愧对自己的不惑之年，他的感情体验一直停留在初恋情人离去的那一刻，他实际上并没有长大。如果把电影《洛丽塔》看作是一部描写不伦之恋的情色片就大错特错了，无论是 1962 年那部黑白片《洛丽塔》，还是 1997 年这部彩色《洛丽塔》都没有太过分的镜头。它要告诉我们的不过是中年男人的困惑与无奈。前些年好莱坞拍了一部很叫座的《美国丽人》，其主题与《洛丽塔》异曲同工。

很多人都说一部电影质量的高低关键在剧本，并将中国电影不景气归咎于剧本不佳。其实，电影境界的高低主要在导演如何对待剧本，如何处理人物。像《洛丽塔》这类题材，若非一流导演，稍不小心就会"跑偏"。好在我们看到的《洛丽塔》没有流俗。正是由于导演没有就事论事，而是试图深入到男主角的心灵深处去寻觅中年男人普遍的人生困惑，才使在世俗眼里身负乱伦骂名的 Humbert 在影片中能引起不少观众包括女性观众的同情。

实际上，我们对人性的了解还远没到尽头。但有一点可以肯定，世俗观念对人性永远是一种压制。假如 Humbert 与洛丽塔没有这种养父女关系，他们的关系会被世俗社会理解吗？恐怕仍不能。20 世纪 60 年代黑白片《洛丽塔》上映的时候，小姑娘动辄高跷秀腿的撩人媚态令主流舆论颇为不耻；到了上世纪末彩色片《洛丽塔》与观众见面时，主流社会仍对洛丽塔对养父欲擒故纵的伎俩掷去了冷眼。

《洛丽塔》与其说是一位小姑娘的悲剧，毋宁说是一位中年男子的悲剧。抛开二者养父女关系这一层不说,其实两人的情感纠葛与一般男女无异——爱情关系中,谁陷得深,谁用情重,谁受到的伤害就大!

　　这个中年男人对洛丽塔的痴情已经超越当初对她肉体的迷恋。当他最后一次将钱交到洛丽塔手中时,洛丽塔竟想当然地试图用身体来回报。Humbert 像是被电击一样回避洛丽塔的触摸,他颤抖着说:"别碰我,否则我会死的。"影片结束时,Humbert 说了一段发自肺腑的话:"我听到一群孩子的欢笑,令我心灰意冷的不是洛丽塔不在我的身边,而是欢笑声中没有她。"

　　一段畸情告一段落,一如我们身边平平凡凡的爱情一样。逝者如斯,生活仍在继续。

04

·明史小札·

于谦之死

知道于谦这个名字,还是源于收入中学课本的那首诗:

千锤万凿出深山

烈火焚烧若等闲

粉身碎骨浑不怕

要留清白在人间

——(明)于谦《石灰吟》

于谦是杭州(钱塘)人。7岁时路遇一位和尚,这和尚拉着于谦的小手端详了半晌,惊讶不已地对旁人说:"这孩子是宰相之材!"众人哈哈大笑,不以为然。于谦此后果然仕途平坦。明永乐十九年(1400年)于谦考上了进士,明宣宗初年当上了御史。明朝御史的行政关系归都察院,都察院大致相当于今天的中纪委或监察部。一般而言,御史的选拔有两个原则:其一,性情耿直;其二,能言善辩。古时候大臣上朝跟皇上应对全靠嗓门大,说话哼哼哧哧的大臣基本上不受皇上待见。于谦恰恰音色高亢明亮,这在没有麦克风的明朝是先天的优势。他历经数朝,几位皇上都很喜欢听他讲话。明仁宗即位后,皇弟朱高煦很不服气,竟然谋反。朱高煦被抓后,依然趾高气扬。明仁宗念兄弟之情不忍杀他,但又咽不下这口恶气,就命于谦在朝堂上"口数其罪"。于是精彩的一幕出现了:只见于谦端立大殿,声若洪钟,一条一款,义正词严。本来朱高煦还心怀怨气,可听了于谦一阵疾声吆喝,竟吓得伏地颤抖,口称罪该万死。皇上由此更加佩服于谦。

明英宗朱祁镇先生登基后,于谦仍受重用。这倒不是因为于谦嗓门大,而是其治理政务确有一套。当时朝廷在吏、户、礼、兵、刑、工诸部新设了右侍郎,职责是代朝廷巡视各省。明英宗亲自给吏部写信,提拔于谦任兵部右侍郎,巡抚河南、江西。于谦也算是个亲民的好官。他巡视各地之后,马上写了报告说,河南、江西现在饥民不少,但各地均有粮食库存。建议每年三月,让各县统计缺粮户,然后将多余的存粮借给缺粮的百姓,到秋收后再令其归还。如果缺粮户是老弱病残,借粮可免还。于谦还特别上疏:州县官吏若升迁,粮库必须充盈,否则不得离任。皇上一一诏准。不久,于谦就升任兵部左侍郎。由此可见,中国传统是以左为尊啊!

如今,你若宴请客人,你左手的位置一定要留给贵宾。

后来,于谦的仕途遇到了点坎坷。大太监王振掌控朝政时,有人弹劾于谦,称其对官职升迁太慢心生不满。于是,王振将于谦关入大狱三个月,后证实此事纯属诬告,出狱后于谦升任大理寺少卿,去"最高人民法院"任大法官了。

明正统十四年(1436年),北方蒙古人屡犯边境。大太监王振鼓动明英宗御驾亲征。明英宗当时二十郎当岁,正是踌躇满志之时,果然跃跃欲试。于谦等众大臣竭力劝阻,可英宗好大喜功,谁劝也没用。临行前,明英宗命皇弟朱祁钰先生出任监国,主持京城工作,然后满面春风地北上打仗去也。当时兵部尚书邝野随军远征,命于谦主持兵部事宜。

却说明英宗踏上征途不久就明白,领兵打仗非同儿戏。大明军队五十余万人浩浩荡荡出居庸关,经宣化,直奔山西大同。到了大同,目睹战场惨状,又听了前方将领描述蒙古人是如何骁勇善战,王振等人心生畏惧,劝英宗原路退兵。可怜明英宗朱祁镇连个敌人的影子也没见着,就打道回府了。撤兵也对,若真是两军对垒,蒙古人以逸待劳,明朝军队真占不了多大便宜。当明英宗率大军撤至宣化附近时,蒙古军队竟跟踪追击,双方发生激战,结果明军大败。最后明英宗等被围困在一个叫土木堡的地方。

蒙古人此次入侵也不是毫无来由。本来蒙古瓦剌部落与大明朝保持着邦交关系,每年都遣使赴京进贡。一开始,明王朝自恃财大气粗,每次赏赐蒙古使节金银玉帛的数量都远远超出贡品的价值,而且不管来人多少,人手一份。这样一来,蒙古人派遣使节的数量越来越多,最盛时蒙古人由起初的一次来京数十人增至两三千人,令明王朝不堪重负。朝廷礼部遂决定核减赏赐。这一下,骄横的蒙古人大为不满,认为这是明王朝有意污辱蒙古使节,于是频频发兵侵扰。

再说被围在土木堡的明英宗面对蒙古人的重重包围,打也打不过,退又退不成,无奈只好派人向蒙古统帅也先求和。实际上蒙古人图的是钱物,对明英宗本人并不感兴趣。蒙古人一见明朝派人谈条件,马上同意谈判并引军暂退。第二天,大太监王振一看蒙古人包围圈松懈,认为有机可乘,就下令拔营突围。这一来,本欲撤兵的蒙古人恼羞成怒,四面追杀,结果王振等五十余名明朝重要官员被杀,部队伤亡殆尽,明英宗也做了俘虏。

消息传到京城,闹得人心惶惶。临时主持朝中事务的皇弟朱祁钰先生束手无策,只好召集大臣商议。当时,有不少人建议首都南迁,以避敌锋芒。于谦闻知拍案而起,厉声斥责道:"言南迁者,可斩也。京师天下根本,一动则大事去矣。独不见宋南渡事乎!"正是于谦力阻南迁,监国朱祁钰才下定了守城御敌的决心。若是当时真的惊慌失措地迁都南下，蒙古人势必乘虚而入，中国历史不知将如何改写。

皇帝被俘，朝廷上下人心浮动。有大臣要求追究大太监王振的责任——尽管王振已死，仍须诛灭九族。可王振人虽死，势力仍在。有一次，其死党马顺在朝堂上仍像往常那样呵斥朝廷大臣，一位叫王竑的官员看不下去了，对马顺动了手。朝堂之上人声喧沸，闹得警卫也吆喝着上了大殿。主持朝政的皇弟朱祁钰哪里经过这种场面，竟想起身一走了之。只见于谦疾步向前，一把拉住朱祁钰，暗示其必须明确表态。朱祁钰这才鼓起勇气宣谕说："顺等罪当死，勿论！"这才平息了事态。

国不可一日无君。眼看明英宗被蒙古人扣着不放，朝中大臣开始议论希望皇弟朱祁钰继位。朱祁钰再三推辞（这多少有点作秀的意思），于谦此时全然已成了大臣首领，他对朱祁钰说："大家推举你当皇帝'诚忧国家，非为私计'。你不要再谦让了！"朱祁钰只好临危受命，登基称帝。这就是明景帝。这一年是公元1450年。

接下来的一段时间，蒙古人不停地侵扰京师，但均被明军击退。奇怪的是，每次进犯，蒙古人都要带着明英宗随军前来。其实，蒙古人的真实意思只不过是想利用手中这个皇帝换点银两细软，可大明朝廷硬是看不出对方的醉翁之意。可怜明英宗朱祁镇就这样一直被扣在蒙古人手中。这期间，大明朝廷又不方便将皇上被蒙古人俘虏的消息诏示天下，只好对外说是"上皇北狩"——皇上他老人家去北方打猎了。明英宗这场猎打了足有一年之久，最后蒙古人也觉得烦了，干脆派使节与明廷交涉，要求大明朝派人把这个倒霉的皇帝接回去！

这等于给明景帝朱祁钰君臣出了个大难题——若老皇帝接回来了，新皇帝咋办？大臣王直上疏请派使团迎接明英宗回朝。明景帝心里很不是滋味，他对众大臣说："我本来就不想当这个皇帝，是你们非得拥戴我。现在若皇兄回朝，将置我于何地？"僵持之下，还是于谦出面做明景帝的工作说："天位已定，宁复有他。顾理当速奉迎耳。"大意是：你的皇位谁也夺不去，但现在按人之常情应该把人家接回来。明景帝这才同意迎回皇兄。蒙古人借机又派来三千人组成的使团，以进贡为名，在北京大吃大喝了一场，临走又索走不少金银财物。这之后，蒙古人与明朝的关系缓和了不少。

此时，于谦主掌兵部（国防部）。他纪律严明，不管官职大小，功劳多大，只要违规，他毫不客气。"片纸行万里外，靡不惕息"。只要是于谦交代的事，没人敢当儿戏。于谦也确实廉洁自律，两袖清风。皇上看他住的地方实在寒酸（"所居仅蔽风雨"），于是在北京西华门附近赐他一座宅子，于谦推辞道："国家多难，臣子何敢自安！"一直推辞得皇上要翻脸，他才勉强接受，但一直没有搬入新居，仅将皇上平时御赐的玺书、服饰之类包装利索,存放在那里,每年去瞻仰一回。

明景帝由于谦一手扶上皇位,对于谦非常信任,只要是于谦有奏,一概诏准。皇上想用人,必先征询于谦的意见。这样一来,宫中官吏得不到提升或提升非己所愿,往往将怨怼之情集中到于谦身上。加上于谦性格直率,自倚功高,对王公贵族往往有轻薄之意,结怨者益众。

明景帝在皇位上待到第八年的时候(1457 年),突然患了重病。还没等商议由谁来继位,大臣石亨等突然拥立被蒙古人俘虏后赋闲在家的明英宗朱祁镇复位,改国号为天顺。这一变故令于谦措手不及。明英宗一复辟,马上就将于谦等人下了大牢。其实,明英宗能活着从蒙古人手中回来,应该感谢于谦才对。如果于谦同意与蒙古人议和,又附议南迁,明英宗的小命早就丢了。正是于谦制定了主战弃和的战略——要打就打,否则免谈。结果,蒙古人打又打不赢,手里攥着个无用皇帝又没啥用,只好物归原主。却不料,这被俘皇帝一上台竟恩将仇报。

明英宗虽对于谦不满并将之打入大牢,但无意害他性命。但于谦数十年来积怨甚多,石亨等一众大臣都铆足了劲要置他于死地。面对石亨等人要求处决于谦的奏折,明英宗一开始心有不忍并明确表态:"于谦实有功"。身边的亲近大臣提醒他说:"你不杀于谦,你这皇位就坐得不明不白!"于是,于谦以"谋逆"罪被诛。《明史》记载,于谦被诛之日,"阴霾四合,天下冤之"。

于谦死后,朝廷派人查抄其家产,除了在客厅发现一只带锁的箱子外,竟一无所获。打开箱子一看,里面存放的只是些皇帝赏赐的蟒袍、玉器等。顶替于谦出任兵部尚书的是石亨的死党陈汝言。陈上任不到一年就因贪污被告发,明英宗看着从陈家查抄出来的金银财物,不禁黯然神伤,他对周围大臣说:"明景帝当初那么看重于谦,可于谦死时家无余财;你们看看陈汝言的所作所为吧!"后来,一遇北方边境有蒙古人滋事,明英宗马上惊慌失措。身旁大臣感慨道:"使于谦在,当不令寇至此!"明英宗点头不语。又过了几年,拥立明英宗复位的石亨亦被下狱处死。不久,朝廷传诏为于谦平反昭雪。

刘瑾——折扇藏刀

明武宗朱厚照先生登基后,定年号为"正德",其实,"歪德"倒是实至名归——因为在他的关照下,大太监刘瑾登场了。

在港台武打片中,多有以明朝正德年间为时代背景的故事,而刘瑾常以瘦削阴鸷的奸臣扮相出场。刘瑾本姓谈,入宫时冒用刘姓。明武宗做太子时,刘瑾就在其身边伺候,甚得其欢心。明武宗是个花花公子似的人物,在刘瑾的诱导下,这位皇上整日在宫中玩鹰斗狗、卡拉OK,可仍觉不过瘾,还常常随刘瑾微服出宫游宴寻乐。

明武宗刚登上皇位时,刘瑾在宫中的地位并不高,执掌钟鼓司(掌握宫中作息时间)。诸大臣以大学士刘健、谢迁、李东阳为首纷纷上疏,请诛刘瑾。连当时的司礼太监王岳也觉得刘瑾品行恶劣。看到宫中群情激愤,新任皇帝明武宗也动摇了。刘瑾得到密报后,率几个亲信太监连夜进宫,跪在皇上跟前痛哭不起。见皇上心软,刘瑾趁机煽动说:"玩个鹰,斗个狗,能花几文钱? 这其实是司礼太监王岳勾结群臣想控制皇上在宫中的自由!"这一激,明武宗果然大怒,马上下诏宣布刘瑾执掌司礼监(相当于中央办公厅啊)。蒙在鼓里的群臣第二天一早还想劝皇上下令诛杀刘瑾,可一上朝才发现,宫中发生了重大人事变动,刘瑾非但没斩,反而大权独掌。群臣傻了眼,刘健、谢迁当即辞了职。要知道,司礼监的一个重要职责是负责朝臣及地方官员的奏章,偏偏明武宗耽于游乐,对政务漠不关心。刘瑾从此成了一人之下,万人之上了。

刘瑾心眼多多,他总是趁皇上玩兴正浓时奏请政事。明武宗对此非常不满,有一次竟然训斥刘瑾道:"你总拿这些奏折来烦我,我要你是干啥吃的!?"这句话说得很重,换作别人也许心里好大一阵子不得劲,而刘瑾得了皇上这句话却心中暗喜。从此,刘瑾对批复奏折之事就擅自做主,不再向皇上汇报。问题是刘瑾大字不识几个,每次批复奏章都要拿回家求妹夫孙聪帮忙,批语往往粗鄙不堪,上不了台面。刘瑾只好私下里再请人为之润色。

权力一失控,刘瑾更加趾高气扬,动辄喝令群臣跪在金水桥旁听训。大臣们到刘家拜访,必须行跪拜之礼。大臣的奏折须一式两份,红本呈送刘瑾,白本送给有关部门。现在人们把"太监"当成个贬义词,可明朝时宦官做到了一定级别才能称"太监"。所以,朝中给刘瑾的文件都须尊称"刘太监"。有一次,都察院呈送的一份文件一时疏忽,竟直呼刘瑾的名字,惹得刘大怒,最后,都御史屠庸率下属跪拜认错才躲过一劫。

明正德二年夏,宫中有人在御道上捡到一封匿名信,里面揭发了刘瑾败坏朝纲、为非作歹的恶行。这封信很快落到了刘瑾的手中。刘瑾恼羞成怒,矫旨命百官跪在奉天门外,任其责骂。百官唯唯诺诺,一直跪到日暮,竟有三位朝廷官员中暑身亡。最后刘瑾将五品以下官员全部关入大牢。第二天,幸有大学士李东阳去找刘瑾周旋,刘也判断出这封信像是宫中宦官所为,这才将众官释放。

　　刘瑾不仅在朝中飞扬跋扈,有时制订政律也随心所欲。这个太监不知出于什么心理,曾下令京师辖区内,所有寡妇都须嫁人。一时间,弄得北京城里人心惶惶。最后,此事不了了之。

　　绝对的权力导致绝对的腐败。刘瑾把持朝中军政大权,对财物亦贪得无厌。事关人事任免,必须他一人说了算。只要他随便写个条子:"授予某某人啥官职",兵部、吏部无不照办,连问一声都不敢。凡是觐见皇上或外派赴任者,都要先给他送礼才行。有个叫周钥的官员从外地公差回京,由于实在无钱给刘送礼,只好自缢而死。后来,刘瑾的心腹张彩觉得有些行贿者的财物来历不明,就悄悄对刘瑾说:"据我调查,这些给你送礼的人,并非羊毛出在羊身上。他们往往是赴任前在京城借贷行贿,任满回京时再用当地国库的钱支付这笔贷款。你老人家权衡一下,这会留下后患啊!"刘瑾这才有所警觉。不久,当御史欧阳云等十余人向他行贿时,刘突然翻脸,将其全部治罪。弄得官员们左右为难,送礼不成,不送亦不成。

　　刘瑾的被诛缘于大太监张永的谋划。当年张永与刘瑾关系密切,同受皇上器重,但张一直受刘瑾压制。一次,两人在皇帝面前发生争执,张永忍无可忍,竟奋拳欲殴刘瑾。可见,张永在皇上面前的地位并不逊于刘瑾。正德五年四月,安化王反叛,打的旗号竟是诛杀刘瑾,在"讨刘檄"中历数刘瑾罪大恶极。刘瑾头一次心怀恐惧,将该檄隐藏起来,不敢让皇上知道。后来,不知怎么这封"讨刘檄"落在了对头张永的手中。

　　张永平叛安化王归来,皇上大宴群臣,刘瑾、张永俱在座。夜深后,刘瑾离席回家。张永趁机向皇上出示了安化王的"讨刘檄",并列数刘瑾十七桩不法之事。皇上听罢垂下头叹口气说:"瑾负我。"当时,明武宗只是打算将刘瑾撤职查办,谪居凤阳,并不想深究其罪。所以,任凭张永等人如何诋毁刘瑾,皇上心中并不在意。第二天,查抄刘宅时,明武宗亲临现场,心想会看到一个两袖清风的刘瑾,可万万没有想到,金银财宝之外,竟然发现了伪玺等违禁物品,而且在刘瑾从不离身的折扇里竟藏有两把匕首(港台武打片中,手持折扇是刘瑾的招牌形象)。这一下,引得皇上震怒,"诏磔于市,枭其首"。

　　一代奸宦刘瑾,最终落得个四肢分裂、斩首示众的下场。

郑和为啥下西洋

郑和本姓马,回族,原籍西域,元朝初年移居云南。明成祖朱棣做燕王时,他被阉入宫,赐姓郑,取名和。至于郑和为啥叫"三保太监"(亦称"三宝太监"),有两种说法:其一,郑和的小名叫"三宝";其二,郑和曾受戒,皈依"三宝"(佛、法、僧谓之三宝)。

一生与海结缘的郑和先后七下西洋,每次出海少则数月,多则数年,历尽艰辛。闭关自守的大明王朝何以猛然间思想开了窍,竟向往起了蓝色文明?这得从明成祖说起。

朱元璋打下天下后,定都南京。他担心众皇子为争皇位弄得腥风血雨,干脆把所有皇子都以封王为名逐出了南京。本以为这样可以一劳永逸,可到他老人家快咽气时突然想起还没立太子,于是匆忙间选定皇孙朱允炆继位,这就是明惠帝。弃一群儿子于不顾,偏偏隔辈选定孙子继承大统,可想而知这件事在众皇子中会造成多大的不平。这也算是一生英明的朱元璋晚年的失策。在这种背景下,到了明惠帝做皇帝的第三年,他的叔叔、燕王朱棣终于忍不下这口窝囊气,起兵推翻了明惠帝,自己取而代之。新任皇帝朱棣就是明成祖,年号永乐。朱棣登基后本应该移驾南京,可他在北京住惯了,不想费事再搬到南京去,于是干脆下诏定都北京,而南京仍设一套文武班子在那里充充门面。明成祖坐上皇位后,尽管手下人再三声称,明惠帝已被乱军所杀,可生不见人,死不见尸,他总觉得心里不踏实。加之宫中有人向他传递小道消息:明惠帝可能已逃亡海外,于是明成祖决定派人去海外打探消息,搜捕明惠帝。

可惜郑和含辛茹苦七下西洋,仍没打探到明惠帝之所终。郑和下西洋的基本路数是:舰队抵达沿途国家的口岸后,先颁布大明皇帝诏书,封当地君王个爵位,然后便拜拜赶往下一个国家。如果对方不服而寻衅滋事,那么不客气,大明将士就动武了——郑和下西洋最多的一次竟率有士卒两万七千多人,舰船六十多艘。面对这样一个浩浩荡荡的大型远洋航母编队,一般国家根本惹不起,除了俯首称臣,没别的办法。有一次,郑和舰队抵达锡兰(斯里兰卡),锡兰国王不知深浅,傻乎乎地竟然派兵攻打停泊在海边的大明舰队。郑和大怒,不但将锡兰首都攻破,而且将国王亚烈苦奈尔生擒并押回中国。瞧瞧,当时大明朝军队的威风跟现时的美军有一拼!

对郑和下西洋只是为了寻访明惠帝一说,一些专家并不认可,认为其深层次原因是大明皇帝为了"耀兵异域,示中国富强"。可惜的是,郑和七下西洋除了虚张声势,花费了大量银两外,所到之处,也就是散发一下大明朝的宣传品,然后吹吹打打班师回朝。除了取得些"我朝独尊"的宣传效应外,对提升中国国力并无补益。

郑和七下西洋,既不设殖民地,也不当占领军,可谓是名副其实的"和谐之师"。

明朝的宦官

在很多人眼中,太监干政,阉党弄权,以明朝为甚。这当然是事实,但细究起来,明太祖朱元璋执政之初,鉴于历朝之失,对设置宦官非常谨慎。明初,内官"定员不足百人",而且明确规定宦官只在内廷走动,不得兼任他职,甚至连外臣的服装也不许穿。宦官的待遇是"官无过四品,月米一石"。当时,朱元璋命人在宫门口立了个铁牌,上面刻有大字:"内臣不得干预政事,预者斩"。还明令宦官不许读书识字,大臣不得与宦官有书信往来。可见开国皇帝一般情形下头脑都清醒得很。

朱元璋在位30年,由于太子早死,遗诏传位于皇太孙朱允炆(明惠帝)。惠帝即位后,对宦官的要求更加严格(《明史》说,惠帝"御内臣益严")。但这种情形不久就起了变化。

朱元璋将皇位传给孙子而不传儿子,令一群皇子大为不满。燕王朱棣身为明惠帝的叔叔早就对此心生怨怼,终于起兵造反。这就是明朝第三任皇帝——明成祖。史书上光辉耀眼的永乐年间指的就是朱棣先生当皇帝的这段时光。

实事求是地说,明朝永乐年间歌舞升平,风调雨顺,百姓安居乐业。但朱棣先生开了个坏头,在他老人家的怂恿下,宦官威风八面起来,不但在内廷风光,还扬威于海外。宦官们纷纷粉墨登场了。

永乐元年,太监李兴受指派率代表团赴暹罗(泰国)访问;永乐三年,大名鼎鼎的郑和首次下西洋,很多人读书多了才知道,原来这个威名远播的郑大人竟是个太监!永乐八年,宦官马靖出镇甘肃;永乐十八年,朝廷设置东厂(内部警察系统),由太监执掌……

所以说,明朝太监乱政,盖由朱棣先生统掌天下的永乐年间始! 接下来,到了明宣宗宣德年间,宫中专门开设了内书堂——太监专修学校开张了! 鬼点子原本就多的太监一旦有了点文化,后果可想而知。大明朝政坛的根基也就开始动摇了!

尽管如此,当时若宦官犯禁,朝廷处置甚严。明宣宗时,太监袁琦违规令手下出宫采办货物,事发后,不但外出小太监被斩,连袁琦也受磔刑而死。

本来,宫中太监应该是受人怜悯的弱势群体,但身体的残疾造成了许多太监的心理变态。这些人做出的事情也就格外阴毒。太监的名声彻底毁在了明朝!

下面举两个小例子。

明穆宗隆庆年间(1567—1573 年),司礼太监冯宝与大学士高拱不和,可又扳不倒位高权重的高拱。冯宝一直在寻找下手的机会。穆宗驾崩时,身为太子的万历皇帝还是个小孩子。顾命大臣高拱在朝堂上大恸而泣说:"十岁太子,如何治天下?"本来这是一句为大明社稷担忧的肺腑之言,但冯宝却如获至宝。他马上向皇太后打小报告说:"高拱这个老家伙竟然当众散布对皇上的不敬之词,说什么'十岁孩子如何作人主?'"皇太后听得惊得一身冷汗。想想也是,当时这对孤儿寡母在满朝重臣面前,实在是"人微言轻"。正是冯宝这一句挑拨的话,大学士高拱的仕途不久就画上了句号。

再说奸宦魏忠贤。这人入宫前本是个无赖,沉溺赌博。有一次输得太惨了,他恼羞成怒,竟然恚而自宫。入宫后,魏忠贤善于奉迎拍马,大字不识几个的他在明朝天启年间不可思议地升任司礼太监。

大明朝到了天启年间已经气数将尽。明熹宗朱由校政事不问,整天迷恋于做木匠活儿。魏忠贤见有机可乘,每逢皇上一身工装,弄得刨花飞舞、锯末四溅、大汗淋漓之时,魏忠贤就来启奏军政大事。皇上当然不胜其烦,一看到魏忠贤,就一句圣旨:"朕已悉矣,汝辈好自为之。"一个太监,就这样代皇上执掌天下了。

明武宗长途奔袭擒宸濠

这则标题看似章回小说,其实是哗众取宠,说的是反话。这件事得从明朝大臣王守仁说起。

　　王守仁是浙江余姚人，虽是文人出身，却以武功闻名。自古而今，大凡名人，未出生时总会闹出点与常人不同的动静来。传说王守仁在娘胎里整整待了十四个月才问世，可谓沉着淡定，与众不同。可这个南方人从小就"好言兵，且善射"，15岁时就去居庸关、山海关等地考察山川地形。明孝宗弘治十二年，王守仁考得进士，先是入刑部（司法部）任职，后如愿以偿任兵部（国防部）主事。

　　明武宗正德元年（1506年）冬天，大太监刘瑾无端将御史戴铣等20余人打入大牢，王守仁愤而奏本，惹得刘瑾大怒，将守仁廷杖四十，贬到贵州一个偏僻地方做了一个小官，直到刘瑾被诛，才诏回南京任刑部主事。当时的兵部尚书王琼十分看重王守仁，推荐他以御史身份巡抚湖南、江西。王守仁从此开始了带兵打仗生涯。明武宗正德十四年，宁王宸濠在南昌谋反。王守仁当时正在福建平叛，闻讯后连忙赶到吉安，召集众将谋划，仅用了35天就将叛乱平息，活捉了宸濠。

　　明武宗朱厚照是个只知道吃喝玩乐的花花公子。听说宁王造反，一生碌碌无为的明武宗不知道动了哪根筋，非要御驾亲征不可，大臣们谁也劝不住。其实，在此之前，明武宗早在京城待腻了，身边宦官就撺掇他找个理由南巡一番，也好有个游山玩水的幌子。这一回，明武宗终于有了个堂而皇之的理由，所以非去不中！这还不算，他傻了叽叽地自封"奉天征讨威武大将军镇国公朱寿"——连名字都改了！

　　可惜，明武宗率领征讨大军浩浩荡荡刚出北京没多久，前方就传来捷报：宁王被王守仁生擒了！这么一来，劳师动众的征讨大军就该班师回朝才是，可明武宗不管不顾，执意率军一路南下。宁王六月在南昌叛乱，七月被擒，可皇上统领的一众人马走走停停，直到当年十二月隆冬才到达南京。

　　这时，明武宗身边的太监派人找到王守仁，明令他将抓获的宁王释放于鄱阳湖中，待皇上率军亲自捉拿。王守仁知道这宁王非等闲之辈，若放虎归山非酿成大患不可！所以他拒绝从命。还好，当时宫中刚刚除掉了奸宦刘瑾，管事太监张永算是有点正义感。他私下里劝说王守仁：皇上已经率大军到了，你让他回京显然不现实。无奈，王守仁只好将宁王交与张永，自己回南昌做他的巡抚去了。

　　接下来这一幕很有点电影的画面感。太监张永一行将宸濠押解到南京，专门建了个广场，周围布下军阵，然后将宸濠解除禁锢，置于广场之中。明武宗指挥三军齐声呐喊，一举将宸濠俘获。于是龙颜大悦，凯旋回朝。

　　这个明武宗回北京没多久就死在了豹房之中，年仅31岁。所谓"豹房"，是位于北京西华门外的一处宫殿，大太监刘瑾在此聚集了许多娈童歌女、珍玩犬马，供皇帝淫乐。

明世宗嘉靖六年,王守仁转任两广总督兼巡抚,仍以平叛为职业。后病死他乡,时年57岁。

干涉皇上私生活的大臣——彭时

明英宗正统十三年(1449年),彭时以进士第一名的成绩被授予翰林院修撰,此后仕途停滞,虽然官至太常寺少卿,但这是个远离权力中心的虚职,也就是礼宾司的一位高级白领而已。

一个人官运的亨通、仕途的发达自然与个人努力有关,但有时候则有赖于偶然因素。一次,明英宗在文华殿召见群臣,突然在人堆里看到了彭时,觉得很面熟,英宗问道:"你是不是当年我钦点的那个状元啊?"彭时顿首称是,皇帝很高兴,当即任命彭时为翰林院学士,参与内阁机务。想想看,假使明英宗眼神差点,彭时的人生肯定是另外一个样子。

当时,明英宗特别信任大臣李贤,凡有要事必与李贤相商。而李贤却格外看重彭时,每次总要咨询彭时的意见。偏偏彭时说话率直,一言不合就扬起高腔。李贤刚开始也不习惯,但两人处久了,才感慨彭时的心底无私。李贤曾对别人称赞道:"彭公,真君子也!"

这样一来,明英宗对彭时也愈加欣赏。平日里,北京出生的明英宗对南方人很不感冒,偏偏对彭时这个南方人另眼相看。有一次,朝廷要选拔人才,皇上对李贤交代说:"尽量选北方人。如果是南方人,必须像彭时那样的才行!"李贤对彭时传达了皇上的想法,彭时却回答:"为啥非要选北方人?南方比我强的人多了!"结果,李贤听从了彭时的意见,最终选了十五人,南方占了六位。

都以为朝堂之上,大臣只能是唯唯诺诺,可从彭时的所作所为看,远不是那么回事。明宪宗即位后,对皇太后的身份问题犯了愁。他爹明英宗死前遗诏立钱氏为皇后,而钱氏并非宪宗生母。于是明宪宗刚登皇位,马上有亲信太监提议:因钱太后久病,应立宪宗生母周贵妃为太后。别看明宪宗登基时才18岁,可滑头得很。他自己对此事并不表态,而让大臣廷议。对大臣而言,这也是个棘手的问题。李贤首当其冲发言说:"钱太后的名分是先帝遗诏确定的,这事没法再议了!"彭时马上接过话头说:"朝廷之所以服天下,就是依赖纲常不乱,不瞎折腾!"这时马上有太监捎来了周贵妃的话:"儿子当皇上,母亲自然是太后。哪有没生儿子却当太后的道理!"李贤一听周贵妃话里有话且锋芒毕露,心里有点发虚。人家毕竟是皇上的生母,而且这话说得也不无道理。李贤自己不敢回嘴,只好频频给彭时使眼色。只见彭时当着皇上和众大臣的面,拱手向天说:"太祖太宗神灵在上,按说钱太后没有子嗣,臣等维护她的名分也得不到啥好处。我们之所以为钱太后力争,初衷是为了皇上的圣德不受诋毁。当然,我们体谅皇上的一片孝心。所以建议两宫并尊皇太后!"李贤和众大臣都说是好主意。在拟奏折时,彭时揣摩再三说:"两宫并称皇太后会不会弄混了?"于是在钱太后前加了两个字。皇上诏准:钱太后为慈懿皇太后,宪宗生母周贵妃为皇太后。正是彭时据理力争,成功地化解了一场两宫危机。事后,太监覃包私下里对大臣说:"皇上实际就是想这样办,只是没法自己说。幸亏彭时力争,要不非乱了套不可!"

此后,彭时官运亨通,如同他的直脾气一样。他先后任吏部右侍郎、兵部尚书,接下来因主持编撰《英宗实录》追加太子少保兼文渊阁大学士,后转任吏部尚书。

实际上,彭时身为大臣管的闲事太多了。明成化四年(1469年),久病的钱太后死了。明宪宗又耍起了小聪明,让大臣们商议如何下葬。明宪宗的小算盘是:父亲明英宗皇陵旁那个位置留给生母周太后,给钱太后另找个地方埋了算了,但彭时不干了。他与众大臣商议后对皇上说:"钱太后作为正宫曾诏示天下。死后如与先帝合葬,既成全了夫妇之伦,陛下也尽了母子之道。这是明明白白的大道理。我知道皇上担心钱太后与先帝合葬,会令周太后难堪。其实,古时候这类事并不罕见。汉文帝很尊重生母薄太后,但与先帝同葬的是吕后;宋仁宗很孝顺生母李宸妃,但与先帝同葬的是刘后……如果不按祖宗定下的路数来,非贻笑大方不可!"见明宪宗还拿不定主意,彭时就与众大臣跪在文华门外泣求,终于感动了皇上和周太后。钱太后如愿入了先帝的皇陵。

说起来,这些事纯属皇家私事,但你既然贵为皇上,国家经略、内政外交之外,你的生活起居,你喜欢哪个妃子,大臣们都有义务劝上一劝。明宪宗从小就喜欢跟着一位宫女玩耍——这位宫女就是后来受宠数十年的万贵妃。算起来万贵妃要比宪宗皇帝大近二十岁,但也许是恋母情结使然,宫中尽管有佳丽无数,可皇上眼中只有这位贵妃姐姐。感情专一在现代人看来是一种美德,但对君临天下的皇帝而言,却引来议论纷纷。彭时等诸大臣早就坐不住了,终于等到了一个将此事提上议事日程的机会。这一年,天空突现彗星,这对封建社会尤其是皇帝来说,常常视为不祥之兆。这就意味着皇上身边或宫禁之内肯定有些事情不大对头。具体是咋不对头?全看大臣们如何解释。彭时对明宪宗谈了廷臣们对彗星突现的一致看法——"彗星出现当然会影响国家大势,但更关键的是,它昭示着宫中出了问题。比方说,陛下嫔妃众多,为啥一直没有子嗣? 这估计与您特别钟情某一位妃子有关。情有独钟当然值得赞扬,可假如您宠幸有加的这位女士偏偏过了生育之期咋办? 在这种情形下,专宠一人就是置国家社稷于不顾了。所以我们恳求您,将您的宠爱平均分配一下,排排坐,吃果果。这完全是为国家未来考虑啊!"当时,明宪宗宠爱的万贵妃已经年过四十。彭时出于对大明朝江山社稷担忧,敢于对皇上的性生活插上一杠子,而且循循善诱,不卑不亢,这才真是忠臣、诤臣啊!明宪宗没有断后,跟彭时这番谏言不无关系。

明宪宗一开始还算勤政,对彭时等大臣言听计从。彭时当时就告诫皇上:"事关大臣升迁这类事,当然可以征求臣下的意见,但您应该有自己的判断。不能凡事都征求别人的意见,以免大权旁落。"

明成化五年之后,明宪宗倦于朝政,此后,大臣们难得一睹天颜。彭时遂悒悒不得志。明成化十一年(1476 年)二月,彭时病逝,享年60 岁。

王越——驰骋疆场 为封侯

明朝有个大臣叫王越,文人出身,却热衷于骑射。相传王越文才出众,有一个例子可资佐证:明景帝二年,王越参加高考。正答题时,突然一阵大风刮来,把试卷吹得不知踪影。要换个考生,肯定影响情绪,非考砸了不可。王越却不慌不忙,跟监考重新要了一张卷子,埋头答题……就这样考取了进士。从这件事也看得出,明朝高考很可能因为考生人太多的缘故而经常将考场置于室外,要不风咋能把考试卷刮走呢?

是金子总会发光,这话虽俗,却有道理。很快,王越就出任御史兼山西巡抚。明朝御史一职归都察院统辖,职责是弹劾百官,辩明冤枉,为皇上提供各地官吏动态及民间反映。工作性质有点像中纪委。山西这个地方现在算是内地,但在大明朝山西北部尤其是大同一带是名副其实的北部边疆。山西巡抚其实就是大同巡抚,历来被朝廷视为重要岗位。可初任山西巡抚这段时间,王越犯了个不大不小的错误:他得到父亲病故的噩耗后,慌乱中离岗回家探望。这一行为在明朝属于严重违纪——你有事离职,必须报请朝廷批准,待有人替岗后方可离开。于是马上就有御史就此事对王越提出弹劾,好在皇上没有过于追究,这件事不了了之。

不久,王越出任山东按察史。

明英宗"北狩"归来后,忍气吞声了八年,终于重新坐上皇位,改国号为天顺。深受蒙古人之害的明英宗对北方这个邻居恨得咬牙切齿。偏偏这时大同巡抚韩雍被朝廷召回,皇上苦于找不到合适的人去顶这个岗。有大臣马上推荐了王越。也许这个位置太重要了,皇上决定召见王越,也算是面试。大家永远要记住,面试有三大顶级法则:一是外貌,二是服饰,三是谈吐。明英宗召见王越这天,王越高挑魁梧的身材,大方得体的服饰,干脆利索的言谈举止令龙心大悦,皇上马上提拔王越为右副都御史兼大同巡抚。

王越这次赴大同,整修装备,重筑工事,精兵简政,工作起来踏踏实实,有板有眼。其间,王越的母亲又病故,这一回王越吸取了教训,干脆忍痛不归,把丧母之痛倾注在了国防上。

王越一生最大的败笔是与大宦官汪直关系密切。当时,朝廷设有东厂和锦衣卫两个秘密警察组织,弄得人心惶惶。汪直又新组建了第三家特务组织——西厂,并亲自执掌。想想看,一朝之中竟有三家权力无限膨胀的秘密警察组织,上至大臣,下到百姓,整天都处在白色恐怖之中,个中滋味不难想见。汪直与王越有一点特别投缘,那就是喜功名,好打仗。两人经常搭班率部队在北部边境与蒙古人对抗,而且胜多败少。仗打得久了,王越的官职也越做越大,最后官至兵部尚书加太子太保、太子太傅。按明制,文臣不得封侯。王越之所以热衷于军事,往好处说是保家卫国;从私心讲,是想让皇上视他为武将,这样有朝一日他就可以堂而皇之地封侯扬名了!

王越先后与北部边境的蒙古人打了20余年仗,虽然赢多输少,但仔细考量起来,好像大仗、恶仗罕见,大多是些规模有限的遭遇战。据《明史》记载,王越的战果分别是:"擒斩三百五十","斩四十三级,获驼马百余","斩百二十余人,获马七百匹"……战果最辉煌的一次为"斩首四百三十八余级,获马驼牛羊六千"。

明宪宗成化十八年,大宦官汪直失宠并被降职,王越亦受牵连,免职后被逐出京城。按理说王越毕竟有过战功,但由于他平时处事过于张扬,失势后竟无人替他站出来说句公道话。直到明孝宗上台后,王越才受赦免回到京城。

纵横沙场几十年,最后落得个鸡飞蛋打,王越一直觉得自己太委屈,多次上疏鸣冤。明孝宗弘治七年,皇上念他确实有功劳,才下诏官复左都御史。这时,王越已经七十岁了。

又过了三年,蒙古人再次袭扰甘肃一带,朝廷想派人总管甘、凉边境防务,先后推举了七人,均被皇上否决。吏部官员们思来想去,只好推荐时年七十三岁的王越重出江湖。皇上诏准,并恢复了王越的一切官职待遇。年逾古稀的王越也没有辜负期望,果然宝刀未老,分兵三路进剿,大获全胜。最后,封侯无望的王越死在了甘肃边防。

不务正业的大臣

别以为朝中大臣都像魏征那样兢兢业业,都像诸葛亮那样死而后已,根本不是那回事。明宪宗时有个大臣叫万安,四川眉州人,身材魁梧,"眉目如刻画",用现在人的话说就是长得很有型。明朝的大臣很少不学无术,万安也是进士出身,在翰林院做过秘书(编修),担任过中央办公厅副秘书长(礼部左侍郎),后来升任翰林院大学士,相当于中央书记处书记。从此,万安在大明朝高层一混就是二十年。

为官者的昏与不昏其实跟学历没啥大关系。能在宦官当政、危机四伏的明朝决策中枢如鱼得水二十年,可见万安先生很懂得官场上的各种潜规则,阿谀奉承那一套得心应手。当时皇上宠幸万贵妃,本来万安与万贵妃论亲戚八竿子也打不着,可他舍不得这个可乘之机,千方百计与万贵妃家人拉上关系,以晚辈自称。万贵妃见朝中有大学士认亲,便顺水推舟,认下了这门糊涂亲戚。自此,宫中消息万安一应俱晓。

除了开国的朱元璋,明朝皇帝大多是懒散之辈。好多任皇帝"精简会议",长期不上朝,有啥事都由太监转呈。明宪宗成化七年冬,彗星出现在天空,这在古代是个令人恐惧的凶兆。大臣们议论纷纷,都觉得这缘于皇帝与大臣整天见不着面。于是朝臣强烈建议皇上召见大臣议政。彗星这个事让明宪宗朱见深也弄得挺紧张,只好勉强答应跟大臣见个面。这次见面会值得详细叙述一下。

朝见前,司礼太监再三提醒诸大臣:"初见,情未洽,勿多言,姑俟他日。"(意思是这么长时间皇上没见过大臣,头一次见面大家都少说点话,别哪句话说得不对把气氛弄僵了。多余的话以后有机会再叙)这一来,皇上和大臣的见面会的气氛就弄得跟接见外宾差不多。

且说群臣落座,大学士彭时汇报了彗星出现的经过,皇上回话说:"已知,卿等宜尽心。"彭时又提议维持京官俸禄,皇上亦照准。这时,与彭时同为大学士的万安突然高呼"万岁"(这是退朝的信号),别说其他大臣,就连彭时的话都没说完,难得的一次朝会就这样糊里糊涂地散了。此次朝会，大臣说了两件事，皇上回了两句话，真够短的！这件事虽小，足见万安揣摩皇上心思之细微——皇上不想见大臣，早点散了正合陛下之意。皇上瞌睡，咱就给他个枕头！

这次朝会之短连当时的司礼太监都觉得不可思议。散朝后，他对几位大臣嘟囔说："若辈尝言不召见，及召见，止知呼万岁耳。"从此，万安被称为"万岁阁老"，皇帝再也不上朝了。

可就是这么一个碌碌无为之人，皇上却宠爱有加。万安身兼礼部尚书、户部尚书、吏部尚书、文渊阁大学士加太子太保……成为一朝重臣。明史记载："朝臣无敢与安牴牾者。"

俗话说：一朝天子一朝臣。此言不虚。等到明孝宗继位，皇上一换，形势就变了。万安亲拟登基诏书，其中说"禁言官风闻挟私"（意思是不让纪检部门乱提意见）。这一下御史汤鼎不愿意了：我干的就是纪检监察的活儿，你为啥不让我提意见？万安回答说："此里面意也"（翻译成现代汉语就是"这是上面的意思"）。但汤鼎不依不饶，他上书给新任领导明孝宗，举报万安"抑塞言路，归过于君"。其他大臣也纷纷上奏，揭发万安的丑行。万安的地位开始动摇了。

一日，明孝宗在宫内闲逛，在一间屋子内发现了一个木盒，打开一看，里面竟然都是讲房中术的奏折，署名均为"臣万安"。这一下，新任皇上发了脾气，他命太监传万安上殿，指着这些奏折质问："此大臣所为耶?"然后又召集大臣，令太监大声朗读这些奏折，万安"愧汗伏地，不能出声"。

从此，万安失宠，后主动要求退休归家。一年后，万安就安息了。

05

·夜读偶拾·

拍马屁

说奉承话也是个技术活,有的人拍马屁拍得太露骨,其结果必然是拍到马腿上被尥上一蹶子,出力不讨好。有的人善于察言观色,一个马屁拍过去,不显山不露水,让对方欣然受用。宋朝名相王安石是个直脾气,拍马屁者遇到他老人家,别说奉承,连话都不敢说。当时有个人不信这个邪,千方百计跟王安石搭上话之后,一席话说得王安石拈须微笑,不久就推荐这人做了番禺太守。

张师正《倦游杂录》录有此事。此人对王安石说:"某所恨微躯日益安健,惟愿早就木,冀得丞相一埋铭,庶几名附雄文,不磨灭于后世。"翻译成白话就是:"我最烦恼的就是我这个臭身体也不得个大病,赶紧伸腿死了算了。丞相您屈尊给我写篇墓志铭啥的,我就能伴着您写的文章名扬天下了!"

都说杀人不见血,夸人也不露声色啊。

文人皇帝

宋高宗赵构名声不好,抗金名将岳飞就是死在了他的手里。但这个皇帝书法造诣相当高,比后来康熙、乾隆之流要强上百倍。字写得好了,当然经常手痒痒,遇着个机会就想露一手。有一天,这位高宗皇帝游览西湖北山风景区时看到有块"九里松"的匾牌,兴致一来,亲笔写了"九里松"三个大字,要求随从摘下旧匾,换上御制新牌。

"九里松"旧匾是南宋著名书法家吴说所书。看来高宗皇帝跟当时的文艺家们关系挺好,过了一阵子,吴说要去信州(江西上饶)任职,行前向皇帝辞行。两人闲聊了几句,高宗皇帝漫不经心地问道:"'九里松'那个匾是你写的?"吴当即认账。高宗说:"朕尝作此三次,观之终不如卿。"吴说赶紧说不敢不敢。

吴说赴任不久,宋高宗赵构就命人把自己题写的"九里松"匾换下,手下人费了好大工夫才找到了从前吴说题写的旧匾,依旧换上。

这个皇帝挺有意思的。

无忧洞

　　总以为只有巴黎、伦敦这类西方城市才拥有大可撑船的地下排水设施。观欧美警匪片,常见在阴森阔大的下水道里追逐打斗的桥段,因此常常感叹人家城建设施的先进。2012 年夏秋之交,全国多数城市包括北京、上海都遭受城市内涝,几场大雨过后,城市排水设施陷于瘫痪。有两座城市却不怕大雨,一个是青岛,青岛老城区的排水系统是德国人建的;另一座城市是江西赣州,其老城区沿用了宋代的城市排水系统。德国人的排水系统不怕暴雨,宋代老祖宗的排水系统也不怕暴雨,当代中国的城建专家们真应该脸红啊!

　　近读陆游《老学庵笔记》又有新发现。文中"无忧洞"条写道:"京师沟渠极深广,亡命多匿其中,自名为'无忧洞',甚者盗匿妇人,又谓之'鬼樊楼',国初至兵兴常有之,虽才尹不能绝也。"翻译成普通话是这样的:"首都汴梁城的下水道建得又深又大,许多坏家伙躲在里面,称首都下水道如同'无忧洞'。有的盗贼还把女人带来逍遥,称之为'鬼樊楼'。从大宋开国到金兵打来,当地官员对下水道里的情况虽然都明晓,却咋也管不住。"

　　看看,伟大祖国的下水道也曾辉煌过啊。谁再夸巴黎下水道"深且广",陆游非跟他急不可!

所谓淡定

　　封建社会最没人性的一点就是"君叫臣死,死不得不死"。皇帝让你死可以毫无理由,"欲加之罪"还算是给你罗列个莫须有的罪名,很多情况下看着你不顺眼,你就摊上大事了。

　　南北朝时有个宋明帝是个小肚鸡肠。当时有个叫王彧的人才华横溢,很有点知名度,但对做官没多大兴趣。宋明帝重病濒死之际突然想起了王彧,就派人将毒酒送到了江州(今江西九江)。当时王彧正与朋友下棋,看了诏书后面无表情地继续对弈。棋局结束,他收好棋子,把诏书递给朋友看了看,然后举起鸩酒说:"这个酒也没法跟你碰杯了"("此酒不堪相劝")。说罢,一饮而尽。

这就是我们所谓的泰然处之,所谓的淡定。此事见冯梦龙《古今谈概》。

陪考一族

望子成龙,自古皆然。如今每逢高考,考场外焦急等待者远比考生人数要多,父母之外,爷爷奶奶、外公外婆、七姑八姨都会亲临考场为考生加油助威。有人曾议论:此情此景未免对孩子太娇惯了,其实不然。近读龚炜(清)《巢林笔谈》,原来古人科举赶考,也有家人相陪相伴。

《巢林笔谈》卷五"景佳如画"条载:"儿子从未远出,初应省试,不能不一往。阻风沙漫洲,舳舻相接,郡中宋氏叔侄,移船头就柳阴,棋于其下。崇友拉予看荷花,夕阳反照,荷净花明,萧疏四五人,科头握蕉扇,委影池塘,若绘江上阻风图。二景绝佳。"明清之时,每三年举行一次省试,考中者就成了"举人"。作者的儿子没有出过家门,参加省试时做父亲的就陪着乘船赶考。途中遇风受阻,一船人下棋、赏荷,作者描绘出一幅特写镜头般的美妙画面。

但考生此时的心情如何,恐怕做父亲的忽略了吧?

急中生智

偷鸡摸狗是个体力活,有时候也颇有几分智力因素。有个小偷大白天进入一户人家把一幅元代大画家赵孟頫的画盗走,溜至门口时,恰逢主人回来。一般而言,抓个现行,这小偷落网无疑。却见小偷手持画卷跪在门口说:"听说您喜欢收藏画作,这是俺祖上的画像,家里穷得揭不开锅了,您看着换几个钱吧!"

这家主人听完大笑道:"给我滚一边去吧,越远越好!"小偷持画落荒而逃。待主人进屋才发现,原来小偷所持之画正是自己的珍藏之物。

这件事见袁枚《子不语》卷三十三。

夜壶如妻

风俗这东西不可小看,也没有理由可讲。现在随旅行团到各地观光,导游常常嘱咐再三,要尊重当地的风俗。

清朝时一位姓张的山西人到江苏如皋做县官,请杭州人王贡南做师爷。一日,二人乘船外出公干,半夜王师爷想方便一下,看见张大人的夜壶置于一旁,就不客气地借用了一下。张大人发现后大怒道:我们山西人"以夜壶当妻妾。此口含何物,而可许他人乱用耶?"说罢,命衙役取来水火棍,连打夜壶三十大板,然后抛于江中。张大人越想越气,又命船靠岸,把王师爷的行李"掷于岸上",然后扬帆而去。

风俗的力量就这么大,挡都挡不住。事见《子不语》续卷九。

春节长假

明朝嘉靖年间,田汝成写了一部《西湖游览志》,其中提到明朝官府放假的时间:"除夕官府封印,不复签押,至新正三日始开。"大意是说官府除夕这天开始把公章封存,不再办公,一直到正月初三才启用官印。这样看来,明朝时春节公家放假四天。

到了清朝不知咋搞的,春节假期越放越长。满清官府一般在春节前腊月十九至廿二选择一个吉日封印,一直到春节后正月十九至廿一选择吉日开印。这样一算,清朝春节假期官府停止公办的时间长达一个月啊!

退休年龄

古人的退休年龄并无固定说法。以元朝为例,大德七年(1303 年),朝廷下诏:所有官员七十岁"致仕",也就是说公务员 70 岁退休。这个年龄对古人来讲真是不年轻了。现在咱的厅级干部干到六十岁已基本到站,那时当官的竟能熬到七十,真不简单。

一字之别

伯颜是元朝著名的宰相和大将,忽必烈很倚重他。但皇帝老儿的脾气捉摸不定,至元六年(1340年)忽必烈突然决定罢免伯颜。秘书草拟了诏书送给忽必烈审阅,其中写道:"其各领所部,诏书到日,悉还本卫。"大致意思是说,接到诏书当天,伯颜所统率的各路兵马一律回到原来的部队去。

当时,身为宰相的伯颜不但执掌行政权,而且兵权在握,忽必烈对他心存忌惮。看了诏书的草稿,忽必烈大为不满说:"自早至暮,皆一日也,可改'日'字作'时'字。"翻译过来就是说:"从早到晚都可以算作一天,他接到诏书再做手脚咋办?'诏书到日'应该改作'诏书到时'才对!"

都以为忽必烈马上治天下,是个粗人,从此事来看,粗中有细啊!

节俭

元朝皇帝日常生活非常节俭。元顺帝脱脱是元朝的末代皇帝,主管财政的官员上奏:需要黄金三两为皇上的靴子雕花用。脱脱皇帝说"不可"。官员改口道,若不用金就在靴子上镀点银吧?元顺帝仍不同意并说出了理由:"金银,首饰也。今民间所用何物?"官员回答说:"老百姓都用铜来装饰靴子。"皇上回复道:"就用铜吧!"

姿态

元朝的执政者知道自己的文化底蕴不行,所以对知识分子总体上还算尊重。倒是有些所谓的知识分子总拿捏着自己的身份,推三阻四的。元中统元年,忽必烈即位,广揽天下才俊,名士许衡奉诏赴京前向另一位著名"公知"刘因先生辞行。刘因不酸不甜地说起了风凉话:"人家一聘你,你就颠颠地跑去了,是不是有点太仓促了?"许衡回答说:"只有这样,我的抱负才能早日实现啊!"

许衡走后,刘因耐心等待,这一等就等了二十三年。到了至元二十年,朝廷才想起来还有个刘因先生呢,就把他招到京城出任名为"赞善大夫"的闲职,时间不长刘因就辞职回了家。后来,朝廷又招他做"集贤学士",他又以身体不好推辞。有人就问刘因:"你总是这样扭扭捏捏的,到底是为啥啊?"刘因回答:"你不这样,他们就不尊重知识分子,就会看低你啊!"

刘因这号知识分子的做派,看似有了自尊,但几十年光阴虚度了,光要所谓的自尊有个屁用啊!

大国之体

元朝时有个翰林学士叫徐明善,非常有思想。有一次,元朝皇帝派一位蒙古大臣到交趾国(今越南一带)访问,徐明善担任副手。访问结束,越南国王送了不少金银珠宝给蒙古大臣,给徐明善送礼时,徐"固辞不受"。越南国王对徐说,你们带队的领导都收礼了,你这么认真干啥?徐明善答曰:"彼所受者,安小国之心;我所以不受者,全大国之体。"换作今天的话就是:俺领导之所以收你的礼,是怕如果拒收你心里会害怕;我之所以不收礼,体现的才是大国的风范。

这件小事,让越南国王对徐公由衷地佩服。

印章之始

元朝时,蒙古人虽然入主中原,但多是大老粗,斗大的字认不了几个。遇到签名画押之类的事就傻了眼。后来有人出主意,用象牙或木刻制成印章,遇到公务上需要签名的事,就取出印章一盖了事。后来那些官至一品的大臣经皇帝诏准,可以用玉石刻印。

另有记载说,后周广顺二年(925年),当时的大臣李谷由于伤了胳膊请假休养,后周皇帝特批他可以刻章盖印处理公务。这也许是个人印章的起源吧。

断案

元朝至元二十年(1283年),武平县(今内蒙古宁城)有个叫刘义的人状告其嫂因私情将其兄刘成杀害。县官丁钦主审此案,但一直没弄出个头绪。一天,看着丁钦回家心神不宁的样子,其妻韩氏问其缘故。丁对其妻说:有个案子咋也破不了,告状者刘义说其兄刘成被嫂所害,但刘成身上一点伤也没有。韩氏脱口说:"你看看刘成的头顶是不是被人扎进了钉子又掩饰了痕迹。"次日,丁钦派人重新查验尸体,果然在死者头顶发现了钉子。

案子破了,丁钦自然很高兴。当时姚忠肃担任辽东按察使,召见丁钦时两人说起了闲话。丁聊起此事,当然少不了夸妻子聪明。姚忠肃却多了个心眼。他问丁钦:"你老婆是原配吗?"丁回答说:"是再婚。"姚忠肃遂命人开掘韩氏前夫的墓穴,发现其夫头顶也被人打入铁钉。韩氏由此伏法。事后,丁钦每天战战兢兢,没多长时间就病死了。

看门狗

元世祖忽必烈至元二十四年(1287年),当时桑哥为丞相,专权擅政,气焰嚣张到了没人敢惹的地步。偏偏有人不信这个邪,负责后勤事务的大臣彻理挺身向皇帝举报桑哥贪赃枉法的恶行,忽必烈非常信任桑哥,认为彻理诋毁爱臣,竟当着众大臣的面命手下狠扇彻理的耳光。彻理不屈不挠,当庭辩解道:"臣思之熟矣。国家置臣子,犹人家蓄犬。譬有贼至而犬吠,主人初不见贼,乃棰犬。犬遂不吠,岂良犬哉?"意思是说"皇上让我做大臣,就像老百姓养狗一样。有时贼偷偷摸摸进了院门,狗狂吠不已。狗主人眼花看不见贼,误以为狗是没事乱叫反把狗打了一顿。如果主人一打狗,狗遇到贼再来就坐视不吠,这还叫好狗?!"

忽必烈一听,觉得说得有理。于是决定查处桑哥,没收其家产,还提拔彻理做了御史中丞(相当于今天的中纪委书记)。

古时候,皇帝把大臣当作狗一样驱使,大臣心甘情愿地以狗自喻。《北史》记载,南北朝时有一位敢于直谏的大臣叫宋游道,得罪了朝廷内外不少人。宋游道有时候得理不让人,把皇帝欣赏的重臣弄得很没面子。有人借机整了宋游道的黑材料送给皇上。皇上顺水推舟打算治宋游道的死罪。这时有位叫杨遵彦的大臣对皇帝说了几句肺腑之言:"譬如畜狗,本取其吠,今以数吠杀之,恐将来无吠犬。"大意是说:狗一叫你就把狗杀了,以后狗都不吭声了,你还养狗弄啥?

这当然是封建观念,但余毒尚存。前些时,《环球时报》刊发评论《媒体应是国家利益的"看门狗"》引发热议。自喻为狗,总觉得心里不是滋味啊。

好客

古人喜好结交朋友者,大多是家境殷实、不愁吃喝且有点官宦背景之人。元朝时江西有个名叫胡存斋的官员,广揽宾朋,对知识分子彬彬有礼,去过胡家的人都切实体会到了啥叫"宾至如归"。全国各地的公知们若经过江西,都会去胡家见个面一叙短长。

这还不算,胡存斋总担心有时候家里的门房嫌来宾滋扰主人,不及时向他通报。于是只要闲暇在家,就在大门口挂一匾牌,上书"胡存斋在家"。

这胡大人真够热情的。

谣言之害

现代社会资讯发达,只要官方如实通报真实情况,谣言本不该有传播的机会。正是由于官方对突发事件总是遮遮掩掩且欲盖弥彰,反使谣言有了滋生蔓延的土壤。古代尤甚,信息传播渠道本来就不顺畅,谣言一经传播,若要辟谣就只好望洋兴叹了。

元朝至元丁丑年(1277年)夏天,从京城突然传出消息:朝廷准备从民间募集童男童女送到蒙古做奴婢,而且说得有鼻子有眼,童男童女若被选中,其父母要随同至北方荒漠。这消息传得很快,先是中原地区的人慌了,接着江南的人也坐不住了。传言越传越真,从城市到乡村,无论是官宦人家还是平民百姓,都忙着做一件事,把闺女赶紧嫁掉以免被选中送到蒙古边远之地。

那年夏天,全国的媒人最忙。有闺女的家庭哪怕孩子只有十二三岁,也赶紧找个差不多的人家嫁出去。别说啥聘礼了,嫁闺女根本不用婆家来轿接人,娘家找辆马车快马加鞭送闺女上门。有的人家实在慌了,步行陪着闺女就敲开了婆家的大门。

这股嫁女风越传越盛,高官大臣也坐不住了,不但汉族官僚开始嫁女,连蒙古人、色目人也加入到仓促嫁女的行列。半个月之后,谣言逐渐平息,原来朝廷根本就没这个打算!

这场嫁女风波为元朝社会的和谐稳定酿下了不安定因素。你想想看,富的嫁给了穷的,贵的嫁给了贱的,年幼的嫁给了年长的,漂亮的嫁给了丑的……没了流离远方的大背景,这些短命婚姻马上开始闹腾起来了。夫弃其妻的,妻憎其夫的,闹到官府要求解除婚约的,折腾了大半年也没消停下来。

当时有好事者写诗为此事作了总结:"一封丹诏未为真/三杯淡酒便成亲/夜来明月楼头望/唯有嫦娥不嫁人"。呵呵,若是嫦娥在人间,也难逃嫁人的命运。

太监不能惹

太监看似残疾人但心狠手辣,你若得罪了太监,早晚得遭报复。戴文节(戴熙)是清道光年间的翰林学士,官至兵部侍郎,尤擅书画,平时对太监带搭不理的,连皇上身边的太监他也没给过好脸色,结果就被太监暗中动了手脚。

一天,戴文节为道光皇帝题画,无意中错了一字,道光皇帝心细,发现错字后令太监通知戴把错字改过来。太监持画找到了戴文节,只说皇上让把题款再写一遍,却不告诉他为啥要重题。戴糊里糊涂地重写了一幅,但错字如故。道光一看大怒,认为这是欺他不识字,遂罢免了戴的官职。

李鸿章自恃功高,对同辈官僚均看不到眼里,对太监更没一句好话。大太监李莲英是慈禧的心腹,别的大臣对李莲英高接远送,但李鸿章对他不理不睬。李莲英的鬼点子多得用不完,攒着劲要给李鸿章使个绊子。一天,李莲英对李鸿章说,老佛爷要修颐和园,你总说没钱,至少得去园里看看该修不该修啊!李鸿章一想也是,就随李莲英进入颐和园查看。李莲英马上派人报告光绪皇帝,说李鸿章胆大妄为,擅闯禁地。光绪果然动怒,下诏对李鸿章严加申斥并交有关部门议处。

到了光绪后期,李莲英愈发恃宠滋甚。李莲英对大学士福锟心怀不满,有一天,他在仪鸾殿旁隔着玻璃看到福锟上朝路过,遂口中含了一口茶,突然掀帘佯装漱口,对着福锟就喷了一大口,弄得福锟茶水满面。李莲英假装致歉说:不知中堂到此,冒昧冒昧。福锟拿李毫无办法,只好自己拭干茶水忍了这口窝囊气。

丹书铁券

看古装戏常有丹书铁券的桥段,家中遇难或被奸臣陷害,绑赴刑场之际,剧中主角突然想起家中尚有一宝——丹书铁券。此物一现身,危机立马解除。

啥是丹书铁券? 通俗点说,就是封建皇帝赐给有功之臣的护身符,常常用朱砂写在铁板上。唐以后更厉害,皇帝的诏词用黄金镶嵌在铁券之上。为了证明此物为真,还会将铁券从中一分为二,朝廷留一半,功臣留一半。

元代陶宗仪《南村辍耕录》记载,丹书铁券外形似瓦,长二尺余,宽一尺许。此书录有唐朝乾宁四年颁发给镇海、镇东两节度使钱镠之丹书铁券的部分内容:其中写道"唯我念功之旨,永将延祚子孙,使卿长袭宠荣,克保富贵,卿恕九死,子孙三死,或犯常刑,有司不得加责。承我信誓,往惟钦哉,宜付史馆,颁示天下。"

如此看来,戏里说的事还是真的呢。凭这个铁券,持有人钱镠可以免死九次,子孙可以免死三次。据说此物现存中国历史博物馆。

歪戴帽影响仕途

元朝皇帝忽必烈挺重视人才。他时不时会召集天下有识之士,开个座谈会,吃个饭啥的。这位元世祖是个绝顶聪明之人,言谈话语间就能识透你值几斤几两。

有一次,忽必烈召文人胡石塘进宫,胡先生闻听皇上亲自召见,慌里慌张地进了大殿,帽子歪了都不知道。君臣交谈间,皇上问:"秀才何学?"胡回答:"修身齐家治国平天下之学。"皇上笑了:"你连自己的帽子都戴不端正,你平哪门子天下?"可怜这个胡石塘,本来极佳的一个展示自己的机会,就这样断送在斜戴的帽子之上。不过皇帝看他也是个老实人,后来让胡在扬州管了一阵子当地的教育,也算没白见皇上一面。

害人之心

元朝大德年间,湖北南部发生的一件事让人唏嘘不已。

当时,有九个人冒雨在山路上疾走,雨实在太大了,这九人只好在山道旁一个破土窑里避雨。还没等大家安下神来,一只老虎堵在了窑口,真是虎视眈眈。咋办?九人中有一人天生智障,于是其余八人小声商议了一会儿,骗这位智障者说:"你先出洞,我们随后一齐冲出去把老虎干掉!"这位傻子虽然不聪明,但也怕老虎,八人就是说破天,他就是不出洞。于是大家就各脱了一件外衣,绑成个人型扔出洞去,老虎抓着一看是个假东西,愈加恼怒,吼声不绝。八人一看这老虎不吃个人恐怕不会离开,于是合力把同行的傻子推出洞外。这老虎却也奇怪,它竟把傻子又衔至洞口,依然怒吼不止。

八人吓得魂魄飞天,正在这时,大雨竟把土窑浇塌了,八人全都死于洞中,偏偏那个傻子活了下来——山洞一塌,老虎竟然扬长而去。

这就是所谓的天意吗?看来,无论何时,害人之心不可有啊。

好像有一年的高考作文题用了这个材料,记不准了。

朋友义气

元朝初年,张可与、李仲方和鲜于伯机三人同在朝中做官,关系好得不得了。不久,三人先后都调至浙江任职,虽不在一个地方,但常相会于杭州,大家相处得更融洽了。又过了几年,李仲方死于任上。悲痛之余,张可与写信给鲜于伯机说:"仲方死后,家里没啥积蓄,孩子尚小,咱俩要不想想办法,这个家就毁了!我打算把女儿许配给李仲方的二儿子,你意下如何?"鲜于伯机回信说,这是个好事,遂决定把自己的女儿许给了李仲方的长子。后来，李仲方的长子官至绍兴推官，李仲方的二儿子官至淮安总管。

看看，古人交朋友看重的是义气，绝不以对方的贫贱贵富而变化。

调解家事

家庭关系堪比国与国之关系，是人世间最复杂的。清官难断家务事就是这个意思。元末重臣也先帖木儿常年担任御史大夫，工作搞得非常出色，但夫妻关系一直处理不好，跟妻子好几年连话都不说。谁劝也没见和解。

此时，朝中有位翰林学士去世，也先帖木儿派人代表自己去吊唁。此人回来后向也先帖木儿汇报情况说："翰林大人有十五位夫人，我吊唁时她们都在吵吵闹闹争家产，毫无悲凄之情。唯有翰林大人的正房夫人守着灵帏独自落泪。"听了此话，也先帖木儿默默无语。当天晚上，他回到家中就与夫人恩爱如初。

夫妻关系这种事要因势利导，得靠双方心有所悟才行。

四两拨千斤

有时候要办成一件事，你若按部就班地进行，反倒一事无成。动一下脑筋，换个思路，立马水到渠成。

解放初到"文革"前，北京的古建筑吃了不少亏，这有目共睹。改革开放初那几年，这股风气仍然延续着。谢辰生是国家文物局的专家，曾担任过郑振铎的秘书。他经历的一件事让今天的人看来有点啼笑皆非。

1984 年初，美国总统里根要来华访问。接待部门不知动了哪根筋，决定在故宫的午门广场举行欢迎仪式。外交部副部长韩叙召集谢辰生等相关人员布置任务：1. 将午门城楼上的"午门"匾额换成国徽；2. 在城楼上安装照明设施；3. 午门广场的方砖不平，不易铺红地毯，要先用水泥平整好；4. 在午门广场建两个旗杆。

想想看，这事要真弄成了，故宫跟人民大会堂还有啥区别？这个任务一布置，当即引起了故宫博物院、国家文物局相关专家的反对。反对能有啥用? 有关部门负责人说,万里、胡启立等中央领导已经去现场看过了,就这样定了。

一直致力于文物保护的谢辰生越想越生气。他马上给文化部写了一份公文,要求改变这次外宾接待地点。公文寄走后,他不放心,又给中宣部正副部长抄送了一份。你猜猜谢辰生公文中咋写的? 他说,午门一向是历代皇帝举行"献俘大典"的场所,当年郎世宁所作《献俘图》现在还在巴黎博物馆里珍藏。如果在午门广场迎接里根,肯定要引发外交风波,台湾方面也会借机生事。

这理由说得冠冕堂皇,不由人不重视。没多久,文化部的批复到了——"中央已做决定,不必再提意见了!"但中宣部接到谢辰生的建议后,十分重视,经协商,有关方面终于取消了在午门广场迎接里根总统的安排。

看看,这你光说文物保护多重要没用,你得换个说法来表达。如此才能事半功倍。

随风而逝

Gone with the wind 直译就是随风而逝,再译得白话点就是《飘》,这部同名小说和电影都名声不小。其实,Gone with the wind 在英语中非并白话,而是用典。

英国 19 世纪颓废派诗人欧内斯特·道森(Ernest Dowson)23 岁那年恋上了一家饭馆老板的小女儿阿德莱德,爱得要死要活。偏偏这个小姑娘当时才 11 岁,道森这种畸爱自然不会有啥好结果。8 年后,阿德莱德长大成人嫁给了一位裁缝。闻讯后,道森痛不欲生,整日酗酒不止,死时才 32 岁。

道森死了,他的诗没死。他为心目中的女神阿德莱德写了一首名为《辛娜拉》的诗。此诗第三节写道:"I have forgot much, Cynara! Gone with the wind"。后来,美国女作家玛格特·米切尔将 Gone with the wind 用作书名,这就是那部被改作电影的《飘》。

日记不可信

学者谢泳谈及现当代文学史研究心得时,深有感触地说:"传记不如年谱,年谱不如日记,日记又不如第一手的档案。"

为什么这样说? 概自古至今,好多名人的日记都是处心积虑写给后人看的。从曾国藩到胡适到雷锋……尽管日记中也呈现出了主人的生活形态,但或多或少已经不是原生态了。有一次,梁实秋、徐志摩、罗隆基等人到胡适家做客,在书房里看到了胡适的日记,大家正要翻上几页,胡适笑着阻止说:"我生平不治资产,这一部日记将是我留给我的儿子们的唯一遗赠。"可见,大学者如胡适,写日记并非自己看,而是心存久远,要传之后代。这样的日记还能如实地反映作者的真实心态吗?

文人的自信

狂狷与傲气是要有本事做基础的。当年苏东坡乘船渡河时突遇狂风,船在河中几欲颠覆,船上的人吓得脸都变了色,唯苏轼慢悠悠地说:"这船翻不了,我的《易解》与《论语解》还没写完呢。"("自谓《易解》与《论语解》未行世,虽遇险必济。")

学者梁漱溟是唯一敢跟毛泽东顶嘴的人。这不是偶发事件,梁漱溟一生就极具自信。抗战期间他给儿子写信说:"《人心与人生》等三本书要写成,我乃可以死;现在则不能死。又今后的中国大局以至建国工作,亦正需要我;我不能死。我若死,天地将为之变色,历史将为之改辙,那是不可想象的。"人若拥有如此之自信,真像鲁迅所说那样,足可以"横眉冷对千夫指"了。

后　记

时评,随笔,影评,札记……这本集子其实是个大杂烩,这些年来写的东西删繁就简一网打尽了。

"倏然一周"是我为报纸写的时评性质的专栏。每周一篇,每篇三个小标题,梳理回顾上周发生的热点事件,有点新闻性,略具趣味性,从 2011 年初写到 2014 年年初,整整三年,感觉有点累了,也写不出啥新意,就此搁笔。这里节选了 10 万字篇幅收入此书,聊作纪念。

我读书太杂,随手会记些感想之类东西,本书中的随笔、书评、影评之类大都发在了新浪博客上,有些被《深圳周刊》《羊城晚报》等报刊转发。写徐晓《半生为人》那篇最初作为网帖发在天涯论坛"闲闲书话"上,不久《羊城晚报》"人文周刊"编辑与我联系,确认我是帖子的作者,然后分四期发在《羊城晚报》副刊,看来编辑挺喜欢这篇文章(说得准确点,是喜欢徐晓女士那本书吧)。

也算是做了半辈子文字工作,最苦也最有意思的就是给报刊写专栏。要费心思定题目,要写得有新意、有趣味,还要拿捏着不太出格以免被撤稿,有点斗智斗勇的意思。

一篇文章要想写得好,按董桥的路数要具备"学、识、情"三方面。我的理解,"学"指的是素养,"识"指的是社会经验,"情"指的是生活情趣。这三个字看似简单,若在文章中面面俱到,确实不易,是个高标准。

许多人喜欢熬夜写东西,我学不来。早起的鸟儿有虫吃,这些篇什都是我一大早在电脑上听着鸟鸣弄成的。我从不熬夜。

这是我继《鹰城夜话》《边看边说》之后出的第三本书,自娱自乐罢了。

郭新民

2014 年 4 月 1 日